별처럼
또
별처럼

별처럼 또 별처럼

초판 1쇄 인쇄 2016년 6월 28일
초판 1쇄 발행 2016년 6월 28일

지은이 이진삼
펴낸이 박경미
펴낸곳 도서출판 황금물고기

텍스트디렉터 박지영
총괄이사 이광우
영업관리 박연

등록일자 2003년 12월 5일
등록번호 제2013-000213호
주소 서울시 마포구 모래내로 83(성산동 한올빌딩 6층)
전화 02-326-3336
팩스 02-325-3339
이메일 okpk@hanmail.net

ISBN 978-89-94154-53-4 03810

전 육군참모총장 이진삼의 인생이야기

별처럼 또 별처럼

이진삼 지음

황금물고기

서 문

1

"염병할 자식, 제 집에는 계집도 없고 딸자식도 없담. 그 말버릇이 다 무엇이람."(이광수,『흙』, 1932)

"이런 염병을 하다 땀통이 끊어질 자식이 있나!"(김유정,『따라지』, 1932)

***

염병이란 어휘의 의미나 어감을 애써 따질 것 없이 언어로써 자신의 심경을 거침없이 표현해내는 작가들이, 한평생 총칼을 쥐고 산 나로서는 참으로 부러웠다. 적어도 글을 쓰는 그 순간, 펜은 총칼보다 강하고 진실을 더 많이 담고 보여줄 수 있기에.

오랜 세월, 내 가슴은 묵직한 바윗덩이가 얹힌 것처럼 답답했다.

그리고 그 바윗덩이 위엔 장작더미가 차곡차곡 쌓여 시공불문 거리마다 시간마다 여차하면 언제든지 발화할 기세였다.

울다가 웃다가 하던 그때의 내 모습을 누군가 목격했다면 간단명료하게 "미쳤어!"라고 외쳤을 것이다.

2

2009년 7월 13일, 검찰총장 후보자에 대한 인사청문회가 열렸다. 그리고 다음날, 청문회를 마친 검찰총장 후보자가 사퇴를 했다.

그는 검찰 내에서 '공안통'으로 평가받고 있으며, 이명박 정부에서 서울지검장으로 일하며 용산 철거 현장 화재사건, MBC 〈PD수첩〉 광우병 보도 수사를 지휘했던 인물이다. '스폰서 검사'라는 오명을 받으면서 인사청문회 도입 사상 처음으로 검찰총장 후보자에서 낙마를 했다.

강남 지역 고가 아파트 구입 자금의 출처와 금전 거래가 있는 기업가와 동반 골프여행 의혹, 부인의 명품 쇼핑 등 개인 문제를 둘러싼 도덕성 논란이 불거져 결국 낙마했다.

몹쓸 짓을 하고 얼렁뚱땅 넘겨 버리면 아무도 모를 거라 생각할지 모르지만 딱 한 분, 하나님은 알고 계셨던 것이다.

3

2011년 2월 6일 MBC 8시 뉴스, 특종이 보도된다.

– 북한 공비의 침투가 극에 달하던 1960년대 말, 검거한 공비를 전향시켜 북파작전을 통해 북한군 수십 명을 사살한 사실이 확인됐습니다. 북파공작원 3명 모두 생포된 무장공비의 전향자로 밝혀졌습니다. –

뉴스가 끝나기 무섭게 많은 언론사와 지인들로부터 전화가 빗발쳤다.

"아, 왜 그걸 수십 년간 말씀 안 하신 거죠?"

"그 사람들, 어디 살아요?"

"왜 하필이면 무장공비 출신들이랑 작전을 하셨나요? 배신하면 어쩌려고……."

"두렵지 않았습니까?"

"속 시원히 공개하십시오. 그게 끝이 아니잖습니까. 그때보다 더하면 더했지 나아지지 않았잖아요, 북한의 위협이."

***

2008년 10월 8일 기무사 국정감사에서 처음 공개된 이후, 2011년 2월 방송과 신문을 통해 세상에 알려지자 나를 향한 사람들의 질문은 복사한 듯

한결같았다.

소문으로만 떠돌던 일이 사실임이 보도되자 모든 것을 공개하라는 요청이 쇄도했다. 비록 보안이 해제된 일이라 해도 방첩대장을 비롯한 여러 특수직책을 맡았던 나로선 선뜻 내키는 일이 아니었다. 그런 내 마음을 움직인 것은 공자의 말씀대로 칠십이 되어서는 마음이 하고자 하는 대로 하여도 법도에 어긋나지 않는다는 불유구不踰矩로, 나잇값을 해야겠다는 사명감이다. 나는 “숨 쉬는 그날까지 영원한 조국을 위해 충성을 다할 것이며, 군인이 가장 행복한 순간은 국가가 위태로울 때 나의 생명을 요구받는 순간이다”라 여기며 살아왔다.

시퍼렇게 아가리를 벌리고 호시탐탐하는 공산주의로부터 우리의 안보가 몹시 걱정되었다.

북한은 6·25전쟁 이전이나 이후나 변한 게 없다. 노동당의 일당 독재 속에 절대적인 충성을 강요하며 적화통일을 위한 무모한 도발을 일삼을 뿐이다.

김대중과 노무현 두 대통령이 햇볕과 포용이란 명분으로 제공한 현금과 식량 등의 지원이 15조 원에 달하지만 북한은 달라지지 않았다. 서해에서 우리 군의 천안함을 격침하고 연평도에 포격을 가해 수많은 인명을 앗아갔다. 북한의 본성상, 우리의 퍼주는 정책으로는 도발을 방지할 수 없다. 더는 침묵할 수 없다.

4

하나의 작은 꽃을 틔우는 데도 오랜 시간과 노력이 필요할진대 남북대치라는 격동의 세월을 살아온 파란만장한 삶을 압축하여 한 권의 책으로 묶는 일은 여간 어려운 일이 아니었다. 학창시절 이후로 일기나 기록을 남기지 않았기 때문에 더욱 힘든 작업이었다. 군인의 직책들이 기밀을 요하는 터라, 그 어떤 것도 기록으로 남길 수 없었다. 그럼에도 불구하고 한 권의 책으로

엮을 수 있음은 4년 넘게 원고를 정리해준 박지영 씨와 출간해주신 황금물고기 출판사 직원 여러분의 성원 덕분이다. 심심한 감사를 드린다. 더불어 나와 같은 시대를 고뇌했던 여러분들과 사랑하는 나의 가족들과 아내 박민자에게도 감사의 마음을 전한다.

***

이 책은 전체를 4부로 구성하였다.

· 6·25 참상을 보고 막연한 사명감으로 군인이 되기로 결심, 하위권으로 육사에 입학한 후 분투 극복하여 실제 군인이 되고, 특수 직책을 맡아 적과 맞닥뜨리면서 비로소 진정한 애국과 충정을 알아가는 내용을 담았다.

· 국가기밀이 해제되면서 2008년 국정감사를 통해 세상에 드러난 많은 작전 중 '대북 응징보복작전'을 '기록으로 정리하라'는 많은 분들의 뜻을 받들어 긴박하고도 숨 막혔던 당시의 상황을 실었다.

· 청와대를 까부수러왔다는 김신조의 1·21사태와 무장간첩 임관재, 박일근 사살, 건국 후 최대 간첩망인 한인동 일당 검거를 포함, 수많은 사선을 넘으며 임무를 수행한 내용을 기록.

· 군생활 최대 위기로 부연대장으로 쫓겨났던 불행, 연대장 시절에 장군자리로 발탁, 보직되었던 파노라마가 펼쳐진다.

· 끈질긴 집념으로 8년 만에 발굴해낸 동부전선 최초의 제4땅굴 이야기와, 육군참모총장에 오르기까지의 이야기를 담았다.

· 2009년 7월 14일 권력의 노예, 공안검사가 검찰총장 임명도 되기 전 사퇴하는 최초의 내정자가 된다. 각종 비리 유혹을 이기지 못하고 권력의 노예가 된 그가 정의롭게 살겠다는 나의 명예를 짓밟았던 사건을 수록했다.

· 체육청소년부 장관을 거쳐 15년 만인 2008년 국회 입성과 의정활동, 앞

으로 숨이 붙어 있는 한 조국을 위해 내가 해야 할 과제들을 담았다.

***

"산을 움직이는 일은 작은 돌을 옮기는 것에서 시작한다"는 공자의 말씀처럼 평생 총칼을 들었던 내가 총칼 대신 든 이 펜이 작은 돌이 되어 내 조국 대한민국을 움직이는 시작이길 바란다.

언제나 그렇듯 간절한 바람은 우리를 움직인다.

2016년 7월, 방배동에서 이진삼

예비역 육군대장 백선엽

나는 대한민국 육군 창군으로부터 1950년 6월 25일에는 문산축선 1사단장이었으며 육군참모총장 7대(1952년 7월)와 10대(1957년 5월), 초대 제1군사령관을 지냈다.

28대 육군참모총장이었던 이진삼 대장은 많은 후배들 중 초급간부 때부터 군 생활에 대한 특별 관심의 장군이었다.

1990년 5월 23일, 1군사령관이었던 이진삼 장군은 끈질긴 집념으로 발견한 제4땅굴로 나를 포함한 역대 군사령관들을 초청했다.

제4땅굴 견학을 마치고 UH1H 헬리콥터 4대에 분승, 원통고개를 넘어올 때의 일이다. 갑자기 폭풍을 동반한 폭우가 몰아쳐 헬리콥터 기체가 몹시 흔들렸다. 앞창으로 들이친 강한 비바람에 시야가 흐려져 조종사가 당황했다. 순간 나는 '아, 이제 죽는구나!' 하는 생각을 했다. 헬리콥터를 수없이 많이 탔지만 그런 위기 상황은 처음이었다.

그러자 나와 1번 기에 동승했던 이 사령관은 내게 선물로 받아 착용하고 있던 이스라엘산 선글라스를 벗더니 나의 왼쪽 손을 힘주어 잡아 안심시키고 나서 앞의 두 조종사의 등을 치며 말했다.

"당황하지 말고 침착해라. 도로를 따라 운행하고, 동쪽 방향 산을 피해 원통 강변에 위치한 12사단 활주로에 착륙하라. 뒤따르는 헬기에 연락해 동쪽 강과 산을 조심할 것을 전하라!"

나는 그때 이 사령관의 태도와 지시를 유심히 지켜보았다. 선글라스를 벗은 그의 눈은 레이저빔을 뿜어내는 듯했다. "임무를 수행하지 못한 자는 죽을 자격도 없다"는 평소의 그의 신념을 읽을 수 있었다. 긴박한 상황에도 한 점 흐트러짐 없는 추상같은 날카로운 판단을 내리는 것에 신뢰가 가고 안심을 할 수 있었다. 덕분에 헬기 3대는 비행 활주로에, 1대는 강변 모래사장에 안착했다.

12사단의 버스로 횡성까지 이동하며 유리창 너머로 바라본 거리는 살풍경했다. 가로수 20여 그루가 뿌리째 뽑혀 여기저기에 널브러져 있었다.

***

그 후 1년 뒤인 1991년 9월, 28대 육군참모총장이 된 이 장군이 이번에는 계룡대로 나를 포함한 역대 참모총장을 초청했다. 7대, 10대 참모총장을 역임했던 나는 생존한 참모총장으로 좌장이었다. 그 자리에서 나는 이 총장에게 "이 총장, 우리 1년 전 말이오. 원통 비행장에 불시착할 때 말이죠. 위험했죠?"라는 말을 꺼냈다. 그러자 이 총장은 "진심으로 죄송했습니다"라는 말로 사과를 했다. 죄송하다는 말을 듣고자 함이 아니라, 당시의 상황이 얼마나 위험했었고, 그 상황을 이 총장의 기개로 벗어났음을 상기하고자 함이었다. 그런 이 총장을 보며 들었던 마음은 하나였다.

이 시대의 참군인.

그는 그런 일들에 대해 '운이 좋아서'라고 말하지만, 그의 면면을 보면 '운이 좋아서'라는 말은 어울리지 않는다.

***

내가 처음 이 장군을 알게 된 것은 그가 소령이었던 1968년 11월 4일 저녁 9시 뉴스를 통해서였다. 충남 서산군에 침투했던 공비 2명(임관재, 박일근)을 수류탄을 던져 사살했다는 보도를 접하면서였다. 공비의 흉탄에 소병민 소령이 전사하자 이진삼 소령은 "후송하라"는 지시를 하고, 대원 2명에게 계속 적을 응사하도록 지시하고는 50m 우측으로 단독 우회해 공비 2명의 후면으로 접근, 수류탄 2발을 투척해 사살한 그의 용감성과 전투기술에 감탄

했다.

그 후, 1968년 1월 21일 청와대를 습격했던 김신조 일당 소탕작전을 총지휘했던 6군단장이었던 이세호 장군으로부터 당시 방첩부대 복무 중이던 이진삼 대위가 김신조를 설득, 2주간 소탕작전에 기여한 무용담을 태릉골프장에서 식사하며 들은 바 있다.

이후 나는 이 장군의 애국심과 용기, 그리고 전투기술 등에 대한 많은 이야기를 접하게 되었다.

***

40년의 세월이 지난 2010년 10월, 기무(방첩, 보안)사령관이 국회에서 공개해 세상에 알려지게 된 대위 시절의 '대북 응징보복작전'에 대한 대목은 군인으로서 후배들에게 시사하는 바가 매우 크다.

애국정신, 강인한 체력, 해박한 군사지식을 바탕으로 생사를 초월하여 임무를 완수한 군인 중의 군인. 불의를 보면 참지 못하는 정의감과 청렴결백한 소신파로 군의 최고 통수 참모총장까지 남다른 파란곡절波瀾曲折, 파란만장波瀾萬丈을 겪으며 성장한 성격, 기질, 행동의 삼위일체가 맞아떨어진 참군인이다.

백 마디의 말보다 실천에 옮기는 것이 먼저였던 그의 삶이 수록된《별처럼 또 별처럼》은 내가 읽었던 독일 롬멜의 저서《보병전술》과는 견줄 수 없을 만큼 실전을 통한 전투 경험이다.

특히 이 장군 자서전의 생소한 경험들은 누군가 일부러 써놓은 대하드라마를 펼쳐놓은 듯하다. 한 개인의 역사이기보다 우리 군의 아픈 역사의 줄기로 후배들에게 일독을 권하고 싶다.

***

세계 속의 한반도, 남북의 분단과 함께 동족상잔의 뼈아픈 비극을 목격한 소년의 눈에 비친 조국의 현실은 소년으로 하여금 군인의 길을 꿈꾸게 했다.

꿈은 꿈꾸는 자의 몫으로, 소년은 꿈을 꾸었고 그 꿈을 이루었다. 마침내 육군사관학교에 입학을 한다. 그러면서 사람과 사람의 관계에서 인간에 대한 성장통을 겪으며 빚어진 일들이 쌓이고 쌓여 역사의 작은 물줄기로 이어졌다.

지나간 옛 시절의 사람들과 또 그들이 살았던 시대에 있었던 일들, 숨막히는 긴장의 도가니에서 맺어진 인연들, 그리고 사건과 사건들 속에서 부상 한 번 없이 살아남은 전설의 인물, 과연 그는 풍운風雲의 장군이다.

白善燁

꿈, 날개를 달다

나는 칠갑산 기슭에서 태어났다. 산정에서 능선이 여러 갈래로 뻗어 내리며 지천과 계곡을 싸고돌아 일곱 곳의 명당자리를 만들었다 하여 칠갑산이라 불리는 이 산은 '충남의 알프스'라는 이름만큼 산세가 거칠고 험준하면서 아름답다.

내가 자란 곳은 백제의 자주성自主性과 저항의식이 고스란히 깃들어 있는 고란사, 낙화암, 부산서원浮山書院, 자온대 등의 절경을 가진 백마강 인근의 부여군扶餘郡 은산면恩山面 은산리恩山里 111번지(현재는 부여군 충의로 673번길 5-35).

집을 둘러싼 야트막한 야산들이 병풍처럼 에둘러 있어 멀리서 보이는 마을은 수묵화의 붓 터치처럼 정겹다.

마을의 풍요와 평화를 기원하는 당산堂山 앞 공터는 뛰노는 아이들의 목소리로 언제나 활기찼다. 그 틈에서 어린 시절을 보낸 덕분에 남보다 한 뼘 정도 작은 키였지만 동작이 빠르고 다부져서 무슨 운동을 하든 으레 대표선수로 끼곤 했다. 축구, 육상, 평행봉(기계체조) 등 뭐가 됐든 지는 걸 싫어했다. 한번은 친구들과 백마강 백사장에서 씨름을 할 때였다. 애당초 덩치 차이가 크게 나서 이기기 어려운 상대였지만 마음먹고 시작한 터라 나는 이길 때까지 계속해서 달려들었다. 결국 나의 끈기에 두 손 두 발 안 든 친구가 없었다.

나는 3남2녀 중 장자로 태어났다.

비록 우등생은 아니었어도 부모님, 선생님과 동네 어른들의 애정과 기대

▶ 1941년 8월, 부모님과 동생 이진백(2살)

▼ 1952년 8월, 군내소년축구대회 우승(앞줄 왼쪽 첫 번째)

가 매우 컸다. 공부보다는 운동을 잘하는 편이었으며 어른들께 예의 바르고 착하다는 평을 들었다.

"사람은 정도正道를 걷고, 경우境遇에 틀리는 일은 결코 해서는 안 된다"는 부모님의 가르침을 어려서부터 받았다.

집을 떠나 금 캐는 광산 소장을 하셨던 아버지를 대신해 나는 어려서부터 심부름을 다녔다. 기억에 남는 것은 상갓집 심부름이다. 어머니는 어린 내게 상주에게 하는 "상사喪事, 여쭐 말씀이 없습니다. 약소하지만 받아주십시오"라는 인사말을 일러주셨고, 나는 그 말씀을 상주에게 전하곤 했다. 그리고 나의 전언傳言은 곧 마을 유행어가 될 만큼 회자되었다. 가을에 낙엽이 쌓이면 그것을 모두 쓸어 담아 불을 지피고, 겨울에 눈이 내리면 집 앞과 길가의 눈을 치우는 일도 내 몫이었다.

***

부모님의 바람은 내가 대전중학교에 입학을 하는 것이었다.

운동을 하느라 공부가 부족했지만 부모님의 기대를 저버릴 수 없어 집중과 몰두로 준비한 결과 나보다 훨씬 공부 잘한다던 학생들이 떨어졌는데 나는 운 좋게 합격을 했다. 어찌 됐든 부여 촌놈인 내가 당시의 대전중학교에 합격한 것은 현재의 미국 하버드대학에 들어간 것보다 더한 일로 마을 전체가 시끌벅적했다.

지금이야 부여에서 대전까지 한 시간이면 충분히 갈 거리지만, 당시에는 새벽부터 서둘러 시간 맞춰 버스를 타고 논산까지 가서 열차로 갈아타야 했다. 나는 부여에서 대전으로 유학을 간 셈이었다. 하숙을 했고, 집에는 방학 때만 갔다.

천신만고 끝에 대전으로 유학을 가긴 했으나 난 공부보다 운동이 여전히 먼저였다. 삼성동에 가서 대전공업 학생과 같이 복싱을 배웠고 더러 싸움질도 했다.

그러던 1950년 4월, 중학교 2학년이 된 지 얼마 되지 않아 전교생이 영화를 보러 갔다. 제목이 '3·8선의 열쇠'로 북한이 휴전협정을 위반하고 3·8선을 통해 약 680회나 남한을 침범, 거기에 대응하는 우리 군의 모습이 주 내용이었다. 영화의 하이라이트는 북의 정보를 빼내기 위해 북한으로 숨어들어간 우리 군이 북한군과 맞닥뜨리면서 북한군을 사살하는 장면이었다. 그 장면을 보는 순간, 막연하게 꿈꿔왔던 군인이 되겠다는 생각이 소용돌이를 일으켰다.

그리고 두 달 후인 1950년 6월 25일 새벽, 북한의 기습 남침으로 전쟁이 발발했다. 휴교령이 내려졌고 나는 고향인 부여로 피란을 왔다. 하지만 그것도 잠시뿐이었다. 7월 중순이 되자 내가 사는 시골마을까지 북한 인민군들이 밀고 들어왔다. 인민군들은 마을을 점령 후, 유지들을 친일파, 악질지주, 매판자본가, 반동관료배 등으로 규정하고 무자비하게 학살했다. 두렵고 끔찍했다. 우리 가족은 마을에서 약 10km 떨어진 산속으로 피란을 갔다.

그해 7월 말, 마을 곳곳에 붓글씨의 삐라(전단지)가 나붙었다.

"때려잡자 김일성! 물러가라 인민군! 대한민국 만세!"

마을이 발칵 뒤집혔다. 학교, 면사무소, 장터 등에 같은 전단지가 붙어 있자 내무서원들은 눈에 쌍심지를 켜고 범인 색출에 나섰다. 마구잡이로 마을 사람들을 내무서(북한군이 점령지역에 둔 안전기관)로 잡아갔다. 그 바람에 나도 친구인 방대현(전 중학교 교장)과 함께 잡혀갔다. 여러 날 동안 내무서원으로부터 협박과 쇠좆매(수소의 말린 생식기)로 고문을 당하기도 했다. 결국 붓글씨를 써 보이고 전단지의 글씨와 같은 서체가 아니란 것을 증명하고 풀려날 수 있었다.

친구와 나는 그 일을 학교 선배들이 했음을 알고 있었다.

이미 의용군에 자원해 나간 터라 이름을 알려준다고 해도 인민군들은 어쩔 방법이 없었을 테지만, 친구와 나는 끝내 입을 열지 않았다. 만약 당시 내무서에서 친구와 나를 대전교도소로 넘겼다면 죽었을 것이다. 얼마 후, 인민군이 다시 북으로 도망갈 때 교도소에 있던 사람들을 죄다 죽이고 갔으니 말이다. 처참한 동족상잔의 비극이었다.

이후 열다섯 살이었던 내게 구체적인 꿈이 생겼다. 김구 선생의 소원처럼 힘 있는 국가를 만들고 싶었다. 전쟁이 일어나면 '아침은 개성에서, 점심은 평양에서, 저녁은 신의주에서' 먹겠다던 정부가, 실제로 전쟁이 일어나자 속수무책으로 당하고만 있다. 그런 국가가 아닌 강력한 국가로 만들고 싶었다. 이로써 막연했던 내 꿈은 구체화되었고, 육사에 진학을 하게 되었다.

차례

part 03 장군將軍의 길

part 04 또 다른 시작

PART 01

악으로 깡으로

자8807

육사陸士생도 시절 01

당신이 등지지 않는 한, 운명은 언젠가는 당신이 꿈꾸고 있는 대로
고스란히 당신의 것이 된다.
– 헤르만 헤세 〈데미안〉

꿈을 품다

대부분의 사람들은 현실과 타협하여 안주하려는 욕망과 이상의 꿈을 추구하려는 욕구를 동시에 품고 있다.

그런 면에서 나는 '대부분'이란 범주 밖의 부류였나 보다. 그 두 가지 마음 중 나의 선택은 늘 후자後者였으니 말이다. 육군사관학교(이후 육사로 칭함)에 입학한 이후 지금껏 그래 왔다. 아니 더 정확하게 말하자면 육사를 선택한 일부터 그러했다.

대전중학교를 졸업하고 대전고등학교에 진학, 3학년이 되자마자 부여고등학교로 전학을 했다. 이유는 단지 축구를 하기 위해서였다. 공부보다는 운동을 좋아했고, 축구선수로는 남들의 부러움을 살 만큼 공을 잘 찼기 때

문이다.

누구보다 운동을 잘하고, 또 열심히 하는 내 모습을 보며 선생님과 주위 어른들은 한결같이 '기질 있는 용감한 군인'이 제격이라고 말씀하셨다. 내가 군인이 될 것을 의심하는 사람은 아무도 없었다. 문제는 실력이었다. 육사에 들어가 군인이 되는 것은 운동만 잘해서는 불가능했다.

본래 육사는 1945년 12월에 설치된 군사영어학교가 전신으로, 남조선국방경비대사관학교, 조선경비사관학교로 잠시 이름이 바뀌었다가 1948년 9월에 육군사관학교로 개명된 후 지금껏 이어지고 있다.

초창기에는 일제강점기의 일본군이나 만주군에 복무했던 군인들을 입교入校시켜 단기교육을 실시했다. 6·25 전쟁이 발발하면서 일시 휴교를 했다가 전쟁 중인 1951년 10월 경남 진해에서 4년제 정규 육군사관학교로 개교를 했다. 이듬해인 1952년 1월, 육사 정규 1기생도 입교식과 함께 정규 4년간의 교육을 실시해 육군 소위로 임관, 졸업생도들에겐 이학사학위를 수여하게 되었다. 1953년 7월 27일 휴전이 되자 이듬해인 1954년 6월 서울 태릉泰陵으로 이전해 현재에 이르고 있다. 1957년 3월에는 화랑대花郞臺라는 이름이 붙여졌다.

화랑대는 본래 일제강점기에 지원병 훈련소였던 것이 광복 이후 국군이 창설되면서 군 장교를 양성하는 교육기관으로 자리매김을 했다. 군사영어반을 비롯해 옛 육사 1기에서 9기까지, 생도 1기와 2기를 교육하고 있을 때 6·25 전쟁이 발발했다.

생도 1기는 1949년에 2년을 수학修學 후 졸업, 육군 소위로 임관함과 동시에 초급대학 졸업 자격을 부여했다. 우수 생도에게는 미국 유학의 특전 제공 혜택을 내걸고 선발된 313명의 경쟁률은 무려 13대 1이었다.

이에 군은 자신감을 얻었고, 수학 기간을 4년으로 늘렸다. 교육 과정은 미국의 웨스트포인트 아카데미(West Point Academy, 미 육군사관학교)와 같았다. 졸업 후 이학사학위 수여, 미국 유학 등의 특전을 추가하니 생도 2기는 1950년 모집한 생도 1기들보다 더욱 치열해진 28대 1이란 경쟁률을 뚫고 449명이 입교했다.

하지만 1기는 1년 만에, 2기는 불과 24일 만에 6·25 전쟁을 맞게 되었다. 제대로 훈련을 받지 못한 채 군번이나 계급장도 없이 전쟁에 투입되어 엄청난 희생자를 냈다. 생도 1기들은 그나마 임관이라도 했지만, 2기생들은 임관조차 하지 못했다. 육사를 지원하는 인재들은 해를 거듭할수록 더해갔다. 공부에만 전념했어도 입학이 어려운 곳을 언제나 운동이 우선이었던 나에 대한 부모님의 걱정은 너무나 당연했다.

시험에 응시하다

부모님의 바람대로 부여고등학교 앞에 있는 중정리에서 하숙을 시작했다. 다른 학생들은 집에서 학교까지 40~50분씩 걷거나 자전거를 타고 다녔지만, 나는 하숙을 하며 다시 또 내 자신에게 모험을 걸었다. 영어와 수학은 기초부터 다시 시작했고 국어·영어·수학·과학·역사 등 주로 육사 시험과목 위주로 공부에 집중, 몰두했다.

다른 사람은 학교에서 가르쳐준 정답의 공부를 했지만, 나는 3군(육군·해군·공군) 사관학교 기출문제집을 구입해 공부를 하며 출제 문제에 대한 유형을 익혔다. 내가 육사와 동시에 공사에도 합격한 것이 운運만은 아니었다.

***

1954년 12월, 드디어 육사 입학시험에 응시했다.

충남지구 병사구사령부(지금의 병무청)의 지원하에 육사교관들이 파견 시험을 실시했다. 1차 신체검사를 통과해야 2차 필기시험(국어·영어·수학·과학·

역사)에 응시할 수 있었다.

나는 대전의 삼성초등학교에서 2차에 응시했다.

3차는 태릉 사관학교에서 체력 검정으로 3㎞ 달리기를 비롯하여 팔 굽혀 펴기, 쪼그려 뛰기, 허리 굽혔다 펴기, 철봉 턱걸이 등을 측정했고, 면접은 구두시험으로 인물고사를 치렀다. 나는 물 만난 물고기가 되었다. 물 찬 제비 같은 내 몸놀림에 체육교수는 육·해·공군 사관학교 체육대회 종목이었던 축구선수 선발을 염두에 두고 합격을 예상하면서도 기본 점수인 학과 성적에는 불안해했다.

1·2차에서 300여 명을 선발하고 3차 중앙시험에서 230명을 선발하는데 내가 159등으로 합격한 것은 기적과 다를 바 없었다. 3개월 동안 하숙까지 하며 공부를 했다고는 해도 턱없이 부족한 공부였다. 공부라는 것이 하루 아침에 큰 성과를 내는 게 아니었기 때문이다. 영어 해석과 작문이 주어졌을 때는 눈앞이 캄캄했다. 어떻게 시험을 봤는지 기억이 없다. 더구나 함께 응시했던 사람들이 시험을 마치고 나오면서 하는 말이 나를 더 나락으로 떨어뜨렸다. 그들 말대로라면 나만 빼고 그들 모두는 합격이었다.

1955년 3월 1일, 나는 발표일이 오지 않길 간절히 바랐다.

육사 정규 5기생에 합격

1955년 3월 1일 아침.

서울신문에 발표된 5기 육사 합격자 명단에 있는 내 이름에 나의 눈을 의심하며 동명이인일 수도 있다는 생각에 충남 병사구사령부로 달려가 생년월일을 확인했다. 틀림없는 나였다. 전국의 내로라하는 인재들 틈에 학과공부 보다는 운동이 우선이었던 내가 끼었다. 부여고등학교에서 5명이 응시하여 나만 합격했다. 내가 대전중학교에 합격했던 1949년 그날 이후 부모님은 물론, 학교와 부여군이 또 한 번 들썩거렸다.

나중에 안 사실로 나는 합격생 230명 중 159등으로 간신히 육사 문턱을 넘어선 거였다. 시쳇말로 나는 꼴등이나 다름없는 육사 예비합격생이었다. 당시의 그런 나를 보고 장차 장군이 될 거라고는 나를 포함하여 어느 누구도 예상하지 못했을 것이다. 당시 우리 면에서 최고위직 군인이 육군 대위였기에, 내가 예상하는 내 미래의 최고위직은 중령이었다.

육사 기별期別 호칭의 변경

내가 육사에 입학하기 전인 1955년 4월 27일, 육군본부에서는 느닷없이 재학 중인 생도의 기별 호칭을 변경한다는 결정을 내렸다. 육사 창설일을 5월 1일로 하고, 군의 역사와 전통을 단절 없이 계승시킨다는 명분으로 정규 육군사관학교 제1기생이 11기생으로 호칭이 변경되었다.

내가 정규 5기 입학 예정자이니까, 입학과 함께 15기생이 되는 셈이었다. 정규 1기생들의 반발은 미루어 짐작이 갔다. 정규 1기생 그러니까 '1이라는 처음의 의미'는 어휘 그 이상이다. 특히 군인에게 있어 '처음'의 의미는 '명예'이고 '자부심'이다. 하루아침에 그 의미를 상실하였으니 육사 내부의 혼란은 엄청났다.

내가 15기생으로 입학 할 즈음에는 어느 정도 혼란은 가라앉았지만 정규 1기생, 아니 11기생이 졸업하기까지는 5개월여 기간이 남아 있던 터라 서운함은 여전히 있었다.

신념

1955년 6월 28일, 나는 마침내 육사 정규 5기생, 아니 15기생으로 입교를 했다. 내가 성적이 우수해서 합격한 것보다는 운동을 잘했고 무엇보다 축구를 잘하니까 선수로 쓰기 위해 뽑지 않았을까 싶다. 3차에서 보여준 체력검정 시험에서 빼어난 운동 능력에 플러스알파가 작용했을 터였다.

나는 달라지기 시작했다.

막연한 애국심으로 육사를 지원했던 마음과 달리 실제로 육사에 들어와 지휘관으로서의 교육을 받게 되면서 나는 달라질 수밖에 없었다. 조시 버나드 쇼의 말마따나 "사람이 현명해지는 것은 능력에 의한 것이 아닌, 경험에 대처하는 능력에 따른다"는 사실을 깨우친 터였다.

갱스터 영화의 고전 〈더럽혀진 얼굴의 천사(Angels with Dirty Faces, 1938)〉를 보면, 어릴 적 빈민가의 단짝 악동 로키와 제리가 등장한다. 둘은 20년 후 전혀 다른 운명으로 만나게 된다. 제리는 부랑아들을 선도하는 사제司祭로, 소년원을 제 집처럼 드나들던 로키는 암흑가의 보스로.

어릴 적 함께 소매치기를 하다 들켜 줄행랑을 칠 때면 매번 붙잡힌 건 로키였다. 발이 늦었다. 그런 로키는 끝내 사형을 선고받게 되는데 두 사람의 인생을 가른 건 다름 아닌 뜀박질이었다.

로키처럼 나 또한 공부에 관한 뜀박질이 늦다는 걸 뼈저리게 깨우친 건 육사를 들어가서였다. 우등을 하고 1등을 위한 뜀박질이 아닌, 생도로서 임무를 수행하기 위해선 더 많은 공부를 필요로 했다. 나는 토요일 오후 외출을 마다했다. 다른 생도들이 외출을 나간 그 시간에 책을 보고 공부를 했다. 다른 사람보다 두 배, 세 배는 노력해야만 된다는 신념을 갖게 된 것이다. 그리고 신념에 대한 결과는 아주 천천히 그 모습을 드러내기 시작했다.

가치관과 철학

육사의 학과제도는 모든 생도들이 철저히 경쟁 대상이다. 테이어Thayer 제도라고도 불린 육사 교육 방식은 공병工兵 기술 교육 중심으로, 공병 장교였던 테이어가 1815년 프랑스의 에콜 폴리테크닉(프랑스의 엘리트 관료를 양성하는 국립공대)에 유학을 가서 배운 것을 미국 육사로 도입했다.

미국의 육사(웨스트포인트) 교육은 제1차 세계대전 이후 더글러스 맥아더 장군이 교장이 된 뒤 스포츠의 중요성과 명예제도를 추가했다. "생도는 거짓말하지 않고, 속이지 않으며, 훔치지 않고, 그런 비리를 묵인하지 않는다"는 명예제도를 확립했다. 토머스 제퍼슨 대통령의 재가로 1802년 설립된 웨스트포인트는 미국 최대의 공대工大였다.

당연히 웨스트포인트 출신 장교들이 지휘한 미군의 공병단은 19세기 개척기에 미국의 도로나 철도 항만 등을 건설하는 데 있어 큰 역할을 했다. 한국의 육사 또한 이런 미국의 이공계 시스템을 그대로 가져왔다. 물론 미국 육사의 시스템이 단점이 없는 것은 아니었다. 지나친 경쟁으로 인해 이기심과 협동심 부족이 나타났다. 그럼에도 불구하고 돌이켜 보니까 그런 것들은 결국 군대라는 특수한 조직에서 단지 단점으로만 간주할 것은 아니었다. 적어도 내게 있어 그러한 시스템은 군인으로서 '임무수행' 능력과 사생관 정립에 무관하지 않았기 때문이다.

그래서였을까, 나는 육사 내내 '공부 잘한다' 혹은 '머리가 좋다'는 소리는 자주 듣지 못했으나 훈육관들로부터 '군인답다'는 점에서는 늘 최고로 뽑혔다. 그러니까 전투지휘관으로선 최고로 인정을 받았다. 특히 적재적소, 직장취미, 능력발휘 차원에서 공병이나 포병 대신 보병의 선택은 나로 하여금 날개를 달게 했다.

1959년 5월 27일, 120등으로 소위로 임관, 40일간 휴가를 다녀온 후 7월부터 6개월간 초등군사반 교육을 받았다. 보병 동기 100명 중에 2등을 했다. 반드시 우등을 하겠다는 목표를 둔 게 아니었다. 소대장과 중대장의 임무수행을 잘 해야겠다는 생각이 나를 자극했고 위에서 언급한 것처럼 외출외박을 줄이고 임무수행에 필요한 학문에 매진한 결과였다.

전술학과 지휘통솔, 학술학에 치중했다. 취미 적성에 맞았다. 중간 중간 학점이 지게(A학점의 A가 지게 모양을 닮아서 붙인 이름)를 지고 나왔다. 동기생은 물론 선배들에게까지 인정을 받았다. 물론 축구를 비롯한 모든 운동에 있어 독보적인 활약을 했던 것도 한몫했다.

말장난처럼 보일 수 있지만 당시에 내가 임무수행이 아닌, 단지 출세를 위해 우등을 하겠다는 신념으로만 달려들었다면 내 미래는 달라졌을 것이다. 임무수행을 위한 신념인가 아니면 출세를 위한 선택이냐는 백지 한 장 차이밖에 안 된다. 중요한 것은 마음자리가 어디에 있는지를 따져보면 된다.

토끼와 거북이의 이야기에서도 알 수 있다. 토끼는 상대를 보지만 거북이는 나와 마찬가지로 목표만 본다.

걸음은 느리지만 시선은 목표를 향해 맞춰져 있다. 집중의 눈길이다. 그러니 발걸음, 시선, 목표가 한 방향으로 일치해 안정돼 있다. 반면, 토끼의 시선은 어떤가. 자신이 아닌 주변의 경쟁자를 향해 있다. 앞으로 뛰긴 하는데 두리번거리는 이유가 여기에 있다. 설령 경쟁자보다 앞섰다 해도 마음은 늘 조급하다. 시선과 발길이 어긋나 있다 보니 눈은 멀리 둘 목표가 없다. 당연히 목표 없는 생활은 흔들리고 추월의 불안으로 삶 전체가 불행할 수밖에 없다.

그런 면에 있어서 나는 다른 사람과 생각이 달랐다.

애초에 우등을 하겠다는 욕심이나 출세를 하겠다는 생각은 언감생심 가져본 적이 없다. 시골 촌놈이 육사의 교육을 받게 되었다는 감사함과, 지금

내가 그 자리에서 할 수 있는 일은 군인으로서 오로지 임무수행을 하기 위한 가치관과 신념을 공고히 하는 일이라 여겼을 따름이다. 그리고 나는 가치관과 신념을 공고히 하기 위해 매사에 '끈기'와 '집념'으로 노력했다.

실제로 뛰어난 두뇌로 인류의 위대한 발전을 이끈 과학자 뉴턴과 아인슈타인, 그리고 스티븐 호킹 박사 등은 입을 모아 "굳은 인내와 노력을 하지 않는 천재는 이 세상에서 있어본 일이 없다"고 했다. 하물며 나 같은 평범한 사람이 할 수 있는 일은 실패를 두려워하지 않는 용기와 함께 끈기로 무장해야 함은 어쩌면 너무나 당연한 일이었는지 모른다.

명량해전을 승리로 이끈 이순신 장군에게 열두 척의 배가 있었다면, 내겐 군인으로서 소대장과 중대장의 임무수행을 위한 지식함양에 슬기와 지혜를 모은 끈기와 집념의 노력이 있었다.

밥, 밥, 밥

지금도 마찬가지지만 당시에도 육사는 서울 출신 생도들이 대부분이었다. 그런데 서울 생도들은 어느 누구도 나를 자기 집으로 초대할 수 없었다. 서울은 6·25 폭격으로 폐허화되었고 생활도 나보다 어려웠다. 나는 휴가 때마다 동기생들을 시골집으로 데려갔다. 그럴 때면 어머니는 닭을 잡는다거나 소고기와 생선 등 이런저런 먹을거리를 만들어주셨다. 거기에 덤으로 두둑한 용돈까지 쥐어주셨다. 전쟁을 겪은 지 얼마 안 됐지만 부여 백마강 낙화암 뱃놀이를 하는 등 즐거운 휴가를 보냈다.

1959년 광산을 하시는 아버님 덕분으로 비록 내가 박봉의 월급쟁이였지만 소신껏 군 생활을 할 수 있었다.

당시 군에서는 군 간부들이 박봉에 시달리며 먹을거리인 주主·부식副食을

▲ 1958년 12월, 육사 생도시절
고향 친구들과 함께
◀ 육사 생도시절 가족들과 함께

빼돌리거나 산의 나무를 잘라 팔아먹는 비리가 적지 않았다.

젊은 장교들은 "썩어빠진 군 간부들이 군의 발전을 저해하고 있다"고 개탄했다. 그런 이야기를 들을 때마다 나 스스로는 다짐하고 또 다짐을 했다. '기필코 나는 깨끗하고 정의로운 참다운 군인이 되겠노라'고.

그래서였을까, 초급장교 시절의 내 삶은 이상하리만큼 보급투쟁을 많이 했다. 마치 병사들의 먹을거리를 지켜내야 하는 역사적 사명감을 갖고 태어나기라도 한 것처럼.

지금 생각하니 가난했던 우리 중대장 윤 대위와 대대장 안 중령에게 큰 죄를 지은 것 같아 죄송스러울 따름이다.

직각보행直角步行과 '우리'

1955년 7~8월 무더위를 이겨내며 1학년 과정 기초 군사훈련을 받으면서 가장 중점을 두고 공들여 노력한 교육 중 하나는 직각보행이다. 군인은 모름지기 걸음걸이가 단정하고 늠름하고 절도가 있어야 한다고 여겨 무엇보다 직각보행을 강조했다.

운동장에다 횟가루를 뿌려 정사각형을 커다랗게 그려 놓은 후, 그 위에 똑바로 서서 눈은 15도 위를 향하고, 턱은 자연스레 목에 붙이며, 팔은 곧게 뻗고, 주먹은 계란 한 개를 부드럽게 쥔 듯 하고, 가슴은 당당하게 앞을 향하는 것이 직각보행의 자세다.

맨 처음 얼핏 봤을 때는 '그까짓 거 뭐 어려워'라는 생각이 들었다. 하지만 위의 자세로 직접 보행에 들어가서 자연스레 팔을 앞으로는 12인치 뒤로는 6인치를 흔들며 발과 다리를 곧게 편 채 앞으로 70cm를 내딛었을 때 상황은 180도 반전되었다.

엉망진창이었다. 나를 포함하여 생도들이 '그까짓 거 뭐 어려워' 하는 표정이긴 하지만 실제로는 그 반대였다. 자기가 어떻게 걷는지는 모른 채 다른 생도가 걷는 모습을 보고 웃느라 정신없었다.

로봇처럼 딱딱하게 걷는 생도, 엉덩이를 쭉 빼고 걷는 생도, 팔자로 걷는 생도, 가슴을 내밀고 걷는 생도, 턱을 흔들며 걷는 생도, 팔을 옆으로 흔들며 걷는 생도 등등. 그중 압권은 같은 쪽의 손과 발이 함께 나가는 생도들이었다.

그런 오합지졸의 걸음이 통일되어야만 모든 제식制式 동작은 일체감이 난다. 매일 하루에 한 시간 이상을 연습한 결과 한 달여가 지나면서 겨우 모양이 잡히기 시작했다. 사관생도의 보행은 항상 직행直行 혹은 직각直角으로 구부러짐은 금물이었다. 앞으로 직진을 하다가 모서리를 돌 때도 절도 있게 직각으로 돌아야 하고, 식사를 할 때의 숟가락질 또한 일직선으로 들고 직각으로 꺾어 입에 넣어야 했다.

그러다보니 외출을 나가게 되면 사람들의 주목을 받기 십상이었다. 기계처럼 움직이는 것을 수군거리며 신기해했다.

우리는 이를 부끄러워하거나 창피하게 여기지 않았다. 오히려 당당한 거동擧動이라며 자랑스러워했고, 여학생들의 시선을 의식할라치면 일부러 목에 더 힘을 주고 직각보행을 했다. 이는 육사 생도, 우리만이 할 수 있는 하나의 예술이라 여겼다.

그랬다. 적어도 나와 너를 뭉뚱그려 '우리'라는 표현이 제일 잘 어울리는 것은 군이라는 특수한 소속감 때문이었다. 오합지졸에 엉망진창인 걸음걸이가 어느 순간 '우리'로 하나가 될 수 있었던 것은 사회에서의 조직도 마찬가지겠으나 군 생활에서의 소속감의 묘한 작용이다.

나중에 내가 제식훈련을 통해 절도의 미美와 힘으로 단련을 하고 응원단장과 중대장 생도를 맡는가 하면, 외부 학생 견학 인솔활동 등 다양한 활동을 학교 훈육관 지시에 따라 한 것도 같은 맥락이다. 1학년 복종, 2학년 모범, 3학년 실천, 4학년 인격 도야가 학년 주 목표로 나는 지금도 이를 잊지 않고 있다.

충성忠誠의 진정한 의미와 사생관死生觀

우리의 육사 교육은 미국 웨스트포인트의 프라이드가 고스란히 녹아들어 있다. 조국, 명예, 책임 의무를 강조했다. 거기에 자사子思의 《중용中庸》에서 비롯된 '지智 · 인仁 · 용勇'을 우리 육군사관학교 교훈으로 삼고, 인간이 수양을 통해 이룰 수 있는 최고의 덕목을 갖추도록 했다.

육사 교육 중 내 자신이 가장 크게 놀랐던 것은 '충성'의 개념이었다. 지금껏 내가 알고 있던 개념을 완전히 무너뜨렸다. 유교 문화권에서 배웠던 한 개인에게 바치는 의미가 아닌, 국가에만 바치는 것이 진정한 충성의 의미였던 것이다.

삼강오륜三綱五倫은 유교儒教의 도덕에서 기본이 되는 세 가지의 강령綱領과 다섯 가지의 인륜人倫을 말한다.

군위신강君爲臣綱 · 부위자강父爲子綱 · 부위부강夫爲婦綱의 삼강은 글자 그대로 임금과 신하, 어버이와 자식, 남편과 아내 사이에 마땅히 지켜야 할 도리를 의미한다.

오상五常 또는 오전五典이라고도 하는 오륜은 《맹자孟子》에 나오는 부자유친父子有親 · 군신유의君臣有義 · 부부유별夫婦有別 · 장유유서長幼有序 · 붕우유신朋友有信의 다섯 가지로, 아버지와 아들 사이의 도道는 친애親愛에 있고, 임금과 신하의 도리는 의리에 있으며, 부부 사이에는 서로 침범치 못할 인륜人倫의 구별이 있으며, 어른과 어린이 사이에는 차례와 질서가 있어야 하며, 벗의 도리는 믿음에 있음을 뜻한다.

본래 삼강오륜은 중국 전한前漢 때의 거유巨儒 동중서董仲舒가 공맹孔孟의 교리에 입각하여 삼강오상설三綱五常說을 논한 데서 유래되었다. 중국은 말할 것도 없고 한국에서도 과거 오랫동안 사회의 기본적 윤리로 존중되어 왔다. 물론 지금도 우리의 일상생활에 깊이 뿌리박혀 있는 윤리 도덕이다.

이처럼 우리의 삼강오륜 교육은 개인이 개인에게 지켜야 할 도리를 강조하여, 충성의 의미 또한 개인이 개인에게 집중하는 교육으로 이어졌다. 그러다보니 충성의 의미가 어느 개인에게 잘 보여서 마치 권력의 노예가 되는 꼴이었다. 미리 알아서 긴다거나 아부 등의 도구로 전락되었다.

이 말은 내가 대전중학교 다닐 때의 한상봉 교장선생님이 아침 조회 때마다 하신 말씀과 부합되었다.

"이 세상은 없어야 할 사람이 있고, 있으나 마나한 사람이 있고, 꼭 있어야 할 사람이 있다. 우리는 꼭 있어야 할 사람이 되어야 한다."

나는 선생님의 말씀을 가슴 깊이 새겨 두었다.

'꼭 있어야 할 사람'이 되기 위해서, 황금이나 권력이 아닌 국가의 기대에 부응하려는 사생의 가치관과 철학, 필사즉생의 각오를 다짐했다.

군인답다는 말

4학년이 되면서 5중대장생도 명을 받았다.

훈육관들은 내게 특과가 아닌 보병장교로 임관할 것을 권유했다. 나 역시 같은 생각이었다.

6·25전쟁을 겪은 생도대장 최주종 장군은 나의 생도생활을 지켜보고는 "중대장, 대대장 하면 잘할 거야"라고 치켜세우는 것을 주저하지 않았다. 그

때부터 나는 군인으로서 갖춰야 할 정신자세와 품성 그리고 실력배양에 관심을 갖기 시작했다.

그렇다고 내가 처음부터 장군의 꿈을 꾼 건 아니었다. 아니, 못했다. 당시의 시대 상황은 언제 전쟁이 일어날지 모를 만큼 급박했다. 기껏해야 대위 혹은 중령까진 할 수 있을 거라 막연히 생각했다. 이런 와중에 생도생활을 마쳤다.

놀라운 것은 230명 중 159등으로 간신히 육사를 입학한 내가 소위로 임관 시 120등이었던 사실이다.

물론 나는 공부 잘한다는 소리는 듣지 못했다. 반면 훈육관들로부터 '군인답다, 지휘관 하면 잘할 것이다'라는 말은 수없이 들었다. 더욱 군인답기 위한 나의 필사의 점프는 그때부터 시작이었다.

시간이 누구나 공평하게 가지고 있는 유일한 자본이라면, 나는 그 유일한 자본을 임무수행을 하고 군인답기 위한 노력에 모두 사용하였다.

축구부

나는 특기를 '축구'라 하고 육사에 들어왔으나 정작 축구부에는 들지 않았다. 태권도부에 들어갔다. 이유는 축구를 하게 되면 학과 공부를 따라갈 수 없어 퇴학당할지도 모른다는 우려에서였다.

그런데 문제가 생겼다. 수요일 체육의 날 오후, 4학년인 축구부 주장 최병진 생도가 신입생 명단을 들고 사방팔방 나를 찾으러 다녔다. 그러다 태권도부에 있던 나를 발견하자마자 감정을 실어 힘껏 주먹을 날렸다. 순식간의 일이었다. 나는 굳이 그의 주먹을 피하지 않았다. 꿈쩍도 하지 않았다.

"인마, 너 왜 축구부에 오지 않고 엉뚱한 데 와 있는 거야?"

그의 목소리가 나지막이 떨렸다. "어쭈?" 하는 그의 표정은 자신의 주먹을 피하지 않고 맞으면서도 꿈쩍 않는 내 모습에 적잖이 놀란 모양새였다. 순간 내 뇌리엔 고등학교 때의 어느 날이 떠올랐다.

1954년 국가에서 양력설을 장려하던 시절, 음력설에 한복을 차려 입고 학교에 출근한 법학 선생님을 본 같은 반 친구 중의 한 명이 중얼거리듯 한마디를 툭 내질렀다.

"어라? 정용환이 한복 입었네!"

아뿔싸! 이를 들은 정용환 선생님이 교실로 쫓아 들어와 "누구야? 누가 그랬어. 앞으로 나와!" 하며 벌컥 화를 냈다. 아무도 나서지 않았다. 그러자 이번엔 그가 나를 불러 세웠다.

"이진삼이, 이리 나와!"

나는 망설임 없이 자리에서 일어나 앞으로 다가갔다. 동시에 선생님의 어퍼컷이 가슴께로 옆구리로 사정없이 날아들었다. 억울했지만 나는 꼼짝 않고 꼿꼿이 서서 선생님의 분풀이를 받아냈다. 25년이 지난 1981년, 장군이 되어 모교 졸업식에 참석했을 때 이를 기억하는 친구 동창회장 심상기는 공식석상 마이크 앞에서 당시를 회상하며 이렇게 고백한 바 있다.

"자기가 하지도 않았으면서 그 매를 꼿꼿이 맞는데…… 거기 있던 학생들이 이진삼의 오기에 두 손 두 발 다 들었지 뭐야."

내 생각은 그제나 이제나 일직선이다. 사내답게 변명하지 않는 것, 물귀신처럼 다른 사람을 물고 늘어지지 않는 것, 비굴하지 않는 것, 이것이 진정한 사나이다. 왜냐하면 진실이란 아무도 모를 것 같아도 최소한 세 사람은 알고 있어서다. 일을 저지른 사람, 억울한 누명을 쓴 사람, 그리고 하느님. 중국의 고전 《후한서后漢書》에도 비슷한 말이 있다.

"하늘이 알고 땅이 알고 당신이 알고 그리고 내가 안다."

어쨌든 나는 축구부 주장 육사 12기 최병진의 동기생이자 고향 선배 이규

환의 도움으로 축구부에 들진 않았지만, 육사생도 연대 대대 대항 축구시합이 있을 땐 1학년 때부터 대표로 뛰어야만 했다. 포지션은 포워드, 물 만난 물고기처럼 날아다녔다. 그러자 자칫하면 축구부로 끌려갈 상황이 돼버렸다. 안 되겠다 싶은 마음에 생각해낸 것이 축구공을 일부러 헛발질 해대는 거였다. 일단 소나기는 피하고 볼 일이었다. 공에 대한 헛발질이 거듭되면서 간신히 축구부로 끌려가는 불상사는 피할 수 있었다.

3학년이 되니까 이젠 송구부(현 핸드볼)에서 스카우트 제안이 왔다. 거절할 수 없었다. 전국시합에 참가해 육사가 우수한 성적을 거두는 일에 힘을 보탰다.

4학년이 되어서야 내 마음대로 할 수 있었다. 태권도부에만 전념할 수 있었다. 육사에 들어오기 전 이미 축구, 복싱, 기계체조 등 운동에 관한 한 정도의 경지에 이르러서 다른 사람이 일 년을 해야 할 것을 나는 한두 달이면 따라잡았다. 그런 기질이 있었기에 대위 시절 간첩 잡는 방첩부대 특공대장으로 발탁이 되었을 터였다.

장교생활을 하면서 배운 테니스와 골프는 '달인'이라는 별명이 붙을 만큼 잘했다. 이런 이유로 특공대장을 시작으로 기동대장, 체육부대 사격지도단장, 공수여단장 그리고 체육청소년부 장관 등 체육과 관계 된 직책에 보직되었던 듯하다.

변하는 것과 변하지 않는 것

"이진삼 생도, 생도대 본부로 출두하라!"

3학년이었던 1957년 9월, 나는 느닷없이 생도대의 호출을 받았다. 생도대로 가는 내내 오만 가지 생각이 뒤엉켰다. 호출될 이유가 생각나지 않았다.

생도대로 들어선 순간 나는 놀라지 않을 수 없었다. 징계위원회에 회부되었던 것이다.

발단은 병과학교(보병학교) 7~8월 하계군사 훈련을 가던 중에 일어났다. 용산에서 열차를 타고 광주로 이동 중 오락회를 했었다. 늘 있던 일이었다. 나는 군가는 물론 다양한 레퍼토리의 가요를 불렀다. 중·고등학교 시절 공부만 했던 다른 생도들로선 내가 많은 가요를 알고 있는 것이 신기한 듯 듣고 있다가 어느 순간부터는 나를 따라 함께 노래를 불렀다.

분위기가 한창 고조될 무렵, 인솔했던 훈육관이 우리가 있던 열차 칸으로 다가와 조용히 하라는 엄포를 놓았다. 그러면서 "누가 떠드는 건가?"라며 생도들을 훑어봤다. 순간 생도들은 주눅 들어 모두들 입을 다물었다. 잠깐의 정적을 깨고 나는 자리에서 벌떡 일어났다. "네, 제가 떠들었습니다"라고 대답을 했다. 그러자 인솔했던 훈육관은 두말없이 내 이름만 메모를 하고 그 자리를 떴다. 나는 그것으로 끝인 줄 알았다. 아니었다. 두 달간의 보병학교 훈련을 마치고 학교로 돌아온 9월 초 나는 당시 내 이름을 메모해갔던 훈육관의 보고로 생도대 징계위원회에 회부된 것이다.

나를 징계위원회에 회부한 훈육관은 내가 속한 5중대 소속이 아닌 4중대 훈육관이었다. 나를 기어이 퇴교조치를 하고야 말겠다고 고집을 부렸다. 영락없이 퇴교당할 처지였다. 변명할 여지가 없었다.

그때였다. 모든 것을 묵묵히 지켜만 보던, 육사 11기로 내가 속한 5중대 훈육관인 김기택 대위와 안재석 대위가 일갈을 날렸다.

"혼자 떠들지 않았을 텐데 혼자 책임진다는 건 말이 안 됩니다. 이진삼 생도는 학교생활도 착실하고 모범적입니다. 군인으로서 이진삼 생도를 따라갈 사람이 없습니다. 그 점은 늘 옆에서 지켜본 저희가 보증합니다. 더구나 혼자 그 모든 걸 책임지겠다는 이 생도의 행동은 훌륭하지 않습니까! 이 일은 불문에 부쳐야 합니다."

본보기로 나를 퇴교조치 해야 한다고 주장하는 4중대 훈육관과 모든 것을 혼자 책임지겠다는 것은 오히려 훌륭한 행동이라며 맞서던 5중대 훈육관의 날 선 공방이 진행됐다. 판결은 생도대 위원장이었던 채영철 중령에게 넘어갔다. 모두의 눈과 귀가 그에게 쏠렸다. 드디어 그의 입이 떨어졌다.

"됐어."

가슴을 쓸어내렸던 일은 채영철 중령의 한마디로 종결됐다.

경박한 인간의 한계와 성과주의에 동의하지 않는 내 삶이었다. 변하는 세상 속에서 내 삶은 언제나 직선이었다. 변명하지 않는 것, 이 사람 저 사람 끌어들이지 않고, 모든 책임은 나에게 있다고 말한다. 어떻게 남을 끌어들이겠는가. 내 삶의 모토, "명예는 상관에게, 공은 부하에게, 책임은 나에게"를 외치며 표창장이나 훈장을 사양했던 지난날이 생각난다.

바보 같은 짓이었을까!

아버지와 아들

물론 나의 치기 어린 행동은 그때가 처음은 아니었다.

고등학교 3학년 때인 1954년 가을, 부여로 수학여행을 온 수원농고 학생들과 내가 다니던 부여고등학교 학생들 간의 집단충돌이 있었다. 학도호국단 규율 부장이었던 나로선 모른 체 지나칠 수 없었다. 가담을 했고 모든 책임을 혼자서 지겠다며 경찰조사를 받았다. 책임의 대가는 퇴학 처분이었다. 막상 퇴학 처분을 받고 나니 내심 걱정이 됐다. 부모님 생각에 마음이 무거웠다. 내색하지 않고 조용히 저녁 밥상을 차리는 어머니 뒷모습을 보자 코끝이 시큰해지면서 목이 콱 막히고 눈이 따가웠다. 아버지의 손바닥이 내 등짝으로 날아든 것도 그 즈음이었다.

"그만한 일로 세상 무너지지 않는다. 사내 녀석이 말이야. 괜찮다. 다시 대전고등학교로 가라. 사정 이야기 하고 학교에 기부금을 낼 테니."

아버님의 말씀은 매 맞는 것보다 더 괴로웠다. 가슴이 먹먹해 꼼짝할 수 없었다.

그리고 그 일은 내가 육사를 지원하면서 기어이 사달이 나고 말았다. 육군사관학교 응시지원 구비 서류에 차질이 생겼던 것이다.

이번에도 해답은 아버지였다. 그 어디에도 당당하고 치밀하게 행동하면서도 품위를 떨어뜨리는 법이 없으며, 상대의 능력을 존중하면서도 결단할 때에는 자로 잰 듯 더없이 단호한 아버지가 학교로 향했다. 그것도 부탁을 하기 위해서. 아버지의 모습은 목석도 감동할 만큼 진지했으며 자기의 피로 새끼를 살리는 펠리컨처럼 보였다.

그랬다. 내가 육사에 무탈하게 입학을 한 것은 내 아버지의 한결같은 참된 사랑의 결과였다.

아주 잠깐이지만 나는 눈앞이 캄캄했다. 만약 육사로부터 퇴교조치를 당했다면 아버지의 실망은 어떠했을까?

나의 군인다운 면이 나를 살렸다. 그렇지만 만약에 내가 퇴교조치를 당했더라도 아버지는 같은 말씀을 하셨을 것이다.

"사내 녀석이 말이야, 그만한 일로 세상 무너지지 않아. 사내답게, 군인답게 행동했으면 그걸로 충분한 게야."

아버지는 충분히 그러셨을 것이다.

아버지의 결과보다 과정을 중요하게 여기던 말과 행동은 복사한 듯 고스란히 내 몸과 내 삶 속으로 스며들었다.

내가 대전중학교 입학시험과 대전고등학교 입학시험, 육사 입학시험에 이르기까지 단 한 번을 떨어짐 없이 합격하자, 아버지는 내게 라도RADO 야광 손목시계를 사주셨다. 1959년 5월 27일 소위로 임관하던 날, 종로 한일관에 모인 가족들 앞에서 내 손목에 시계를 채워주며 기뻐하시던 아버지의 모습은 지금도 생생하다. 장군 계급장을 단 내 모습을 못 보고 돌아가신 것이 못내 한스럽다. 1980년 1월 1일에 장군 계급장을 단 나는 그 길로 아버지가 잠들어 계신 고향의 산소를 찾았다.

"멋지다, 내 아들!"

장군이 된 내 모습에 세상 그 누구보다 기뻐하셨을 아버지를 생각하면 지금도 가슴 한구석이 뻐근하기만 하다.

졸업

졸업을 앞두고는 국내 저명著名인사들의 특별강연을 많이 들었다. 그중 백남권(13대 교장, 소장) 교장의 초청으로 특별강연에 나섰던, 김철안金喆安 여사의 말은 지금껏 죽비 소리로 생생하다.

***

"초등학교 나온 사람이 잘못하면 집안을 망치고, 고등학교 나온 사람이 잘못하면 사회를 망치고, 대학교 나온 사람이 잘못하면 나라를 망친다."

***

처음 김철안 여사의 강연을 들었을 땐 그럴 수도 있겠다 싶었다. 하지만 곰곰이 생각해보면 그녀의 말은 그때나 지금이나 세상을 향한 일침이자 일격이 아닐 수 없다. 결국 많이 배우고 좋은 학교를 나온 사람들이 잘못하면 나라를 크게 망쳐놓고 있으니 말이다.

또 터키 대사였던 정일권(예비역 대장) 대사의 수양 강연도 기억에 남는다.

"터키 대사로 재임하면서 막강한 우리 한국군이 있기에 외교무대에서 당당히 활동할 수 있었다. 이에 나는 우리의 미래를 짊어질 사관생도들에게 많은 기대를 하고 있다."

정일권 대사의 강연은 나로 하여금 국가에 충성하고 국민에게 봉사하며 평화를 사랑하는 참다운 군인의 삶에 대해 다시 한 번 생각하게 했다.

1959년 5월 27일, 드디어 졸업식 날이 밝았다.

졸업식은 화랑연병장에서 거행되었다.

이승만李承晩 대통령 내외분을 비롯해 3부 요인, 주한 외국 외교관, 군 수뇌, 내외 귀빈, 가족, 학생들이 운동장을 가득 메웠다. 이 대통령은 이날 치사致辭를 하면서 졸업생들의 진로進路와 사명에 대한 명확한 지침을 제시하고 통일의 선구자가 될 것을 당부했다.

"육사의 교육은 군 지휘관을 양성하는 것뿐만 아니라 국가의 모든 분야를 책임질 지도자를 양성하기 위한 것이다. 명심하고 애국심을 발휘하는 훌륭한 지도자가 되어 달라"는 당부를 했던 것으로 기억된다.

가족과 선배 장교들이 계급장을 달아 주는 것으로 졸업식은 끝이 났지만 육사에서의 4년은 끝이 아니었다.

끝의 시작이었다.

국군 장교將校가 되다 02

힘을 갖지 못한 정의는 무력하며, 정의가 없는 힘은 폭력이다.
우리는 정당한 것을 강하게 만들 수가 없어서, 강한 것을 정당한 것으로 만들었다
– 블레즈 파스칼

무능한 지휘관은 적보다 더 무섭다

바다에 사는 수많은 물고기 중 유독 부레가 없는 동물이 있다. 상어가 바로 그렇다. 부레가 없으면 물고기는 바다 밑바닥으로 가라앉기 때문에 잠시라도 멈춰 서면 바로 죽게 된다. 그래서 상어는 태어나는 그 순간부터 쉼 없이 몸뚱어리를 움직인다. 그리고 몇 년 뒤 바다 동물 중 가장 힘이 센 강자로 우뚝 선다. 나 또한 마찬가지였다. 남보다 빼어난 사람이 아니었지만 군인으로서 임무수행을 위해 끝없이 자맥질하는 삶을 살았다.

1959년 5월 27일, 나는 마침내 소위로 임관했다.

졸업생의 병과兵科는 보병·포병·공병·기갑·통신 5개의 전투병과로 나뉘는데 그중 내 병과는 보병步兵이었다.

초급장교에게 필요한 초등군사반 교육을 6개월간 받은 그해 11월, 처음으로 보직을 받은 곳은 DMZ(demilitarized zone, 非武裝地帶)로 25사단 수색중대 소대장이었다.

한국은 6·25전쟁 때 UN군과 북한공산군이 휴전을 전제로 한 군사분계선과 이 선을 중심으로 남과 북이 각각 2km씩 4km의 비무장지대를 설정할 것에 합의했다. 1953년 7월 27일에 이르러 '한국군사정전에 관한 협정'이 체결됨으로써 군사분계선이 확정, 현재의 비무장지대가 설정되었다.

첫 부임지는 위험한 비무장지대 내 경계초소(GP)를 지키는 부대이다. 전쟁이 끝난 지 얼마 되지 않은 터라 곳곳에 각종 지뢰가 매설되어 있어 사고가 잦았다. 60년이 훨씬 지난 지금은 대부분의 지뢰가 없어졌고 성능이 떨어졌지만 당시만 해도 지뢰는 아군이나 적군에게 공포의 대상이었다.

부임 처음에는 난감했다. 6·25전쟁에 참전했던 선임하사관과 분대장, 그리고 일반 병(兵)들 중에서 문맹자(文盲者)가 많아 소통이 어려웠다. 생도 시절에 배운 것을 적용하기가 쉽지 않았다.

나는 이들을 어떻게 교육하고 지도할 것인지에 대해 진지하게 고민했다. 고민 끝에 얻은 답은 솔선수범, 말보다 먼저 몸으로 보여주는 것이었다. 매일 아침 적이 지켜보는 비무장지대 초소에서 사격연습을 하는가 하면 태권도 등 각종 훈련을 했다. '부대의 우열은 간부의 우열에 비례한다'는 것을 거울삼아 간부의 솔선수범으로 병사들을 감화시키는 일이 전쟁에서 승리하는 첩경이라 여겼다. 그러자 소대원들의 눈빛이 달라졌다. 말이 앞서는 소대장이 아니라 솔선수범하는 소대장이란 점에 한껏 고무되어 부하들이 나를 따랐다.

한 번은 소대원 7명과 함께 비무장지대를 정찰하던 중, 병사 한 명이 대변을 보려고 미확인 지뢰 지대에 들어가다 발목지뢰를 밟고 말았다. 10m 앞이었다. "쾅" 하는 소리와 함께 병사의 온몸은 피투성이가 되었다. 순간 가슴이 덜컥 내려앉았다. 그것도 잠시, 나는 나도 모르는 사이 부하를 살려야 한다는 일념으로 병사를 향해 걸음을 떼고 있었다. 그러자 다른 병사들이 내 앞을 가로막았다.

"안 됩니다, 소대장님!"

병사들은 달려들어 내 두 팔을 잡아끌었다.

"구해야 한다."

병사들의 팔을 뿌리치며 내가 말했다. 그러자 병사들은 이번에는 한 발짝 물러났다.

"소대장님, 그러시면 5m만 들어가십시오!"

사실 그 상황에서 5m는커녕 한 걸음 떼는 것도 모두에게 위험천만한 일이었다. 막 한 걸음을 옮기려는 순간 발목이 절단된 병사가 소리쳤다.

"소대장님, 지뢰 지대입니다. 들어오지 마십시오!"

나는 아랑곳하지 않고 대검으로 통로를 개척하며 7m를 들어갔다. 두 명의 병사가 내 뒤를 포복자세로 따라왔으나 좁은 통로 개척으로 교대가 불가능했다. 10m까지 접근한 나는 소대원들을 둘러보며 말했다.

"살릴 수 있다. 안심해라."

그러자 모두가 외쳤다. "조심하십시오, 소대장님!"

코끝이 시큰해졌다. 그 순간 나는 그들에게서 전우애를 느꼈다. 또한 자신의 목숨을 돌보지 않고 지뢰밭의 부상당한 부하를 구하고자 하는 소대장과 같이 싸우면 전쟁에 승리, 살 수 있다는 확신을 갖는 부하들의 마음을 읽을 수 있었다.

병사의 목숨은 구했으나 발목이 절단되는 안타까운 사고였다.

당시는 내 방식대로 솔선수범하는 것만이 정답이고 최선인 줄 알았다. 중대장, 대대장 지휘관을 하면서는 부하들의 정신훈화 때 나의 이런 경험담을 들려주며 부하 장병들에게 전우애를 강조했다.

이후에 소령이 되고 중령이 되고 나니까 '내가 소위, 중위 때 이렇게 했으면 좋았을 것을…… 더 잘할 수 있었을 텐데……' 하는 생각이 들었다. 하루가 멀지 않고 매스컴을 오르내리는, 자식 걱정하게 하는 군의 잇따른 구타, 자살 등의 사건 사고 소식을 접하면서 더욱 그런 생각이 들었다. 병영문화에 있어 초급장교의 역할은 그만큼 막중하다. 따라서 무능한 지휘관은 적보다 더 무섭다. 무능한 지휘관은 전투에서 부하들을 많이 희생시킨다.

다시 태어나도 군인의 길을

나는 죽어서 다시 태어난다면 또다시 군인이 되고 싶다.

우리나라의 6·25전쟁 당시, 프랑스 대대를 이끌고 한국파병을 자원한 지휘관 랄프 몽클라르 중령의 6·25전쟁 이전의 원래 계급은 중장이었다. 6·25전쟁에 참전하는 프랑스 대대를 이끌기 위해 스스로 중령으로 강등했다. 그가 이끈 프랑스군 1개 대대와 미 육군 2사단 23연대 전투단이 중공군 18,000여 명과 치른 치열한 지평리전투(1951.2.3.~1951.2.15)에서의 유엔군의 승리는 전세를 역전시키는 계기를 마련했다. 대한민국과 국민을 공산주의자들로부터 지켜낸 인물이다.

기회가 주어진다면 나 또한 강등을 해서라도 소령, 중령 때의 경험을 살려 중령 대대장으로 전쟁에 자원하고 싶다. 강력한 리더십과 전투 경험을 살려 전쟁을 승리로 이끌고 싶은 마음이 간절하다.

수색중대 새끼 호랑이 나타났다

"김 상사, 호랑이 나타났다. 호랑이 나타났어!"

"야, 이진삼 나타났다."

하사관들이 수군거렸다. 수색중대에서 6개월쯤 지났을까, 갑작스레 나는 사단장의 호출을 받고 불려갔다.

"이진삼 소위, 사단장님께 불려 왔습니다"라고 경례를 했다. 준장 양중호 사단장은 밝은 표정으로 다가와 내 손을 잡으며 말했다.

"군인 중의 군인, 이 소위. 어서 오게. 이 소위가 전쟁 경험이 있는 사단 내 중·상사 교육을 맡아줘야겠다. 전쟁 경험이 많은 하사관들의 문란한 군기를 잡아야겠어."

이들 대부분은 6·25전쟁에 참전했던 군기 문란한 중사 상사 하사관들로 학력은 낮지만 경력이 많아 군의 많은 일들을 좌지우지했다. 그러다보니 초급장교를 우습게 아는 하사관들을 새롭게 교육시키고 지도할 필요가 있었던 것이다. 말하자면 위계질서를 세우기 위한 군기軍紀 교육을 필요로 했다.

이후 하사관들의 군기 교육을 맡은 내게 붙은 별명은 '호랑이'였다.

사단 내 780여 명의 하사관들을 2주에 50명씩 3개월에 걸쳐 사격을 비롯해 화기학, 소부대전술, 지휘통솔학 등 보병학교에서 배웠던 과목을 중점으로 훈련시켰다. 완벽한 임무수행을 위한 초등군사반OBC: Officer Basic Course과정이었다.

나는 이들을 어떻게 교육시키고 지도할 것인가에 대해 스스로 연구했다. 사단 누구로부터도 교육지침이나 명령 또는 지시를 받지 않았다. 모든 것을 알아서 했다. 정신 무장을 위해 한밤중에 고지로 뛰어가게 한다거나, 개울과 호수의 얼음물 속으로 뛰어들게 하기도 했다. 그것도 하사관들보다 내가 먼저 말보다 몸으로 실행에 옮기다보니 누구 하나 불평 없이 따랐다.

그러는 사이 나는 사단에서 유명 장교가 되었다.

내가 나타났다 하면 모든 하사관들이 벌벌 떨었다. 그렇다고 무턱대고 나를 무서워한 것은 아니었다. 군기 교육을 받았던 식당 선임하사는 나보다 직급이 높은 다른 장교들 눈을 피해 내 밥 위에 계란 프라이 하나씩을 더 얹어주곤 했다. 이는 다만 내가 무서웠기 때문에 어쩔 수 없이 보였던 행동은 아니었다고 생각한다. 그들이 미워 일부러 골탕 먹이려고 한 것이 아닌 군다운 군을 만들고자 했던 내 진심을 읽었을 터였다. 만약 '미운 놈 떡 하나 더 준다'는 심정으로 내 밥에 계란 프라이를 더 얹은 거라면, 보일 듯 말 듯 한 의미심장한 미소까진 보내지 않았을 테니 말이다.

교육대를 수료한 하사관들은 모여 앉으면 수료하지 않은 하사관들에게 무섭게 교육받은 내용을 말하며 겁을 주었다. 낙제한 하사관은 2주 후 재입교해야 했다. 재입교를 피하기 위하여 모든 것을 미리 준비하는 하사관들을 본 전 장병들의 정신자세가 사단 군기까지 쇄신하는 계기가 되었다.

보급투쟁

생도 시절, 귀가 따갑게 들었던 이야기 중 하나가 '군에서 부정이 판을 치고 있다'는 것과, 주主 · 부식副食을 빼돌리거나 산의 나무들을 잘라 팔아먹는 비리가 비일비재하다는 거였다.

임지에 도착해보니 들었던 이야기와 다르지 않았다.

나는 깨끗한 군을 만들 장교로서의 사명감과 무엇보다 정의를 위해 싸워야 한다고 생각했다.

보급투쟁에 나서지 않을 수 없었다. 병사들 먹을 것을 가로채는 비리를 그냥 지켜만 볼 수 없었다.

이런 나를 일부 장교들이 만류하고 나섰다. 불의와 부당함에 대해 물불 가리지 않고 달려드는 나를 염려해서였다. 하지만 아랑곳하지 않았다. 불의와 부당함에 대해선 누가 됐든 맞섰다. 그러니 연대에서 부식 차가 오는 날이면 나는 항상 그 앞을 지켜 서 있었다.

중대별로 취사장을 운영했는데 부식을 나누고 나면 대대장의 운전병이 나타나곤 했다. 그러고는 부식을 정리하는 중대 병사들로부터 부식을 비롯한 이것저것을 챙겨 갔다. 중대 병사들로선 대대장 운전병을 어쩌지 못했다. 그래서 보급 때면 나는 일부러 그 자리를 지켜 서 있곤 했다. 그러면 부식을 챙겨가기 위해 왔던 운전병들끼리 소곤거렸다.

"야, 이 소위 있다. 튀어!"

뿐만 아니었다. 훈련을 나가 숙영宿營을 할 때도 "이 소위가 부식 차 올 때 서 있어야 부식이 제대로 온다. 이 소위한테 걸리면 연대 보급병은 각오해야 할 걸. 어디서 떼먹어"라고 할 만큼, 나는 야멸치게 보급투쟁을 했다.

3·15부정선거와 4·19혁명革命

1960년 3월은 어느 때보다 세상이 어수선했다.

곧 실시 될 정·부통령선거 때문이었다. 예정된 정·부통령 선거에서 자유당 정권은 이승만과 이기붕李起鵬을 정·부통령 후보로 내세웠다. 민주당인 야당에서는 조병옥趙炳玉과 장면張勉을 정·부통령으로 내세웠다. 집권당이었던 자유당은 미리 선거결과를 분석, 정당한 선거를 통해서는 승산이 없음을 알았다. 관권을 동원한 대대적인 부정선거 계획을 세웠다.

그런데 뜻밖의 일이 발생했다. 1960년 1월 29일 민주당 대통령후보 조병옥이 신병치료차 미국으로 떠났다가 2월 25일에 사망하는 바람에 대통령은 이승만의 당선이 확실시되었다.

선거의 초점은 당시 85세의 노령이었던 이승만의 유고 시에 승계권을 가질 부통령선거에 집중되었다. 선거전이 본격화되면서 여당과 정부의 야당 선거운동을 방해하는 사건이 이어졌다.

지시된 부정선거 계획의 내용을 보면, 40퍼센트 사전투표, 3인조 또는 5인조에 의한 반공개투표, 유령유권자의 조작과 기권 강요 및 기권자의 대리투표, 내통식 기표소의 설치, 투표함 바꿔치기, 무효표 조작, 개표 때의 혼표와 환표, 득표수 조작 발표 등 최악의 부정선거 책략이었다.

이러한 음모는 한 말단 경찰관이 〈부정선거지령서〉 사본을 민주당에 제공함으로써 폭로되었다. 세상이 어수선했다.

군 내부도 예외는 아니었다. 교육대 전 요원 150여 명은 부재자 투표를 위해 2주간 원대복귀 명령을 받았다.

3월 5일 사단 특무대(방첩대)에서 교육대 전 요원을 대상으로 모의 투표를 실시했다. 그들이 나눠주는 번호가 찍힌 투표용지를 받아 투표를 하게 했다. 투표용지만 보면 누가 누구를 찍었는지 알 수 있는 어처구니없는 모의 투표였다. 말하자면 이승만·이기붕에게 100퍼센트 투표하려는 집권 여당의 꼼수였던 것이다. 당시 군 병력이 60만 명이 넘었던 점을 감안하면 군은 당락을 좌우할 수 있는 세력이었다.

나는 모의 투표에서 집권 여당을 찍지 않았다.

나로선 여당의 꼼수에 부합할 순 없었다. 소신껏 투표했다. 그러자 투표용지에 찍힌 번호로 내가 소신껏 투표한 것을 알게 된 특무대는 내가 껄끄러울 수밖에 없었다.

D-9일 전, 선거를 앞두고 교육을 받던 부대원들 모두가 부재자 투표를 위해 원대복귀를 했다. 나도 수색중대로 복귀를 준비했다. 하지만 나는 복귀를 해도 파견 나와 있던 터라 보직이 없었다. 이를 놓칠세라 특무대의 백순영 중위가 교육대로 나를 찾아왔다.

"이형, 보신탕 먹으러 가자우!"

이북 출신의 그가 능청스럽게 다가왔다. 그보다 나이가 5살 어린 나였지만 그는 내게 함부로 대하진 않았다.

"이형, 그동안 고생했으니 휴가 좀 다녀오시죠!"

그들은 내가 자신들이 원하는 대로 군의 투표 100퍼센트 달성에 응하지 않을 거란 걸 알고 꼼수를 쓴 거였다.

나는 당연히 그럴 수 없다고 잘라 말했으나 교육을 받던 부대원들이 모두 원대복귀한 마당에 나 혼자 교육대에 남아 있을 수 없어 고향으로 향했다.

3월 15일, 드디어 실시된 정·부통령선거에서 집권당인 자유당은 사상 유례가 없는 부정선거를 저질렀다. 유령유권자 조작, 4할 사전투표, 선거운동의 폭력적 방해, 관권 총동원에 의한 유권자 협박, 야당인사의 폭행, 투표권 강탈, 3~5인조 공개투표, 야당참관인 축출, 부정개표 등 별의별 부정이 다 자행되었다. 그 결과 자유당 후보 이승만 963만 표(85퍼센트), 이기붕 833만 표(73퍼센트)로 당선 발표하였다.

대다수 국민들은 선거결과를 인정하지 않았다.

이를 규탄하는 학생 데모가 각지에서 일어나기 시작했다. 최초로 경남 마산에서 부정선거에 항의하는 시위가 발생, 시위 진압 도중 경찰의 실탄 발포로 최소한 8명이 사망하고, 72명이 총상을 입었다. 이어 4월 19일, 대규모 시위가 전국적으로 확산되었고 서울에서도 연일 데모가 일어났다. 학생과 야당은 물론이고 시민 교수들까지 가세했다. 결국 1960년 4월 26일에 이르러 이 대통령이 스스로 하야下野성명을 발표함으로써 자유당 정권은 붕괴되었다.

4·19혁명이 성공하게 된 여러 가지 이유 가운데 주목해야 할 대목은 군의 태도였다. 군 장병들이 3·15부정선거에 불만을 갖고 있었으며 학생, 시민, 교수들의 시위에 동조하였다.

생도 시절, 우리는 국민들의 뜻을 정확하게 읽지 못하는 자유당 정권을 걱정하며 잡지 〈사상계〉를 읽었고, 매주 수요일마다 자치활동 시간에는 법무

참모인 조성각 중령과 함께 토론을 하곤 했다. 당시 〈사상계〉의 발행인은 김구 선생의 비서를 역임했고 지속적으로 자유·민주·통일·반독재 투쟁에 헌신한 동대문지역 국회의원이었던 장준하張俊河 박사였다. 그러니까 육사생도들은 자유당을 지지하지 않았다. 오히려 '김구 선생은 누가 죽였나?'를 두고 깊은 토론을 했다.

우리는 당연히 3·15부정선거를 치르는 것을 보며 울분했다.

뜻밖의 인연, 장준하張俊河 박사

장준하 박사를 만난 적이 있다.

방첩부대본부 특공대장으로 재직 중 청량리 로터리 다방에서였다. 당시 장준하 박사는 동대문구 국회의원으로 국방분과위원을 맡고 있었다. 그를 발견한 나는 장준하 박사의 애국심을 알아볼 겸 신분을 밝히고 다짜고짜 부탁 아닌 부탁을 했다.

"지금 나라에 돈이 없어서 어려운 입장인 건 너무나 잘 알고 있습니다. 장교들 봉급을 올려달라고 하진 않겠습니다. 하지만 일반 병사들의 부식, 먹을거리는 어떻게 해결 좀 해주십시오."

그랬더니 그가 "알았다"며 고개를 끄덕였다.

장 박사 또한 군의 먹을거리 문제에 대해 익히 알고 있었기 때문이다. 지금이야 먹을거리가 풍성하고 양보다는 질을 따지는 시절이 되었지만 당시만 해도 모든 문제의 시작은 밥, 먹을거리에 있었다.

초급장교 시절, 이처럼 나의 삶은 병사들을 위한 보급투쟁의 역사라 해도 과언이 아니었다. 배고픔의 현실은 나로 하여금 뜻밖의 인연을 맺게 했던 것이다.

그 후 장준하 의원이 국방위원회에서 "우리 군의 초급 장교들의 애국충정을 엿볼 수 있었다. 육군 대위로부터 장교 봉급은 동결하더라도 병사들 급식문제 해결을 요청받았는바, 최급선무로 국방부의 관심을 촉구한다"는 발언을 한 사실을 그의 보좌관으로부터 전해들을 수 있었다.

6군단 하사관 학교 교관

6군단 내 하사관 교육을 위해 보직 이동이 있었던 것은 3 · 15부정선거 후 얼마 지나지 않아서다. 25사단 하사관들의 군기를 잡았다는 소식을 들은 당시 6군단장이었던 소장 최홍희 장군으로부터 "25사단 이 중위, 군단 하사관 학교에 와서 군단 내 하사관과 태권도 교육을 하라"는 명령이 떨어졌던 것이다. 최홍희 군단장은 태권도 제일주의자로 정평이 나 있었다.

내가 군단 내 유명 장교가 된 것은 내게 교육을 받았던 25사단 하사관들의 입소문 때문이었다. 내 교육이 "엄청 빡세다!"는 소문이 군단 내 다른 사단장의 귀에까지 들어갔다. 소문을 들은 각 부대 육사 선배들이 내게 격려와 찬사의 편지를 써 보내는 해프닝도 이어졌다.

"이봐, 이진삼이. 살살 해. 우리 선임하사는 잘 좀 봐주라고."

봐줄 것도 없었고 봐줄 일도 아니란 건 그들이 먼저 알고 있었을 터다. 그들은 결코 내 교육 방식이 싫지 않은 응원을 보내왔던 것이다.

그러다보니 어딜 가든 너도나도 "이 중위, 이 중위"를 부르며 나를 한껏 치켜세우는 바람에 부족한 게 많았어도 우쭐하는 마음이 아주 없었던 것은 아니었다. 사람인지라 그때는 정말 내가 잘하고 있어 그런 줄 알았다.

사단 내 한 명뿐인 중위 중대장

1962년 3월, 파견 8개월 만에 다시 원래 소속인 25사단으로 복귀 명령이 나면서 72연대 3대대 11중대 중대장을 맡은 바, 사단 내 처음으로 중위가 중대장의 직책을 부여받았다. 11중대는 얼마 지나지 않아 연대에서 모범 중대로 선발되었다. 말하자면 선봉 중대였다. 사격, 중대시험, 보안, 태권도, 교육, 보급, 사기, 군기 등 전투력 측정에 있어 연대 내에서 일등이었다. 다른 중대는 대위가 중대장을 맡았는데 그들도 내가 하고 있는 훈련 방법을 당해내지 못했다. 동기생 이상수(李相秀, 중장 예편)는 언론과의 인터뷰에서 종종 이런 말을 했다.

"타고난 야전군 지휘관이다. 언뜻 보면 급한 성격의 과감한 군인으로 보일지 모르지만 대단히 우수한 지휘관이다. 다른 장교들이 혀를 내두를 정도다. 강한 추진력과 끈질긴 집념에다 치밀함까지 갖춰, 지휘하는 부대마다 제일가는 부대로 만들었다. 예전에 매년 각급 단위 부대의 전투 준비 상황을 검열해 '선봉 부대'라는 명칭을 부여하는 제도가 있었는데, 거의 그의 중대 몫이었다. 그를 당해낼 부대가 없었다."

***

72연대 3대대 11중대 선임하사관(인사계)에게 다른 중대 선임하사가 물었다.

"너희 호랑이 중대장 무섭지 않냐? 그런 중대장이랑 어떻게 근무 하냐?"

그러자 11중대 선임하사가 대답했다.

"야, 이 사람아. 호랑이가 자기 새끼 잡아먹는 거 봤나?"

72연대장(대령 윤필용)은 연대 내 중대별 테스트가 있으면 그 심판장을 각 중대의 대위 중대장을 젖혀두고 중위인 나에게 위임했다. 내가 맡은 11중대는 심판 받을 필요가 없다는 얘기였다. 우리 중대원들은 다른 부대가 상대하지 못할 만큼 부하들이 알아서 임무를 수행했다. 중대원 모두는 자부심으로 즐거운 병영생활을 했다.

나는 병사들 모두에게 전투훈련 시 행동지침을 명확히 하고, 목표 선정과 화력운용, 기동과 사격 등에 대해 자세한 설명을 해줬다. 임무수행을 위해 다른 누구보다 열심히 그리고 끊임없이 노력했으며 그것을 병사들에게 알려주고 교육하는 것을 게을리 하지 않았다.

사기충천한 가운데 우리 중대의 소대장과 하사관들은 의기투합하여 최고의 중대를 만들었다. 나는 중대장으로서 여유 있고 재미있는 군 생활을 할 수 있었다.

신임 연대장 윤필용 대령

"끼이익!" 스키드마크를 내며 까만 지프차 한 대가 내 앞을 가로막았다. 깜짝 놀라서 보니 지프차에서 내린 사람은 전두환 소령(당시 국가재건최고회의 비서관)이었다. 다짜고짜 "이진삼 중대가 어디야?"를 묻던 전 소령은 내 명찰을 보더니 "아, 잘하고 있다는 소식 듣고 있다, 이진삼이. 연대장 새로 왔다. 인사시켜줄 테니 차에 타라."

전 소령과의 인연은 육사 시절부터였다.

함께했던 시간은 불과 4개월. 내가 육사에 입학했을 땐 그가(육사11기) 졸업을 앞두고 있었고, 사용하던 그들의 퀀셋(Quonset hut, 막사)도 우리와 멀리 떨어져 있어서 실제 만날 기회는 없었다. 하지만 내가 신입생으로 운동을 잘하고 육사 내에서 누구보다 군인답다는 평을 듣게 되니까, 자연스레 선배들로부터 관심의 대상이었다. 특히 육사 11기들, 말하자면 전두환, 권익현, 정호영, 손영길, 노태우, 김복동 등은 나에 대한 관심과 사랑이 매우 컸다.

우등생이어서가 아니라 단지 군인답다는 사실 하나만으로 나는 그들의 관심을 받았다. 졸업 후에도 선배들은 학교를 방문해 PX에서 먹을 것을 사주고 용돈도 주면서 사기를 북돋웠다.

전 소령은 나를 차에 태우고 연대본부로 가서 새로 부임한 윤필용 대령 앞에 섰다. 그로 말하자면 1961년 5·16혁명으로 국가재건최고회의 의장이던 박정희 장군의 비서실장을 맡았던 막강한 인물이었다.

내가 혁명정부에 관심을 가졌던 것은 혁명 당일인 1961년 5월 16일 새벽 중앙방송을 통해 내걸었던 6가지 공약들에 있었다. 요지를 정리하면,

'①반공을 제1의 국시國是로 삼아 반공체제를 강화 ②유엔헌장을 준수하고 미국을 비롯한 자유우방과의 유대를 견고히 하고 ③모든 부패와 구악舊惡을 일소하고 새로운 기풍을 진작 ④절망과 기아에 허덕이는 민생고를 해결하고 국가경제를 재건 ⑤국토통일을 위해 공산주의와 대결할 수 있는 실력 배양에 힘쓰고 ⑥과업이 완수되면 양심적인 정치인들에게 정치를 이양하고 군 본연의 임무로 돌아간다'는 내용이었다.

그러니 위의 6개 조항을 그대로 이행하기만 하면 혁명정부는 그야말로 위태로운 나라를 구하게 되는 것이다. 혁명의 주체가 군인들인지라 나는 그들이 내건 공약을 신뢰했다. 반드시 그렇게 하리라는 믿음이 있었다. 실제로 혁명정부 초기에는 폭력배들을 소탕하고 부정축재자를 엄단하는 등 개혁에 박차를 가하는가 싶었다. 그러던 것이 시일이 지날수록 개혁과는 거리가 멀고 내부의 권력투쟁이 이어졌다. 실망스러웠다. 그런 와중에 1962년 여름, 윤필용 대령이 내가 있는 소요산 인근 지역 25사단 72연대장으로 부임해왔다.

윤필용 대령의 첫 인상은 소탈하고 인간적이었다. 새까만 후배인 내게 먼

저 손을 내밀어 악수를 청해오는가 하면, 스스럼없이 "더운데 목욕하자"며 소요산 입구 개울로 뛰어들어 목욕을 하는 바람에 전두환 소령과 나도 덩달아 빨가벗고 목욕을 하는 것으로 첫 인사를 했다. 그것도 수건 하나와 비누를 순서대로 돌려쓰면서 서로의 등을 밀어주었다. 당시 연대본부나 연대장 숙소엔 목욕탕이 없었다.

목욕을 마친 후 나는 두 사람과 함께 중국화교가 운영하는 동두천의 태화관을 찾았다. 주인은 국소남이란 사람으로 만주 황포군관학교 출신의 화교였다. 내게 호의를 갖고 있었는데 일행이 안으로 들어서자 윤필용 대령과 전두환 소령은 아랑곳하지 않고 다짜고짜 나를 향해 이렇게 외쳤다.

"대한민국 최고의 군인 이진삼 중위님, 어서 오십시오."

여전히 군인정신이 남아 있는 듯한 목소리였다.

깜짝 놀란 내가 눈을 부라리며 "허, 이사람 참. 연대장님과 함께 왔다니까"라고 하자 "그렇습니까?"하면서 그대로 주방으로 가더니 이내 음식을 내왔다. 그러고는 한다는 소리가 "이것은 이 중위님이 오셨기 때문에 특별히 준비했습니다" 하는 거였다. 이를 본 윤필용 대령이 일갈했다.

"야 이진삼, 동두천까지 인맥을 뻗어놨나?"

부하를 대함에 있어 권위를 내세우지 않으려는 그의 농담이었다. 실제로도 그는 인간적으로 장점이 많은 분이었다. 지켜본 바로는 능력 있는 부하에게는 늘 그 능력을 발휘할 기회를 만들어 주었다. 물론 그런 인간적인 면이 나중에는 스스로를 옭아매는 단초를 제공하긴 했지만.

이후 그는 나를 자주 불렀다. 그 자리에서 그는 "난 사실 전방생활한 지가 오래되었다. 전방부대에 대해선 잘 몰라. 그러니까 이 중위가 자주 들러 자세한 얘기 좀 해주도록!" 당부를 해왔다. 나는 그 자리에선 "네, 알겠습니다" 대답을 했지만 부대 상황을 알리기 위해 내 발로 연대장을 찾아간 적은 없었다. 대대장을 넘어 연대장을 찾아간다는 것은 쉬운 일이 아니었다.

내 발로 연대장을 단 한 번을 찾은 적이 없다는 사실을 윤필용 대령으로부터 전해들은 육사 11기생들은 하나같이 엄지를 추켜세우며 입을 모아 이렇게 말을 했다고 한다.

"거 보십시오. 이진삼이, 군인 중의 군인 아닙니까."

훗날 윤필용 대령은 나와의 첫 만남을 이렇게 표현한 바 있다.

"당신 말이야. 처음에 봤을 때, 눈에서 불이 번쩍번쩍 나더라. 내가 국가재건최고위원회의 비서실장이었다고 하면 의기소침하거나 잔뜩 주눅 들어 있을 줄 알았는데 눈 하나 꿈쩍하지 않는 거야. 처음이야, 당신 같이 당당하고 할 말 하는 사람."

그 어떤 것에도 거리낌 없는 뱃장 좋은 군인인 내가 더 마음에 들었던 모양이다. 그러면서 한마디 덧붙였다.

"나한테 앞으로 형님이라 불러, 알았지!"

***

지금은 대령과 중위의 관계가 아버지와 자식 사이처럼 차이가 나지만, 1962년 당시 육사 8기와 15기 사이는 6~8년 차이의 형님과 동생 관계로 맞담배를 필 만큼 막역했다.

할리우드 상賞

윤필용 대령이 연대장으로 부임하고 한 달 정도 되었을 무렵 군단 시범이 예정돼 있었다. 내가 직접 시나리오를 써서 선보일 연극은 〈개인훈련 기록카드〉였다.

사격, 체력, 각개전투, 총검술 등의 점수를 매기는 것으로 병사 개개인의 훈련기록을 한목에 볼 수 있도록 만든 개인훈련 기록 내용이었다. 육군본부에서 인쇄하여 각 부대별로 실행하도록 했었는데 그대로 되지 않고 있었다.

그러자 테스트나 지휘검열을 할 때면 모두 우리 중대로 몰려들었다. 이를 본 연대장 윤필용이 25사단장에게 보고하고 사단장은 또 6군단장에게 보고를 하면서 내가 맡고 있는 11중대로 하여금 시범을 하도록 했다. 중위 중대장은 사단에서 나 한 명뿐이었다.

이후로 전 군단 내의 중대장급 이상은 우리 중대의 시범을 보도록 지시가 내려졌다. 다시 소대장급 이상으로 군단장의 지시가 하달되면서 우리 중대의 시범은 3일 동안 세 번이나 실시하였다.

시범 전 날, 연습을 하고 있는데 연대장 윤필용 대령이 시범장을 찾아왔다. 한참을 지켜보고는 내게 이런저런 아이디어를 내놓았다. 그런데 나는 그의 참견이 영 마뜩지 않았다. 나는 그가 그러든 말든 대꾸하지 않고 자리를 피해 연대에서 보내준 지프차에 올라탔다. 다음날 오전에 있을 시범내용을 수정하기엔 시간이 너무나 촉박했기 때문이다. 그랬더니 그가 잠시 머뭇거리더니 그곳을 그대로 떠나버렸다. 속으론 내가 엄청 괘씸했을 터였다. 하지만 그는 일절 내색하지 않았다. 의외였다.

아랫사람의 주장이 옳을 때는 깨끗이 인정하는 합리적이고 공정한 분이라는 걸 익히 들어 알았지만, 그날 내 행동에 무덤덤한 표정을 보였던 것에는 지금 생각해도 죄송한 마음이다. 그 일이 있은 후, 훗날 몰아칠 폭풍우는 감히 짐작조차 하지 못하고 그와 나 사이엔 많은 삶의 더께가 차곡차곡 쌓여갔다.

시범 첫 날, 나는 군단 내 중대장급 이상 지휘관 700여 명 앞에서 〈개인훈련 기록카드〉 시범을 보였다.

"이번에 우리가 전투력을 강화시키기 위해선 중대장으로서 갖춰야 할 것들이 있습니다. 사격, 체력, 각개전투, 총검술 등 모든 전투행동 지침에 있는 과목을 체계적으로 병사들에게 훈련시켜야 합니다"를 시작으로 "저는 이렇게 해서 전투력을 증강했습니다. 적어도 이등병으로 들어와 일등병이 되고 상병이 되기 이전에 거의 '우'를 받지 않으면 안 됩니다. 이는 전적으로 초급 장교와 하사관이 책임져야 합니다."

내가 여기까지 설명을 하면 지켜보던 연대장 중의 누군가가 내게 질문을 하도록 돼 있었다. 실제로 어떤 연대장 한 명이 질문을 했다. 내가 대답했다.

"연대장님, 여기 군단장님도 계시고 사단장님도 계신데 뭘 질문을 하십니까. 가만히 계시면 설명을 해드릴 텐데 말입니다. 질문을 하시면 연대장님만 모르는 것처럼 되지 않습니까?"

나는 느닷없이 시나리오에 없던 얘기를 해버렸다.

그 말에 군단장을 비롯한 사단장들과 모든 장병들이 박장대소拍掌大笑하였다. 군단장 김계원 장군은 자리에서 벌떡 일어나 "이봐 사단장, 저 11중대장 아까 뭐라고 했지?" 하고는 내 계급장을 보더니 "어이, 저 이 중위. 할리우드 상 줘"라며 사단장에게 지시하였다.

거칠 것 없고 소신 있는 내 언행은 어디서든 튀었다.

하사관들 군기 교육으로 유명해지고 모범 중대장으로 유명한 데다, 군단장까지 나서서 할리우드 상을 주라고 하니까 군단 내에서 내 이름을 모르는 이가 없을 정도였다.

나는 특별히 잘하는 게 없다고 여겼다. 생도 시절엔 원칙과 이상을 추구했고, 현지에선 그 원칙과 이상을 추구하기 위해 솔선수범에 나섰을 뿐이었다. 그런 평범한 나를 모두가 칭찬하였다. 며칠 후, 나는 군단장 공로표창을 사단을 통해 받았고 '1963년 4월 16일 6군단 149'로 기록카드에 기재되었다.

아는 만큼 보인다

72연대 각 중대는 교대로 사단을 지원하는 탄약 중대 경비 임무를 부여받기도 하였다. 경비 중대는 경비 책임이 있고 탄약 보급 관리는 탄약 중대가 맡았다. 경비를 서기 위해선 산의 나무를 깎아내야 했다. 나무와 숲이 무성하면 시계視界와 사계射界를 가려 경비를 설 수 없어 사계 청소射界清掃를 해야 한다.

사계 청소로 베어낸 나무들이 부대 한구석에 제법 쌓이기 시작할 무렵 나는 곰곰이 생각했다. 베어낸 나무들을 그렇게 방치해둘 게 아니라 장병들을 위해 의미 있게 쓸 데가 없을까를.

부대 근처에서 살림을 하고 있는 나이 많은 하사관들이 떠올랐다. 그들 가족 숙소에 나누어주어 땔감으로 요긴하게 쓸 수 있었다. 물론 병사들을 위해서도 요긴하게 사용했다.

목욕탕을 만들어주었던 것이다.

탄약이 담겨 있던 상자를 이용했다. 미국에서 지원 받은 양질의 나무 상자였는데 탄약 중대장이 그것을 땔감으로 사용하고 있었다. 나는 한달음에 달려가 탄약 중대장 대위 김두섭과 상의하여 사계 청소하며 쌓아 두었던 나무와 나무 상자를 맞바꿔 목욕탕을 짓기로 하였다.

야외 훈련을 하며 눈여겨 뒀던 마을 농가의 논에 가마니로 덮어 두었던 딱딱하게 말려놓은 흙벽돌을 구해왔다. 거래는 마찬가지로 물물교환이었다. 흙벽돌 주인을 만나 사계 청소를 하며 베어 둔 나무와 맞바꿀 것을 제안했다. 주인은 웬 횡재인가 싶은지 선뜻 수락했다.

인접 공병 대대장에게 땔감나무를 주고 시멘트 10포와 교환하여 훌륭한 목욕탕을 지었다. 춘하추동 병사들이 일주일에 두 번씩 목욕하는 중대는 전군에서 우리 중대뿐이었다. 몸이 깨끗해야 내복이 깨끗하고 이도 생기지 않

중대장 시절 직접 지은 목욕탕

는다.

만들어 놓으니까 병사들은 말할 것도 없고 연대장인 윤필용 대령이 뛸 듯이 기뻐했다. 그도 그럴 것이 연대장 관사는 민간인 집을 얻어 살고 있던 터라 목욕탕이 없었다.

연대장 윤필용 대령은 "11중대장, 오늘 목욕할 수 있나?"라며 전화로 묻고 일주일에 한 번 목욕탕을 찾았다.

"연대장님 일주일에 두세 번 목욕하시죠. 준비해 드리겠습니다. 2시간 전에만 지시하십시오. 목욕료는 무료입니다. 돈 받으면 세금내야 됩니다."

"인간과 관련된 일은 어떤 것도 사소한 것은 없다"라고 했던 마르크스의 말마따나 당시의 내게 있어 세상의 모든 것은 간과할 수 없는 일들로 수두룩했다. 깨어 있어 주위를 살피는 것만으로도 할 수 있는 일들이 무궁무진하다. 아는 만큼 보이는 것이 세상의 이치다.

이후로도 중대 운동장을 개척하며 캐낸 돌로 배수로를 깨끗하게 정리, 세탁장과 건조장, 체력단련장을 만들었다.

깨어 있는 생각

더 좋은 생각 |

보잘것없는 사람도 위대하게 만드는 묘약들 가운데 으뜸인 것은 '술'이다. 아마도 이의를 달 사람은 없을 것이다. 굳이 손들고 토를 달자면 '깨어 있는 생각' 정도가 아닐까 싶다. 돌이켜 보건대 내게 있어 군대 생활은 '깨어 있는 생각'의 연속으로 언제나 슬기와 지혜를 발휘하며 건전한 생각으로 살았다. 특히 초급장교 시절엔 더욱 그러했다.

서두에서 이미 말했듯 나는 우등생이 아니었다. 어찌어찌하여 육사 생도가 된 후로 생도로서 그리고 군인으로서 임무를 완수하기 위해 내가 했던 것은 머리부터 발끝까지 각고의 노력이었다. 내 모든 촉수는 늘 한 곳을 향해 움직였다, 임무 위주.

연대 군수과에서 해야 할 월동준비 김장을 연대장 윤필용의 지시로 책임진 적이 있었다. 배추, 무, 그리고 일체의 양념까지 동두천 지역 농협으로부터 납품을 받았다. 철저한 검수 과정에서 감량을 때려, 정량의 반 이상을 더 납품받아 김장을 하게 되었는데 김장탱크의 부족으로 당초 예정량의 130퍼센트만 김장을 담글 수 있었다.

나는 많은 양의 배추와 양념에 대해 연대장에 보고를 했고 처리할 계획, 즉 남게 될 배추를 어디에 쓸 것인가에 대한 생각을 정리했다.

"야, 엄청난 걸. 빨리 사진사 불러 사진 찍으라고 해."

보고를 받은 연대장의 눈이 휘둥그레졌다. 김장을 넉넉하게 하고도 소금에 절인 배추가 많이 쌓여 있었고 감량 때린 고춧가루, 마늘, 파, 심지어 생강까지 깨끗하게 다듬어져 있었던 것이다.

"연대장님, 충분하게 김장을 담갔습니다. 중대별로 보급하고도 절인 배추가 8톤가량 남았습니다. 이것을 결혼한 하사관들, 장교, 연대 대대의 간부식당, 격오지 부대 등에 분배, 김장하도록 건의합니다."

내 말이 떨어지기 무섭게 연대장 윤필용은 180cm의 건장한 몸으로 165cm 신장의 나를 와락 끌어안았다. 그러고는 한 치의 망설임 없이 입가에 엷은 미소를 머금고 허락을 했다.

"이진삼, 알아줘야 돼. 왜 작년엔 이렇게 못했지?"

연대장은 곧 사단장에게 사진을 보여주며 이 사실을 보고했다. 그는 이미 알고 있었다. 내가 병사들의 먹을거리를 지켜내기 위해 얼마나 엄격했는지를. 그리고 그 어떤 상황에서도 내가 경우 없는 일을 하지 않는다는 사실에 대해서도.

나는 그동안에 있었던 동두천 농협과 연대 군수과(S-4)와의 밀착 관계를 의심하지 않을 수 없었다. 매년 촌지 거래가 있었던 것이다.

이후 72연대의 김장에 관한 소문이 군단에 퍼지면서 군단 감찰부에서 확인까지 나왔다. 일개 중위가 김장을 맡아 처리한 것도 그렇고 그 일로 부대 사기를 높였다는 것에 몹시 놀라는 눈치였다.

연대 내 하사관들은 자신들에게 엄격했던 사단 교육대 호랑이 이진삼 중위가 "김장해 줬다. 앞으로 장군이 될 인물이다"라며 몹시 좋아 했다.

내게 있어 삶은 소유하거나 받는 것이 아니라 역사가 토인비의 말처럼 '더 좋은 사람'이 되는 노력을 하며 사는 것에 의의가 있었다.

유비무환 |

산에는 싸리나무가 지천이었다. 나는 훈련장에 다녀오는 병사나 하사관들에게 1년생 싸리를 베어오도록 지시했다. 그러고는 빗자루를 만들어 차곡차곡 쌓아 뒀다. 겨울에 눈을 치우기에 그만한 게 없어서였다. 요긴하게 사용했다.

하지만 무방비로 있던 인접 중대에서는 엄동설한에 빗자루가 없어 눈을 쓸지 못해 빌려달라고 했다. 그러면 나는 빌려주는 게 아니라 선임하사 인솔하에 아예 가져다주었다. 이는 시골 출신인 내가 할 수 있는 최소한의 오기였다. "너희 중대는 어째서 월동준비를 하지 않느냐" 하는 무언의 압력이었던 것이다.

"나는 오기(傲氣: 힘이 없지만 남에게 지기 싫어하는 기질을 일컬음)가 있어 5기五期로 군대에 들어왔다"며 농담을 던지기도 했다.

리더십

중대장을 할 당시는 5·16혁명이 일어난 후 1년이 지난 때로 몹시 어려운 시기였다. 쌀과 보리(압맥)를 4대 6으로 혼식을 했다. 그런데 위에서 공문이 내려왔다. 종전 4대 6으로 혼식하던 것을 3대 7로 하고 남는 쌀의 양이 얼마인지를 명시한 후 반납하도록 했다. 쌀 소비량을 줄이기 위함이었다. 그러면서 '60만 명의 장병이 보리를 더 먹고 쌀을 절약하자'고 했다. 상부 지시가 내려와 각 부대별로 실행에 들어갔다.

며칠 후 점심시간, 느닷없이 대대장이 우리 중대 식당을 방문했다.

대대장이 병사들을 향해 큰소리로 말문을 열었다.

"자네들, 보리가 더 들어가니까 밥맛이 좋지 않나?"

그 말에 병사들은 아무도 대답을 하지 않았다. 동의하지 않았다. 보리가 얼마나 입안에서 껄끄러운지는 질문하는 대대장이 더 잘 알 터. 그러면서도 대대장은 다시 물어왔다.

"밥 맛, 좋지 않나?"

그제야 병사들은 마지못해 "네" 말꼬리를 늘어뜨리며 대답했다. 이를 지켜보던 나는 안 되겠다 싶었다. 대대장이 떠난 후 중대원들에게 말문을 열었다.

"중대원 여러분, 지금 대대장님은 혼식 비율이 3대 7인 게 미안해서 그렇게 말씀하신 거다. 보리밥 먹기에 얼마나 괴롭겠나. 하지만 그렇게 함으로써 쌀을 절약하여 국가경제에 이바지하게 되는 점을 명심하자. 한 번 씹을 것을 두 번 씹고, 두 번 씹을 것을 세 번 씹어 먹으며 부강한 국가를 만드는 데 보탬이 되자. 미래의 찬란한 대한민국을 만드는 데에 우리 중대원들이 솔선수범하여 최선을 다해보자!"

그러자 중대원들이 기다렸다는 듯이 "네, 알겠습니다." 하며 큰소리로 화답했다. 나의 지휘 통솔 방법이 대대장과는 달랐다.

"패장은 병법을 논하지 못한다敗軍將兵不語"는 말이 있다. 이 말은 6·25전쟁이 발발하자 절차상 미 의회의 승인 없이 스미스부대를 비롯해 일본에 주둔하고 있던 미 제24사단을 즉각 투입, 한반도 적화를 막아낸 딘 장군(William Frishe Dean 1899.8.1~ 1981.8.24)이 공산국가에 대하여 경계해야 할 이유를 한신의 고사를 이용해 한 말이다. 비록 3년간 북한에서 포로생활을 하고 석방되는 수모를 겪었지만, 지독한 굶주림과 회유에 시달리는 극한 상황 속에서도 나라를 배반하지 않은 군인정신이 투철한 분이었다.

적군의 포로가 되었다는 사실에 실망하는 사람도 있지만, 남다른 부하 사랑으로 위기에 처한 부하를 살리다 생긴 일이었다. 투철한 군인정신과 인간미 넘치는 장군이 아닐 수 없다. 그러면서도 리더십이 탁월했다. 절대적으로 열세한 전투력에도 불구하고 북한군과 맞서 싸우며 대전지역에서 지연전을 했다.

포로가 되어 격리 수용되었을 때도 부하 병사들과 함께 지낼 것을 요구, 장군의 위신과 미군의 체면을 손상하지 않기 위해 상관이자 지휘관으로서의 명예와 군인수칙에 충실했던 리더십이 돋보인 장군이 아닐 수 없다.

따라서 초급장교는 용기와 체력이 강해야 한다. 고급장교는 정신적인 용기와 지혜 그리고 강력한 리더십을 발휘해야 한다. 그러기 위해선 초급장교 시절부터 꾸준히 노력하고 경험을 쌓아가야 한다.

보병학교 구대장으로 명령 나다

1963년 5월 4일, 동기생 24명과 함께 광주 상무대 보병학교로 명령을 받았다. 그러자 연대장 윤필용 대령은 "육군본부에 연락해 명령을 취소하겠다"고 나섰다. 충분히 가능한 일이었다. 그러나 나는 보병학교로 가겠다고 했다. 연대장은 나를 떠나보내는 것을 몹시 아쉬워했다. 그러면서 "그간 고생했다. 열흘간 휴가나 다녀오지"라고 하면서 서울 가면 전두환, 노태우, 권익현, 정호용, 김복동 등을 만나볼 것을 제안했다.

휴가를 나와서 보니까, 전두환 소령은 최고회의 비서실 민정비서관을 거쳐 중앙정보부 인사과장에 보직되어 있었다.

그를 만나기 위해 필동 사무실을 찾아갔다. 수위가 인터폰을 통해 "이진삼 중위 면회 왔습니다"라고 보고하자 인터폰을 통해 "잘 모셔!"라고 하는 전두환 소령의 목소리가 흘러나왔다. 순간 너무 신기했다. 인터폰으로 통화를 한다는 것 자체도 문화적 충격이었지만 내가 알고 있는 선배가 그런 자리에 있다는 것이 몹시 신기했다. 그는 운전기사를 불러 "서울 친지들 찾아뵙고 오후 5시 30분까지 소공동의 '남강' 일식집으로 모시고 올 것"을 지시했다.

오후 5시 30분, '남강' 일식집에는 차규헌, 김진구 대령을 비롯해 김복동, 노태우, 권익현, 전두환 등 기라성 같은 선배들이 도착해 있었다. 일개 중위를 위해 많은 선배들이 자리를 함께해주었다.

"휴가 나왔으니 잘 쉬고 광주 보병학교 갔다 와라. 나도 보병학교 근무했다. 전군에 배치되는 장교 교육은 대단히 중요하다. 그곳에서 근무하면 이진삼은 전군에서 유명해지고 보람을 찾을 테니 말이다."

선배들은 입을 모아 내게 힘을 실어주었다.

다음날, 광주 송정리역에 도착하자 2년 선배인 윤태균 대위(505방첩부대 조사과장)가 마중나와 영접해주었다. 저녁에는 보병학교 생도연대장인 신현수 대령을 모시고 일식집으로 안내하며 "이진삼을 잘 부탁한다"고 당부하며 학생연대 훈육관 보직을 부탁했다. 내가 맡은 직책은 ROTC(학도군사훈련단) 1기생 신임 소위들의 초등군사반 5개월간의 군사 교육이었다.

그때 함께했던 많은 ROTC 신임 장교들은 한결같이 입을 모아 "이진삼

구대장은 언제 화장실 가고 언제 밥 먹는지 모르겠다"고 말했다. 야간 사격 훈련을 할 때조차도 그들과 함께하면서 자신의 사격 차례를 기다리는 동안 기회교육 차원에서 신임 소위들에게 정신교육을 했던 것이다.

"이 더운 여름, 여러분은 지금 고향, 친구들, 그리고 부모형제를 떠나 보병학교에서 훈련을 받고 있다. 그러나 우리는 국가를 지키기 위한 자랑스러운 군인으로서 국민의 생명과 재산을 보호하는, 국민과 국가를 위한 간부로서 역할을 다하기 위해 이 자리에 있다. 군 간부로 국가의 운명을 걸머쥔 우리는 무한 긍지와 애국심을 가진 것을 보람으로 알아야 한다."

내 얘기를 들은 신임 장교들은 하나같이 공감했고, 훈련 받는 내내 나와 함께 호흡했다.

"이진삼이, 거기서 1년만 있으면 전군에서 유명해질 거다"라며 힘을 실어주었던 선배들, 그리고 내게 교육을 받고 졸업한 장교들이 전후방 부대로 발령받아 교육받은 그대로 실천에 옮길 것을 생각하니 참으로 뿌듯했다.

낙하산 공수특전 교육도 자진하여 받았다. 육군본부 지시로 《신총검술 교본》을 만들어 전군에 배포하였으며, 훈육관으로 계획에 없던 유격훈련도 장교들과 똑같이 받는 등 말로만 하는 장교가 아닌 몸소 실천하는 장교의 모습을 보여주었다.

운명

육군본부의 정상문 대위로부터 보병학교로 전화가 걸려왔다.

그는 육사 3년 선배로 육군본부 인사참모부 중위 담당자였다. 제1공수부대와 방첩부대에서 전입 상신이 왔다고 했다. 그러면서 내게 어디로 가겠느냐고 물어왔다.

"둘 다 비정규군 아닙니까?"

나는 두 군데 모두 가지 않겠다고 했다.

하지만 내 의사와 상관없이 1964년 7월, 서울 통인동 방첩부대 본부로 명령이 났다.

제1공수부대는 당시만 해도 장병이 6백여 명에 지나지 않는 비정규군이나 다름없었다. 방첩부대도 비정규군이긴 매한가지였다. 방첩부대로 명령이 난 것은 그곳에서 강한 요청이 있어서였다.

내가 간 자리는 소령 자리였다. 말하자면 중위(대위 예정자, 1964.10.1) 계급으로 소령 자리에 갔다. 대위로 진급하기 위해선 2개월 이상 더 있어야 하는 중위의 신분으로 공비와 간첩을 잡는 특공대장 자리에 앉은 것이다. 보병학교에서의 15개월을 끝으로 1964년 7월 22일, 예상치 않은 어렵고 위험한 보직을 받은 것이다.

특공대장

나는 방첩부대에 대해 알지 못했다.

방첩부대 명령을 받은 장교는 방첩학교 기초반 교육을 받게 되어 있었으나 바쁜 직책으로 미처 교육을 받지 못하고 임무수행에 나설 수밖에 없었기 때문이다.

간첩을 회유 역이용, 접선을 통해 잡는 업무를 담당하는 직책으로 알고 있을 뿐이었다. 내가 맡은 방첩부대는 사령부 직할부대로 지휘할 병력이 모두 28명이었다. 이는 다른 지역의 방첩부대가 병력 3명을 데리고 소령이 지휘를 맡은 것과는 편성이 달랐다. 방첩대장의 업무와 관련, 교육 자료를 받아들고서야 내가 맡은 업무가 얼마나 중요한 것인지 깨닫게 되었다. 그런데

1965년 3월, 낙하산 점프

그런 업무를 소령도 아니고 대위도 아닌 대위 예정자인 중위에게 주었으니, 나로선 강한 책임감이 들 수밖에 없었다.

교재는 일주일 만에 습득했다. 이후 임무수행을 위해 필요한 것이 무엇인지를 찾아냈고, 상상력과 추이를 통해 내 온몸을 업무수행 교범으로 무장시켰다. 특히나 교관생활을 했던 경험으로 어떤 것이 효율적이고 무엇이 필요한지에 대한 자료를 찾아내 특공부대 임무인 역용공작 교재를 만들어냈다. 대공처장이 교본을 보고는 혀를 내둘렀다. 전국 어디서든 적이 나타나면 출동명령이 하달되었다. 지휘관들에게 지휘조언을 해주는가 하면 돌발 상황에는 직접 몸을 던져 적을 검거 내지 사살하였다.

그러다보니 어디서 간첩을 잡았다 하면 "이진삼에게 물어봐!"가 됐다. 군단장이 사단장한테 지시하여 간첩 작전 현장으로 '방첩부대 특공대장 이진삼 대위를 불러 작전 조언을 받아라'라고 지시하기도 했으며, 대위가 만든 교재를 작전에 참고하도록 했다. 그 과정에서 나는 점점 더 공산주의가 궁금했다. 실체를 마주하면 할수록 공산주의가 더 궁금해졌다. 그리고 깨닫게 된 진실은 공산주의는 애초부터 2016년 현재에 이르기까지 하나도 변한 게 없다는 것이다.

1964년부터는 대남 적화통일의 허황된 꿈에서 깨어나지 못한 북한이 무력남침의 호기를 조성하기 위해 단계적으로 무장간첩을 전후방에 침투시켰다. 주요 시설의 파괴와 요인암살을 획책하는 등 민심을 교란시키는 데 총역량을 집중했다.

남북의 이런 긴박한 상황 속에서 1964년 8월 2일과 4일, 월맹 어뢰정이 공해 상에 정박 중인 미국의 함정을 공격하는 '통킹만 사건'이 발생했다. 분노한 미국의 린든 존슨 대통령이 베트남 전쟁에 뛰어들 것을 선언함으로써 이른바 제2차 베트남 전쟁이 시작됐다. 베트남이 공산주의로 인해 다시 전쟁에 휩싸이게 되었다.

베트남 전선戰線을 가다 03

정의는 행동에 의하여 진실해진다.

– 벤저민 디즈레일리

공산주의 그리고 베트남 전쟁

내가 베트남 전쟁에 관심을 갖게 된 것은 중학교 때 겪었던 6·25전쟁과 무관하지 않다. 열강의 침략으로 식민 지배를 받았던 것, 제2차 세계대전 이후에 타의에 의한 남북 분단, 그리고 동족 간의 전쟁을 치른 비극이 판에 박은 듯 우리의 처지와 닮았다.

베트남 전쟁은 1955년 11월 1일에 베트남과 라오스, 캄보디아에서 시작됐다. 말하자면 제2차 인도차이나 전쟁이나 다름없다. 1955년 11월부터 1975년 4월까지 20년이나 계속된 이 전쟁은 베트남민주공화국(북베트남)과 남베트남 민족해방전선(베트콩)이 합세하여 베트남공화국(남베트남)과 싸운 내전의 성격이 짙다. 반면, 한국을 비롯한 미국의 동맹국들이 남베트남을 지원하기 위해 개입, 이에 맞서 중국과 북한도 비공식적으로 각각 전투군을 파견, 북베트남을 지원함으로써 국제전 양상을 띠게 되었다.

한국은 베트남 전선에 총 32만여 명을 파병했고 5천여 명이 전사했다. 1975년 4월 30일 베트남 전쟁은 결국 공산주의 월맹(베트남민주공화국+남베트남 민족해방전선)의 승리로 그 막을 내리고 말았다.

여기서 놀라운 사실은 당시 민주진영인 월남(남베트남)의 패망 과정이다. 군사력과 국력이 떨어져 생긴 결과가 아니었다. 오히려 월남은 미국을 비롯한 서방으로부터 전투기 600여 대, 헬리콥터 900여 대 등을 지원받아 당시 공군력이 세계 4위에 이르렀다. 거기에 70만 병력의 월등한 군사력을 갖추고 있었다. 그러니까 월남의 패망은 절대로 군사적인 요인이 아니었다. 이른바 "정치 전쟁, 피 안 흘리는 전쟁"의 통일전선 전쟁에서 베트남 내부의 붕괴로 자초된 패망이다.

베트콩은 전쟁터에서 화상을 입어 울고 있는 베트남의 어린 아이들 사진을 수도 없이 공개했다. 사진은 곧 미국 언론을 통해 세계 곳곳으로 타전되면서 큰 파장을 일으켰다.

또 세계 4위의 공군력을 보유하고 있으면서 세계 1위 미국의 공군력 지원을 받았으나, 고지를 사수해줄 육군의 힘이 턱없이 부족했다.

물론 베트콩의 치밀한 게릴라작전도 한몫했다.

1930년 '호치민'이 창당한 베트남 공산당원과 민족해방전선의 '웬후토'가 양성해서 침투시킨 5만여 명의 비밀조직원 때문에 미국연합군은 곤욕을 치렀다. 전체 인구의 0.5퍼센트를 차지한 비밀조직원, 말하자면 간첩들은 민족주의자, 평화주의자, 인도주의자로 위장해 시민과 종교단체는 말할 것도 없고 대통령비서실장과 장관, 도지사 등 권력 핵심부 곳곳에 침투하여 반미反美와 반전反戰 데모를 주동하는 선동전략을 펼쳤다.

여야 구분 없는 정쟁에 사회가 심각한 혼란 상태로 당시 월남 내 공산월맹을 지지하는 세력들은 정치, 언론, 학계, 종교계 등에 뿌리 깊게 확산되어 있었다. 당연히 반정부, 반전 시위가 끊이지 않았다. 오랜 기간 식민지를 경험해야 했던 베트남인들에게 있어 공산월맹이 주장한 '민족화합으로 자주적 통일'을 이루자는 달콤한 유혹은 마음속 깊이 각인될 수밖에 없었다.

반정부 세력은 '민족화합'이라는 명분으로 끝내 미군철수를 이끌어냈다. 이후 민주진영은 공산월맹정권에 '무조건 항복'을 하고 만다. 그러니까 베트남이 패전한 것은 절대로 군사적 약세로 인한 것이 아니었다. '정치 전쟁, 피 안 흘리는 전쟁'인, 이른바 통일전선 전쟁에서 월남 내부 스스로가 붕괴해 무너진 것이다.

과거 한국이 겪은 6·25전쟁이 피아彼我가 맞붙어 격전을 벌임으로써 서로에게 막대한 피해를 준 것과는 사뭇 다른 양상의 전쟁이었다. 오히려 비전투 손실이 더 컸다.

여기서 오늘날 우리가 절대로 간과하지 말아야 할 일이 있다. 베트남의 공산화 과정을 직시하고 우리의 현실을 들여다봐야 한다. 우리 앞에 아가리를 벌리고 있는 북한의 변함없는 무력적화통일 노선을 꿰뚫어봐야 한다.

북한은 개인숭배로 이루어지는 공산 독재정권의 3대代 세습을 이루어낸 지구상 유일한 곳이다. 광복 후 북조선노동당으로 시작한 북한 정권은 세계 도처에서 공산독재체제가 무너질 때, 사이비 공산주의인 주체主體사상으로 연명한 곳이다. 지난 70년간 북한에 조성된 정치풍토는 새로운 정권의 출현을 용납하지 않았다. 이는 곧 북한의 시스템은 단 한 번도 변하지 않았다는 방증이다.

북한이 우리의 천안함을 폭침하고 연평도까지 무차별적 포격을 감행하는 등 강경책을 써가면서 3대 세습을 확고히 하기 위해 광분한 것도 같은 맥락이다.

북한의 가능한 대남對南정책은 핵탄두, 미사일, 장사포 등과 기타의 비대칭 무기로 우리를 굴복시키고 그들 방식의 세력균형을 한반도에 수립하는 데에 있다. 주한미군을 철수시키고 한미상호방위협정도 폐기시키려 한다. 또한 위장평화선전으로 우리 사회계층 간을 이간질해 국론을 분열시키는 일이다. 우리 정치의 현실적 약점인 여야 간의 정책대립을 악용해 정부의 기능을 약화시켜 일관성 있는 대북對北 안보정책을 수행하지 못하게 하는 것이다.

북한이 또 강행하는 일은 토착화된 고정간첩의 은밀한 활동이다. 북한의 농락에 빠져 종북 세력이 되어 반민주, 반정부, 반미 활동에 혈안이 된 사람들은 북한 정권과 함께 우리 사회를 혼란으로 몰고 갔다.

그들은 천안함을 폭침시킨 것이 북한의 소행이 아니며 연평도의 무차별 포격도 우리의 포사격 훈련이 빚어낸 것이라 하면서 일부 국민들 사이에 반정부 여론을 부추겼다. 이것이 북한 공산당의 변하지 않는, 변하지 못하는 현실이다.

베트남의 공산화 과정과 현재 한국의 처한 상황이 복사한 듯 닮았다. 그만큼 현재 한국의 내부 상황은 매우 심각하다. 내부의 적은 외부의 적에 비해서 훨씬 더 분별하기 어렵다. 설령 분별해냈더라도 위험한 상황을 피할 수 없다는 것을 상기하며 우리의 각오를 새롭게 해야 할 것이다.

갈 사람 없으면

1965년 9월, 베트남 전선으로 떠나기 위한 훈련에 들어갔다.

한국군의 베트남 파병은 이미 훨씬 전인 1963년 9월, 의무부대 130명, 태권도 교관 10명이 파견되는 것으로 시작됐다. 이후 1964년 3월, 공병工兵 2000여 명의 비둘기부대가 추가 파견됐고, 1965년 7월, '전투부대 파병 동의안'이 국무회의에서 의결, 국회를 통과해 9월25일 전투사단으로서는 처음으로 육군 맹호부대 1진이 베트남에 도착했다.

한국의 전투부대가 베트남에 파병될 때는 미군이 한국에서의 철수를 운운하는 민감한 사안과 경제사정이 매우 좋지 않을 때였다. 한국군은 베트남전 참전을 경제발전의 돌파구로 삼으려 했던 것이다. 국민들이 전쟁에서 다소의 희생이 있더라도 이를 감수하겠다는 마음으로 참전을 격려한 이유가 여기에 있다. 정부에서도 베트남전에 참전하는 장병들에게 진급과 보직의 우선권을 약속하며 독려했다.

뿐만 아니라, 미국과의 브라운조약에 의해 미국 정부는 한국군의 현대화 명목으로 10억 달러를 지원하고, 파월 장병들에게는 개개인의 월급 외에 전지戰地수당, 전사자 보상 등의 지급을 약속했다.

내가 베트남전에 자원을 했던 것은 정부가 약속한 진급과 보직의 우선권과 미국의 경제적 지원에 욕심이 있어서가 아니었다. '공산주의로부터 자유우방을 보호하고, 국위선양을 하고, 경제적으로 발전한다'는 국가가 내세운 목표를 위해서였다. 특히 우리가 북한 공산군의 불법침략으로 위기에 처했던 6·25전쟁 당시 미국을 비롯한 모든 자유우방 국가들이 막대한 희생을 무릅쓰고 우리를 도와 같이 싸워 준 것을 알고 있었다. 지난날의 우리와 같은 수난을 겪고 있는 우방을 돕는 것은 자유진영과 더불어 집단방위를 위한 우리의 당연한 의무라는 생각이 들었다. 첫 파병 전투부대 맹호사단 방첩부대장 이상렬 중령이 갑자기 우리 특공부대장실로 찾아왔다.

"이 대위, 나와 함께 베트남 전선에 가지 않겠소?"

당시 한국군의 초급장교인 소대장이나 중대장은 80퍼센트가 육사 출신이었다. 대대장 이상은 정규 육사 출신이 아니었다. 소령부터가 육사 1기생이었다. 방첩부대에서도 베트남전 첫 파병에 20여 명의 장교가 배정되었는데 어찌된 일인지 육사 출신 장교가 한 명도 없다며 나를 자극하였다.

"이 대위, 우리 방첩대 요원으로 함께 갑시다!" 이 중령의 말에 "그렇습니까? 갈 사람이 없으면 제가 가겠습니다. 군인은 전쟁터에 가는 것을 두려워해서는 안 되지요"라며 흔쾌히 대답했다.

실제로 강원도 홍천지역에 주둔하고 있던 수도사단이 파월 전투부대로 지정되자 홍천 일대는 물론 전 군이 술렁거렸다. 많은 장병들이 베트남의 정글 속 전장에 가는 것을 두려워했던 것이다. 그 징후가 곳곳에 나타났다.

"저는 직할 부대장입니다. 사령관님 허락을 받아야 됩니다."

내 말에 이 중령은 큰 물고기를 낚은 어부처럼 흥분하여 윤필용 사령관이 있는 방첩부대본부로 향했다.

"사령관님, 맹호 전투부대 소대장, 중대장 80퍼센트가 육사 출신인데 방첩부대는 육사 출신이 한 사람도 없습니다. 이진삼 대위……."

"그러면 다른 육사 출신 찾아봐. 이진삼은 국내에서 간첩 잡아야 한다. 지금 간첩들이 얼마나 넘어오는지 알고 있나?"

이 중령의 말에 윤필용 사령관이 손사래를 치며 말했다.

"사령관님, 허락해주십시오! 본인이 가겠답니다."

이 중령의 간곡한 부탁에 윤 사령관은 그 자리에서 내게 전화를 걸어왔다. 확인하듯 "이진삼, 월남 가겠나?"를 물었다.

"사령관님, 일 년간만 다녀오겠습니다."

이 중령이 윤필용 사령관을 설득해, 출국 며칠을 앞두고 나는 베트남 전선행을 결정했다.

가족에게조차 비밀에 부친 베트남 전선행

출국을 며칠 앞둔 갑작스런 베트남 전선행은 부모님은 물론 처자식에게 말할 시간조차 없었다. 무엇보다 갑작스런 결정에 가족 모두가 충격 받을 것이 염려되어 베트남에 도착한 후 편지를 하기로 결심했다.

'며칠간 강원도로 대간첩 작전에 다녀오겠다'는 말을 하고, 군복에 권총을 차고 홍릉의 부대로 갔다. 혹시 내 마음이 변할까봐 먼저 와서 나를 기다리고 있던 이상렬 중령과 함께 그의 지프차에 동승, 홍천으로 향했다. 이 중령은 나의 결심이 기분 좋은지 '맹호 군수사령부 방첩이나 특수 기동대장' 직책 중 원하는 것을 맡도록 했다. 나는 기동대장을 원했다. 이 중령은 내게 소령 직책인 군수지원사령부 기동대장과 방첩대장 겸무보직을 주었다.

1965년 10월 12일, 나를 비롯한 맹호부대(당시 사단장 채명신 소장)원들은 서울 여의도광장에서 출병식出兵式을 갖고 14일, 인천항에서 미 대형여객선에 몸을 실어 부산항에 도착, 이틀을 머문 후 16일에 출발, 22일에 베트남 퀴논에 상륙할 예정이었다.

부산에 도착하고 보니 걱정이 앞섰다.

한편, 대간첩작전에 다녀온다고 나간 내가 여러 날 동안 소식이 없자 아내는 청량리 홍릉 특공대장실을 방문했다.

"애기 아빠 어디 있어요? 만나게 해주세요."

아내는 보좌관을 만나 내 거취를 물었고, 이에 상황을 판단한 보좌관은 방첩부대본부 인사과에 전화를 걸어 확인하였는바 내가 '어제, 인천을 출발해 부산으로 갔다'는 사실을 알려줬다. 사령부는 아내에게 야간열차를 이용하여 다음날 새벽, 부산역에 도착하도록 배려를 해주었고, 부산 방첩대에서는 내게 연락해 부산 방첩부대장실에서 아내와의 만남을 주선해주었다.

내가 부산 방첩대장실로 들어서자 세 살 된 아들이 아내의 치맛자락을 잡고 서 있었다. 가슴이 아파왔다.

아내는 나와 눈길이 허공에서 마주침과 동시에 참았던 울음을 터뜨렸다. 울음을 삼키느라 아내의 어깨는 심하게 흔들렸고, 이를 본 아들이 영문도 모른 채 덩달아 울음을 터뜨렸다. 그런 아내를 향해 내가 해줄 말은 아무것도 없었다. 아내와 아이를 안고 토닥거리는 일밖엔. 얼마쯤 지났을까, 아내의 울음이 잦아들었다. 아내는 내가 아무런 변명을 하지 않을 것을 알고 있는 듯 딱 한마디만 던졌다.

"운한 아빠, 임무…… 잘 마치고 돌아오세요."

아내의 그 말에 나는 안도의 숨을 내쉬었다. 대한민국 이진삼 대위의 아내다운 말이었으니 말이다.

아들은 올 때처럼 아내의 치맛자락을 붙잡고 걸어가다 뒤돌아서서 한 번씩 내게 손을 흔들어 보였다. 그런 아들과 아내의 모습이 점처럼 사라질 즈음에서야 나는 마음 속 울음을 터뜨렸다. 그마저도 폐부 깊숙한 곳에서 토해지는 한숨에 묻혀 소리로 만들어내진 못했다.

아내는 내가 베트남 전선으로 가는 것을 육사 교수로 있던 동기생 김상구(후에 전두환 동서가 됨) 대위를 통해 들었다고 했다. 퇴근하면서 들러서는 "운한 아빠, 월남 간다면서요? 아무 말 없었습니까?"라고 묻는 바람에 사달이 났다.

방첩대의 일이란 게 밤낮이 없고, 작전 중에는 며칠씩 집에 들어가지 않은 날이 부지기수인 까닭에 아내는 내가 대간첩작전 중인 줄 알고 있었다. 그리 알고 있다가 베트남 전선행을 듣고 부산으로 내려오는 내내 오만 가지 생각들로 착잡했을 아내를 생각하니 마음이 울컥했다.

원래는 아내가 알기 전, 부산에 도착하는 즉시 부산 보안부대 대공과장에게 '아내에게 연락하여 나의 심정과 사정을 전해줄 것'을 부탁할 생각이었다.

남편임에도 한 인간으로서의 내 생각만 했다는 죄책감에 눈물이 났다.

맹호부대 기동대장과 군수지원 방첩부대장 업무

맹호사단 지역은 중부 항구 도시인 퀴논Quy Nhon을 비롯하여 약 1,400km^2에 달하는 광대한 지역이 전술책임지역이었다. 특히 전술책임지역 내의 고보이 평야는 쌀 생산지로 유명한 곳으로 곳곳에 베트콩들의 전략촌이 널려 있었다.

베트남 전선에서의 내 직책은 군수지원사령부 방첩대장 겸 베트남을 방문하는 VIP의 안전을 담당, 경호 호송하는 기동대장이었다.

또한 기동대장으로서 한국을 포함하여 미 고위 장성들과 상하원 의원, 장관을 비롯해 우방의 영향력 있는 지도자들을 호송했다. 당시 미국 내에서나 국제사회에서 미군의 베트남전 개입을 명분 없는 것이라며 강하게 비판하는 소리가 높았다. 그럴수록 많은 지도자들과 영향력 있는 언론인들이 베트남을 찾았는데 그때마다 나의 역할은 막중했다. 베트콩이 있는 지역에서의 경호는 언제 어느 때 나타날지 모르는 적과의 조우를 대비해야 했기 때문이다.

앞에서도 언급했듯이 베트남전은 대규모의 전투 손실보다 비전투 손실이 훨씬 많았던 전쟁이다. 환경도 한 요인이었다. 춘하추동을 구분할 수 없이 이어지는 후텁지근한 날씨에 대한 병사들의 적응 미숙과 언제 어디서 기습해올지 모를 적에 대한 긴장과 불안으로 각종 사고에 노출돼 있었다. 더구나 작전지역까지도 위험을 무릅쓰고 돌아다니며 정보 수집을 했던 터라 위험이 배가 되었다. 모든 군사작전은 사전 충분한 정보수집과 치밀한 계획과 정찰 등으로 만전을 기한 후 실시하게 돼 있어 어느 때보다 내 역할은 중요했다.

그 무렵 퀴논항에는 700여 명의 한진韓進 운수 근로자들이 용역에 종사하고 있었다. 퀴논항에 도착한 군수물자를 하역, 운반하는 용역을 맡아 각 부대의 탄약고까지 운반했다. 특히나 퀴논 근교의 롱탄 탄약고에서 19번 도로

◀ 1965년 10월, 베트남 퀴논항
▶ 1966년 3월, 베트콩 포로들
▼ 베트남 전선에서의 작전

▲▼ 1966년 7월, 베트남 퀴논 해안가

를 따라 플레이쿠까지 탄약수송하는 일은 위험천만했다. 언제 어디서 베트콩의 사격을 받게 될지 알 수 없는 일이었다. 그런 위험을 무릅쓰고 매일 수백 대씩을 수송했다. 이때 획득된 외화는 한진을 대한항공과 한진해운 같은 글로벌기업으로 세웠고, 한국의 경제개발에 기여를 했다.

삶과 죽음

여기서 잠시 두 사람의 죽음에 대해 언급할 필요가 있을 것 같다. 그중 한 사람은 강재구 대위의 죽음이다. 그는 육사 16기로 나의 1년 후배다. 맹호사단 제1연대 10중대장으로 베트남전 파병을 자원하여 1965년 9월 초부터 강원도 홍천에서 4주간의 교육훈련을 받던 중이었다.

1965년 10월 4일, 중대에서 수류탄 투척훈련을 하던 중 한 병사가 실수로 중대원들이 있는 한가운데로 수류탄을 떨어뜨리는 사고가 발생했다. 그 순간, 이를 발견한 강재구 대위가 재빠르게 몸을 날려 수류탄을 덮침으로써 부하들의 목숨을 구하고 자신은 산화했다.

생각해보니 그저 단순 순직으로 처리할 일은 아니란 판단이 섰다. 민감한 시기에 생긴 일로, 슬기롭게 대처를 하면 베트남 파병의 중요성을 부각시킬 수 있을 듯했다. 단순 안전사고가 아니라 살신성인殺身成仁이었다. 해서 방첩부대장인 윤필용 장군에게 얘기를 했다.

"부대장님, 살신성인입니다. 슬기롭게 대처해주십시오."

그 말을 들은 윤필용 장군이 잠시 생각에 잠기더니 누군가에게 전화를 걸었다. 육군참모차장이었다.

그날 이후, 베트남 파병과 강재구 대위의 죽음은 한동안 모든 언론의 헤드라인을 장식했다. 여론이 긍정적인 방향으로 흐르기 시작했다. 국민들은 말할 것도 없고 맹렬히 파병 반대의 목소리를 높였던 야당까지도 우호적으로 변했다. 야당의 수뇌인 박순천 여사와 김홍일 장군 등도 한국군의 파병을 적극 찬성하는 쪽으로 돌아섰다.

나중에 육군에서 그에게 군인으로서는 최고의 영예라 할 수 있는 태극무공훈장을 추서追敍하고, 그의 이름을 딴 '재구상在求賞'을 제정, 매년 모범중대장을 선발해 시상하며 기리고 있다.

또 한 사람의 안타까운 죽음은 나와 함께 베트남에 갔던 맹호부대 방첩부대 행정과장 이창수 대위다.

그는 생일에 사망했다. 맹호사단 방첩부대 본부에서 생일 축하로 점심식사를 마치고 사복을 착용, 운전기사를 포함 네 명이 퀴논 해변으로 가던 중, 미군 유조차에 부딪혀 사망했다. 한국에서 걱정하고 있을 가족을 안심시키기 위해 야자수 그늘에서 사진을 찍기 위해 사복을 입고 가던 중이었다.

연락을 받고 현장으로 긴급 출동해 보니, 세 명은 현장에서 불에 타 사망하고 한 명은 미육군병원으로 후송되어 있었다. 함께 있다가 헤어진 지 30분 만에 불에 탄 시신의 모습을 한 동료의 죽음 앞에 말문이 막혔다.

그 어떤 죽음도 서럽지 않은 죽음은 없다. 특히 인간의 의지와 이성의 통제를 무력화시키는 전쟁터에서는 더욱 그러하다. 그러면서도 그 극한의 상황에서도 기적처럼 피어나는 뜨거운 인간애의 편린들이 가슴을 먹먹하게 만들기도 한다.

베트콩을 잡다

나는 선천적으로 적에 대한 두려움을 갖지 않고 태어난 듯하다. 아니, 어쩌면 두려움이란 게 약이 없는 병이어서 애당초 갖지 않았는지도 모른다. 그래서 나는 '보는 대로 보이고, 아는 만큼 보인다'는 말을 신앙처럼 여겼다. 멀리 베트남에 와서도 한국군 최초로 무장한 베트콩을 내 손으로 사로잡았으니 말이다.

나는 주로 빈케이, 안케 계곡 등을 돌아다니면서 그곳의 군수로부터 첩보를 수집했다.

19번 도로를 따라가면 안욘군이라는 마을의 사무소가 있다. 그곳의 군수는 낮 12시부터 오후 2시 30분까지는 아무도 만나 주질 않는다. '씨에스타(siesta, 낮잠) 타임'이라고 해서 군수도 그렇고 문 앞을 지키는 사람도 대부분 잠을 잔다.

어느 날 그 마을 근처에서 적의 포가 발견됐다. 미군이 전방에서 그곳을 향해 포를 발사했고 나는 첩보를 위해 '바우'라는 통역관과 함께 그 곳을 방문했다. 세 번째였다.

막 지프차를 세우고 내리면서 보니까 마을이 조용했다. 씨에스타 타임이었다. 그때였다. 내가 차를 등지고 한 걸음 떼려는 순간, 50m 전방에 까만 옷을 입은 두 명이 논 가운데를 포복으로 접근하여 폭발물을 묻는 모습이 포착됐다. 논에는 벼가 심어져 있었던 터라, 그들이 포복해 가는 곳의 벼이삭들이 심하게 흔들렸다. 순간, 베트콩이란 생각이 들었다. 그들의 뒤를 쫓아갔다. 마음보다 몸이 먼저 반응했다. 그러자 둘은 급히 허리를 펴고 몸을 돌려 부비트랩(폭발물 장치)을 설치하고 줄행랑쳤다. 뜀박질이라면 당할 사람이 없다는 걸 그들이 알 리 없을 터, 나는 전력으로 그 둘의 뒤를 바짝 쫓아붙었다.

함께 갔던 김종근 하사가 내 뒤를 따라왔다. 나는 그중 한 놈의 모가지를 비틀어 거꾸로 돌려 세우고는 두 팔을 뒤로 꺾고 총과 수류탄을 압수했다. 생포를 한 것이다. 빠른 시간 내에 사단 MIG(군사정보부대)로 그들을 인계했다. 이 소식이 사단에 알려지자 장교들이 너도나도 처음 잡은 베트콩 구경을 오는 진풍경이 벌어졌다.

그때 나는 뼛속 깊이 파고든 공산주의의 치밀함에 놀라지 않을 수 없었다. 소규모의 게릴라작전 말하자면 가랑비에 옷 젖듯 서서히 베트남이 공산화되었음을 알게 되었다. 이렇듯 베트남의 사례는 세계 유일의 분단국가인 우리에게 값진 교훈을 주고 있다.

베트남 파병 후 베트콩을 생포한 공로로 나는 1966년 7월 29일 최초로 화랑무공훈장(165791)을 받았다.

응답하라 1965

한 개인의 삶은 거대한 것으로 출발하지 않는다. 뜻하지 않은 혹은 아무것도 아닌 것으로 여겼던 일들이 그 출발이다.

흔히들 나를 두고 '풍운의 장군'이라 부른다. 지난至難한 내 삶에 토 달지 않고 동의하기 때문이다. 실제로 내가 풍운의 장군이라 일컬리게 된 사건의 시작은 거대한 일이 아니었다. 왜냐하면 사건의 중심에 내가 있었던 것도 아니고 나와는 무관한 일이었기 때문이다. 당연히 나와 상관없는 일이었기에 진실은 곧 밝혀질 거라 여겼다, 그때는.

1965년 9월 8일.

사건은 내가 베트남전에 참가하기 위해 강원도 홍천에서 훈련을 받고 있던 날 새벽 0시 40분, 동아방송 조동화 제작과장(현 무용전문지 춤 발행인)이 납치돼 매를 맞는 사건이 발생했다. 괴한 4명이 "시경에서 왔다"며 조 과장을 장위동 자택에서 납치하여 뭇매를 때려 턱, 가슴, 옆구리, 무릎 등에 심한 상처를 입혔다. 그러자 각종 언론매체는 바로 직전인 1965년 9월 7일 오후 11시 45분, 동아일보 변영권 편집국장대리의 서울 동대문구 이문동 집 대문이 폭발물에 의해 대문 안벽이 허물어졌던 사건까지 싸잡아, 군부를 의심했다. 그 즈음 이런저런 테러 사건이 많이 발생했기 때문이다. 그도 그럴 것이 당시의 동아일보는 걸핏하면 벌어지는 취재기자와 간부에 대한 연행과 조사가 이뤄지자, 박정희 정권에 대한 비판을 멈추지 않았다.

수사를 맡은 경찰은 매번 철저한 수사를 다짐했지만 어찌된 영문인지 대부분의 사건이 해결되지 못했다. 언론인 테러는 정치 문제화하여 철저한 수사를 요구하는 여론이 높았으나 범인은 밝혀지지 않은 채 영구 미제 사건으로 넘어가기 일쑤였다. 항간에는 못 잡는 것이 아니라 안 잡는다는 말까지 나돌았다.

그러자 신문은 한동안 동아방송 조동화 제작과장 테러사건의 범인을 마산 보안부대장 정명환 대령으로 몰아갔다. 이유는 사건 직전, 마산 보안부대장인 정명환 대령이 기자들과 군 기사 문제로 불미스러운 일이 있었기 때문이었다. 혐의가 없자 어느 순간, 장위동에서 일어난 사건으로 장위동에 살고 있는 논산훈련소의 유기홍 중령을 범인으로 지목했다. 거기서도 혐의점을 찾지 못하자 이번에는 홍릉의 625방첩대장이었던 나를 지목하기 시작했다.

이후 나와 무관한 사건임이 밝혀졌지만 어찌된 영문인지 신문은 사사건건 내 발목을 잡고 늘어졌다.

시계태엽을 되돌려 당시의 상황으로 돌아가면, 내가 더 의심을 받았던 것은 사건이 발생하고 얼마 지나지 않아 베트남 전선으로 떠났기 때문이다. 오비이락烏飛梨落, 까마귀 날자 배 떨어진다고 때맞춰 베트남으로 도망을 갔다며 신문은 루머를 더욱 부풀렸다. 당시 나와 함께 방첩부대에서 출국했던 우재록, 김명규 두 하사를 하수인으로 지목까지 해댔다. 신문기사의 펜대는 제멋대로 춤을 췄다.

"이 대위는 당일 저녁, 숙소에 있었다는 알리바이가 성립, 범인이 아니다"라는 어느 신문의 정확한 기사가 있었음에도 막무가내였다. 우재록과 김명규는 본국 소환명령을 받아 다녀왔고, 내 아내는 국회 상임위원회에 불려가 알리바이를 증명하는 일까지 했다.

그에 앞서, 나는 당시 수사본부장을 맡았던 김봉환(현 변호사) 검사장을 찾아가 따지듯 묻지 않을 수 없었다.

"도대체 어떻게 된 일입니까? 왜 자꾸 신문 방송에 오르지요?"

9월 13일, 언론이 연일 시끄럽게 굴자 이번에는 윤필용 장군도 더는 가만히 있을 수 없었는지 강원도 홍천에서 훈련을 하고 있던 내게 전화를 걸어왔다.

"이 대위, 서울 나와 해명해."

나는 그 길로 선글라스에 권총을 차고 필동의 수사본부로 향했다. 내가 도착하자 수사본부 요원들은 몹시 당황해했다. 혐의가 있고 잘못이 있었다면 당연히 내게 먼저 연락하고 출두해 조사받도록 했어야 하는데 당시의 나는 아무런 연락도 받지 않았다. 내가 먼저 연락도 없이 불쑥 수사본부로 들어섰다.

나는 차고 있던 권총의 '리볼버'를 꺼내 돌려 실탄을 빼고 수사본부장 앞 책상에 던지며 "내가 언제 테러했습니까?"라고 하자, 수사요원들은 겁을 먹고 당황해 안절부절못했다. "우리도 신문 봤습니다. 그런 말 한 적 없습니다"라고 대꾸했다.

"내가 꼭 선의의 보복을 하겠습니다!"

나는 움찔하는 그에게 한마디를 던졌다. 말인즉슨, 선의의 보복은 반드시 군에서 성공하여 보여주겠다는 각오의 의미였다. 사건이 있던 그 날, 나는 대원들과 강원도 홍천에서 마지막 훈련을 했다. 나중 우리 부대원이었던 하사관 우재록과 김명규가 베트남에서 조사를 받기 위해 서울로 소환되었다. 두 사람이 김포공항에 도착하자 수많은 기자들이 구름처럼 몰려들었다. 두 사람은 떳떳하게 거기 모인 기자들을 바짝 약오르게 했다. 나는 그 둘에게 당당하고 떳떳한 군인 모습을 보여주라고 지시하였다.

오해를 하는 사람들은 애초부터 진실을 모른다. 하지만 오해를 받고 있는 사람은 처음부터 진실을 알고 있다. 내가 범인이 아니란 그 사실을.

이후 난 내 마음을 단단히 옥죄었다.

혹시라도 나로 인해 그 어떤 억울한 사람이 생기지 않도록 더욱 정의롭고 의로운 군인이 될 것을 말이다. 하지만 당시는 미처 몰랐던 것이 있었다. 그때의 해프닝이 내 일생일대에 얼마나 큰 치명적 타격을 가해올지에 대하여…….

생명을 돌보지 않고 충성한 나에게 고작 테러리즘의 의혹이라니. 국가의 정치인과 언론인 모두가 원망스러웠다. '두고 보자, 내가 기어이 성공해서 보여주겠다.' 나는 스스로에게 주문을 걸었다.

파월 전 약속했던 진급 보직 우선권 안 지켜

뉴질랜드 문화사학자 엘뤼네드 서머스 브렘너Eluned Summers-Bremner는 "밤이란 인간에게 망각과 회복의 기회를 준다"고 했다. 역사가 루이스 멈포드Lews Mumford 또한 같은 의미의 말을 했다. 베트남에 가 있는 기간이 한국에서의 해프닝에 대한 망각과 회복의 기회가 되기도 했다. 적어도 겉으로 보기엔 그러했다.

나는 약속대로 일 년 만에 베트남에서의 일정을 마치고 귀국했다. 윤 사령관은 내게 일 년 전 맡았던 특공대장 임무수행을 다시 하라는 명령을 내렸다. 나는 완강히 거절했다. 하지만 "현재 김 소령은 부하 지휘를 잘 못한다. 간첩 잡는 일은 아무도 못한다"며 내게 복귀하도록 했다.

"저는 대위입니다. 소령 자리 아닙니까? 보안사령부 직할부대 전국 소령

중 골라 보십시오. 저는 방첩대를 떠나겠습니다. 죽을 고비 넘기고도 억울하게 언론에 당했는데, 또 당합니까? 전투부대로 전출 보내 주십시오."

귀국 전, 나는 일반부대로 전출희망서를 제출했으나 다시 방첩부대로 복귀할 수밖에 없었다. 업무차 인사과에 들렀더니 베트남에서 귀국한 하사관 세 사람이 보직 발령을 대기하고 있었다. 그들은 나를 보자마자 하나같이 볼멘소리를 했다.

"이 대위님, 어떻게 이런 인사가 있습니까? 월남에 갈 때는 진급 우선권, 보직 우선권을 약속해놓고 어째서 우리들이 원하는 곳이 아닌 곳에 발령을 내놓습니까?"

살펴보니 대전이 집인 사람을 춘천으로 발령내놓고, 서울인 사람을 전방으로 발령을 내놓았던 것이다. 묵과할 수 없었다. 나야 뭐 아무 데나 가란 데로 가면 그만이지만, 다른 사람은 그렇지 않았다.

나는 특공대장으로 부하들과 일산, 파주, 문산, 앵무봉, 노고산 등 잠복, 접선으로 간첩 잡는 곳에서 맴돌아야만 하는 나의 처지를 성토했다.

"말이 방첩대지, 나는 군복 입고 산만 타야 합니까? 그래도 나는 불만 없습니다. 그러나 우리 하사관들은 월남 가기 전 약속했던 보직 우선권과 진급 우선권을 이행해 주십시오. 인사과장 소관 아닙니까?"

내 말에 인사과장 중령 황진기가 내 의중이 딴 데 있음을 눈치 채고 조심스레 물어왔다.

"왜 그래?"

"이 사람들, 원하는 곳에 보내주십시오."

인사과장에 당부를 하고는 "여러분, 우리는 국가의 명령에 복종하고 따랐을 뿐입니다"며 하사관들을 위로하고 그들이 원하는 곳을 갈 수 있도록 도왔다. 결과적으로 그들이 원하는 대로 보직을 바꿔주었다. 하지만 나는 아무런 이의제기 없이 국가가 원하는 곳으로, 일 년 전의 간첩 잡는 그 곳으로 다시 갔다. 과분한 소령자리였지만 어느 누구도 원하지 않는 방첩부대 특공대장 자리였다.

다른 대원들은 도시에서 사복 입고 근무하며 정보, 보안, 행정 근무로 편안하게 지내지만, 나는 기껏해야 한 달에 열흘 남짓 가족을 만날 정도로 험하고 위험한 임무수행을 했다. 고생하는 부하들 곁을 떠날 수가 없었던 것이다.

쌍권총 이 대위

베트남에서의 일정을 마치고 돌아와 내가 다시 맡은 일은 방첩대장 임무였다. 베트남 갈 때는 진급의 우선권과 보직의 우선권을 약속했었지만, 정작 내가 돌아왔을 때는 다시 특공대장 임무를 맡도록 사령부에서 내인가를 받아 놨다. 항시 몸에 권총을 차고 다녀야 하고 차에 수류탄을 싣고 다닐 만큼 특공대장 업무는 매우 위험하고 고생스럽다. 예고도 없이 수시로 작전에 투입돼야 했으니 말이다.

나는 방첩대장을 다시 맡아야 하는 이유를 묻지 않을 수 없었다. 생명을 담보해야만 임무수행을 할 수 있는 그 일에 대해. 그리고 아주 잠깐 한 숨, 두 숨, 세 숨 정도 서운한 마음도 들었던 게 사실이었다. 떠올리고 싶지 않은 그 일, 동아방송 조동화 과장 테러사건. 그런 말도 안 되는 일을 덮어씌우는 그들을 위해 목숨 걸고 일함에 회의를 느꼈다.

"맡을 사람이 없어. 어떻게 된 게 4개월을 못 버텨. 부하들이 싫어하고 불평이 많아."

내가 다시 방첩대장을 맡기 전까지는 소령이 그 업무를 맡았었다. 딱히 어떤 시스템이 구체적으로 갖춰져 있던 때가 아닌 터라 육체적으로나 정신적으로 업무수행에 있어 애를 먹었다고 했다. 목숨 내놓고 전국 산야를 헤매는 임무수행을 누가 좋아 했겠는가. 더구나 육체적으로 특수훈련을 받은 대원들의 통솔이 쉽지 않았을 터. 지휘관의 통솔력이 관건이다. 체력이 강해 대원들을 압도해야 함은 물론 특수임무 지식이 있어야 한다. 그래야 부하들이 따른다. 무엇보다 대원들의 사기를 높이는 통솔이 필요하다.

내가 처리해나가는 일들이 고스란히 역사가 될 수밖에 없었던 것은 무엇보다 많은 사람들이 내게 힘을 실어줬기 때문이다. 전국에 있는 어떤 장교든 하사관이든 내가 원하면 특공대원으로 명령 났다. 제1공수특전부대의 부단장을 하던 전두환 중령, 공수단장 차규헌 대령 등도 내가 필요로 하는 인적자원 확보에 적극 협조를 해줬다. 내게 정예요원 선발의 최우선권을 주었던 것이다.

방첩부대에 차출돼 온 부대원들의 자부심은 대단했다. 나는 훈련과 지휘 방침을 일반부대와 다르게 했다. 대원들이 잘못하면 반성문을 쓰게 하고 외출과 외박 금지를 내렸던 다른 지휘관과는 달랐던 것이다. 과격하다할 만큼 엄하고 따끔하게 지휘를 했다. 그렇다고 그 자리를 벗어나서도 계속 이어진 것이 아니고 당장 그 자리에서 해결을 봤다. 내가 나타나면 부대원들이 정신줄을 꽉 붙잡아 맸던 이유가 여기에 있다. 내 명령 없이는 어떤 상급자의 지시 또는 명령을 듣지 않았다.

한번은 장충체육관에서 해군과 배구시합이 있었다. 토요일 오후, 우리 부대 선수들이 나약한 문관들의 응원을 받으며 코트에 섰다. 동시에 해병대의 헌병들이 우리의 응원단을 뺑 둘러쌌다. 응원을 방해하기 위함이었다. 계급장이 보이지 않는 위장복을 입고 지켜보던 나는 불시에 수신호를 보냈다. 그러자 십오륙 명의 대원들이 일시에 달려들어 헌병들을 바닥에 내리꽂았다. 그 바람에 콘크리트 바닥에 깔려 있던 나무상자가 칼날처럼 날아와 헌병의 헬멧을 날려버렸다. 응원 왔던 관중들이 놀라 실외로 도망쳤다. 텔레비전 화면에 그 광경이 잡혔다.

보고 있던 서울 부대장 김진구 대령과 권익현 중령이 그만두라고 소리를 쳤으나 대원들은 꿈쩍도 하지 않았다. 내 명령이 있기 전에는 그만두지 않았다. 내가 나서서 수신호를 보내고 그만두라는 내 말 한마디에 대원들이 멈췄다.

이를 보고 놀라 자빠진 이들이 또 있었다. 서울의 일류 주먹들이었다. 장충체육관 광경이 텔레비전 화면으로 전파를 탔던 것이다. 이후 어디를 가든 내로라하는 주먹들이 슬슬 나를 피해 다녔다. 당시는 일명 '형편없는 놈'들이 있다고 하면 무조건 잡아넣던 시대였다. 예를 들면 어느 지역에서 '형편없는 주먹'들이 말썽을 피운다는 첩보가 뜨면 당장 그들을 잡아 경찰서에 분산 유치했다. 한 곳에 유치하면 소요를 일으킬 수 있어 여러 경찰서로 분산시켰다. 내 명령 없인 함부로 방면하지도 않았다. 놔주라면 놔주고, 법원 송치하라면 송치했다.

빨간 불 켜고 여기저기를 내달렸다. 육군 대위 이진삼이 나타나면 경찰서장도, 소령도, 중령도 쩔쩔맸다.

"이진삼 대위는 절대 경우 없는 짓 안 해."

윤필용 장군의 그 말 한마디가 내 임무수행에 목숨을 걸도록 만들었다. 나로 하여금 더욱 정의감 있는 처신을 독려했다. 당시 청량리역 같은 데는 휴가 나온 소위나 중위의 초급장교들이 많았다. 그런 그들을 잡아가 구타하는 말하자면 주먹깨나 쓰는 폭력배들이 있었다. 맞장이라도 뜨게 되면 "군인이 민간인에게 폭력을 쓴다"며 헌병대에 신고해 시끄럽게 만들었다. 첩보를 접한 나는 수도방위사 헌병대를 불러 우리 대원들과 함께 인근의 폭력배들을 검거하였다.

나는 정의감을 앞세웠다. 법이 죄 지은 사람을 처벌하기 위한 수단이라면, 나는 그 수단에 앞서 한 사람이라도 억울함을 당하지 않게 했다.

실제로도 정도를 살기 위해 노력했고, 약자를 돕기 위해 어떠한 일도 불사했다. 이준 열사, 안중근 의사, 윤봉길 의사처럼은 아니지만 그들처럼 정의롭게 살기 위한 군인으로서의 노력은 특공부대장의 자부심이기도 했다.

특공부대원들에게 "군인이 가장 행복한 순간은 국가가 위태로울 때 자기의 생명을 요구 받는 순간이다. 우리 특공부대가 생명을 바치지 않으면 어느 누구도 바칠 자가 없다"는 것을 강조했다.

군인으로서 할 수 있는 최고의 정의는 임무수행이고, 그 임무수행을 위해 나는 수없이 생명을 걸고 생사를 넘나들었다.

이 대위가 있었더라면

"이 특공대장님(대위)이 안 계셔서 다른 사람을 시켰더니만 우리 측은 희생이 컸고, 두 놈은 넘어가 영웅이 됐지 뭡니까!"

베트남에서 귀국한 지 며칠 지나지 않아 안기부(지금의 국정원) 직원이 나를 찾아와 대뜸 하는 말이었다. 내가 베트남에서 입국 직전인 1966년 7월, 경기도 송추 유원지 부근에 3인조 무장간첩이 출몰했던 이른바 '노성집 사건'을 두고 하는 말이었다. 이들은 고정간첩과 접선, 서울 시내로 잠입해 박정희 대통령이 타고 가는 승용차에 수류탄을 투척해 암살할 계획이었다. 하지만 그 고정간첩은 이미 체포돼 전향하여 대북 역공작에 적극 협조했다. 계속해서 북으로 암호통신을 보내며 남한에서 그가 부여받은 임무를 성실히 수행하고 있는 것처럼 보고했고, 이를 알지 못한 3인조 무장간첩이 그와의 접선을 위해 송추에 나타났던 것이다. 이를 서울 시경의 대공요원들이 잠복해 있다가 무장간첩을 덮치는 과정에서 교전이 벌어졌는데 서울 시경 대공요원 두 명이 전사했고, 무장간첩 한 명이 생포되었고, 두 명이 몸에 심한 총상을

1967년 검거한 공비(오른쪽)

입은 채 도주해 북으로 돌아갔다.

생포된 사람은 조장이었던 노성집이고, 도주한 자들은 조원 이재형과 우명환이었다. 특히 이재형은 도주하다가 복부에 총을 맞아서 내장이 쏟아졌음에도 불구하고 쏟아진 내장을 쓸어 담고 임진강을 건넜다. 우명환 역시 시경 대공요원이 휘두른 권총 손잡이에 머리를 다치고 다리에 총상을 입었으나 휴전선을 넘어 북으로 돌아갔다.

두 사람은 북으로 돌아간 후, '공화국 전투 영웅'의 칭호와 함께 각각 육군 대좌와 상좌 계급을 받았다. 2년 후, 그들은 평양시 근교 상원군 공포리에 악명 높은 124군부대를 창설하고 후배를 양성하는 등 1·21사태의 주범

이 된 인물이었다.

북한의 소행은 날이 갈수록 더해만 갔다.

***

방첩부대 생활이 4년이 흘렀다.(3년 특공부대장, 1년 베트남)

군인은 야전野戰에서 경험을 쌓는 것이 원칙이다. 나는 야전으로 내보내 주기를 간절히 바랐다. 그래야 연대참모를 하고 대대장을 할 수 있기 때문이다.

"이봐, 거기까지 가려면 아직 멀었어. 연대참모 하려면 소령은 달아야 하는데 같이 더 있어보자. 내가 사단장으로 갈 때 같이 가면 될 거 아냐."

윤필용 장군의 그 말과 함께 시작된 나의 군대 인생이 파노라마처럼 펼쳐졌다. 그때 내가 했던 일들은 남북의 극단적인 대결구도 속에서 반세기 가까이 정보의 통제로 어떤 것은 세월에 묻혀 사라졌고 또 어떤 것은 소문의 형태로 떠돌았다.

그러던 것이 2008년 10월 8일, 국회국방위원으로 기무사령부에 대한 국정감사 중, 기무사령관 김종태(金鐘泰, 현 국회의원) 중장이 국방위원들에게 해제된 비밀 문건 9건을 공표했다. 나와 관련된 소문이 공식적으로 모습을 드러낸 것이다.

'이진삼 의원 대공 관련 공작'

다음 4장은 그중 하나인 '대북 응징보복작전'으로 나의 북파 사실이 수록된 보고서다. 내가 북한군복에 북한총을 들고 북한강과 임진강을 건너 대북 응징보복작전에 나설 수밖에 없었던 분단된 조국의 뼈아픈 역사에 대한 리포트다.

04 대북 응징보복작전

군인이 가장 행복한 순간은 국가가 위태로울 때
자기의 생명을 요구받는 순간이다.
— 이진삼

보복을 결심하다

1

"대장님, 한 놈이 이쪽으로 오고 있습니다!"

대원 한 명이 나지막한 소리로 보고했다.

"쉿! 자세를 낮춰라."

순간 긴장하지 않을 수 없었다. 나는 '혹시 우리 중 하나가 바스락 소리를 낸 걸 잘못 들은 건 아닐까?' 하는 생각에 아주 잠깐 상황을 지켜봤다. 대원 하나가 다시 물었다.

"어떻게 할까요?"

다시 살펴보니 적병 하나가 두리번거리며 우리 일행이 있는 곳으로 오고 있었다. 하는 짓으로 봐서 소변을 볼 듯했다.

"놈이 제 발로 우리한테 왔다. 죽은 거나 마찬가지니 일단 저 놈은 놔두고, 장교들부터 처리한다. 너하고 너, 둘은 저쪽에 총 들고 서 있는 부사관(하사관)을 맡아라. 그리고 넌 나하고 저쪽의 군관(장교)을 맡는다."

나는 마침내 대원들에게 임무를 부여했다. 명령이 떨어짐과 동시에 비트(은거지) 속에 숨어 있던 대원들이 용수철처럼 튀어 나갔다.

"드르르륵, 드르르륵."

총소리가 울리자 북한군 군관과 부사관이 단말마의 비명도 지를 새 없이 고꾸라졌다. 죽을 줄 모르고 소변을 보러 왔던 적병은 이기철이 휘두른 단도에 목이 잘렸다. 이후 공격은 전광석화처럼 이루어졌다. 사격과 수류탄 6발을 던져 도주한 1명을 제외하고, 13명의 북한군을 사살하였다.

1967년 9월 27일에 있었던 최초의 '적 13사단장 장사청 생포작전'은 실패하고 철수하는 것으로 막을 내렸다.

2

1967년 3월, 김일성은 제4기 15차 전원회의를 열었다.

그 자리에서 5·16 이후 남북 간 경제력 차이가 벌어지자 '한국 정부를 전복하는 데 역량을 집중, 무장공비를 침투시켜 민심을 교란하라'는 지령을 전군에 하달하였다. 이후 북한은 무장공비를 침투시켜 주요시설을 파괴하고 민심을 교란시키는 데 총력을 기울였다. 북한은 1966년 봄부터 강원과 충청을 비롯해 전국 곳곳에 무장공비들을 57회 침투시켰고, 1967년에는 118회로 극에 달했다.

북한은 한국과 미국이 베트남전에 전력투구한다는 걸 알고 있었다. 한반도에서 전쟁이 일어날 경우, 미국이 남한에 지원 못할 것을 노리고 남한에 강력한 국지도발을 감행해온 것이다. 즉, 북한군은 한국군이 대북보복작전을 전쟁 억지 차원에서 하지 않는다는 약점을 노렸던 것이다.

따라서 1964년 베트남 파병 이래 남한이 경제면에서 북한보다 우위를 점하게 된 사실에 대해 북한은 신경을 곤두세웠다. 1966년에 57회에 달했던 도발을 1967년에 이르러 118회로 두 배로 늘렸던 이유가 여기에 있다.

휴전선 인근 아군과 미군의 GP가 수시로 습격 받았고, 중동부 전선에선 공비 무리가 우리의 전방 사단으로 침투, 양민을 학살하고 태백산맥을 타고 북한으로 돌아가는 일도 있었다. 그런가 하면 21사단 부연대장 김두표 중령과 두 딸 그리고 그의 처형妻兄을 살해하는 등 공비들은 군인과 일반 국민들을 가리지 않고 무자비한 만행을 저질렀다.

3

피 끓는 젊은 군인으로서 더는 당하고만 있을 수 없었다. 목울대까지 뭔가가 치밀어 올랐다. 그 길로 방첩대부대장 윤필용 장군을 찾아갔다. '기필코 응징하고 말리라'는 다짐이 끊임없이 마음을 강타했다.

"당하고만 있을 수 없습니다. 제가 하겠습니다, 부대장님."

응징해야겠다는 대화 중, 나는 내가 직접 나설 것을 주장했다.

"뭐야? 이 사람, 어딜 가겠다고? 큰일 낼 사람일세. 안 돼."

윤 장군은 내 청을 단박에 거절했다.

"당신은 나중에 중요한 지휘관이 될 사람이야. 그런 사람이 지금 뭐를 한다고?"

대화는 더 이상 이어지지 못했다. 하지만 그의 방을 나온 나는 구체적인 실행계획에 착수했다. 마음보다 빠르게 몸이 어딘가를 향했다.

4

내가 대북 응징보복작전을 결심하게 된 것은 우리 군의 존재 목적은 물론 군의 자존심 문제였다. 북한은 6·25남침 이전, 38선상에서 수시로 무력충돌을 일으키곤 했다. 국군의 경비상황과 군사력을 시험했던 것이다. 도발이 680회에 달했다. 급기야 1949년 4월 25일에는 북한군 6사단이 38선 남방 100m 지점 비둘기(송악산)고지를 기습했다. 아군은 같은 해 5월 4일 진지를 재탈환하기 위해 반격했으나 10개의 토치카로 요새화된 진지를 탈취한다는 건 불가능했다. 1사단장 김석원 장군의 계획 하에 11연대 서부덕 소위 이하 아홉 명의 특무상사(김종해, 박창근, 박평서, 양용순, 오제룡, 윤승원, 윤옥춘, 이희복, 황금재)들은 박격포탄을 안고 적 토치카를 향해 돌입, 파괴하고 장렬히 산화했다.

그들의 심경이 어떠했을지 너무나 잘 이해되었다. 당시 적진으로 뛰어들어 응징보복을 하겠다는 내 심경과 크게 다르지 않았을 터였다. 그 길로 내가 간 곳은 서빙고분실. 그곳에는 북한특수부대출신들로 검거 또는 자수한 공비들이 수용돼 있었다.

불신과 믿음 사이에서

작전을 계획, 준비하면서부터 나는 좀체 잠을 이룰 수 없었다. 심장이 빠르게 뛰었다. 대원을 선별하고 훈련을 마치고 넘어가기 직전까지 긴장을 늦추지 않았다. 죽음에 대한 공포를 떨쳐낼 수 없어서였다. 규정과 법에 없는 작전도 문제지만, 공비들이 배신할 것에 대한 의구심 때문이었다. 애초에 우리 대원들과의 작전은 상상조차 할 수 없는 일이었다.

***

'대원들이 배신을 해 자신들이 공을 세운 것처럼 놈들에게 나를 넘겨주면 그들은 영웅이 되고 나는 뭐가 될 것인가'와 '교전이 붙어서 실탄이 떨어진다면, 내가 하나 더 가져간 권총으로 대원들을 쏴 죽이고 나도 죽느냐, 아니면 나만 죽느냐'에 대한 고민으로 불면의 밤을 보냈다. 내가 생포라도 되면 놈들로부터 겪게 될 수모가 죽음보다 더 두려웠다. 공산주의 실체를 누구보다 잘 알고 있는 나로서는 선택의 여지가 없었다. 공산주의는 자기 아버지조차도 자식이 고발해 영웅칭호를 받고 인민재판을 하는데 하물며 나에게 어떻게 할지는 불 보듯 뻔했다.

그렇게 가치 없이 죽게 되는 것을 참을 수 없었다. 내 뼈다귀는 누가 추리느냐, 스스로에게 묻고 또 물었다.

처음부터 공비였던 대원들에 대한 확고한 믿음을 갖고 시작한 일은 아니었다. 정확히 말하자면 남북의 불신만큼이나 대원들에 대한 나의 불신은 극복해야 할 현실이었다.

전향 무장공비 중에서

1

그럼에도 나는 공비 아홉 명 중 면밀한 심사 끝에 백태산(26세), 박상혁(19세), 김의행(26세), 이기철(27세)의 네 명을 선발했다. 북한의 특수부대원들은 대개 열일곱 살에 입대한다. 기초훈련을 마치면 '전사'로 시작하는 일반 병사와는 달리 4계급을 뛰어넘어 '중사'로 군 생활을 시작한다. 당연히 출신성분이 좋아야 북한 특수부대원으로 자격이 주어지기에 그들 4명 모두는 그들이 말하는 당성이 강하고 정신적, 육체적으로 강인한 자들이었다.

내가 한국군을 데리고 북으로 넘어가 작전수행 중 죽게 될 경우를 생각해봤다. 당시의 우리 군은 북쪽으로의 공격이나 침투를 허용치 않았다. 내가 희생되는 것은 책임져야 할 사람이 죽을 테니 문제가 안 된다는 생각을 했다. 우리 군이 아닌 전향 공비를 선택한 것은 무엇보다 우리 군보단 그들이 북한을 더 잘 알고 있기 때문이었다. 더욱 고민스러운 것은 그렇다고 대원들끼리만 작전을 수행하게 할 수 없어서였다. 대원들만 보내놓으면 지휘관이 없으니까 긴박한 상황에 직면했을 때 어떻게 대처할 것인지를 알 수 없기 때문이었다. 작전지휘를 위해서라도 나는 갈 수밖에 없었다.

나는 내가 죽어도 좋다고 생각했다. 만의 하나 그들이 나를 배신해서 죽인다 해도 어쩔 수 없는 일이라 여겼다. 많은 시간을 함께 훈련하면서 작전수행 준비를 차곡차곡 해나가는 가운데 나는 끝까지 긴장의 끈을 늦추지 않았다. 권총 하나를 빼앗기면 나머지 하나로 자살할 생각으로 대원들 몰래 권총 하나를 더 준비했다. 그러니까 권총은 일단 유사시에는 신호용이고, 위급 시에는 자결용이었다. 그러나 첫 번째 작전을 마치고 돌아와서는 그들에 대한 믿음에 확신이 섰다.

2

1967년 7월 초, 서울 종로구 통인동 방첩부대 부대장실.

내가 부대장실에 들어섰을 땐 윤 장군이 마침 1군사령관 서종철 대장과 통화 중이었다. 방첩처장 김교련 대령도 함께했다. 통화가 길어졌다.

"네, 네, 그렇습니다."

윤 장군의 토막말만으로는 전체적인 통화 내용을 알 수 없었으나 길게 날숨을 내쉬는 등 석연치 않은 표정으로 미루어 뭔가 잘 안 되고 있다는 건 짐작했다. 연일 도발을 일삼는 무장공비들에 대해 내가 윤필용 장군에게 제안한 보복대책에 관한 것이었는바, 서종철 장군이 그중에서 구체적 실행안에 관해 "연구해 봅시다"라는 말을 한 것은 결국 탐탁지 않게 생각한다는 말로 들렸다.

윤 장군이 수화기를 내려놓기 무섭게 한 발짝 다가가 말했다.

"제가 응징작전 하겠습니다. 우리가 더 이상 당하고만 있을 수 없습니다."

“이 대위 안 돼. 우리 부대는 잡는 부대지, 침투하는 부대가 아니다.”

나의 끈질기면서도 사뭇 진지함에 윤 장군은 한동안 깊은 침묵으로 대신했다. 한 숨, 두 숨, 세 숨, 그가 마침내 침묵을 깼다.

“하긴 누가 지 목숨 걸고 자원하겠어. 군사기밀로 묶어둔다 해도 보안상 문제도 많고, 설령 살아 돌아왔다 해도 언젠간 나발 불고 다닐 테고. 하지만…… 아무리 생각해도 그건 너무 위험해. 살아온다는 보장이 어디 있냐고. 전향을 했다 해도 걔네들은 불과 얼마 전만 해도 턱밑에 총구멍을 들이댄 공비였다고. 만의 하나 뒤돌아서 쏘고 달아나면…….”

나로선 윤 장군이 무엇을 우려하는지 충분히 알고도 남았다. 그렇다고 응징하지 않고 당하고만 있으면 놈들의 도발은 쉴 새 없이 이어질 게 뻔했다. 우리가 한두 번 당하고 속았는가. 응징만이 도발을 방지 할 수 있다, 공격이 최선의 방어인 것처럼.

3

응징보복작전을 위해 전향 공비 중 네 명을 선발해 놓고, 내가 제일 먼저 한 것은 나와 그들 간의 신뢰를 쌓는 일이었다. 시간이 없었다. 그럼에도 무엇보다 중요한 건 신뢰였다.

앞으로 우리 일행이 할 일은 북한 놈들과 그들의 일당을 깨부수는 일이다. 어차피 대원들 모두는 북으로부터 속은 거였다. 돌아갈 수가 없다. 2차 세계대전 당시 일본의 폭격기 조종사들처럼 말이 좋아 가미카제 특공대지 죽으라는 것 이상도 이하도 아니었다. 마찬가지로 공비들 또한 북한으로 살아선 돌아갈 수 없는 남한에서의 임무를 주었던 것이다.

당시 한국은 그들의 생포 사실을 공개하지 않았다. 공개되면 북에 있는 그들의 가족 모두가 숙청될 것을 우려해서다.

어쨌든 나는 정보사령부 모 처장을 만나 훈련복 다섯 벌과 각종 장비를,

제1공수특전부대에서 훈련복 다섯 벌과 모래주머니 열 개를 구했다. 곧 이어 대원들을 이끌고 우이동 계곡으로 갔다.

구릉, 능선, 개활지 등 장차 전투가 벌어질 것으로 예상되는 곳과 흡사한 지형에서 훈련할 필요가 있다는 판단에서였다. 지형에 따라 전투방법이 달라져야 했다. 그렇다고 우이동 계곡이 작전지와 흡사한 것은 아니지만 마땅한 훈련지가 서울 근교에선 없었다.

우이동 계곡은 삼각산(백운대, 만경대, 인수봉)이 만들어낸 곳으로 골짜기의 골이 매우 깊다. 고원 형태의 완만한 능선에서부터 깎아지른 듯한 절벽까지, 그야말로 여러 형태의 지형을 갖춘 곳이다. 특히 산악이 중첩되어 있는 한반도의 지형상 기갑부대의 기동은 어렵다. 보병에 의한 고지전투가 주를 이룰 수밖에 없다. 6·25참전 초기, 미군이 고지를 오르내리는 데 익숙하지 않아 고전을 면치 못한 이유가 여기에 있다.

군대에서는 보통 말을 물가로 끌고 가는 것으로 끝내지 않는다. 더러는 물을 먹을 수 있게 해줘야 한다. 멀리 함께 가야 할 여정이면 더욱더 그렇다. 네 명 모두 정예특수부대 출신으로 무술과 사격술이 뛰어났으나, 전투라는 것은 개인의 능력보다는 협동심이 중요하다고 생각했다. 따라서 단체훈련을 비롯한 적진에서의 기도비닉(企圖庇匿 하고자 하는 일을 적이 눈치 못 채게 은밀히 움직임), 목표물 기습 등 세트 플레이형 각종 훈련을 필요로 했다. 아무리 개인기가 뛰어나도 다른 대원들의 호응이 없으면 패하고 같이 죽게 된다.

대원들은 불과 두 달 전만 해도 생명을 걸고 사살하고 잡아들였던 공비였다. 그들 또한 나의 심장에 총을 겨누었다. 나로선 훈련과정을 통해 그들 네 명의 전향 의지를 재확인할 필요가 있었다.

4

이제부터 각종 상황에 맞는 훈련이 필요했다.

승리를 위해선 지옥훈련을 소화해야 했다. 그중 내가 제일 먼저 시작한 일은 그들의 진정한 실력을 확인하는 일이었다. 느닷없이 그들 네 명을 향해 두 주먹, 두 발을 벌려 대련자세를 취했다. 한꺼번에 덤비라는 도발이었다.

제일 먼저 백태산이 앞차기를 하며 달려들었다. 순간 나는 옆으로 비켜나면서 짧게 끊어 발을 날렸다. 그런 다음 뒤돌아 차기와 올려 차기로써 그를 제압했다.

다음은 이기철이 달려들었다. 피차간에 온갖 기술이 다 동원됐다. 돌려 차기, 앞차기, 뒤차기, 회축, 무릎 대 돌리기, 발등 찍기 등. 밀고 밀리는 가운데 결국 승부는 내가 날린 밭다리후리기 한 방이었다. 백태산과 이기철에게 썼던 기술은 내가 만들어낸 특공무술, 실전격투기였다. 태권도를 비롯하여 유도와 합기도 등 온갖 무술을 합쳐놓은 기술이었다.

일찍이 로마의 베제티우스는 "적보다 전투 기술이 모자라면 패할 일밖에 없다"고 했다. 그러니 오로지 훈련만이 승리를 보장할 뿐이다. 땀을 많이 흘리면 흘릴수록 피는 적게 흘리는 법이다.

훈련은 어떠한 악조건 속에서도 적응할 수 있게 준비해야 했다. 나는 우선 8㎏ 분량의 모래주머니를 양쪽 발목에 차도록 했다. 이는 곧 우리가 휴대할 총, 실탄 등 개인장비의 무게와 비슷했다.

삼복더위에 기습적으로 장맛비가 이어졌다.

나와 네 명의 대원들은 아랑곳하지 않고, 빗물에 젖은 모래주머니와 전투화로 질퍽대는 산비탈의 악조건 속에서 산꼭대기까지 같은 길을 수없이 오르내렸다. 입에서 단내가 날 만큼 고단한 훈련이었음에도 그들은 어쩐 일인지 훈련하는 이유나 목적을 묻지도 따지지도 않았다.

그리고 그날 밤, 나는 하루를 정리하며 스스로에게 따지듯 물었다. '녀석들, 혹시 딴 목적이 있어서 일부러 나한테 져준 건 아니었을까?'

그들 모두 주먹 단련으로 벽돌 격파는 나보다 나았으나 지칠 줄 모르는 동작 지속능력은 나에게 미치지 못했다.

나는 31세, 대원들의 나이는 각각 27세, 26세, 26세, 19세였다.

쳐들어간다, 북으로

무모하고 위험천만한 일이었으나 함께해야 할 사람들이었기에 그들의 심중을 파고들어 신뢰를 쌓아야 했다. 그들을 단칸 셋방살이 집으로 초대했다. 사람 냄새를 느끼게 해주고 싶었다. 두 남매와 임신 8개월째로 접어든, 배가 불룩한 아내를 소개했다.

진심은 통했다. 몇 순배의 잔이 돌고, 차려졌던 음식들을 몇 번이나 다시 채우는 사이 분위기가 한껏 고조되었다. 아내가 남매와 함께 빈 주전자를 들고 문을 나설 무렵, 나는 그들에게 핵폭탄을 던졌다.

"쳐들어간다, 북으로!"

나는 핵폭탄을 던져 놓고 후폭풍을 기다리며 그들을 주시했다. 기다리는 그 순간 숨이 멎는 것 같았다. 어느 누구도 언제, 어디서, 누구를, 어떻게, 왜를 묻지 않았다. 아찔했다. 혹시 기밀이 누설되었나 하는 생각으로 혼란스러웠다. 어렵사리 입을 떼 '다들 알고 있었는지'를 물어도 대원들은 좀체 말문을 열지 않았다. 그러고는 한참을 뜸들인 후 하는 소리가 "짐작했다"였다.

아이러니한 삶이다. 두 달 전까지만 해도 북에서 남으로 향했던 총부리였다. 그 총부리를 이제 남에서 북으로 돌려야 하는 것이다. 막연히 '짐작했다'가 바로 현실이 되는 것이기에 그들의 혼란과 두려움은 당연한 것이었다.

나는 다시 내 마음을 갈무리했다. 그들에게 혼란이 아닌 확신을 심어주는 게 무엇보다 중요하다는 판단이 섰다.

담금질을 하고

우이동 계곡으로 다시 향했다. 사격은 물론 수류탄 투척 훈련을 위해서였다. 그들 모두가 특수부대출신인 만큼 개인훈련은 더 할 이유가 없었다. 그보다는 단체훈련에 주안점을 뒀다.

예를 들어 적 1개 소대가 공격해온다고 가정을 하면, 표적은 30개가 넘는다. 기관총의 경우도 표적 하나하나를 제압해야 한다. 30개의 표적이 대형을 갖춰 공격해오는 게 아니어서 하나하나를 제압하는 길밖엔 달리 방법이 없다. 가까이 다가오는 적 1명에 대해 조준하여 3발을 쏘고, 다음 1명에게도 조준하여 5발을 쏘는 방법으로 제압하면 30명을 제압하는 데 총 180발이면 충분하다. 각자 소지할 수 있는 총알 수에는 한계가 있을 테니.

무엇보다 팀 호흡을 위해선 맹렬하고 무자비한 돌격 구호가 필요했다. '돌격 앞으로'는 한마디로 공격 기세를 뜻한다. 저돌적으로 돌진해야 한다. 또한 초반에 다량의 사격을 가해 기선을 제압해야 한다. 돌격 시 함성 또한 중요하다. 적의 사기를 꺾고 아군의 사기를 북돋워 주기 때문이다. 나는 대원들에게 "박살내자!"는 돌격구호를 주문했다.

대원들은 일제히 "박살내자!" 함성과 함께 돌진하며 서서쏴立射를 했다. 여기서 또 하나 중요한 것은 돌진 중에도 탄창교환을 할 수 있어야 한다는 점이다.

나는 또한 그저 휘두르는 사격을 주의시켰다. 적에게 위협이 되긴 하겠지만 살상이 어려운 것은 물론 실탄 낭비일 뿐이다. 전투 시 표적이 모두 한눈에 보이는 건 아니다. 표적이 안 보이면 의심 되는 곳을 하나하나 제압해야 하고, 또 정확히 조준 사격해야 한다. 2명이 사격 시에는 팀별 교대로 적에게 접근, 지근거리에서 조준사격으로 완전 섬멸하는 훈련을 반복했다.

수류탄 투척 거리 역시 적의 20m 이내로 접근하여 정확하게 투척해야 한다. 앞에총 또는 돌격자세로 이동 중일 땐, 목표가 나타나면 왼손으로 안전핀을 뽑아 오른손으로 수류탄을 던진 후에는 즉시 사격자세로 들어가야 된다.

6·25 전쟁 당시 아군은 수류탄전에서 완패했다고 해도 과언이 아니다. 신병들은 훈련과정에서 고작 투척방법만 잠시 교육받았을 뿐 실제로 수류탄을 던져본 적이 없던 터라 안전핀을 뽑고 좌우를 살피다가 부근에 떨어뜨려 오히려 아군의 사상자를 낸 경우가 허다했다. 심지어 안전핀조차 뽑지 않은 채 던진 병사도 있었다. 반면 중공군은 중일전쟁 당시 일본군과 전투를 하면서 부족한 화력을 수류탄으로 대신한 터라 한 손에 방망이 수류탄 세 발을 쥔 채 안전 고리를 손가락으로 끼어 다발로 던지곤 했다.

3주 동안 매일같이 8시간의 훈련을 끝내고 나면 나는 물론 대원들의 몰골은 알아볼 수 없을 만큼 흙투성이가 되곤 했다. 나는 그들을 데리고 계곡 상류로 갔다. 누가 먼저랄 것 없이 모두가 앞다퉈 발가벗고 물속으로 뛰어드는 모습은 어린아이들과 같았다.

그럼에도 여전히 "뒤돌아서 쏘고 달아나면 어떡하려고……" 하던 윤 장군의 말이 이명처럼 나의 귓가를 맴돌았다.

진심 그리고 실력으로 신뢰를 쌓다

그들과 함께 훈련을 시작한 지 4주 남짓, 그것도 그냥 자연스레 알게 되어 훈련을 시작한 것이 아닌 서로의 가슴에 총부리를 들이대고 쏴대던 사이가 아니었나. 설상가상 남은 시간도 딱 그만큼. 어차피 화살은 시위를 떠났고 강은 건너야 하니 배의 견고함과 사공의 진정을 믿을 수밖에.

어쩌면 만의 하나 있게 될 불상사에 대한 자식으로서의 마지막 인사를 드릴 겸 나는 그들을 데리고 얼마 전에 작고하신 선친의 묘소가 있는 고향을 찾았다.

마을에 접어들자 많은 사람들이 알은체하며 반가워했다.

시골 작은 마을에서 육군 장교가 나왔다고 너도나도 자랑스러워했다. 뜻밖이란 듯 대원들의 표정은 당황스러워 하면서도 싫지 않은 기색이었다. 일일이 손을 흔들어 답을 해주며 웃기까지 했다. 그리고 선친의 묘에 절을 올릴 땐 표정이 사뭇 진지했다. 저마다 제 고향의 부모님을 떠올리는 듯 숙연했다. 만감이 교차하는 표정이었다.

갑산옥 여주인의 환대와 낙화암의 풍광과 고란사의 그윽한 풍경 소리, 그리고 백마강을 뒤로 하고 상경한 대원들이 친형제처럼 느껴졌다.

이튿날, 나는 바로 대원들에게 야전삽 한 자루씩을 나눠줬다.

총과 삽은 신랑 각시나 진배없다.

삽은 항상 총과 함께 휴대해야 한다. "총알이 사람을 피하는 것이지, 사람이 총알을 피하는 건 아니다"라는 운명적인 말을 믿어선 안 된다. 베트남전 당시 미군들은 월맹군의 박격포탄과 전방 100m 앞에서 퍼부어대는 기관총알을 철모와 손으로 호를 파 위기를 모면했다.

일찍이 롬멜 장군은 "호를 파지 않고 방어선을 치는 건 이미 적에게 항복하는 일"이라 했다.

호를 파는 건 살아남기 위한 수단이다. 몸을 숨길만한 지물이 없으면 엎드린 자세에서 머리 쪽의 흙을 파내고, 파낸 흙을 적의 방향에 쌓는다.

맨 처음 엎드릴 만한 길이와 폭으로 흙을 파서 적 방향에 쌓아 사격자세를 취할 수 있으면 급조 호는 완성이다.

적정과 지형지물에 따른 위장, 포복, 약진, 참호 구축 훈련은 생존과 직결되는 훈련이다. 그중 참호 구축 훈련은 가장 중요하다. 야전삽의 작업량과 피해는 반비례한다. 방어할 때뿐 아니라 공격 할 때에도 삽은 휴대해야 한다. 상황에 따라 개인호로 전환할 수도 있어야 한다.

우리 부대 군견인 셰퍼드 '와치'와 '발드'도 훈련에 초대했다.

개의 얼굴은 코가 3분의 2를 차지한다. 사람의 후각세포는 500만 개지만 개는 40배가 넘는 2억 개다. 말하자면 개 코에 비하면 사람 코는 코도 아니다. 나는 개 두 마리를 골짜기에 묶어둔 채 은밀히 통과하는 훈련을 계획했다. 취각과 호흡조절을 위한 훈련이었다.

이틀 전부터 나는 대원들에게 금연할 것을 주문했다. 가능한 한 마늘, 김치 등 후각을 자극하는 음식도 먹지 말 것을 당부했다. 만약 먹었다면 치약에 소금을 첨가해 양치질을 하도록 했다.

견적훈련

작전에 앞서 적을 보는 훈련, 견적훈련을 위해 강원도 원동면 날근터로 향했다. 북한군 제13사단장 장사천을 살해하는 게 목표이며, 침투하기 위해선 아군 7사단 쪽 북방한계선을 넘어 북한강 지류인 금성천을 건너야 했다.

아군 7사단 5연대 212GP에서 내려다본 북녘은 조용하고 평화로웠다. 한 폭의 수묵화였다. 솟아난 산봉우리들 사이로 굽이쳐 흐르는 강, 시야에도 잡히지 않는 끝 모를 계곡들로 둘러싸였다.

GP소대장 김 소위는 지도를 펼쳐놓고 눈앞의 산야와 대조해가며 브리핑을 했다. 12시 방향 계곡 사이로 숫자 3 모양의 하천이 보였다. 3자의 오른쪽 허리 부분이 바로 북한강과 금성천이 만나는 지점이었다. 하늘엔 구름이 깔려 있었다. 구름 그림자가 3자를 거의 덮고 있어 마치 승천을 앞둔 용처럼 보였다. 3자는 적의 811GP를 품고 있었으며 812GP는 3자 바로 우측 지점인 여내골이라 불리는 곳에 있었다. 두 GP사이로 북한강이 흐르고 있고 목표, 즉 적의 13사단이 3자에서 2시 방향으로 약 10㎞ 북쪽에 위치해 있었다.

금성천 도하를 위해선 적의 811GP는 반드시 통과해야만 했다. 대안과의 이격 거리 300~400m로 최대한 강변 쪽으로 붙어 가야 할 곳이었다. 적의 GP는 분명 최대한 관측 및 사계에 유리한 곳에 있을 것이며, 더구나 접안지역은 개활지여서 은폐, 엄폐상 예기치 못한 많은 문제들이 예상되었다. 그러므로 야음을 이용해 침투해야 한다. 안개가 끼거나 날씨가 흐려준다면 그나마 주간 이동도 고려할 수 있다.

나는 침착하게 손가락으로 금성천 우측 상단을 가리켰다. 실 거리상으론 10㎞가 조금 넘는 거리였다.

견적훈련을 마치고 돌아온 후로도 수시로 걱정이 되었다. 나 자신은 군인으로서 의무를 다하다 죽으면 영광이라 생각하지만 남아 있을 처자식은 어떡하나. 홀어머니는? 만의 하나……. 그런 생각이 들면 나는 그들을 넌지시 떠보곤 했다.

"자네들 날 쏘고 달아나는 거 아니야? 자네들은 셋이고 난 혼자다. 며칠 후면 지금 나처럼 자네들은 고향땅을 밟을 것이고, 난 지금의 자네들처럼 고독한 타향 땅을 밟게 될 텐데……."

"걱정 마십시오. 전 대장님이 생각하는 그런 사람 아닙니다. 북에서 느껴보지 못한 인간적인 정, 진심으로 고맙습니다."

시간이 다가오면 다가올수록 인간적으로 초조하고 걱정되는 것을 나로서도 어쩔 수 없었다.

훈련은 실전처럼, 실전은 훈련처럼

아이러니하다. 평화 속에서 준비하는 전쟁, 전쟁에 대비해야만 지켜지는 평화라니.

D-3 저녁, 우이동 훈련장을 옮겼다.

적의 811GP와 812GP의 지형적 특성을 고려해 최대한 유사 지형을 찾았다. 첫 작전의 목표는 적의 진지나 영토를 탈환하는 게 아닌 인명살상에 있었다. 당연히 우리가 지니고 갈 무기와 장비의 양엔 한계가 있으므로 무리한 전투, 필요 이상의 전과를 탐내서도 안 될 노릇이다. 무엇보다 중요한 것은 우리 모두 죽지 않고 임무수행을 마치고 살아서 돌아오는 게 최고의 목표였다.

마지막 점검

곰을 길들이듯 훈련시키라는 말이 있다.

뜨거운 돌 위에 곰을 올려놓으면 발이 뜨거워 곰은 발을 교대로 올리게 되고 이에 맞춰 북을 두들기면 어느 시점에선 북소리에 맞춰 곰은 춤을 추게 된다. 조건반사를 이용하는 훈련이다. 근 두 달간의 훈련은 거기에 맞춰져 있었다.

나는 흐릿한 스탠드 불빛 아래 수첩을 펼쳤다. 작전을 위한 화기 및 장비 목록이 빼곡하게 채워져 있었다.

소제 기관단총(PPS-43) 4정, 동 탄창 16개, 동 실탄 800개(각자 200발), 소제 토과렙 권총 1정(조장), 탄창 2개, 실탄 30발, 북한제 수류탄 12발(각자 3발), 북한제 반탱크 수류탄 3발, 단도, 포승줄 4개(각자 1개), 지도, 나침의 1개(조장), 마취약 및 살포기 1개, 찹쌀 말린 것 24kg, 고추장 2kg, 엿 31kg, 소금 400g, 비닐주머니, 우의 4벌, 식기 4개, 고체연료 10일분, 구급약 약간, 바늘, 실 4개.

군복은 물론 휴대장비 모두 북한군의 것을 사용하기로 했다. 침투 면에서 유리하기도 하고, 때로는 실탄을 현지에서 획득할 수 있을 거란 생각에서였다.

유서遺書를 쓰다

나는 아무것도 모른 채 곤히 잠들어 있는 아내와 자식들을 내려다봤다. 수만 가지 생각들로 쉽게 잠이 오지 않았다. '내가 죽으면 아내와 어린 것들은 남편이, 아빠가 왜 죽었는지도 모른 채 살아갈 텐데.' 하는 생각에 왈칵 눈물이 쏟아졌다.

'저승사자', '호랑이', '독종' 등 내게 붙여진 별명은, 군인에게 있어 국가가 위태로울 때 자기의 생명을 요구받는 순간이 가장 행복하다는, 군인으로서의 '나'를 평가하는 말이다. 하지만 아이들과 아내의 잠든 모습을 들여다보는 그 순간만큼은 나 역시 한 가정을 책임져야 하는 지극히 평범한 가장家長이었던 것이다.

유서遺書를 써 내려갔다.

> 사랑하는 당신에게
> 초등학교 교사로 순진했던 시골 처녀가 스물네 살에 나와 결혼하여 엄마가 된 지금, 돌이켜보면 긴 세월도 아닌데 고생만 시켰구려. 미안하오. 당신과 한마디 상의도 없이 베트남전에 갔던 것처럼 또다시 일을 벌여 미안하오. 하지만 군인은 목숨 바쳐 싸워야 하는 게 본분이오. 국가를 위해 '앞으로나란히'밖에 할 줄 모르는 나 같은 바보를 용서해주구려, 미안하오!

맺혔던 눈물이 무게를 못 이겨 백지 위로 뚝 뚝 뚝 떨어졌다. 그 눈물에 잉

크가 번졌다. 구겨버리고 나는 다시 마음을 가다듬고 써 내려갔다.

'나는 이 순간 부모님 생각이 난다. 사랑하는 아내, 귀한 내 자식들. 나는 비겁한 남편, 아버지가 안 되겠다. 임무를 수행하고 살고 살아서 가족들 앞에 나타나겠다.'

깎은 손톱과 함께 유서를 편지봉투에 넣었다.

각을 맞춰 접어 수첩 사이에 끼워 넣은 후 잠자리에 들었다. 잠이 오질 않았다.

'내가 죽은 후, 북한 놈들이 판문점에서 항의를 하면 정부는 뭐라 할까. 시치미 뗄까. 국립묘지에라도 갈 수 있는 건지. 행불 처리하려나. 아니야, 그딴 건 중요하지 않아. 죽지 못하고 생포라도 당하는 날엔……. 실탄마저 떨어지면 어쩌나? 자결도 못하고 포로가 되면 그 많은 수모를 어떻게 참고 죽어갈까. 그래, 권총은 내게 있어 전투화기와 신호용이 아닌 자결용이다.'

1차 작전, 북한군 사단장 잡으러 가다

1967년 9월 27일 수요일 음력 8월 24일, 오전 11시. 남녘에서의 마지막이 될지도 모르는 날, 아니 생의 마지막 날이 될지도 모르는 바로 그 날, 팔이 불편한 이기철을 제외하고 나와 김상혁이 같은 한 조이고, 백태산과 김의행이 같은 조를 이뤘다. 정규전이 아닌 특전에는 2대 2의 조별 전투가 효과적이다. 수적으로 우세한 적과의 교전 시, 한 사람이 수류탄을 던지는 동안 다른 사람은 소총으로 엄호할 수가 있다. 반면 셋이 한 조가 되면 한 명이 남게 돼 역할 분담에 혼돈이 온다.

16:00경, 일행은 강원도 화천군 원동면 날근터에 위치한 아군 7사단 소속 212GP에 도착했다. 우리는 다시 한 번 더 침투할 지형을 관찰했다. 굽이굽

이 흐르는 북한강은 변함없이 승천을 앞둔 용처럼 보였다. 누가 먼저랄 것 없이 대원들과 나는 좌측상단, 혀를 길게 내민 용머리 닮은 지점을 손으로 가리켰다. 그곳은 바로 적의 811GP가 있는 곳으로 강 좌안에 바짝 붙어 지나야만 한다. GP 간 이격 거리는 600m에 불과하다. 개활지인 그곳을 일단 무사통과해야 한다.

우리에게 주어진 임무는 적 비무장지대에 잠복 중인 민경대원을 사살한 뒤, 적 13사단장 장사청(43세)과 정치부 사단장(이름 모름, 40세)을 살해하고, 적 통로상 부비트랩 등 장애물 설치 및 군사정보수집(부대 배치, 경계상태, 장애물설치 상태) 등이었다.

나는 GP소대장에게 봉투가 든 지갑을 건네며 보관해줄 것을 부탁했다. 김 소위는 지갑을 받으며 아무 말 없이 안타깝게 나를 바라봤다. 봉투 안에는 간밤에 써 두었던 유서, 우이동 계곡에서 육사동기 원종욱 대위 가족과 우리 가족이 함께 찍은 사진, 그리고 열 손가락 손톱을 잘라 넣은 편지봉투가 들어 있었다.

저녁식사 후, 병기를 손질하고 19:40경 휴대품을 점검했다. 개인화기를 비롯해 도강을 위해 마련한 튜브, 지뢰탐지기 등 생각보다 짐이 많았다.

19:40경, 아군 212GP를 출발했다. 김 소위와 호송 장병 셋의 안내를 받은 대원들은 19:55경, 군사분계선(CT 909 424 지점)에 도착, 전방을 관측했다.

20:00경, 침투를 개시했다. 내가 앞장섰다. 사람의 마음은 깊이를 알 수 없는 물길과도 같다는데, 그들 중 누군가 문득 '돌아서 쏘면 어쩌려고' 묻던 윤 장군의 말이 또다시 떠올랐다. 아주 잠깐 숨이 쉬어지지 않았다. 하지만 임무수행 외에 딴 생각은 하지 않기로 다짐했다. 긴장을 풀 수가 없었다.

'저들이 배신해 날 죽이고 달아나고자 한다면 나로선 어쩔 수 없는 일이다. 하지만 난 믿는다. 그들의 눈이 날 보고 믿으라 한다.'

낮엔 비트에서 자고 밤에 활동

북편에 첫 발을 디딘 곳은 양지마을이라는 곳이었다.

정말로 날근터에서 양지터로 넘어간 거였다. 비무장지대는 그나마 잡목으로 우거져 있었으나 북방한계선 북쪽은 벌거숭이로 황폐화 되었다.

22:00경, 462고지 우측 능선을 통과, 그곳의 11시 방향 약 300m 이격 지점 최상단에 적의 GP811이 위치해 있다. 야음이라 식별이 곤란했다. 그래도 먼저 그곳을 무사통과해야만 했다. 만의 하나 발각 시엔 퇴로를 따라 후퇴해야 했기에 어느 누구도 돌출 행동은 하지 않았다.

나를 따르라, 내가 맨 앞으로 나섰다. 최대한 몸을 굽혀 정숙보행을 하면서 2시 방향으로 전진, 북한강을 만나면 강줄기를 타고 오를 예정이었다. 강 언저리엔 지뢰나 부비트랩 등이 없는 것으로 판단, 전진하여 금성천 언저리에 도착했다.

강어귀에 도착하자 나는 포복자세를 명했다.

00:10경, 금성천 도하지점(CT 909 454)에 도착, 옷을 벗고 튜브를 몸에 끼고 강을 건넜다. 강폭은 좁았으나 의외로 수심이 깊었다.

00:50경, 대안에 도착, 튜브를 은닉하고 11시 방향으로 약 1시간 가량 행군, 능선을 타고 용호마을 우측으로 빠져나가 목표지인 적의 13사단 쪽으로 향했다. 그때였다. 갑자기 백태산이 김의행의 오른팔을 꽉 붙들고는 그의 군화 앞을 가리켰다. 지뢰였다. 모두는 가슴을 쓸어내리며 지뢰지대를 피하기 위해 계곡과 개천으로 우회하여 물을 건너며 전진했다. 힘은 배나 들었다. 그러나 어렵지 않게 전진할 수 있었다. 금성천 계곡 북쪽 편에 펼쳐진 골짜기, 너럭바위 그리고 실개천 등등 훈련을 했던 우이동 계곡과 흡사했기 때문이다. 철수로가 보장되면 죽지 않는 한 돌아갈 수 있기에, 낮익은 그곳은

왠지 철수할 때 많은 도움이 될 것 같은 예감이 들었다.

01:50경, CT 913 458 지점 약 50m 앞에 적의 잠복초소가 있었다.

나는 정지하고 낮은 소리로 백태산과 김의행에게 무성무기로 처치할 것을 지시했다.

"처치합시다!"

처치 후, 적정이 파악되지 않은 상태에서 섣불리 움직일 수는 없었다. 나는 대원들에게 잠복초소 교대 병력이 철수하기를 기다리자고 말하며 졸지 않고 경계를 잘 할 것을 지시했다.

나는 비트 구축을 명했다. 숙영은 물론 때에 따라선 차후 집결지가 될 수 있기에 지형평가 다섯 개 요소를 고려해 적이 생각할 수 없는, 은폐 엄폐가 잘되는 곳에 삽을 꽂았다. 10분이 채 안 돼서 비트가 완성, 교대로 휴식을 취하도록 했다.

잠자고 있던 일행을 보던 나는 비로소 확신이 들었다. '그래, 배반을 하려고 했다면 벌써 했을 거야, 적의 GP811을 지날 때.' 의심했던 것을 미안해하며 나는 그들을 흔들어 깨웠다. 어느덧 아침이었고 우려했던 대로 적의 초소는 야간 매복 초소가 아닌 24시 고정 초소였다.

12:00경, 초소 우측, 100m 전방 3시 방향에서 적들이 떠드는 소리가 들렸다. 민경대원 15명이 지뢰 매설을 위해 총을 땅에 내려놓고 삽과 곡괭이로 작업을 시작했다.

13:50경, 위치 이동을 개시했다. 몇 걸음 옮기지 않았을 때였다. 박상혁이 부주의로 나뭇가지를 밟았고, 그 바람에 약 30m 이격 지점에서 "뉘기야?" 하는 반응과 함께 북한군 하나가 달려 왔다. 바짝 다가간 백태산의 단도가 적병의 목울대를 쳤다. 동시에 또 다른 북한군 병사 둘이 다가왔다.

나는 손가락 하나, 그리고 다섯을 좌우로 올리며 공격신호를 보내는 것으로 적병을 급습했다. 이어서 대원들의 PPS—43 소제 기관단총 60여 발이 난

사되었다. 방어용 수류탄 6발과, 반탱크 수류탄 1발도 투척됐다.

갑작스러운 공격에 적들은 우왕좌왕했지만 살아남은 자들의 저항도 만만치 않았다. 그러나 우리를 당해내지는 못했다.

나는 조준사격을 명했다. 빗나갔고 살아남은 적 2명이 골짜기로 달아나며 20여 발의 사격을 가해왔다. 나는 퇴각명령을 내렸다. 실탄도 바닥 난 데다가 곧 적의 부대가 출동할 게 뻔했기 때문이다.

설상가상으로 나는 배탈이 났다. 개울물을 마셨던 게 탈이 났다. 티내지 않으려 참고 참았으나 나중엔 배가 너무 아파 배를 움켜쥔 채 몸을 펼 수가 없었다. 건빵 하나 목구멍으로 넘길 수 없을 지경이었다.

14:00경, 적병의 매복을 예상 했던 CT 921 442지점을 무사히 통과했다. 14:40경, 마침내 금성천 어귀에 도달할 수 있었다. 안도하는 것도 잠시 후방에서 총소리가 들렸다. 바위 뒤 숨겨놓은 튜브와의 거리는 50여 m. 나는 대원들을 향해 손을 흔든 뒤, 손가락으로 숨겨놓은 튜브 쪽을 가리켰다. 셋은 동시에 움직였다. 튜브를 꺼내 물속으로 뛰어들어 잠수했다. 총알이 날아들었다. 천만다행으로 급류를 극복 도하했고 적의 총소리도 그쳤다.

15:30경, 군사분계선을 넘어 212GP 좌전방 지점으로 복귀했다.

1차 작전 결과

1차 응징보복작전에서는 군관 1명을 포함 13명의 적을 살상하는 전과를 획득했다. 또한 전향한 적의 무장간첩을 역용, 적에게 타격을 입히고, 북한의 도발에 대한 보복작전이 최초로 이루어졌다.

다음날, 나는 김의행과 함께 국군통합병원을 찾았다. 김의행은 생포 당시 생긴 총상이 도져 팔에 고름이 차 있었다. 진료부장은 김의행에게 당분간 무리한 운동을 금하고 상처에 물이 들어가지 않도록 조심할 것을 당부했다.

나는 급성 위궤양 진단을 받았다. 의사는 내게 술, 담배, 커피를 삼갈 것을 권했다.

2차 응징보복작전

1967년 10월 14일 토요일, 음력 9월 11일.

1차 작전 17일 뒤였다. 2차 작전도 1차 작전에 이어서 바로 실행할 예정이었으나 계속 된 나의 위통으로 17일 후로 미루어졌다.

적의 사단장 살해는 현실적으로 어렵다고 보고 이번에는 목표를 수정했다. 잠복초소, 병력 집결지, 북방한계선 일대 경계실태, 금성천 및 적 13사단 지역 등을 정찰한 뒤, 적 807GP의 기습에 목적을 두었다.

작전의 목표가 점령지 탈환에 있지 않고, 보복을 위한 단순 인명 살상에 있었으므로 적의 병력이 밀집돼 있는 GP는 목표로서 최적이라 판단되었다.

함정과 지뢰

18:30경, 강원도 화천, 아군 7사단 2대대 5중대(CT 888 409) 전방인 대기 지점을 출발했다.

나는 김의행 대신 작전에 투입된 이기철을 포함 다른 대원들과 함께 장비를 최종 점검했다.

19:00경, 안내장교 1, 병사 5명과 CT 886 414 지점에서 작별, 나를 포함한 4명이 북상했다. CT 874 425 지점부터 월광을 고려, 개활지가 펼쳐져 적

에게 노출될 것을 우려하여 튜브를 끌고 포복으로 1㎞를 이동했다. 2시간이 넘게 소요됐다. 도하장소는 1차 작전 때보다 다소 서쪽으로 치우쳐 있었다. 다시 1시간 이상이 소요됐다.

23:50경, 도하지점인 새말과 피루개 사이에 위치한 소성동(CT 865 432)에 도착, 만 17일 만에 또다시 금성천에 이르렀다.

익일 01:00경, CT 764 433 지점에서 옷을 입고, 광대골 서쪽 500m 이격 지점(CT 866 434)에서 약 30분간 휴식을 취하며 적정 감시에 들어갔다. 어둠 속 어렴풋이 3시 방향 700~800m 지점, 적의 GP809가 보였다.

02:00경, 우이동 계곡을 닮은 계곡을 따라 북상하던 중, CT 862 440 지점에서 적들이 파놓은 반쯤 매몰된 호와 끊겨진 전화선을 발견했다. 나는 사태가 심상치 않음을 감지했다. 우리의 1차 작전으로 인해 적의 부근 경계가 더욱 강화돼 있다는 사실을 알았다. 2시 방향으로 적의 GP808이, 8시 방향에 적의 GP807이 있었다. 이격 거리는 각각 1㎞ 내외.

03:00경 다시 포복을 개시해 05:00경, CT 865 445 지점을 통과했다. 그리고 바로 그 지점에서 함정이 아가리를 벌리고 있었다. 길 막바지 부근, 수저통 모양의 목함지뢰가 있는 게 아닌가.

제일 먼저 이를 발견한 백태산이 "뜨로찔!"을 외치면서 일행은 옆으로 피했고 당황한 이기철이 옆으로 엎드린다는 것이 그만 목함지뢰를 덮쳐버리고 말았다. 눈 깜짝할 새였다. 길이 20㎝, 너비 10㎝, 무게 400g의 소련제 PMD—6으로 압력식이었다.

1초, 2초, 3초……, 그런데 터지질 않았다. 그러자 백태산은 조심스레 이기철에게 다가가 덮친 수저통 모양의 지뢰를 침착하게 빼냈다. 그야말로 운이 좋았다. 만약 터졌다면 이기철은 말할 것도 없고 작전은 그것으로 끝이었다.

대원들은 초주검이 되었다. 05:00경, 간신히 북방한계선 CT 866 455 지점을 통과했다. 도강에 오랜 시간 포복 이동, 그리고 지뢰 소동까지. 모두가 악조건이었다. 06:40경, CT 866 456 지점(여문리 언저리)에서 일단 은신, 휴식을 취했다.

08:00경, 9시 방향, 불과 100m 거리에서 적의 행렬이 포착됐다. 중대 병력쯤 돼 보였다. 적 70여 명이 능선을 따라 수색작전을 실시하면서 그중 약 20명이 공작조를 추격 중이란 사실을 발견했다. 나는 서둘러 적과 반대 방향으로 하산할 것을 지시했다.

09:00경, 은신했던 곳(CT 866 456)을 출발, 침투로를 따라 하산하여 CT 856 434 지점에 은신, 비로소 숨을 돌릴 수가 있었다. 작전을 포기하고 돌아간다 해도 해가 진 무렵이나 가능했기에 또다시 은신을 위한 비트를 구축했다.

16:00시경, 적의 13사단 지역 정찰엔 실패했지만, 퇴각하는 길에 계획했던 적의 807GP(CT 856 434)를 습격할 목적으로 능선을 따라 다시 행군했다. 그러나 나는 퇴각을 결심할 수밖에 없었다. 우리의 1차 작전 후 적들이 곳곳에 파놓은, 지름 2m에 깊이 3m 정도의 함정들과 그 지역일대에 매설해놓은 지뢰 중 대인 지뢰 7발을 제거하고 70m 가량을 전진했다. 그러나 도저히 지뢰 지대를 극복하기 어렵다는 판단이 섰다.

18:30경, 은신했던 지점(CT 864 436)으로 다시 돌아왔다. 19:10경, CT 865 434 지점인 200m 이격 거리에서 적의 잠복병 3명이 호를 파는 것을 발견, 상황을 지켜보다가 익일 03:00경, 나는 이격 거리 40m까지 포복으로 다가가 살피고 복귀로를 따라 이동했다. 04:00경, 마침내 은닉해 두었던 튜브를 꺼내 금성천을 건넜다. 초소에 있던 북한군이 사격을 가해왔으나 물속으로 잠수를 하면서 도하, 무사히 귀환할 수 있었다.

06:30경, CT 884 417 지점에서 아군 6명과 접촉, 07:00경 안전하게 군사분계선을 넘었다.

2차 작전 결과

적진에서의 단기 작전은 우리의 희생을 감수하면서까지 전과 획득에 치중해서는 안 된다. 피해를 입지 않도록 해야 한다. 2차 응징보복작전에서는 다만 북방한계선 부근 적의 경계실태 확인과 적의 비무장지대 장애물 실태를 확인할 수 있었다.

지휘자는 식량과 사격 통제로 전쟁 지속 능력을 유지하기 위한 노력을 해야 한다.

3차 응징보복작전

1967년 10월 18일 수요일, 음력 9월 15일.

작전지역을 강원도 지역에서 경기도 지역으로 바꿨다. 1,2차 작전으로 강원도 지역은 장애물과 적의 경계가 한층 강화됐다고 판단했기 때문이다.

14:00경, 나는 대원들과 함께 서빙고를 출발, 16:30경에 경기도 연천군 왕징면으로 들어섰다. 적의 비무장지대 초소에 병력(25여 명)을 무력화시키기 위한 작전이었다.

17:10경, 아군 28사단 169GP(CT 229 218)에 도착했다.

나는 유서와 자른 손톱 그리고 사진 한 장이 든 봉투가 반의반으로 접혀 끼여 있는 지갑을 GP소대장에게 맡겼다. 지난번 소대장처럼 조심스럽게 받았다. 사물함에 보관해줄 것을 부탁했다. 임진강이 동서로 흐르고 북서 방향으로 직선거리 300m 내에 위치한 적의 689GP.

육안으로도 목표가 보였다. 베티Betty고지 바로 뒤편에 있었다. 베티고지는

6·25전쟁 막바지, 휴전협상 시 우위를 점하기 위해 피아간 사투를 벌였던 곳이다. 휴전을 얼마 남기지 않은 1953년 7월 15일, 중공군은 야음을 틈타 서부전선 일대에 대대적인 공격을 해왔다. 그 결과 김만술 소대는 그곳에서 중공군 2개 대대의 공격을 받았다. 아군 35명의 1개 소대와 적군 700여 명의 2개 대대, 상대가 안 될 전력이었지만 아군 포병의 진내 사격 등 모든 화력을 동원해 저항했으며 탄약이 고갈된 뒤에는 야음을 틈타 은폐 엄폐를 한 뒤 적들에게 접근, 호루라기에 맞춰 백병전을 전개했다.

13시간 동안의 피비린내 나는 사투 끝에 아군은 23명의 전사자를 낸 반면, 적군은 314명 전사에 450여 명이 부상당했다. 적군은 철수하기 급급했다. 당시에 베티고지를 장악하지 못한 상황에서 휴전을 맞았더라면 현재의 휴전선으로부터 2㎞ 후방까지 비무장지대가 설정되어 임진강 이남으로 물러나야 했을 것이다. 나는 대원들에게 김만술 소위의 용맹심과 충성심을 설명한 뒤, 베티고지를 바라보며 전의를 다졌다.

18:40경, GP 소대장과 소대원 넷의 도움으로 군사분계선까지 장비를 운반하고, 19:00경에 군사분계선상인 도하예정지점(CT 221 223)에 도착 약 20분간 전방을 감시했다.

19:20경 도강, CT 219 223 대안에 도착했다. 야전삽으로 땅을 판 뒤 도하장비를 묻고 포복으로 갈대밭까지 접근하여 10분간 전방을 관측한 결과, 우리는 적의 689GP에서 100m 거리에 위치하였으며, 우리들이 있는 위치에서 60여 m 전방에 적의 경계초소가 보였다. 나는 김의행에게 적의 병력을 확인할 것을 지시, 약 20m를 전진시켰던바 특별한 반응이 없어 적 경계병이 없는 것으로 판단했다. 계속 개울을 따라 전진하다 2명의 경계병을 발견했다.

나는 2명의 초병을 처치하고 적의 GP를 습격할 것인지 아니면 기회를 포착, 우회하여 GP를 습격할 것인가를 판단해야 했다. 산길 100m는 상당한 거리다. 총으로 초병들을 처치했다가는 GP 내 적병들이 눈치 챌 게 뻔했다. 무성무기로 처치한다 하더라도 저항에 부딪히면 그 역시 위험을 안고 있었다. 총으로는 처치할 수 없다는 판단이 섰다.

기다리기로 했다. 초병들이 자정 넘어 새벽 사이에 졸거나 잠드는 사이 백태산과 김의행에게 교통호로 우회해 적을 처치할 것을 지시했다. 처치한 후에 통신선을 절단할 것을 지시했다.

백태산이 교통호 벽에 붙어 적 1명을 단도로 처치하는 사이, 김의행은 초소 안의 초병을 끌어안고 뒹굴었다. 엎치락뒤치락하는 사이 백태산의 날카로운 칼날이 적의 목을 찔러 피바다가 되었다.

백태산이 통신선을 자른 뒤, 나를 향해 손을 흔들었다.

02:00시경, 후방 소로를 따라 적 689GP에 기습적으로 접근, 내무반 문을 열고 수류탄 투척(8발) 및 기관단총 사격으로 적 689GP를 완전 파괴하고 적 20여 명을 사살했다.

탕, 탕, 탕. 나는 세 발의 권총 사격으로 철수 신호를 보냈다.

02:30시경, 예정된 집결지에 도착 확인한 결과 김의행이 도착하지 않았음을 알았다. 백태산으로부터, 수류탄을 투척하고 계획된 우측으로 피하지 않고 좌측 방향으로 피해, 길을 잃어 적이 쏜 총에 맞아 숨진 것으로 보고를 받았다.

06:10시경 군사분계선상인 CT 221 223에 도착, 아침 안개를 이용하여 임진강을 도하했다.

07:00시경, 침투했던 통로를 따라 아군 169GP로 복귀했다.

나는 GP 소대장 침상에 엎드린 채 김의행을 생각하며 죄책감을 느꼈다.

살아남은 자의 슬픔

김의행의 죽음, 초소에 도착하고서야 비로소 참았던 울음이 터졌다. 죽음 앞에선 눈물이 먼저였다. 더구나 같은 목적으로 같은 훈련을 하는 동안 피어난 전우애는 그가 과거에 무엇을 했는지가 중요하지 않았다. 물 한 모금 넘길 수 없을 만큼의 괴로움과 고통, 그 심정이란 형언할 수가 없었다.

물론 대원들은 북으로부터 속은 것을 알고 있었고 나를 배신할 리가 없었다. 나는 함께 말하고 숨 쉬던 대원들에게 나와 함께 꼭 살아 대한민국에 충성하며 살자고 했다. 그런 전우의 죽음이 너무나 아프고 슬펐다.

“대장님, 제가 죽었어도 그리 슬피 우시겠죠!”

김의행의 죽음에 오열했던 나를 향해 백태산과 이기철이 던진 말이었다.

박정희 대통령과의 만남

1967년 10월 20일.

부대장 윤 장군은 내 손을 덥석 잡으며 합석한 김교련 대령에게 대통령께 올릴 보고서를 작성할 것을 지시했다.

1967년 10월 24일 화요일 오전 11시.

나는 방첩부대장 윤필용 장군과 함께 김교련 대령이 작성한 보고서를 지참, 청와대를 찾았다.

“각하, 육사15기생 이진삼입니다. 제가 연대장으로 있던 부대에서 중위로 중대장을 했습니다. 그것도 선봉중대장이었습니다.”

“이미 보고 받아 잘 알고 있네.”

박 대통령은 웃으며 내 어깨를 툭 쳤다. 그러면서 탁자 위에 놓인 보고서의 첫 장을 뒤적이며 "고향이 부여……."하며 말꼬리를 늘렸다. "네, 충청남도 부여입니다. 나이는 서른 한 살입니다."

"결혼했구먼. 딸린 식구가……."

대통령의 말이 끝나기 전, 윤필용 장군이 끼어들었다.

"이 대위가 곧 셋째를 볼 것 같습니다."

그 말을 들은 박 대통령은 측은한 눈빛으로 나를 쳐다보았다.

"수고했어. 작전도 작전이지만 공비들을 포섭해 역이용한 발상이 좋았어. 이제 그만해, 명령이다. 베트남은 다녀왔나?"

"예, 맹호부대 기동대장으로 다녀왔습니다."

내 말에 박 대통령은 고개를 끄덕이고는 테이블 서랍에서 봉황이 그려진 두툼한 봉투 하나를 꺼내들었다. 빳빳한 500원권 지폐가 빼곡히 들어 있었다. 뒷면엔 '대통령 박정희'라고 적혀 있었다.

"감사합니다, 각하."

두 손으로 봉투를 받은 나의 정복 상의 견장을 손으로 다독이던 박 대통령은 되뇌듯 "앞으로도 군 생활 잘 해서 장군 돼야지" 하고는 윤 장군에게 "특별한 관심 갖고 이 대위 잘 돌봐줘요"라며 당부했다.

"예. 명심하겠습니다, 각하."

윤 장군과 내가 동시에 인사를 하고 돌아서려는데, 내 키가 작아 보였는지 박 대통령이 물었다.

"이 대위, 자네 키가 몇인가?"

"네, 165cm입니다."

"그래, 나보단 1cm 크군."

"몸무게는?"

"네, 63kg입니다.

"날쌔 보여."

박 대통령과의 대화는 짧지만 강렬했다.

"몇 시인가?"

박 대통령은 손가락으로 윤 장군의 왼쪽 팔목의 시계를 가리켰다.

"예, 11시 40분입니다."

"점심시간인데 우리 점심이나 같이 할까?"

"각하, 저희끼리 나가서 하겠습니다."

윤 장군과 나는 대기시켜 놓은 지프차를 타고 통인동 방첩부대장실로 향했다. 사령관실 접견실에서 식사를 마친 후, 나는 윤 장군에게 전투부대로 전출시켜 줄 것을 부탁했다. "내가 부대장 하는 동안엔 안 돼"라는 대답을 확인한 채 발길을 돌려야 했다.

그 후에도 두 차례나 윤 장군에게 내 소신을 밝혔다. 보병부대로 보내주기

1967년 9월, 609 방첩대장실에서 작전에 앞서 유서를 쓰는 모습

를 바랐다. 소령, 중령, 대령이 되어 대대장, 연대장 등 일반 군 생활을 하고 싶다고 전했다. 사실 나는 윤필용 장군이 아니었다면 방첩부대로 오지 않았을 것이다. 나를 방첩부대로 전입시키라는 지시만 하지 않았어도 나는 평범한 군인의 길을 걸었을 것이다. "그래, 내가 앞으로 사단장으로 나가면 그때 함께 가자"며 나를 달랬으나 나는 더는 방첩부대에 근무하고 싶지 않았다.

희생이 따르는 위험한 작전은 더는 하지 않겠다는 결심을 했다.

물론 육사 선배들의 만류도 있었지만 응징보복작전은 물론 국내 대공비, 대간첩 작전을 통해 희생된 전우들에 대한 자책감에 괴로워했던 사건들이 떠올랐던 것이다.

집 지키는 셰퍼드

나로 말하자면 결코 녹록한 성격 또는 편한 사람은 아니라고 생각한다. 그럼에도 아랫사람 윗사람이 가리지 않고 좋아했다. 아마도 나의 강직함과 내 일신을 위한 일은 조금도 하지 않는, 군인다운 모습에 신뢰를 하는 게 아니었나 싶다.

무엇보다 나는 남북 분단이란 현실 앞에서 대한민국 군인으로서 최선을 다했다. 능력 있는 장교가 아니란 생각에 남보다 곱절은 노력을 했다. 그러니 군인답지 못한 일들을 재주껏 끼워 맞추는 짜깁기 삶을 단호히 거부했다.

적어도 집 잘 지키는 셰퍼드는 되고자 했다.

똥개가 되느냐 셰퍼드가 되느냐 했을 때 스스로 셰퍼드가 되어야 한다. 똥개는 말 그대로 새끼도 값이 똥값이다. 반면 셰퍼드는 새끼도 몸값이 비싸다. 그러니 육사 출신이라고 해서 죄다 셰퍼드는 아니다. 똥개인지 셰퍼드인지는 모두 저 하기 나름이다.

05 1960년대 후반 주요 사건 비문 해제(공개)

오늘 내가 죽어도 세상은 바뀌지 않는다. 하지만 내가 살아 있는 한 세상은 바뀐다.

– 아리스토텔레스

청와대 까부수러 왔수다, 1·21사태의 재구성

응징보복작전 때문에? |

"아니, 그때 장군님께서 세 번씩이나 북한에 넘어가 응징보복작전을 했기 때문에 김신조 일당이 청와대를 습격한 거 아니었습니까?"

1968년 1월 21일 이후 매년 그리고 2014년 3월, 내가 출연했던 종편의 한 앵커가 내게 던진 질문이었다. 그때마다 나는 다음과 같은 의견을 말한 바 있다.

***

"내가 세 번의 대북 응징보복작전에 나선 때가 1967년 9월과 10월이었고, 김신조 일당이 청와대를 습격한 것이 3개월 후인 1968년 1월 21일이어서 그렇게 생각할 수 있겠으나, 북한이 1·21 청와대습격 사건 이틀 후인 1월 23일에 정찰활동을 하던 미 프로블레호를 원산 앞바다에서 납치하는 엄청난 짓을 저질렀다. 상상조차 할 수 없는 계획적인 사건으로 이는 적어도 6개월에서 1년 이상 준비했을 것으로 판단하며 연관성 없는 도발로 생각한다."

당시 우리 군과 미군은 베트남전에 참가하고 있던 터라 어떠한 도발에도 강력한 응징이 없을 것으로 적은 판단했을 것이다.

김신조와의 첫 대면 |

내가 김신조와 맨 처음 맞닥뜨린 것은 1968년 1월 22일 새벽 3시경, 그러니까 그가 세검정 계곡(상명여대 문화촌 입구)에서 군에 자수한 후 새벽 4시 15분경 내게 인도되어, 청와대를 습격하기 위해 넘어왔던 일당들을 잡기 위한 '도주로(침투로 역방향) 차단작전'에 들어가면서였다. 나는 김신조를 대동하여 비봉 승가사 옆 200m 지점(1월 21일 낮에 은거했던 지점)의 드보크(dvoke, 간첩 장비 비밀 매설지)를 찾아 침투 시의 일부 장비를 회수하였으며, 공비 29명을 사살하고 1명이 월북한 것으로 1968년 2월 4일에 작전을 종결하였다.

2주 만에 작전을 종결할 수 있었던 것은 김신조의 신속한 협조 덕분이었다. 나는 김신조를 설득 회유하여 자신을 포함 총 31명이 "박정희 목 따러 왔다"는 진술과 함께 편성장비, 훈련, 습격, 철수계획까지 진술을 받아냈다. 이에 작전부대에 침투로 및 철수로 등 현장 확인을 전파함으로써 단시간 내에 일망타진할 수 있었다.

김신조 증언 |

1968년 1월 21일 오후 8시, 연일 살을 에는 듯한 영하 20도의 추운 겨울 날씨에 길 양편 종대로 줄지어 가던 31여 명의 일행 중 하나가 경찰서장을 향해 총알을 뿌렸다.

"나, 모르겠나? 나, 종로경찰서장이다!"

일행의 앞길을 막아선 사람은 종로경찰서장 최규식이었고, 그의 죽음과 함께 교전이 시작됐다. 종로경찰서장에게 총격을 가했던 일행의 총조장 김종웅은 "청와대를 향해 돌격, 앞으로!"를 외쳤고, 그의 외침과 함께 누가 먼저랄 것 없이 김신조를 포함한 일당들은 수류탄을 까서 던지고 총을 난사했다. 삽시간에 서울 한복판에 전쟁터를 방불케 하는 상황이 벌어졌다.

***

애초에 일당들은 76명의 공작원으로 구성되었다가, 민족보위성 정찰국장인 김정태의 지시로 31명으로 축소되었다고 했다. 그와 함께 공격목표도 청와대로 축소 조정되었고.

원래는 5개 목표로 편성하여 1목표 청와대, 2목표 미 대사관, 3목표 육군본부, 4목표 서울교도소, 5목표 서빙고의 간첩수용소를 각각 습격할 것을 준비했으나 4개 목표는 취소됐다.

1목표 청와대습격으로 31명을 재편성, 강도 높은 훈련을 한 후 1조는 청와대 본청사 2층, 2조는 청와대 본청사 1층, 3조는 경호실, 4조는 비서실을 각각 공격, 5조는 정문 보초를 제거하고 청와대 차량을 탈취하여 시동을 걸고 출발을 엄호하도록 하는 등 유사건물과 지형훈련을 수십 차 숙달 훈련하였다.

1월 16일 저녁 10시 영하 25도의 매서운 바람이 몰아치는 엄동설한에 일당들은 황해북도 연산군 124부대를 출발, 1월 17일 새벽 5시에 개성 시내의 남동쪽에 외떨어진 남파공작원 초대소에 도착, 잠시 휴식을 취하고 남으로 향했다.

저녁 9시경, 완전 전투 대열로 어둠 속을 헤치며 북방한계선을 넘어서 민경들이 순찰하는 비무장지대 안의 안전통로를 따라 걸었다.

일당들이 택한 코스는 한국군 25사단과 미군2사단의 경계지역으로 경계

취약지점을 택했다.

1월 18일 새벽 2시쯤, 휴전선의 철조망이 미군이 주둔한 지역에만 설치되고, 한국군이 주둔한 지역에는 목책이 설치되어 있다는 것을 안 일당들은 철조망을 자르고 그 밑을 엎드려 빠져나왔다.

당시 철조망은 철기둥의 바깥쪽 그러니까 북쪽으로 쳐져 있었다. 철기둥을 잡고 넘어오지 못하도록 그물을 철기둥 밖으로 쳐놓았는데 이러한 철조망 구조가 오히려 철기둥을 은폐물 삼아 절단된 철조망을 통과하기 쉽게 만들었다.

일당들은 북쪽 철책을 넘어 임진강을 건넜다. 맞은편 강 언덕 석포에 미군 초소가 있었으나 아무런 제재를 받지 않았다.

일당들의 침투로는 개성에서 출발, 신라 마지막 왕인 경순왕의 능이 있는 문산의 고랑포를 거쳐, 미 2사단과 우리군 25사단의 경계지역을 통과, 석포로 건너와 파평산에 이르렀다. 파평산을 넘어 노고산을 거쳐 앵무봉을 지나, 서울의 구가 터널 위쪽인 북한산의 비봉을 넘어 청와대 뒷산인 북악산에 이르도록 계획돼 있었다. 일당들은 그때 26사단 마크를 단 군복을 착용했다.

1월 19일 새벽 5시쯤, 일당 31명은 법원리 초리골 뒷산인 삼봉산에 도착. 오전 10시쯤에 나무꾼 우씨 형제와 맞닥뜨렸다. 일당들 대부분은 우씨 형제를 죽이자고 했다. 하지만 김신조는 형제의 초라한 행색을 불쌍히 여기고 살려줄 것을 주장했다. 땅이 얼어서 묻을 수 없다는 것을 핑계로 댔다. 더욱이 '나무꾼을 만났다. 어떻게 처치했으면 좋겠는가, 상부의 결정을 바란다'는 내용을 북으로 무전을 쳤으나 연락이 되지 않았다. 암호문이 있었으나 첫 번째 숫자를 풀지 못했다. 숫자를 풀어 암호문을 맞춰 보면 지시 내용이 확인되는데 해독할 수가 없었던 것이다. 착오였다. 이후, 일당들은 남쪽에서 작전을 하는 나흘 동안 한 번도 무전 연락을 하지 못했다는 진술을 김신조로부터 받았다.

우리 수사기관에서 무전을 풀어보니 '원대복귀'라는 암호 내용이었다. 만약 그때 일당들이 암호문을 제대로 해독했다면 우리의 대공비 작전부대 무전통화 내용을 감청, 습격실패를 예견하고 철수지시를 하여 1·21사태는 일어나지 않을 수도 있었다. 나는 이를 작전부대에 참고로 알려주었다.

어쨌든 일당들은 우씨 형제를 회유, 입당원서를 받고 신고하지 않을 것을 다짐받은 후 놓아주고 무릎 위까지 푹푹 빠지는 어두운 눈길을 헤치며 다시 강행군을 했다. 보광사 앞길을 따라서 미군 기지가 있는 앵무봉을 왼편에 두고 송추 능선을 타고 내려갔다. 송추 골짜기에 이르러서야 비상이 걸린 것을 알게 되었다. 구파발발 의정부행 버스 종점의 길을 군인들이 차단했고, 경찰들은 서울을 방어하기 위해 북한산을 에워싸고 방어망을 구축하고 있었다. 일당들은 등을 보이고 있던 경찰들을 뒤로 하고 서울의 방어망을 뚫고 자하문 고개로 접어들었다.

1월 21일 새벽 5시, 비봉 북방 기슭에 다다랐다. 하지만 청와대가 내려다보이는 북악산을 향하다가 그만 길을 잃고 말았다. 북악산에 있어야 할 시간에 세검정과 구기동이 내려다보이는 비봉 남쪽에 머물러 있었던 것이다.

1월 21일은 일요일로 대통령이 관저에 있는 날로 판단, 일당들로선 기습을 늦추거나 변경할 수가 없었다. 다음날인 1월 22일은 월요일로 대학교 입학시험을 치르는 날이라 사람들의 신경을 다른 데로 돌릴 수 있는 절호의 기회였다. 더구나 이미 비상이 걸려 있어서 일당들로선 일분일초라도 빨리 임무를 수행하고 복귀해야만 했다.

1월 22일 새벽, 날이 밝은 후에 일당들은 아래쪽으로 승가사가 있는 세검정 주택가에 있었다. 하늘엔 헬리콥터가 날아다녔고 군인들이 산을 수색했다. 법원리 나무꾼 형제가 신고를 한 것이다. 여전히 본부와의 무선 교신은 이루어지지 않았다. 일당들은 거기서 군복을 벗고 준비해온 사복으로 갈아입었다. 벗은 옷과 배낭은 모두 땅 속이나 바위 밑에 묻었고 각자 기관단총 1정, 권총 1정, 탄환 350발, 수류탄 8개, 반탱크 수류탄 2개, 그리고 단도

하나씩을 차고 그 위에 바바리코트를 입었다.

1월 21일 오후 8시, 일당들은 세검정 도로로 들어섰다.

영하 20도의 추운 날씨를 헤치고 세검정 버스 종점에 도착, 빈 버스가 세 대 나란히 있는 것을 보고 그것을 타고 청와대까지 갈 것을 건의했다. 그러나 총조장 김종웅은 "계획 변경은 혼란을 가져올 뿐이다"며 계획대로 대열을 편성하여 길을 따라 걸어서 청와대 정문까지 가도록 했다.

원래의 계획은 1월 21일 저녁 10시 30분까지 청와대를 습격, 청와대 차량을 이용하여 북으로 전속력 질주해 '자유의 다리'나 남파했던 루트로 되돌아가는 것이었다.

명령대로 일당들은 길 양편에 종대로 갈라서서 청와대를 향해 줄지어 갔다. 상명여대 입구의 세검정 사거리를 지나 자하문 고개에 이르렀을 때, 종로경찰서 소속 순경 둘이 검문을 했다. "누구냐?"고 묻는 순경의 말에 김종웅은 "CIC(방첩대)"라고 대꾸하고 가던 길을 재촉했다. 그러나 순경 둘은 일당들의 맨 뒤에 있던 정치부 조장을 공격했다. 일당들이 경복고등학교 후문 근처에 이를 무렵 종로경찰서장과 함께 지프차를 타고 다시 나타난 순경 둘은 일당들의 앞을 가로막았다가 애먼 죽음을 당하고 말았다.

"나는 이해할 수 없었다. 수상한 청년 30여 명이 청와대를 향하고 있는 상황에서 어떻게 경찰서장 단독으로 길을 가로막고 나설 수 있었는지, 또 어떻게 비상이 걸린 그 지역으로 버스가 들어올 수 있었는지."

작전 중 김신조가 내게 말했다.

아무튼 김신조와 일당들 중 몇몇은 자하문 고개가 노출된 것을 알고 경복고등학교 후문으로 들어섰다. 운동장을 가로질러 정문으로 빠져나가려는 순간, 총소리를 듣고 놀란 일당 중 한 명이 밖에 나와 있던 수위를 향해 총을 쐈다. 다른 일당들은 경복고등학교 마당으로 들어오기도 했고, 오던 길로 퇴각하거나 북악산 쪽으로 숨기도 했다.

전쟁터를 방불케 하는 서울 시내는 이미 청와대 경내와 외곽 경비를 수경사 예하 30대대가 맡고 있었고 대대장은 전두환 중령이었다.

김신조는 다른 일당 2명과 함께 모든 무기를 버린 채 여차하면 자폭하기 위한 수류탄 하나만을 집어 들고 인왕산 줄기를 탔다. 몇 걸음 걷지 않아 좁은 길이 나타났는데 앞서던 일당 하나가 총을 맞고 피를 뿌리며 고꾸라졌다. 이어서 땅이 흔들리는 것 같은 폭음과 함께 다른 일당 1명이 자폭했다.

김신조 역시 사방에 깔린 군인들에 의해 포위가 됐으나 다급함에 어느 집 지붕 위로 도망쳤다. 하지만 그것도 잠시, 어두운 밤에 지붕을 타다가 지붕이 푹 꺼지는 바람에 부부가 자는 안방으로 떨어지고 말았다. “도둑이야!”를 외치는 주인 부부의 외침을 뒤로 하고 죽어라 도망을 쳐 상명여대 입구와 문화촌 입구의 세검정 계곡까지 뛰었다. 바위 뒤로 숨어들었으나 이내 군인들에 의해 포위당했다.

“나오면 살려 준다. 손들고 나와라.”

자수를 권고하는 군인들의 목소리가 계속됐다. 김신조는 반응이 없었다. 얼마쯤 지났을까, 김신조가 두 손을 치켜들고 한 걸음, 한 걸음 걸음을 뗐다. 손에는 수류탄이 들려 있었다. 여차하면 너 죽고 나 죽을 표정이었으나 눈빛은 복잡했다. 추위와 배고픔에 지쳐 있는 몰골에선 그가 더는 악명 높은 북한군 특수부대원이길 포기한 것이 역력했다. 이래도 죽고 저래도 죽을 바엔 차라리 사는 게 낫겠다 싶었던지 인간적인 선택을 했던 것이다.

“땅에 내려 놔!”

군의 외침에 그는 자수를 하기 위해 손에 들려 있던 수류탄을 천천히 내려놨다. 이를 놓칠세라 군이 치고 들어가 그의 몸을 돌려 두 손을 묶었다.

도주로 차단작전 |

1월 22일 새벽 4시 30분경, 방첩부대 특공대장인 나는 인왕산 기슭에서 자수한 김신조를 데리고 우리에게 협조하도록 회유, 설득해 특공대원 25명을 지휘하여 적의 도주로 차단작전을 신속히 전개했다. 오전 5시 컴컴한 새벽, 우리 특공부대원 25명은 나의 지휘 하에 작전에 돌입했다. 오전 6시, 경복고 정문을 통과하여 인왕산으로 향했다.

학교 추녀 밑에 경찰 20여 명이 추위와 겁에 질려 떨고 있었다. 나는 경복고등학교 운동장에서 토가레프 북한 권총 1정을 노획하여 불발된 권총탄을 제거했다. 그러고는 김신조에게 일당들이 도주한 방향으로 안내할 것을 명했다.

맨 처음 간 곳은 간밤에 숙영한 곳이었다. 거기서부터 비봉 승가사 우측 90m 지점에 공비들이 남기고 간 각종 물건이 널브러져 있었다. 모포를 비롯해 실탄, 수류탄, 척탄통 등을 획득했다.

그때 나는 좁은 길을 따라 나무에 빨간 리본이 걸려 있는 것을 발견했다. 철수를 위한 통로개척을 위해 표시한 것으로 판단했다. 임무수행 후 청와대 차량을 탈취해 경계망을 뚫고 판문점까지 강행 돌파하여 북으로 넘어오라는 것이었다. 임무수행이 목적이지 이들이 죽든 살든 생명보장 없는 희생을 강요하는 공산당의 잔악상을 그대로 드러내는 단면이었다. 이를 김신조에게 말해주었는바 그가 고개를 끄덕였다.

김신조는 결국 혼자 남아서 동료들의 주검을 확인해야 했다.

살아 있다는 것과 죽는다는 것의 차이는 그렇게 엄정한 것이었다. 총에 맞아 죽은 동료들의 주검을 확인하는 그의 심정은 이루 말할 수 없이 착잡해 보였다.

일당 중 가장 북단까지 올라간 공비는 임진강에서 얼음을 타고 북으로 가다 사살되었다. 아는 퇴로가 많지 않았던 터라 왔던 길을 퇴로로 잡았기 때문이다. 파주군 북노고산에서 가장 많은 11명의 공비가 사살됐다. 반면 우리 군의 희생도 많았던 곳이기도 하다.

영하 20도의 1월 하순 한파에 빙판인 산비탈을 타고 작전을 함께 수행하던 1사단 12연대의 수색중대장 송강수 대위와 연대장 이익수 대령이 전사를 했다. 또한 쓰러져 있던 공비를 수색하다가 목숨을 잃은 군인도 있었다.

무엇보다 사단장, 군단장이 급하게 작전을 완수하기 위한 욕심이 강했다. 무장공비들은 못 먹어서 총까지 버릴 만큼 지쳐 있었다. 시간이 지날수록 우리에게 유리한 작전이었다. 나는 이런 사실을 이세호 6군단장에게 3번 이상 건의를 했으나 각 부대가 필요 없는 전과 욕심을 부리는 바람에 아군 희생을 자초하였다.

1968년 1월 24일 오후 3시, 경기도 파주군 북노고산 남쪽 줄기에서 1사단 15연대장 이익수 대령이 50m 전방에서 “저놈 봐라, 저놈” 하는 사이 날아온 적의 총탄에 전사했다. 당시 나와 김신조는 방탄조끼도 입지 않은 채 80m 거리에서 상황을 목격하고 있었다.

오후 3시인 밝은 대낮에 급하게 작전을 한 것은 무리일 수밖에 없었다. 포위된 적에게 노출 된 상태에서 급하게 적진으로 달려든 것은 무모한 처사였다. 6·25전쟁을 경험한 고급장교로서 권총을 휴대한 연대장이 현장에 나와 지휘하는 것 또한 무리였다. 기다릴 줄도 알아야 한다.

당시 연대 CP에는 사단장이 와 있었다. 상급지휘관들의 현장방문은 작전에 도움은커녕 연대장을 현장으로 내몬 격이 되었다. 나는 군단장과 사단장은 정해진 위치에서 연대장 CP에 나오지 말고 지휘하기를 건의했다.

남파 되었던 31명의 공비 중, 살아 돌아간 공비는 단 1명이다. 자수한 김신조를 빼면 29명의 공비가 죽었다. 그들 중에는 1960년에 남파 경험이 있으며 1966년 송추에서 접선했던 ‘노성집 사건’ 때 북으로 살아 돌아가 영웅이 된 이재형과 우명환이 포함돼 있었다.

우리는 그 29명의 시신을 판문점으로 옮겨 북측에 인도하려 했으나 북측에서는 그런 사람들을 남파시킨 일이 없다며 끝내 시신인수를 거절했다. 스물아홉 구의 시신은 경기도 문산 가도 국도변에 묻혀 있다.

***

얼마 전 TV 출연차 방송국을 들렀다. 나는 그곳에서 오랜만에 배병휴 씨를 만났는데 그가 내게 다가와 김신조로부터 들었던 이야기를 들려줬다.

김신조는 "나로 말하자면 이북에서 '악' 소리 날 만큼 훈련받은 손꼽히는 특공대원으로 그야말로 난다 긴다 하는 사람이었다. 그런데 나는 남한에 내려와서 내 눈을 의심하지 않을 수 없었다. 눈이 엄청 내려 무릎까지 찼고 연일 이어지는 한파로 길이 미끄러워 걸어 다니는 데에도 애를 먹었는데, 펄펄 날아다니는 사람이 있더라. 더구나 총알이 빗발치는 곳을 방탄조끼도 입지 않고 다니더라. 남북을 합해서 제일 무서운 사람은 이진삼이다"라고 하면서 "엄청 쌓여 있던 눈 속에서 빗발치던 총알을 피해 나와 이진삼 대위가 다리에 힘이 다 빠졌음에도 살아남은 것은 체력도 좋았지만 운도 좋았어요. 나와 이 대위 그리고 대원 3명이 작전 중 눈 속에 갇혔었거든요"라고 덧붙여 말했다고 했다.

실제로 대개 눈 속에서 죽음을 맞게 되는 것은 그곳을 빠져나오지 못해서다. 그렇게 많이 쌓여 있는 눈 속에서는 300m만 걸어도 다리가 떨어지지 않는다. 눈 쌓인 산 속에서 조난당하면 죽는 이유도 여기에 있다. 그러니 김신조의 말마따나 방탄조끼도 입지 않고 눈길을 걸어 다니며 살아남은 것은 기적이다. 아마도 죽음에 대한 두려움을 떨쳐낸 때문일 것이다.

군인이 된 그 순간부터 내게 있어 삶은 곧 죽음이고 죽음은 곧 삶이었다必生卽死 必死卽生. 그러니 삶과 죽음이 하나라 여긴 이상 죽고 사는 문제에 대해 연연해하지 않았다. 군인으로서 명예를 지키고 스스로에게 부끄러움이 없다면 그것으로 충분하다고 여기며 살았던 것이 지금껏 내가 존재하는 이유가 됐다.

1·21사태 결과 |

작전이 끝난 1968년 2월 초, 나는 윤필용 부대장실을 찾아갔다.

"1·21사태에 책임지고 사단장으로 나가시죠. 명분도 좋고 어차피 사단장을 하셔야 되니까 대통령께 말씀드리십시오."

나는 윤 장군에게 소신을 전했다. 듣고 있던 윤 장군은 잠시 생각을 하다가 고개를 끄덕이며 말했다.

"참 좋은 생각이다."

이후 윤 장군은 경기도 연천군 백의리에 있는 20사단장으로 나갔고, 이듬해는 베트남의 맹호부대 사단장으로 나갔다. 귀국 후 육군 수도경비사령관 재임 중에 대한민국을 뒤흔든 사건에 휘말리게 되는데 그 이야기는 7장에서 다루기로 하겠다.

아무튼 1·21사태로 인해 윤필용 장군은 책임지고 방첩부대장직을 내놓게 됐다. 후임으로 6관구사령관 김재규 소장이 부임했다. 김재규는 곧 부대명을 육군 보안사령부로 개칭했다. 방첩부대장직을 준장이 줄곧 맡아온 터라 소장인 그의 계급에 부대명이 걸맞지 않다고 여긴 까닭이다.

김재규의 부임과 함께 나는 위기 아닌 위기를 맞아야 했다.

윤필용과 김재규 둘의 관계가 물과 기름이었다. 김재규가 부임 즉시 대위가 지휘하는 609 특공부대로 초도순시를 나선 것은 누가 봐도 윤필용과 친했던 나를 해임시키기 위한 수순이었다. 전국의 많은 직할 및 도 단위 대령급 이상 부대만 초도순시 대상이다.

내가 맡았던 609특공부대는 대위가 아닌 소령 직책이었다.

윤필용과 김재규

박정희 대통령으로부터 두터운 신임을 받고 있던 윤필용 준장과 김재규 金載圭 소장. 두 사람의 사이가 나쁜 건 공공연한 비밀이었다. 육사 기수로는

방첩부대장 윤필용 장군과 함께

2기인 김 장군이 8기인 윤 장군보다 선배였지만 나이는 별 차이가 없었다.

윤 장군 입장에서는 능력과 인품 특히 청렴도 등에서 문제가 있는 사람이 보안사령관을 맡아 군은 말할 것도 없거니와 통수권자를 제대로 보좌하지 못해, 불행을 초래할 것을 우려했다.

반면 김 장군은 자신이 육사 선배인 데다 박 대통령의 동향同鄕 후배라는 권위를 내세워 윤 장군이 자신에게 고개를 숙여야 한다고 생각하는 듯했다.

두 사람이 서로에 대해 갖고 있는 인식은 한 치의 양보도 없이 팽팽하기만 했다.

상황이 그렇다 보니 새로 부임해온 김재규 장군 입장에선 윤필용 장군이 인정하는 나를 곱게 볼 까닭이 없었다.

사람도 스스로를 돕는다

"하늘은 스스로 돕는 자를 돕는다"고 한다. 하지만 하늘만 돕는 건 아니다. 사람도 스스로를 돕는다.

1968년 2월, 윤필용 장군에 이어 보안사령관으로 부임한 김재규가 1968년 2월 23일, 609 특공부대로 초도순시를 왔다. 김 장군은 지휘방침과 부대 활동 등의 보고를 받은 후, 직전에 있었던 1·21사태 작전을 보고받던 중 갑자기 손사래를 치며 물었다.

"이봐, 이 대장! 그건 됐고, 장병들 사격 성적은 어때?"

김 사령관의 느닷없는 질문이었다.

나는 침착하게 책상 서랍을 열고 준비해 두었던 대원들의 최근 사격 성적을 설명하면서 덧붙였다.

"특공부대의 임무는 검거한 간첩을 회유, 역용 접선하는 부대로서 적을 생포

해야 하기 때문에 위험이 따를지라도 필사즉생 정신으로 임무를 수행합니다."

브리핑이 끝날 무렵 김재규는 "그만하면 됐어"라며 자리를 떴다. 약 1시간 후, 김 사령관을 수행했던 대공처장과 비서실장이 각각 나에게 전화를 했다. 김 사령관은 김교련 대공처장에게 나의 브리핑에 흡족해하며 보직한 지 얼마나 되었는지를 물었고, "소령직책이지만 적격자가 없어서 대위로 14개월,

1968년 2월 23일 김재규 보안사령관의 초도순시

월남 1년을 다녀온 후 재보직 19개월, 총 3년 동안 많은 간첩을 사살 검거하였습니다. 월남에서 귀국 후, 전투부대를 희망하는 이 대위를 잡아 두었습니다. 이 대위가 없던 1년 동안 소령 2명이 보직하였으나 지휘통솔에 문제가 있어 부대원들을 장악 못하고 성과도 없었습니다. 이진삼 대위는 박 대통령이 인정하는 장교입니다"라고 김교련 대공처장이 대답했다고 했다.

이어 중령 황인수 비서실장 역시 "15기 중 유명한 장교로서 금년 10월 1일 소령진급 예정자입니다. 앞으로 장래성 있는 장교입니다"라는 말을 덧붙였다고 했다. 그러면서 황인수 비서실장은 내게 부대 순시 내용을 전했다. "오늘 수고 많았다. 부대 순시는 성공적이다"라며 전화를 끊었다.

김 사령관은 내가 일개 대위였지만 자신이 싫어하는 윤 장군의 심복이라 생각하고 순시에 나섰으나 뜻밖에 만족스러운 결과를 얻고 돌아간 것에 한껏 상기된 듯했다. 특히 박정희 대통령조차 "방첩부대에 간첩 잘 잡는 용감한 이진삼 대위가 있을 거요"라고 했다는 말에 놀라지 않았을까 싶다. 어떻게 대통령이 일개 대위를 알고 있는지 또 그 대위가 어떤 인물인지 몹시 궁금했던 것 같다. 만약 내가 군인 본연의 임무가 아닌, 권력에 기대어 '해선 안 되는 일을 하고, 해야 할 일을 게을리 하는 군인'이었다면 분명 보직해임 되고 타부대로 전출되었을 것이다.

1968년 4월, 김재규가 사령관으로 부임한 지 2달이 지날 무렵 나는 3개월간의 교육 과정인 고등군사반을 지원했다. 어떡하든 이 기회에 방첩대를 떠나 일반 전투부대로 옮길 심산이었다.

초등군사반OBC은 이미 1959년에 수료했으며, 고등군사반OAC 수료 후 소령이 되면 육군대학陸大을 졸업해야 한다. 육군대학은 1947년 육군참모학교로 설립된 후 1951년 대구에서 육군대학으로 정식 출범한 육군 최고의 교육기관이다. 장교들의 필수 교육 과정 중 하나다. 즉 고급장교가 되는 필수 과정이다.

1968년 4월, 고등군사반OAC 교육을 받기 위해 보병학교로 떠나는 내게 김재규 사령관이 다가와 말했다.

"그동안 수고 많았다. 교육 마치고 다시 복귀하길 바란다."

내가 대답했다.

"저는 일반 전투부대에 가서 연대참모하고 대대장하겠습니다."

서로 데려가려는 상관들

고등군사반은 소령이 받는 교육과정으로 나는 소령예정자(68.10.1)로서 교육을 신청했다. 교육 기간 중 나는 20사단 사단장인 윤필용 장군으로부터 다녀가라는 연락을 받아 그곳을 방문했다. 사단장실로 들어서는 내게 그는 다짜고짜 고등군사반 교육이 언제 끝나는지를 물어왔다.

"네, 7월에 졸업입니다."

내가 대답을 하자 윤 장군은 교육을 마치면 20사단으로 올 것을 제안했다.

"저는 다른 데 가려 합니다. 아는 분 밑에 안 가겠습니다."

사단장이 일개 대위에게 제안하고 일개 대위가 거절한다는 것은 상상할 수 없는 일이지만, 나와 윤 장군의 관계가 두터웠던 터라 가능한 일이었다.

내 말에 윤 장군은 "이 사람, 정말 고집 세네" 하더니 윤 장군은 내 말엔 아랑곳하지 않고 옆에 있던 참모장 우종림 대령을 향해 "여보 참모장, 이진삼 대위 자리 하나 만들어"라며 명을 내렸다.

내가 고등군사반을 마치자 방첩부대가 아닌 보병부대 이곳저곳에서 연대참모인 연대작전주임으로 요청이 있었다. 그러자 보안사령부 인사과장 황진기 중령은 나를 보안사령부로 호출했다.

"이 대위(1968.10.1 소령 예정자), 중령 자리 비워뒀어. 그러지 말고 더 있다가 중령 되면 전투부대로 대대장 나가"라고 권했다. 남들이야 그 좋은 자리, 힘 있는 자리를 왜 마다하느냐고 따지듯 묻겠지만, 나는 '좋은 자리, 힘 있는 자리'보다는 야전의 전투군인이 되는 것을 원했다. 사실 당시에는 보안부대에서는 장군 되기가 어려웠다. 군인으로서의 성공은 기대하기 어려웠다. 많은 상급자들이 내게 "앞길이 창창한데 왜 거기에 붙어 있나, 빨리 그곳을 나오라"고 말하기 전부터 나는 결심하고 있었다.

이상한 것은 초급장교 때부터 시작 된 나의 보직에 대한 계급이었다. 거의 모든 계급보다 상위직책으로 장군 될 때까지 계속 됐다. 중위 중대장(대위), 대위 방첩부대 625특공대장(소령), 대위 월남 맹호부대 기동대장(소령), 대위 보안사령부 609특공대장(소령), 소령 대공과장(중령), 소령 사단보안부대장(중령), 소령 보안사인사과장(중령), 중령 공수부대 참모장(대령), 대령 사격지도단장(준장) 등 위관 영관장교 시절 9개 보직을 계급보다 상위직책을 수행했다. 돌이켜 보면 보람도 있었지만 숱하게 사선을 넘나들며 순간순간 아찔했던, 스스로도 이해할 수 없는 천운을 타고났다 할 정도로 숨막히는 순간이 많았다. 만약 남들이 좋다고 하는 보직을 찾아 다녔다면 오늘의 나는 존재하지 않을 수도 있다. 모든 것이 운명이라 할 수 있고 성공할 수 있는 계기가 되었다.

1968년 7월 13일, 고등군사반을 졸업하고 대위[68.10.1 소령예정자]인 내가 발령받아 간 곳은 충남 '507대공과장'으로 중령자리였다. 서해안으로 침투하는 간첩을 검거하기 위한 보직이다.

추이와 상상력 선견적 대적관

소령 예정자로 간첩을 잡는 대공과장(중령)의 보직을 받았다. 내 직위보다 높은 직책의 임무를 부여받았다. 과분한 일이라 책임감이 한층 더했다.

간첩을 잡기 위해선 무엇보다 영감과 6감이 있어야 한다. 적을 잡는 대공과장은 꿈을 꿀 정도로 임무에 몰두하고 모두가 간첩으로 보여야 한다. 아닌 게 아니라 '저 놈이 간첩이다' 싶으면 틀림없는 간첩이었다. 그것은 어떻게 설명되지 않는다. 사람에게는 사는 동안 딱히 설명되지 않는 몇 가지가 있는데 내게 있어 간첩을 잡기 위한 추이와 상상력, 관찰력, 치밀성, 영감,

집중, 지식, 체력, 전투 기술과 노력 등이 아니었나 싶다.

'운'은 아무에게나 오지는 않는다. 준비된 자에게만 찾아오는 것이므로 늘 준비하고 있어야 한다.

어린 시절, 시골 교회에서 어린 후배들과 함께 성경을 읽었던 시편 23편 4절 다윗의 시詩를 기억한다.

"내가 사망死亡의 음침陰沈한 골짜기로 다닐지라도
해害를 두려워하지 않을 것은 주主께서 나와 함께 하심이라
주의 지팡이와 막대기가 나를 안위安慰하시나이다."

1967년 3월, 판문점을 통해 남쪽으로 탈출한 북한 중앙 통신사 부사장 이

위장간첩 이수근 강연 청취(앞줄 맨 오른쪽)

수근, 나는 그가 '위장 귀순'한 것을 감지했다. 왜 귀순 했느냐는 질문에 "창건 19주년 김일성에 대한 기사로 인해 밉보여서 넘어왔다"고 했는데 미심쩍었다. 위장 귀순이란 확신이 들었던 것은 중앙정보부 요원과 함께 우리 부대로 강연하러 왔을 때였다. '공산주의의 본질과 7대 비밀 그리고 잔학상에 대하여 설명해 달라'고 요청하자 그가 어물쩍 넘어가려는 답변을 했다.

"그거 다 그런 거 아닙니까, 얘기하지 맙시다."

나는 돌아가려는 중앙정보부 안내 요원 백순영에게 "저 놈, 빨갱이다. 잘 감시해야 되겠어"라고 당부해 보낸 적이 있다. 아닌 게 아니라, 결국 이수근은 홍콩을 경유하여 탈출하려다 베트남 사이공(호치민시) 탄산누트 비행장에서 검거되어 형장의 이슬로 사라졌다. 위장간첩 남파 요원에 대한 중요한 교육과 수칙 중 하나는 간첩으로 인정받아 죽는 한이 있어도 '김일성과 당(최고의 존엄)을 폄훼하지 말라'는 교육을 받는다. 이수근 역시 공산당의 지침을 철저히 지켰던 위장간첩이었다. 공산주의를 알고 있는 나의 판단(선견적 추이와 상상력)이 적중했던 것이다.

간첩 송순영宋純永

1968년 9월, 충남 당진 해안에 출현한 무장괴한 송순영을 체포하고 조원 1명을 사살射殺했다.

9월 23일 새벽 5시, 37사단 초소 앞에서 괴한이 출현했다는 신고를 접수받은 나는 부대원 4명과 함께 즉시 출동했다. 작전부대로부터 상황설명을 들은 후, 무장괴한의 도주로를 봉쇄하고 당일 체포한 송순영을 대동, 현지 검증을 통해 조원 성춘경의 사체를 확인 후 사건을 종결했다.

박헌영 직계 무장간첩 임관재任寬宰, 박일근 사살

1968년 10월 1일 나는 소령으로 진급했다.

대위 달고 중령직책(소령 예정자)에 있다가 소령진급을 하다 보니 해프닝도 있었다. 나를 잘 알지 못하는 사람은 소령으로부터 중령에 진급한 줄(대공과장 중령직책)로 착각하고 중령 계급장을 보내온 것이다. 주로 사복차림으로 근무했던 것이 오해의 빌미가 되었다.

1968년 11월 1일 오전 7시 20분, 서산군 성연지서에서 거수자(거동수상자) 출현 신고가 접수됐다는 보고가 들어왔다. 오전 8시 30분 현장으로 출동하여 무장간첩이 휴대했던 유기물을 확인한 후, 현지 부대 출동은 시간적으로 문제가 있다고 판단하고 제51사단장 신건선 준장에게 전화를 걸었다. '조치원에 위치한 51사단 병력과 성환에 위치한 제53탄약창 병력과 예비군으로 온양 당진 간 도로를 차단하고 전투 1개 대대를 투입, 당진 서산 간 도로 일대를 수색할 것'을 건의, 원점을 중심으로 한 포위망 형성과 함께 수색작전을 전개했다.

11월 2일, 전단 8,000장을 제작 L—19 항공기를 이용해 살포하고 자수를 권고하면서 수색작전을 수행했다. 다음날인 11월 3일 오전 8시 30분, 가야산 기슭으로 괴한 2명이 도주했다는 신고가 접수되었다. 나는 지프차에 남상일 대위와 김태용 상병을 이끌고 간첩들이 도주하고 있는 계곡과 능선을 따라 공비들이 숨은 능선에 은밀히 접근했다.

210고지로부터 동남방 9km 지점인 가야산(677m) 방향으로 도주를 예상하고 차단, 고착 견제하려 했다. 그러나 지원 병력이 없어 사살하기로 결심, 210고지를 공격했다. 가야산으로 도주할 경우 작전이 장기화될 것으로 판단했다.

안전한 장소를 점령한 홍성 본견대장 소병민 소령은 전인철 상사, 전용주 하사와 함께 무장간첩이 위치한 호로부터 150m 떨어진 정상에서 적을 감시 및 차단했다. 그의 우측에 있던 전인철 상사가 갑자기 "대장님 위험합니다. 엎드리시죠"라고 외치는 소리에 고개를 돌리는 순간 "탕! 탕! 탕!" 하는 소리와 함께 무장간첩이 쏜 흉탄에 소 소령이 후두부 관통상을 입고 전사했다. 소 소령이 전사했다는 다급한 목소리를 들은 나는 즉시 소 소령을 긴급 후송할 것을 큰소리로 지시한 후 적이 있는 고지정상으로 전진했다.

210고지 정상 150m 전방에 이르렀을 무렵 무장간첩의 집중사격을 받았다. 나는 이에 즉각 칼빈 소총으로 응사하면서 적이 위치한 고지 우측 은폐된 작은 길을 따라 정상 30m까지 접근했다.

그때 예기치 못한 무장간첩의 기습적인 권총사격을 받았다. 선두에 섰던 나는 반사적으로 5m 후퇴, 아래 움푹 팬 곳에 몸을 던져 엄폐했다. 호흡을 고르고 마음을 안정하기 위해 성경 시편 23편 4절을 암기하고자 했으나 급한 상황에서 성경구절이 떠오르지 않았다.

불안했다. 그 순간 내가 신앙심이 약하다는 생각이 들었다. 그러면서도 신앙심이 약하지만 죽기를 각오하고 달려든 나를 향해 죽음의 기운이 비껴갈 거란 막연한 예감이 들었다. 절체절명의 순간에서도 살아나온 내가 아니었던가. 3번의 대북 응징보복작전 때도, 1·21청와대(김신조) 침투사건 작전 때도.

아니나 다를까, 운전병의 철모중앙으로 권총실탄이 날아와 그중 1발이 이마에 명중했으나 천만다행으로 관통하지 않고 튕겨나갔다. 나는 철모를 쓰지 않았지만 총을 맞지 않았다.

심호흡을 크게 한 번 하고 비장한 각오로 다시 고지정상 20m까지 육박, 수류탄 한 발을 투척하여 210정상 호를 명중시켰다. 나머지 한 발은 은폐하고 있을 것으로 예상된 후사면에 투척했다.

무장간첩은 향토예비군이 파놓은 호 속에서 서로의 발을 묶어 놓고 죽어 있었다. 개인호 주위로는 수류탄 8발을 가지런히 깔아두고 소총과 권총으로 결사적인 대항을 했던 흔적이 발견되었다. 아찔했다. 그때 만약 20m 밑의 우리보다 유리한 고지에 있던 적이 깔아 두었던 수류탄 중 1발만 던졌더라도 우리 모두는 죽었을 것이다. 하늘이 돕지 않고서야 어찌 그런 일이 있을 수 있는가. 말 그대로 구사일생이었다.

만약 작전 병력이 도착할 때까지 막연히 기다리고 있었다면 나의 생명은 붙어 있지 못했을 것이다. 유리한 고지에 위치한 철저히 훈련받은 공비들이 자기들을 잡으러 온 남한의 군인들을 관찰만 하지는 않았을 것이다.

임무를 위해서는 목숨을 던져 국가와 민족에 충성하겠다는 나의 결사 정신은 드넓은 바다에 물 한 방울을 더한 것에 불과하지만, 결국 바다를 차고 넘치게 하는 것은 그 물 한 방울 한 방울이다.

본 작전 이후 실제로 북한은 대남침투 전술 방향을 수정하였고, 대규모 무장간첩 침투를 자제했다. 김일성은 대남사업 국장 허봉학을 경질시키고 김중권을 재기용하여 조선노동당 중앙위원회 비서국 대남사업담당비서로 격상시켜 인민 무력부의 정찰국 임무와 대남공작 사업을 총괄하게 했다.

이때 사살된 임관재(45세)와 박일근(36세)은 북한 노동당 연락부 소속으로 특히 임관재는 충남 서산초등학교 5학년 중퇴 후 대서소 종업원으로 일하면서 운동을 즐겨해 만능 운동선수가 되었다. 씨름을 잘했고 변장술에도 능했다.

청년이 되어선 일본군에 입대, 남양군도에서 복무하다가 8·15광복과 함께 귀국, 공산당에 가입하여 남로당 박헌영 직계로 서산경찰서를 습격하는 등 악질적인 좌익 활동을 해왔다. 그러다가 1948년 10월에 체포되어 서대문형무소에 수감됐다. 검거 시 무술경관 20명이 잠복 급습해 체포할 만큼 힘이 세고 체격이 매우 건장했다.

6·25전쟁으로 북한군의 서울 진입 후 서대문형무소에서 탈옥하여 공산치하의 서대문 내무서장과 경인지구 인민군 군사후원회 위원장을 하다가 월

북, 노동당 중앙위원으로 활동하던 중 남파교육을 받고 박일근과 함께 무장간첩이 되어 서산 해안으로 침투했다.

이때 소병민 소령이 전사했다.

소 소령은 6·25전쟁 때 소위 신분으로 참전했던 전투 경험이 많은 군인이었다. 그의 부인이 찾아와 시신을 부둥켜안고 우는데 나 또한 덩달아 울었던 기억이 난다. 죽지 않아도 될 사람이었기에 더욱 마음이 짠했다.

소 소령은 중령으로 추서되었다.

애초 작전에 들어가면서 나는 대공과장으로서 소 소령과 두 하사관에게 안전한 지역에서 적을 고착 견제 하도록 지시했었다. 위험한 지점으로 공격한 우리보다 생명의 위협은 없었는데 전사하여 더욱 안타까웠다.

육군본부 군사연구실에서는 이날의 작전을 교육자료로 만들어 국군장병들에게 교육했다. 현지 주민의 거수자 출현신고를 접수하고 이를 예리하게 분석 판단하여 필사즉생 정신으로 도주하는 적을 지근거리까지 따라붙어 완전 섬멸한 집념, 결사 정신, 그리고 전투기술을 장병들에게 정신교육자료로 배포했다.

임관재와 박일근을 사살할 당시는 내가 대위에서 소령(1968.10.1)으로 진급한 지 한 달하고 사흘이 지났다. 만약 작전 중 내가 사망했다면 중령으로 추서되었을 것이다. “그랬다면 33일 만에 대위에서 중령으로 2계급 진급하는, 세계적으로 유례없는 기록(기네스북)의 역사를 남겼을 것”이라며 해서는 안 될 농담 아닌 농을 하는 이들도 있었다.

간첩 김재홍金載洪, 한인동韓寅東 일당 검거

1969년 1월, 간첩용의자 수사를 전개하여 같은 해 3월, 남파 간첩 김재홍과 고정 간첩 김강렬金康烈 등 일당 7명을 검거했다.

당시 나는 6·25전쟁 때 행방불명된 간첩용의자 김재홍이 서울에 거주 중이라는 첩보를 접수, 1969년 3월 7일에 김재홍의 삼촌 김강렬 및 그의 처 이옥수, 장녀 김혜숙 등 3명을 임의 동행하여 철야 신문한 결과, 김재홍이 서울에서 김현각이라는 가명假名으로 활동 중이라는 진술을 확보했다. 김재홍과 김강렬은 각각 징역 15년과 7년의 실형이 선고됐다.

또 같은 해 3월에는 생포 간첩 송순영을 신문訊問하여 3차례에 걸쳐 남파 활동 중이었던 한인동과 그에게 포섭된 일당 9명을 검거했다.

송순영으로부터 한인동과 무인 포스트를 설정하여 접선하기로 되어 있다는 자백을 받고, 한인동과 그의 일당 검거에 나서 모두를 검거했다.

이후 한인동 등은 전향하여 우리의 역용접선공작에 적극 협조했다. 1970년 5월 3일에는 충남 서산군 안면면 승언리 해안으로 침투한 무장간첩 3명을 역용공작으로 유인, 사살했다.

고정간첩 이춘택李春澤 검거

모기관이 증거 불충분으로 수사 종결한 사건을 재수사하여 1969년 4월 19일, 간첩 이춘택 일당을 검거했다.

이춘택은 1965년 11월 12일, 서천군 지하당 구축 임무를 띠고 남파되어 3회에 걸쳐 북한의 지령을 수신하고 주민 포섭을 기도했다. 1969년 4월 3일에는 6·25 당시에 의용군에 입대하여 월북한 후 남파되어 활동 중이었다.

4월 15일, 이춘택에 대한 첩보를 입수하고, 증거를 확보하여 2주간 미행한 끝에 재수사 후 이춘택, 김용점母, 이춘만弟 등을 검거하였다. 이 사건은 507 대공과장(1968.7.13~1969.4.16)에서 8사단 보안부대장(1969.4.17~1969.10.14)으로 발령 나기 이틀 전에 보고를 받고, 8사단 보안부대장으로 부임 후 종결한 사건이다. 한 사건을 두 개의 보직에 걸쳐 종결한 특이한 사건이었다.

***

위의 사건처럼 북한은 호시탐탐 악랄한 수단으로 우리의 안보를 위협해 왔다. 예전이나 지금이나 변한 것이 하나도 없다. 달라진 것이 있다면 예전에는 그 모든 것을 중앙당 연락국에서 담당했던 것을 현재는 정찰총국에서 수십 년째 담당해오고 있다는 점이다.

북한은 자신들이 추구하는 무력적화통일의 당헌 당규를 헌법에 명시하고 있으며 세습체제 유지에 대한 노선은 달라지지 않고 있다. 그럼에도 불구하고 북한 체제를 신봉하고 북한의 입장을 대변해서, 국가체계를 문란 시키고 위기상황이 오면 내란을 일으킬 준비를 하는 사람들이 판을 치고 있는 대한민국의 현실은 위험하기 짝이 없다.

반공법, 보안법도 처리 못하는 국회의 안보 불감증.

대한민국은 건국 이래 최대의 위기를 맞고 있다.

국가는 우리가 지켜야 한다. 어느 누구도 대신 지켜주지 않는다.

보안부대 8년 06

나라를 망하게 하는 것은 외침(外侵)이 아니라,
공직자의 부정부패에 의한 민심의 이반(離反)이다.
– 다산 정약용

8사단 보안부대장

산짐승은 인간이 주는 먹이를 먹지 않는다.

먹이를 받아먹으면 산짐승은 산짐승이 아닌 가축이 된다. 주인의 말에 복종하고 끝내 잡아먹히게 되는.

나는 산짐승이었다. 어디에도 길들여지기를 거부했다. 내가 추구한 삶은 오직 군인으로서 가져야 할 애국愛國과 애족愛族이다.

당면한 애국은 대한민국을 공산주의로부터 민주주의 체제를 수호하는 것이요, 군대는 국민의 재산과 생명을 보호하기 위해 존재한다. 그것이 곧 애족이다. 다행히 방첩(보안)부대이지만 공산주의자들과 투쟁했다는 점에 있어서 긍지와 자부심을 갖고 있다. 평화는 목표이며 전쟁은 수단이다. 올바른 정치 지도자는 국군이 생명을 바쳐 나라를 지키겠다는 각오를 갖도록 해주는 것이다.

***

1969년 4월 17일, 소령 진급 6개월 17일 만에 중령 보직인 8사단 보안부대장으로 발령받았다. 사고로 결원된 8사단에 김재규 사령관의 지명 보직이었다.

8사단 보안부대가 주둔한 곳은 일동 지역으로 군인은 물론 군내 간첩 침투 민간인까지 신경써야 했다. 지역 군부대의 정보를 수집 보고하는 간첩을 검거하는 부대다.

전투부대 근무 당시 느꼈던 것 중의 하나는 파견된 보안부대(방첩부대) 요원들의 사고방식이 구태의연하다는 것이었다. 부임하자마자 제일 먼저 했던 일은 부대 장병들의 정신교육이었다.

전투부대를 위한 봉사하는 방첩부대가 되겠다고 작심했다.

비록 보안부대장이라는 단위 부대지만 각 부대 전투지휘관들의 생각을 바꿔보겠다는 각오를 다져갔다. 그 결과 3개월 만에 우리 부대에 대한 사단 지휘관을 포함한 장병들의 인식이 달라졌다.

1969년 9월, 16연대의 한 병사가 탄약고에 들어가 총을 들고 난동을 부린다는 보고를 받았다. 성질이 급했던 연대장이 "빨리 빨리 저놈 잡아내라"며 대대장에게 지시하는 것을 내게 맡겨달라고 하고는 지휘관은 부대 장병의 육체적, 정신적 상태를 항상 파악해야 전쟁에서 이길 수 있음을 진언했다. 연대장(오철 대령)과 같이 행동하면서 공비를 잡던 경험으로 도주로를 차단하고 병사의 심리상태를 이용, 정신적인 안정을 기다리며 식사 등을 넣어주었다. 3시간 후 나는 마이크를 들고 10분간 병사를 설득한 끝에 스스로 총을 놓고 탄약고를 나오도록 했다.

진종채 사단장이 찾아서 갔다. "보고받았는데 수고했다. 오늘 저녁, 연대장들 일동 대전옥으로 집합, 술 한 잔 하자"며 내게도 참석할 것을 권유했다. 그러고는 연대장들을 향해 "새로운 보안부대장이 인민군 잘 잡는다고 소문났더니만 아군도 잘 잡네" 하며 호탕하게 웃었다.

이후, 사단장이나 연대장들은 서울로 외박을 나가게 되면 나에 대해 칭찬을 아끼지 않았다. 나는 보고만 받아도 될 사람이지만 부대에 문제가 발생하면 대대장과 연대장을 직접 찾아가 많은 것을 배우고 연구했다.

부사단장 문왕상, 연대장 김영동, 윤대영, 배성순, 오철, 김상은, 장기오, 이덕만 대령, 그리고 수많은 선배 사단참모와 대대장들과 인간적으로 가까이 지내며 지휘통솔, 전투력 증강에 대한 토의도 하면서 많은 것을 배웠다. 선배들로부터 육군대학 교재를 받아 공부도 열심히 했다. 중령이 되면 보안부대를 그만두고 육군대학에 갈 것을 미리 준비했다.

백석주, 진종채, 장봉천 등 세 분을 사단장으로 모셨는데 세 분 모두 특징 있는 장군으로 소령이었던 나에게 아주 잘해주었다.

나는 사단장을 자주 만나 "모든 지휘관과 참모들이 열심히 한다"는 말을 전했다. 내 말에 사단의 사기가 충천했다. 보안부대장 소령 한 사람의 말이 그렇게 중요한 줄 몰랐다.

1970년 4월 어느 날, 장봉천 사단장이 내게 말했다.

"여보 보안부대장, 내가 사단장할 때 대대장 때워요."

아주 고마운 말이다. 장래를 위해 대대장을 하라는 것이니.

"저는 대대장 자격 없습니다. 사단장님은 육군대학을 졸업해야 하고 중령이어야만 대대장 시키시는 분이 아니십니까. 제가 하면 안 되지요. 저는 육군대학도 졸업하지 않았고 중령이 아닌 소령입니다. 중령이 되려면 1년은 더 있어야 됩니다."

이후 장 사단장은 서울로 외출을 나와 김재규 보안사령관을 찾아가 "우리 사단 보안부대장, 대대장시키려 하는데 승인해 주십시오"라고 했다. 이에 김 사령관은 "안 돼요, 인사군기 잡기 위해 보안사령부 인사과장 시킬 겁니다. 소령에서 중령 특진시키려고 육군본부에 추천해놨어요"라며 단호한 표정을 지었다.

김재규 사령관의 말처럼 중령 진급예정자였던 나는 70년 10월 15일 보안사령부 중요 직책인 인사과장으로 명령이 났다. 1968년 10월 1일 소령으로 진급한 후 3년 만인, 1971년 10월 1일 중령으로 특진하게 되었다. 보안사령부에서 상상도 할 수 없는 일이었다.

사람들이 나에 대해 갖는 선입견 중 하나가 '무엇이든 한다고 하면 끝장내는 사람'이었다. 그래서인지 나를 '독한 사람'으로 여겼다. 하지만 나를 겪어 본 사람들은 무슨 일이든 동기를 중요시하는 군인이라는 것을 이해한다. 신념에는 변함없다고 인정하기 때문이다. 뱀이 마신 물은 독이 되고 소가 마신 물은 젖이 된다는 것을 알아야 한다.

책 사건에 휘말리지 않고

1970년 보안사령부에서는 전국의 각 부대를 상대로 책과 가방을 할당 판매한 일이 있었다. 전 장병 특히 하사관 이상 간부에게는 의무적으로 판매토록 각 보안부대장들에게 지시 하달되었다.

정신전력에 관한 책이었는데 나는 이에 동조하지 않았다. 정신전력은 각 부대 지휘관과 정훈참모 소관이었다. 정신전력에 관한 책이었으니 각 지휘관들은 명분이 좋다고 여겼다. 판매가(정가)의 절반은 송금하고 나머지 반은 각 보안부대장이 알아서 쓰라고 했다.

나는 8사단 각 부대에 파견된 보안 반장들에게 "억지로 강매하지 말고 희망하는 간부들만 현가격의 반으로 구매토록 권장하라"고 지시하고, 이를 사단 정훈부와 협조했다. 나는 책 판매에 관여하지 않고, 다른 사단에 비해 소량의 책을 구매했다. 보안부대장이 책장사를 할 수는 없다고 판단했다.

얼마 지나지 않아 1군 보안대에서 전문이 내려왔다. 1군사령부 보안부대장 L 대령이 8사단을 방문한다는 통보였다. L 대령이 L—19를 타고 경기도 포천군 이동에 위치한 8사단 비행장에 도착했다. 8사단만 책을 구매하지 않고 있어 사단장 면담차 방문한 것이다. 비행장으로 그를 마중 나갔으나 그는 나를 외면한 채 곧바로 사단장 집무실로 들어가 버렸다. 나는 따라 들어가지 않았다.

L 대령은 나를 제외한 J 장군 그리고 정훈참모와의 3자 대면 후, 11시 30분경, 타고 왔던 경비행기를 이용해 원주로 돌아가 버렸다. 나는 식사도 않고 불편한 마음으로 그곳을 떠나는 L 대령의 뒷모습을 보며 측은하다는 생각이 들었다. 얼마 후 나는 행정과장으로부터 책 판매량의 반에 해당하는 금액에 대해 보고받았다. 사단 정훈부에 반납하라고 지시, 사단으로 돌려보냈는바 책을 재구매하여 사단 장병들의 필독서로 각 부대 도서실에 배포했음을 보고받았다.

문제가 발생한 것은 그즈음이었다. 정신교육 필독서라는 명목으로 보안사령부에서 구매를 지시한 내용이 어느 기관을 통해 박정희 대통령에게 보고가 되었던 것이다. 김재규 보안사령관이 박 대통령에게 불려갔다.

"아무리 정신교육 책자라 하더라도 동기가 불순해요. 이 사실을 사령관은 알고 있었소?"

"네, 알고 있었습니다. 참모장과 관계 참모들이 군 정신교육 차원의 책자라고 하여 승인했습니다."

"그러면 군 정훈계통을 통해 예산으로 구입해야지 장병들의 주머니를 털어서야 되겠소. 사령관, 앞으로 잘하세요."

대통령으로부터의 질타가 있었다.

"보안사령부 임무가 무엇인지 알고 있어요? 옛날 특무대나 방첩대처럼 장병들을 괴롭히는 일을 해선 안 되지요."

"명심하겠습니다."

L 대령의 갑작스런 8사단 방문이 정보부에 단서가 잡혀 중앙정보부로부터 대통령께 보고가 되었던 것이다.

박 대통령과의 대면 보고를 마친 2일 후, 김 사령관은 내게 비서실장을 통해 면담지시를 내렸다. 그 자리에서 김 사령관은 대통령과의 면담내용을 들려주며 내가 책 사건과 무관한 것을 파악한 듯 "인사군기가 문란한데 인사과장으로 내가 결정했으니까 그리 알고 있어"라고 하며 1971년 10월 1일에 있을 나의 중령 진급 예정일을 기억하고 있었다.

"아닙니다. 저는 육군대학 먼저 졸업하고 대대장 나가겠습니다."

"아직 시간 있으니까 1년만 하고 대대장해도 되잖아. 오늘 우리들 이야기는 보안 지켜줘" 하면서 봉투 하나를 내밀었다.

"오늘은 제가 사양하겠습니다. 받지 않겠습니다."

"이거 옛날 간첩 많이 잡은 상금이야, 받게."

"감사합니다. 병사들 내무반 텔레비전 사주고, 사령관님이 사 주신 것으로 하겠습니다."

내 말에 김 보안사령관은 또 하나의 봉투를 꺼내들었다.

"그러면 이거 하나는 가족들에게 전해주게, 명령이야."

새옹지마塞翁之馬

1970년 10월 15일, 소령(1971. 10. 1 중령진급 예정자)으로 8사단 보안부대장에서 보안사령부 인사과장으로 명령을 받았다. 1970년 10월 14일 오전 이취임식을 마치고 나자 5군단 보안부대장 김원태 대령이 내게 군단장에게 인사드리고 떠날 것을 제안했다. 신고나 인사를 꼭 할 입장은 아니었다. 그러나 지역 군단장을 예의상 찾아보기로 했다. 당시 군단장은 이병형李秉衡 장군으로 6·25전쟁 때 대단했던 인물이었다. 인민군을 벌벌 떨게 한 군인이었다. 사실 군단장은 8사단 보안부대장 소령이 어디로 가든 관심 없는 관계이다.

군단장이 식사를 하러 갈 때 군단 식당입구에서 대기하고 있다가 인사를 하는 것이 좋겠다는 그의 비서실장의 귀띔대로, 나는 그곳에서 이병형 장군을 기다렸다가 인사를 했다.

"저는 내일자로 보안사령부 인사과장으로 발령 받아 오늘 떠납니다."

그러자 이병형 장군은 내가 입고 있는 전투복의 가슴에 달린 공수 마크를 가리키며 "자네는 공수부대 마크가 아깝네"라는 뼈 있는 한마디를 하며 악수를 하고는 "식사하고 가라"는 말 한마디 없이 식당으로 발길을 돌렸다. 공수부대 훈련 받은 육사출신의 장교가 전투부대에 있지 않고 보안부대에서 근무하는 것이 못마땅하다는 일종의 비아냥거림이었다. 지휘통솔 지침에 상급자는 하급자에게 비꼬는 언사를 하지 않도록 명시되어 있다. 너무했다 싶은지 몇 걸음 떼던 군단장이 걸음을 돌려 "밥 먹고 가지"라며 내게 함께 식사할 것을 권했다.

5군단 보안부대장과 함께 밖으로 나와 이동 갈빗집으로 갔다. 부대 식당에서 먹게 되면 대령까지는 장군 자리에서 같이 먹을 수 있지만, 소령인 나는 구석에서 따로 먹어야 했기 때문이다. 그렇게 이동갈비를 먹고 헤어진 다음 22년의 세월이 흐른 1992년 7월, 예비역 이병형 육군 중장을 만났다.

내가 체육청소년부 장관을 할 때였다.

그는 용산 육군본부 자리에 전쟁기념관 건설사업 총책임자를 맡고 있었다. 내가 그곳을 방문한다는 소식을 듣고는 직원들과 도열, 맨 앞에 서서 반갑게 맞이했다. 내가 먼저 "어인 일이십니까?" 묻자 그가 "장관님 오신다고 하니 당연히 나와 봐야죠" 하며 만면에 미소를 머금었다. 그 무서운 사람이…….

그는 내게 전쟁기념관 안내를 했다. 내가 안보전시관을 만들고 싶다는 의중을 내비치자, 기념관의 학예사들을 비롯한 전문가 인력이 있으니 뭐든 지원해줄 것을 제안하면서 "연락하면 해드리겠습니다"라고 했다. 그런 옛 상관을 보면서 옛 일을 떠올렸다.

1972년 보안사 인사과장을 끝으로 나는 이미 계획했던 대로 대대장으로 나갔다. 육군대학을 졸업하고 5군단 이병형 장군 예하 부대인 8사단 21연대 3대대장으로 나가면서 군단장 이병형 장군의 말대로 전투지휘관이 된 것이다.

그분은 그 당시 보안부대 소령이었던 나를 기억조차 하지 못했을 것이다. 그가 군단장일 때 노태우 연대장은 대령으로 그의 부하였다. 대통령이 된 옛 부하 대령(8사단 21연대장) 노태우는 예전의 5군단장을 전쟁기념관 건립 책임자로 임명했다.

보안사 인사과장의 리포트

1968년 10월 1일에 소령이 된 지 3년 만인 1971년 10월, 나는 중령 예정자가 되었다. 진급 1년 전인 1970년 10월 1일, 나는 보안사 인사과장으로 자리를 옮겼다. 그때는 베트남전이 치열했고 한국에서 미군이 철수한다는 소문으로 어수선할 때였다.

당시만 해도 주한 미군과 우리 군 사이에는 정보 판단에 대한 견해 차이가 많았다. 미군은 북한의 군사력을 과소평가한 반면, 우리는 그 반대 입장이었다. 미군들은 자신들의 판단으로 미군을 감축하고, 한국군 증강을 위한 명분을 얻으려고 무진장 애를 썼다. 통수권자인 박정희 대통령이 안보에 대한 철학을 확고히 하고, 자주국방 의지로 군의 태세를 강조했던 터였다.

그래서였을까, SR—71 정찰기 등으로 촬영한 북한 동태의 사진을 미군은 우리 측에 제공하지 않았다. 백방으로 노력해서 겨우 구해 북한군의 동향을 분석해 보면, 그들의 병력이 엄청나게 증강하였음에도 불구하고, 미군은 그런 사실을 언제나 비밀에 부치곤 했다.

1970년대로 접어들면서 베트남전의 전망이 밝지 않은 것도 한몫을 더했다. 그즈음 미국에서 반전反戰 운동이 들끓었고 닉슨 독트린에 의해 한국에서의 미군 감군 계획이 추진되었던 것이다.

실제로 내가 8사단 보안부대장으로 발령받아 나갔을 때는 운천 지역에서 한 차례 미군 철수가 이루어진 때였다. 그러고도 여전히 한국에서의 미군 철수는 복마전이었다.

나로선 가만 두고 볼 수가 없었다.

운천 등 인근 부대의 한국군 장교와 미군 부대에 근무하는 카투사에게 애국심을 발휘하도록 독려했다. 인간관계를 최대한 활용해 비공식적으로 많은 정보를 수집했다. 특히 미군 사단이 있던 동두천에서 미군 수뇌부 회의 후 짐을 쌌다 풀었다 하는 미군들의 동태를 정확히 파악하여 사령부에 보고했다. 정작 미군이 많이 주둔해 있던 용산, 이태원, 평택 등에선 그러한 미군의 동태에 대한 정보 수집이 없었다. 아무도 보고하지 않았던 것이다. 카투사 장교와 협조해 정보를 입수함으로써 정책을 다루는 사람들과 청와대에서 대처할 수 있도록 보고했다. 박정희 대통령의 말처럼 더는 미군에게 의존할 수 없게 된 현실에서 우리의 생존을 확보하는 길은 '자주국방'밖에 없다는 것을 깨우치는 기회를 가질 수 있었다.

당시에 미군은 자국과 베트남전 투입을 위하여 미군(사령부는 남겨둔 채 예하 부대만)을 철수하려 했다.

군기반장

1971년 초, 인사과장인 나를 김재규 사령관이 모처로 불렀다. 그러고는 내 앞에 편지 한 통을 꺼내놓으며 읽어보라고 했다. 보니까 '친애하는 김재규 장군 귀하'로 시작하는 박정희 대통령의 자필 편지였다. 나는 잠시 시선을 떼어 김 사령관을 바라보았다. 내가 싫어해서 좀체 정치적인 이야기는 하지 않는 사람이었는데 무슨 일인가 싶어서였다. 그러자 그가 턱짓으로 계속해 편지를 읽으라는 신호를 보내왔다. 시선을 돌려 다시 편지를 읽기 시작했다.

'모 전방 지휘관인 모 장군이 외출을 나와서는 박 대통령과 식사를 하게 되었다. 박 대통령은 장군들이 외출을 나오면 불러서 식사도 하고 촌지 주는 것을 즐겨했다. 그런데 모 장군이 식사자리에서 박 대통령에게 애로사항을 털어놓게 되었다. 전방에 있는 보안부대원들이 정상적인 방법이 아닌 것으로 지휘관들을 괴롭히고 있어 고충이 이만저만이 아니라고 했다. 박 대통령은 모 사단장으로부터 그 이야기를 듣고 도저히 있을 수 없는 일이라고 했다. 김재규 사령관에게 이것을 시정하길 바란다'는 편지였다.

김 사령관은 나에게 박 대통령의 편지를 읽어보게 하더니 "어떻게 했으면 좋겠나?"고 물어왔다. 순간 나는 나보다 계급 높은 대령들이 많이 있음에도 그들을 놔두고 나에게 얘기한 이유를 잠시 고민하지 않을 수 없었다. 특히 자신의 경쟁자 윤필용 장군이 나를 총애하는 것을 알면서도 그런 문제를 의논해온 것은 나의 정의감과 판단력을 확신해서다. 그가 내게 인사과장을 발령 냈던 이유와 부합된다고 여겼다.

"시정해야죠."

단호히 내가 말했다. 그랬더니 그가 나를 쳐다보며 물었다.

"어떻게? 당장 부대장들을 사령부로 집합시켜?"

"사령관님, 그건 안 됩니다. 지금 집합하라는 명을 내리면 왜 오라고 하느냐고 해서 세상이 시끄러워집니다. 지난번에 8사단의 책 사건이 있을 때 저를 부르시지 않았습니까. 전부 불러오면 시끄러우니까 제가 책임 있는 과장들을 불러 교육하고, 대통령의 편지를 교육하고 전달하는 것으로 조치를 취하겠습니다. 그리고 다른 요원들 모르게 인사조치 하겠습니다."

물론 이때 보안처장이나 정보처장, 대공처장, 그리고 나의 직속상관 행정처장을 불러낼 수도 있었을 텐데 굳이 과장인 나를 불러 의논한 것은 김 사령관의 속사정을 들여다볼 수 있는 대목이다. 공정하고 빠르고 슬기롭게 처리할 사람이 필요했고, 그것을 누구보다 내가 잘해낼 것이라 믿는 터라, 나는 더욱 무거운 책임감을 느꼈다. 나는 한마디 덧붙였다.

"문제는 시행에 옮기는 겁니다."

그러자 그가 긴장하며 나를 쳐다보았다.

"역시 이진삼 과장이야. 군인으로서 최고로 명확하구먼."

그러면서도 김 사령관은 나의 대답에 당황하는 게 역력했다. 그의 소신이나 계획 지침 등을 볼 때 지휘관으로서의 자질은 물음표가 붙었다.

잠시 샛길로 빠져서 생각해보면 그때의 김 사령관 표정은 나를 헷갈리게 한다. 아무리 생각해도 그런 표정을 지닌 사람이 10·26사건과 같은 일을 저지를 사람이 아니란 생각이 든다. 부마사태와 한미관계, 차지철 경호실장의 처세 등이 복합적으로 작용했을 것이다. 분명 부마사태와 한미관계에 대한 보고를 김재규가 대통령에게 하는 과정에서 차지철과 갈등이 있었을 것이다. 차지철의 김재규 선배에 대한 불경과 건방진 행동이 최악의 사태를 불러오지 않았나 싶다.

군사영어반 대선배 장군 출신의 비서실장 김계원과 2기생인 안기부장 김재규와 만나서 대위 출신인 차지철의 행동에 불만을 토로, 동조하면서 불쾌하게 생각했다. 실제로 김계원 실장과 김재규가 그런 얘기를 나눈 적이 있다. 어쩌면 부마항쟁이 4·19보다 더 큰 사태가 될 것이라 판단하고 이를 박 대통령에게 알렸던 것이다. 그러자 차지철이 부마사태에 대하여 "캄보디아에서 800만 명 중 200만 명을 죽였는데(Killing Field) 우리라고 100만~200만 명 못 죽이겠느냐"고 했다. 이 말을 들은 김재규는 불길함을 감지했다. 비서실장인 김계원을 만나 "차지철이 저러면 안 되는데"라며 걱정을 했다. 그러니 10·26사건은 직간접적으로 차지철로 인해 생긴 불행한 역사로 판단된다. 이는 비서실장실에서 흘러나와 나의 귀에까지 전달되어 알고 있었다.

"충성은 눈에 나타나기 시작하면 변질되어 가고 있고, 눈에 나타나면 이미 변질된 것이다"라던 김 사령관의 말을 나는 지금도 기억한다.

"사령관님, 이러한 획기적인 조치는 반드시 대통령님께 보고하셔야 합니다. 편지에 대한 답변을 하셔야 합니다."

김 사령관은 그런 나를 보며 혀를 내둘렀다. 신속하고 정확하게 일을 처리한 것에 대해 만족감을 표시하고 "좋아, 좋아, 잘했어"를 반복하며 칭찬을 아끼지 않았다.

이처럼 인사행정과장으로 근무하는 10개월 동안 나는 많은 것을 배웠다. 군 내부의 조직·편성·훈련에서부터 각 지휘관들 각자의 특성 중 장점을 기록해놓았고, 지휘통솔법 등 지휘관 참모들의 보좌방법 등 군 지휘와 관련된 많은 것들을 배울 수 있었다. 어떻게 보면 육군 소령 계급에 걸맞지 않은 많은 경험을 할 수 있었던 기회였다.

현해풍파玄海風波 속으로

때를 기다렸다. 내 꿈은 전투부대 전투군인으로 기회만 살피고 있었다. 남들은 그 좋은 자리를 왜 나오려고 하느냐고 하지만, 내 길은 원래 그 길이 아니었다. 내 인생에 있어서 방첩대(보안부대), 특공대장, 파월 기동대장, 부대 대공과장, 사단 보안부대장, 보안사령부 인사과장까지 7년(1964.7.21~1971.8.29)의 기간은 샛길이었다. 화려한 버섯일수록 독을 품고 있는 것처럼 많은 사람들이 선망하는 자리는 내게 있어 화려한 버섯에 지나지 않는다. 물론 다른 사람들 같으면 그 자리에 연연해했을 자리였지만, 나는 나대로의 갈 길을 찾아 그 자리를 박차고 나와 풍파가 몰아치는 바다로 뛰어들었다.

형편없는 물고기가 편하게 호수에서 지내야 하는데 나는 과감히 드넓은 바다 한가운데로 뛰어들었다. 큰 고기가 되고 싶었다. 기회는 항상 주어지는 것이 아니다.

겁이 많아 머뭇거리거나 적극적이지 못한 사람은 모든 것이 불가능해 보인다. 나는 용기를 내서 과감히 풍파가 몰아치는 바다 속으로 뛰어들었다. 야전으로 가기 위해, 대대장인 전투지휘관으로 복귀하기 위해 육군대학을 자원해서 갔다.

영국 극작가 버나드 쇼의 "우물쭈물하다가 내 이럴 줄 알았지"라는 묘비명처럼 나는 내 삶에 우물쭈물할 틈을 주지 않았다. 과감히 현해풍파 속으로 뛰어들었던 것이다.

그러면서 나는 내 자식들에게 당부 아닌 당부를 해 두었다. "나는 다시 태어나도 군인이 되겠다"는 다짐의 말을 내가 죽은 후 묘비에 조그맣게 새겨 주기를.

날아간 김재규의 '영웅' 칭호 약속과 강창성의 표창장

김 사령관은 내가 인사과장을 그만두고 육군대학을 자원해 가자 격려금과 교육비를 주었다. 육군대학을 마치면 미처 주지 못한 '훈장'과 '영웅' 칭호를 주겠다는 약속과 함께. 그러면서 내 꿈도 모른 채 "육군대학을 마치면 다시 보안부대로 돌아와 함께 근무할 것"을 당부했다. 하지만 그는 내가 육군대학에 간 지 얼마 되지 않아 3군단장으로 발령받아 나갔다.

그 뒤를 이어 강창성 장군이 보안사령관 자리에 앉았다.

1972년 1월 22일, 소장 강창성 장군은 육군대학에 다니고 있던 나를 불러올렸다. 내게 표창장과 트로피를 주면서 학비 명목의 봉투를 건넸다. 나와는 함께 근무한 적도 없지만 앞의 보안부대 공로를 생각해서 주는 것이라 했다. 그러면서 "내가 부임해서 들으니 이 중령이 육군대학으로 가면서 보안사에 복귀하지 않고 야전대대장을 희망한다는 보고를 받았다. 대한민국 군인, 경찰, 대공요원들 중 누구도 할 수 없는 많은 공비 간첩을 생명 걸고 잡는 등의 성과를 거양했고, 대북 응징보복작전, 1·21김신조 청와대습격 사건 등 위험한 작전을 수행한 유일무이한 용감한 군인이 아닌가. 대대장 끝나면 대공 분야에서 실력을 발휘할 수 있도록 보안사령부 전입을 요청하니 대답해주길 바란다"고 말했다.

나는 그의 말에 아무런 약속을 하지 않았다.

동생 자리를 빼고 육군대학으로

육군대학은 소령은 1년 과정이고 중령은 6개월 과정인데 나는 중령 예정자로 6개월 단기 33기로 입교했다. 그런데 이미 2주 전에 남아 있던 자리 하나를 다른 사람이 채워버렸다. 누구 한 명을 빼거나 아니면 다음 기수에 들어가야 했다. 그때였다. 33기 명단 중에 낯익은 이름 석 자가 눈에 띄었다. 다름 아닌 이진백, 갑종 장교 출신인 내 동생이었다.

육군본부의 선배들 권유로 동생 이진백을 빼고 그 자리에 형인 나를 입교자 명단에 포함시켰다. 동생 이진백은 다음 기수로 들어가야 했다.

8사단 보안부대장과 인사과장을 하면서 육군대학 교재를 획득하여 예습을 하였고 부족하다 싶었던 공부는 열심히 했다. 그 결과 150여 명 중 2등을 했다. 결코 우연이 아니었다.

대위시절, 고등군사반 입교 전에도 교재를 입수하여 1년 전부터 예습을 한 덕분에 우등을 할 수 있었다.

이런 나를 지켜보았던 선후배 장교들은 "그럼 그렇지, 머리 나쁜 이진삼이 우등이라니? 보안부대 근무하면서 고등군사반과 육군대학 가기 전에 이미 선배들 교재를 획득, 지휘통솔과 전술공부를 했으니 우등을 했지"라며 웃음을 터뜨리곤 했다.

군 보수교육은 낙제가 없다. 졸업만 하면 된다는 생각이 들 수도 있지만, 졸업 후 군인으로서 지휘관 참모 등 임무수행을 잘하기 위해 공부방을 만들어 열심히 공부를 했다. 스스로를 늘 재촉했다.

행복하면서도 난처한 대대장

육군대학 졸업 1개월 전부터 일곱 군데에서 나를 요청해 왔다.

수방사의 윤필용 소장을 비롯한 수기사단장 신현수 소장, 5사단장 정병주 소장, 26사단장 김진구 소장, 7사단장 차규헌 소장, 30사단장 곽영배 소장, 8사단장 장봉천 소장, 1공수여단장 전두환 준장, 8사단 21연대장 노태우 대령이 나를 요청해 왔다.

나는 원하던 대로 서울 지역을 벗어난 8사단 21연대장 노태우 대령 휘하 3대대장으로 부임했다.

무엇보다 내가 서울이 아닌 전방을 택했던 일은 내 삶에 있어 운이 좋은 것인지 어쩐지 모르겠으나 그야말로 신의 한 수가 되었다. 그 선택 하나가 내 삶을 송두리째 흔들어 놓았던 것이다. 노태우 대령이 있는 8사단 21연대 3대대장으로 간 지 얼마 안 돼 대한민국은 또 한 번 회오리바람이 몰아쳤던 것이다.

'윤필용 사건'으로 군내 일대 숙청의 바람이 몰아쳤다.

PART
02

나의 길

유신維新과 윤필용尹必鏞 사건 07

죽음을 면하기란 그다지 어려운 일이 아니다. 오히려 비굴함을 면하기가 훨씬 더 어렵다.
그것은 죽음보다 더 빨리 달리기 때문이다.
– 소크라테스

8사단 21연대 3대대장

1972년 1월 27일, 8사단 21연대 3대대장으로 부임했다.

강원도 철원鐵原에서 경기도 포천抱川까지를 아우르는 지역이다. 맨 처음 부대에 도착해 파악한 것은 병사들의 훈련 상태였다. 지휘 방침을 정하기 위해서였다.

늘 스스로에게 다짐했던 것처럼 병사들에게도 필요한 것은 첫째도 임무, 둘째도 임무, 셋째도 임무였기에 임무수행을 위한 병사들의 훈련 상태는 무엇보다 중요했다.

전투의 3대 필수 요소가 정신, 체력, 전투기술이다.

부대는 무엇보다 초급간부인 분대장, 선임하사, 소대장, 중대장에게 달려 있다. 전투하는 부대의 병사 개개인들의 소질과 능력을 배가시키는 일 이외에 초급간부들에 대한 교육에 힘을 기울인 이유이기도 했다.

한번은 소대장들의 BOQ(독신자 숙소)에 가보니 모포가 널브러져 있고, 소주병이 굴러다니는가 하면 책들이 헝클어져 있는 것을 목격하게 되었다. 나는 조용히 그들을 관사로 불러들여 "이 봐 소대장들, 군 생활 멋지게 해보자. 소대장들이 멋있다는 소리 한번 들어보도록 해야지"라고 했더니 BOQ를 기가 막히게 정리해놓았다. 이것을 사단의 감찰참모가 보고는 "당신 어떻게 한 거야?"라고 묻더니 그 길로 사단장에게 가서는 "21연대 3대대 소대장 BOQ에 가보니 호텔보다 더 잘해놨더라"는 보고를 했다. 그러자 사단장 장봉천 준장과 연대장 노태우 대령이 우리 대대의 BOQ를 둘러보고는 사단 내 소대장들에게 견학을 지시한바 있었다.

사단장은 사단 전체회의 때 나를 불러 칭찬과 함께 격려금을 주었다. 나는 그 돈으로 소대 장교 숙소의 난방장치와 조명장치를 설치해주고 간부 휴게실 겸 연구실도 마련해주었다.

"부대의 우열은 간부의 우열에 비례한다"라는 표어를 간부 연구실에 부착했다. 5공병여단장 장영근 대령에게 부탁, 대대장 관사의 연구실도 개축했다. 책상과 걸상을 제작하여 20명 이상의 장교, 하사관이 계급별 토의를 할 수 있는 환경을 만들었다.

또한 1개월에 한 번씩 전 대대원 특별 정신교육을 하고, 나이 많은 하사관들은 큰 형님이나 부모와 다름없으니 그들로 하여금 병사들을 자식 같이 보살피도록 독려했다. 실제로 하사관 가족들은 병사들의 옷 손질을 해주는 등 골육지정骨肉之情으로 똘똘 뭉치도록 했다.

"부모형제 떠난 병사 자식 같이 보살피자. 저 이름 모를 산과 들에서 적과 싸우다 쓰러졌을 때 다친 상처를 싸매주고 물을 먹여주며 마지막에 시체를 걷어주는 것도 전우임을 강하게 인식하여 철석같이 단결해야 한다. 이때 부모님과 친구들은 옆에 있을 수 없고 오직 전우만이 있을 뿐이다."

병사들이 적과 싸우다 쓰러질 적에 "선임하사님!", "소대장님!" 또는 "중대장님!"하고 부른다. 어머니 아버지를 찾는 병사는 없다.

***

직접 사병들을 접촉하지 못하는 대대장이 되다보니 초급장교 시절의 부족했던 점이 느껴졌다. 만약 내게도 초급장교 때 나와 같은 대대장이 교육을 해줬다면 더 잘할 수 있었을 텐데 하는 아쉬움이 들었다. 실제로 내게서 교육을 받았던 초급장교들은 거의 승승장구를 했다. 어쨌든 가르쳤기에 가능한 일이었다.

윤필용 장군의 미련

"이 중령, 윤필용 장군이 자꾸 당신을 수도방위사령부 30단장으로 보내라고 하는데?"

서울로 2박 3일 외박을 다녀온 연대장 노태우 대령이 나를 연대장 공관으로 불러 대뜸 하는 말이었다.

"그래서요?"

따지듯 묻지 않을 수 없었다.

"연대장인 나로서는 안 된다고 그랬지. 그런데 그 양반 말을 일방적으로 거절할 순 없잖아. 이 중령 본인 의사를 물어본다고 그랬지."

"저는 안 가겠습니다. 제가 대대장으로 온 지 얼마나 됐습니까. 취임식에서도 우리 3대대는 강력한 전투 의지를 가지고 첫째도 임무, 둘째도 임무, 셋째도 임무를 수행함에 있어서 우리의 강력한 전투력을 증강하고 충성을 다하자 다짐하고 약속한 이진삼이 중간에 우리 대대원 버리고 서울로 가면

1973년 1월, 대대시험 ◀

1972년 3월, 3대대 운동경기 ◀

1972년 6월, 3대대 운동경기 ▼

안 되잖습니까. 계속 대대장 하면서 연대장님을 모시겠습니다."

그러자 노 대령은 그 자리에서 윤 장군에게 전화를 걸었다.

"사령관님, 이진삼이 안 가겠답니다."

명확하고 소신 있는 대답을 하는 노 대령이었다.

사실 수방사는 서로가 가고 싶어 하는 자리다. 5사단에 있는, 사령관이 모르는 이대희 중령을 추천했다.

이학사 본능

대대장으로 부임한 지 얼마 되지 않아 운천 지역에 있던 미군 여단이 철수를 했다. 미군들이 거주하던 많은 막사가 비어 있게 되자 군단에서는 우리 3대대로 시설을 포함한 모든 장비의 경비임무 명령을 냈다.

미군들이 주둔했던 빈 막사를 보는 순간 좋은 생각이 떠올랐다. 취사장과 식당을 지었으면 하는 생각이 들었던 것이다. 1972년 당시 각 중대는 취사장에서 식사당번 6명이 교대로 차출되어 밥과 국, 반찬 3가지(1식 3찬)를 운반, 각 내무반에 둘러앉아 식사를 했던 터라 여러 모로 불편했다. 지금 생각해보니 처량하기 이를 데 없는 군대였다.

그 길로 나는 5군단 작전참모였던 김복동 대령에게 달려갔다. 부탁을 받은 김 대령은 두말 않고 군단 공병참모에게 전화를 걸어 허락을 받아냈다. 비로소 우리가 요구하는 건물을 지정받을 수 있었다.

보안부대에서 함께 근무했던 대령 장영근 5공병단장의 도움을 받아 시멘트를 비롯한 여러 재료들을 얻어 손재주가 있는 하사관들로 하여금 그럴 듯한 식당을 짓도록 했다. 전 대대원이 함께 들어가 식사할 수 있는 식탁과 의자를 들여 놓을 만큼의 크기로 지었으며 음향 전기장치와 조명장치도 설치했다. 대대원의 사기가 충천했다. 그 전에는 병사들이 식판을 들고 내무반에 들어가 쪼그려 앉아 밥을 먹어야 했고, 냄새도 많이 나서 불편한 점이 많았다. 그러니 1개 대대의 그럴듯한 식당은 부대원들에게 매우 고무적인 일이었다. 군단장도 와서 보고는 매우 좋아했다. 당시 8사단 사령부 사단장실은 콘크리트 벽돌집이었다. 각 참모부 역시 낡은 퀀셋 건물로 열악하기 그지없었다.

나는 거기에서 끝내지 않고 내친 김에 큰 나무들을 잘라서 평행봉과 골포스트를 만들어 체력단련을 하도록 했다. 또 식당을 짓고 남은 막사와 드럼통을 이용해서 화장실을 깨끗하게 지었다. 이를 본 상급부대 지휘관들이 우리 대대를 칭찬하자 부대원들의 사기가 충천했다.

사소한 것이긴 하지만 나는 어딜 가든 가만있지를 못했다. 늘 시끄러웠다. 만물의 영장으로 끊임없이 도전했다. 불가능은 없다.

안 되면 되게 하면 될 뿐.

위풍당당 3대대

외출 나가는 병사들에게도 나는 늘 당당할 것을 주문했다.

혹시라도 헌병을 만나 외출증명서를 요구받으면 "나, 3대대야!" 라고 말하고 다니라며 병사들의 사기를 북돋웠다. 헌병들에게도 아예 당부를 했다. 우리 대대는 붙잡지 말 것을.

"애인이 면회 올 수도 있고 부모님이 오실 수도 있다. 운천에서 누가 도망가나? 애인이 왔는데 창피하게 왜 잡아? 우리 3대대는 그런 거 없다."

한번은 우리 3대대 병사에게 외출증명서를 요구했던 우리 지역 헌병 책임자가 나를 직접 찾아 왔다. 내게 아부를 하기 위해서였다. 나는 그에게 대뜸 이렇게 말했다.

“우리 대대에는 헌병들 보내지 마시오.”

병사들의 사기가 하늘을 찔렀다.

운천 지역에서는 우리 3대대가 유명했다. 탱크부대 3대대도 있었지만 3대대 가자고 택시를 타면 택시기사가 무조건 우리 3대대로 태워오곤 했다. 운천 지역에서 3대대 하면 우리 3대대밖에 없는 줄 알 정도로 모든 면에서 우리는 당당했고 유명했다.

엘리트는 국가가 필요로 하는 사람이 엘리트다. 지역이나 출신 성분, 학벌 등은 불문이다.

저희 대대는 이가 없습니다

5군단에서 8사단으로 지시가 있었다.

군단장이 사단 1개 대대를 순시하겠다고 사단에 통보했다. 8사단에서는 21연대 3대대를 방문하도록 보고 했다. 모자와 양 어깨에 번쩍번쩍 하얀 별 3개씩 총 9개의 별을 단 그 이름도 무서운 유병현 군단장이 차에서 내렸다.

나는 부대대장, 중대장 참모들과 도열하여 경례하고 군단장을 안내해 대대장실로 향했다. 군단장은 대대장실 입구에서 영접하는 사단장 박노영 준장, 연대장 노태우 대령과 악수하며 인사를 했다.

빈약한 토막사 대대장실에서 브리핑을 받던 군단장이 갑작스레 취사장으로 향했다. 군단장은 취사병들의 사타구니와 겨드랑이를 만지기 시작했다. DDT가 들어 있는 헝겊주머니가 있는지 확인하고 있었다. 별 셋의 군단장이 취사병의 겨드랑이와 사타구니를 만지니 모두가 당황했다. 나는 의중을 꿰뚫고 군단장에게 말했다.

"군단장님, 저희 대대는 이가 없습니다."

내 말에 정작 긴장한 사람은 사단장과 연대장이었다. '감히 중령이 별 셋의 군단장에게?' 하는 표정이었다. 군단장이 의아해하며 "대대장, 어떻게 이가 없나?"라고 물었다.

"군단장님, 우리 부대 하사관들은 부대의 어머니입니다. 우리 부대는 목욕을 1주일에 두 번 이상 합니다. 내복을 갈아입히는 것 또한 하사관들의 임무입니다. 저기 보이는 산정호수에서 흐르는 물을 부대 앞으로 흐르도록 돌려 야전목욕탕에서 춥든 덥든 목욕하도록 하고 있습니다."

군단장은 흐르는 물을 보면서 물었다. "그래요?" 하더니 취사장에서 병사들을 위한 밥과 찌개가 끓는 것을 확인하고 군단으로 향했다.

군단장이 돌아간 후, 사단장과 연대장이 내게 다가와서는 "대대장, 수고했어. 잘했어"라고 말하고 돌아갔다.

나는 대대 장교식당에서 점심식사를 하며 군단장과 있었던 DDT 헝겊주머니 이야기를 했다. 군단장이 우리 대대를 여전히 자유당(1950년대) 시대의 군대쯤으로 알고 있다는 사실에 모두가 한바탕 큰 웃음을 터뜨렸다.

그래도 조금은 불안했다. 군단장이 그런 나를 어떻게 생각할 것인지. 기우였다. 군단장은 다음날 아침 군단 상황보고 회의에서 "나는 어제 군인 중의 군인을 보았다" 하면서 나를 "소신 있는 대대장"이라고 말한 것을 군단 인사참모 황관영 대령이 귀띔했다.

이후 군단장은 군단 전 대대장급 지휘관 동계 간부 집체교육을 수료하는 토요일 오전, 8사단 21연대 3대대에 가서 지휘통솔에 대한 토의를 하고 해산하라는 지시를 했다.

화장실을 찾은 1군사령관

이번에는 최세인 별 넷의 군사령관이 우리 대대를 방문한다는 연락을 사단으로부터 받았다.

빨간 판에 반짝이는 별 넷을 단 군사령관의 헬리콥터가 우리 대대 연병장에 내려앉았다. 대대장실에서 브리핑을 받은 군사령관은 병사들의 화장실로 향했다. 대대는 5개 중대가 있고 옆으로 각 중대별 화장실이 있었다. 민간인 벼 베기 지원을 하고 얻어온 짚단으로 바람막이를 한 공동화장실이었다.

군사령관의 느닷없는 화장실 순시로 군단장, 사단장, 연대장은 화장실 밖에서 초초하게 지켜보았다. 군사령관은 병사들의 화장실 내부를 꼼꼼히 살펴보았다.

"군사령관님, 저희 대대 화장지 이상 없습니다."

"그래 어떻게?" 군사령관이 내게 물었다.

"화장지는 대대 보급관이 관리합니다."

군사령관이 화장실을 들여다보는 것이 착잡하고 답답했다. 6·25전쟁을 겪으며 초급장교를 얼마 못하고 고급장교인 장군이 된 터라 20년 전 사고에 갇혀 있었다. 그때의 군인들이 보급품을 부정 처리 했던 생각에 화장지 확인차 냄새나는 화장실로 갔던 것이다.

23년의 세월이 지나고 1996년, 예비역 1군사령관 출신 모임인 통일친목회에서 최 사령관을 만나게 되었다. 그가 내게 물었다.

"이 장군, 혹시 산정호수 근처에서 대대장 하지 않았나요?"

나는 깜짝 놀라 옛 생각에 "그때 군사령관님으로부터 여러 가지 지도 많이 받았지요. 그때 제가 결례한 거 같은데요"라며 늦었지만 사과를 했다. 상급자에게 거침없이 말을 했던 것이 후회스럽고 미안한 생각에서였다. 당시 1군사령부 사령관실에서 근무하고 있으면서 수행했던 이덕만 장군으로부터 "이 중령, 당당하게 말하는데 내 속이 다 시원합디다!"라는 연락을 받은 기억이 났다. 1군사령부로 돌아간 군사령관은 "나는 오늘 8사단 대대장으로부터 기합받고 왔다. 앞으로 예하 부대 순시할 적에는 조심해야겠다"고 했다 한다.

잊지 못할 병사

훌륭한 병사들과 함께하며 대대장을 하는 동안 나를 슬프게 했던 병사는 단 한 명도 없었다. 모두가 당당했고 무엇이 되었든 최고로 잘하는 부대원들이었다. 그럼에도 한 번씩 생각나게 했던 사람은 최훈홍.

그는 내가 대대장을 마치기 전까지 당번을 했던 병사였다. 아버지가 돌아가시고 어머니마저 불편한 몸이었다. 게다가 여동생이 둘이었는데 그중 하나가 장애인이었다. 나는 정황상 최훈홍을 가족을 부양해야 할 문제 병사로 제대시켜야 했다. 특별보고를 해 전역 조치시켰던 것이다. 하지만 그는 제대 명령을 받고도 귀가하지 않았다. 대대장이었던 내가 임기를 마칠 때까지 "3개월 더 모시고 떠나겠다"며 고집을 부렸다. 다른 대대장 숙소의 당번병이 2명인 데 반해 나는 당번병 1명을 쓰고 있었다. "다른 사람에게 우리 대대장 당번을 맡길 수 없다"는 것이 그가 부린 고집의 이유였다.

평소에 "시간 있을 때마다 책을 구해 공부하라"고 배려했던 내게 특별한 전우애를 느낀 터였다.

군에 들어오기 전에 그는 재단사 일을 했다. 현재는 일산에서 양복점을 하고 있는데 가끔씩 "옷을 만들어 주겠다"며 들르라는 연락을 해온다. 신세지기 싫어 방문하지 않았다.

설날엔 빠짐없이 내게 세배를 온다.

유신維新헌법과 나의 유신維新

1972년 10월에 단행된 제3공화국의 유신維新 바람은 군에도 세차게 불어왔다.

박정희 대통령은 10월 17일 '우리 민족의 지상 과제인 조국의 평화적 통일을 뒷받침하기 위해서'라는 명목으로 국가긴급권을 발동, 국회를 해산하고 전국에 비상계엄령을 선포했다. 그러고는 유신헌법에 대한 국민투표를 실시한 다음, 12월 27일 유신헌법 공포와 더불어 제8대 대통령에 취임했다.

이후 한국 정치는 상당 기간 암흑기에 빠져들었고 박 대통령 스스로 비운을 맞는 결과를 빚었다. 당시 유신헌법은 박 대통령이 장기 집권을 하기 위한, 민주주의에 역행하는 무리한 조치였다는 이야기가 나돌았다. 그렇다고 당시 중령의 신분이었던 내가 이것에 대해 정치적인 해석을 할 수는 없는 노릇이었다. 다만, 군인으로서 유신의 의미를 군인 입장으로 해석할 따름이었다.

예를 들면, 그 어떤 상황에서도 국가에 대한 애국심이 강해야 하는 것이 군이라는 조직이기에 내가 맡고 있는 21연대 3대대의 전투력을 최고로 갖추게 하는 일이었다.

실제로 3대대는 명시된 임무는 물론 추정된 과업까지 수행하였으며 훈련이면 훈련, 시합이면 시합 모두 타 부대의 추종을 불허했다. '일과 시간에 노는 장병 없다'는 표어가 있었다. 장교와 병사가 능동적으로 자기 임무를 수행하기 때문이었다.

그때 만약 내가 서울 인근 부대에 있었다면 비상계엄에 출두를 했을 터였다. 전방의 대대장으로 있기에 나로선 유신헌법 발표와 무관하게 언제든지 전투할 수 있고 승리할 수 있는 대대 양성에 전심전력 했다.

윤필용 사건

베트남 맹호사단장으로부터 귀국 후 수도경비사령관으로 부임한 윤필용 장군이 1973년 3월 구속되었다는 소식이 전방까지 날아들었다.

윤필용 장군이 이후락李厚洛 중앙정보부장, 신범식申範植 서울신문 사장과 함께 저녁 식사 중 반주를 하면서 후계자 얘기를 나눈 것이 화근이었다고 했다. 윤 장군이 느닷없이 이후락 부장에게 각하께서 연세도 있으신데 앞으로 무슨 일이 생길지 모르니 미리 후계자를 정해야 되는 거 아니냐고 말을 꺼냈다. 술좌석에서 한 대화였다. 당시 박 대통령의 나이는 57세였다.

며칠 뒤, 신 사장이 박 대통령과 태릉에서 골프를 치면서 "나이도 있으신데 후계자도 생각해줘야지요"를 말했다. 골프를 칠 땐 아무 말 않고 있던 박 대통령이 골프를 마치고 저녁을 먹으면서 "아까 했던 말이 무슨 얘기야?"라며 신 사장에게 따지듯 물었다. 신 사장은 윤 장군과의 술자리에서의 일을 보고했다. 화가 난 박 대통령은 보안사령관인 강창성에게 내사를 시킨 후 칼을 휘두르게 했다.

내가 겪었던 윤 장군은 박 대통령에게 불충한 마음을 가졌을 어떤 이유도 없었다. 오히려 윤 장군의 박 대통령에 대한 충성심이 차고 넘쳤으면 넘쳤지 그런 마음을 가질 분이 아니었다. 말을 꺼낸 후계자 운운은 이후락을 염두에 두고 말했을 뿐, 군인인 본인을 운운한 것은 아니었다. 술자리에서 의도하지 않은 실언이 신 사장을 통해 잘못 전달된 듯했다. 윤 장군을 알고 있는 이들 대부분은 나와 같은 생각이었다.

윤 장군은 우수한 군인이었다. 다만 내가 항상 걱정했던 부분은 스스럼없이 하는 말 때문이었다. "형님, 장군이 되셨으니 말씀을 조심하셔야 합니다"라며 건방지게 충언하기도 했다.

칼자루를 쥔 강창성

육사 8기 윤필용 장군과 동기생 강창성 장군의 사이가 좋지 않았지만 평상시 표면화되진 않은 상태였다.

많은 선배와 후배들이 보안사 서빙고 분실에 끌려갔다. 윤 장군과 친할수록 더욱 그러했다.

윤 장군이 아끼던 육사 11기 권익현(보안사), 손영길(수방사참모장)을 비롯하여 12기 정동철(보안사), 이광근(보안사), 13기 황진기(보안사 인사과장), 신재기(육본진급과), 14기 배명국(보안사 인사과장), 박정기(수방사 비서실장), 그리고 15기인 나(보안사 인사과장)를 포함했다. 이 사건으로 총 8명이 전역조치 되었고, 15기인 나는 전역되지 않았다. 내가 윤필용 장군의 심복으로 알려져 있던 터라, 많은 사람들이 의당 전역조치 될 것이란 예상을 하였으나, 오지 전방 15사단 38연대 부연대장으로 쫓겨 갔다.

전역된 대부분의 장교들은 수도권에 보직되었던 수도 방위사령부 2명, 보안사령부 5명, 육군본부 1명의 주요직위자 8명이었다.

윤 장군이 기분파여서 군대가 잘 되려면 육사 출신들을 키워야 한다고 후배들을 아꼈던 것이 경상도 출신들이다보니 문제가 되었던 것이다. 그들 대부분이 서울 근처 지휘관이나 참모 등 주요직을 가졌다는 점에 대한 반성은 필요했다. 후배들을 어려운 직책을 수행토록 하고 훈련시켜 야전성 있는 훌륭한 군인을 만들지 못했다는 것이다. 이 점에 있어서 선배들은 후배들에게 서울 근처를 떠난 보직을 주어 경험을 쌓도록 유도하고, 본인 스스로 솔선수범을 했어야 했다. 동창과 각기의 동기생 간에도 객관성을 유지하지 못하고 진급 시에도 공정하지 못했던 것에 반성이 필요했다.

어쨌든 강창성 장군은 본인 의도와는 달리 이런 선후배 간의 관계를 과장해 발표함으로써 여론을 오도했다고 본다.

윤필용 장군을 조사하라고 지시했던 박 대통령도 강 장군이 이처럼 사건을 확대해 많은 유능한 장교들을 희생시키는 것을 알고는 조사를 중단시키고 그를 보안사령관직에서 해임시켰다. 박 대통령의 이런 조치가 없었다면 더 많은 장교들이 희생될 뻔했다.

강창성 장군은 서로가 자연인으로 돌아갔던 1993년 가을, 지난 과거사를 언급했다. 보안사령관 시절 박정희 대통령이 "60년대 후반에 이 대위라고 보안사에서 특공대장으로 있었어. 아직도 있나?"를 물어와 "예, 소령으로 있다가 중령으로 진급해 육군대학 졸업 후 본인의 희망으로 야전부대에 나가 전방 대대장하고 있습니다. 아주 열심히 잘하고 있습니다"라고 말한 적이 있다며 1973년의 '윤필용 사건'이 있었을 때, 대통령 관심 사항으로 내게 관심 갖고 있었음을 말해주었다. 돌이켜 보면 내가 그때의 사건에 휘말리지 않았던 것도 박정희 대통령의 끊임없는 관심 덕분이었다.

윤 장군은 온갖 고초를 겪은 끝에 1973년 4월 28일 열린 육군본부 보통군법회의에서 특정범죄가중처벌법, 업무상 횡령, 근무이탈방조 등 8개 죄목을 적용받아 징역 15년을 선고받고 수년간 옥고獄苦를 치렀다.

그가 당하게 된 이유를 객관적인 입장에서 분석 정리해 볼 필요는 있다. 먼저 윤 장군 주위에 모여드는 사람들이 지나치게 많다 보니 별의별 이야기들이 나돌고 심지어는 삼각지(三角地 국방부나 육군본부)보다 필동(筆洞 수도경비사령부)이 더 세다는 소문까지 퍼져 있었다.

이런 위험을 피하려면 참모들 가운데 누군가가 적색경보를 강하게 울려 자신들의 정확한 위치를 확인하고 처신에 각별히 신경을 써야 했는데 아무도 이를 챙기지 못했다. 나는 그 전에 이와 관련하여 몇 번 바른 말을 했으나 좀 더 강력하게 얘기하지 못한 게 후회스럽다.

쫓겨 가는 신세

1973년 3월 29일, 나는 8사단장실을 찾았다.

그날로 15사단 부연대장으로 쫓겨 가는 급박한 상황에서 사단장에게 신고를 해야 했다.

"전출 신고합니다"를 하자마자 박노영 사단장은 신고를 생략하게 하고는 내 손을 꽉 잡으며 앉으라고 했다. 내가 자리에 앉는 순간 인사참모가 퇴장하고 당번병이 커피 두 잔을 놓고 나갔다.

둘은 아무런 말을 못하고 있다가 허공에서 눈이 마주침과 동시에 누가 먼저랄 것 없이 눈물을 떨어뜨렸다. 사단장이 먼저 눈물을 닦으며 휴지 한 장을 빼 나에게 건넸다.

"시간이 없어 식사도 못하고 떠나보내게 되어 섭섭하다. 누가 뭐래도 이 중령은 우리 사단을 빛냈다. 야전군 사격 최우수 부대로 선정된 공로자이며 모든 분야에서 성과를 올리는 것에 진정 애 많이 썼다. 3개월 전, 연대장 노태우 대령이 육군본부로 떠나면서 이 중령 부탁을 하고 떠났다."

그 말에 나는 "그간 특별 배려해주신 은혜 감사드립니다"라며 자리에서 일어나는데 사단장이 책상 위 책을 내게 건네며 "읽어봐라"고 했다. 책 안에는 우리가족 앞으로 쓴 편지와 함께 촌지가 들어 있었다.

15사단은 전방 중에 최전방이다. 부연대장으로 왔으니 당연히 진급은 꿈도 꿀 수 없는 일이었다. 수도경비사 참모장이었던 준장 손영길이 3일 전, 15사단 부사단장으로 명패만 남기고 연행된 방을 보면서 며칠 내에 나도 그런 신세가 되지 않을까 하는 생각을 떨쳐낼 수 없었다. 사단 내 참모 지휘관 모두가 나를 색안경 끼고 보는 듯 했다. 나는 애써 당당함을 보였다. 하지만 최고회의 박정희 장군의 전속부관이었던 11기생 중 1차로 장군을 달아 시쳇말로 '끗발 좋다'던 수방사 참모장을 했던 손영길 장군이 구속영장도 없이 붙잡혀 간 마당에 중령인 나를 시한부로 보는 것은 어쩌면 당연한 일이었다.

반전 또 반전 08

사막이 아름다운 것은 어딘가에 샘을 숨기고 있기 때문이다.

— 생텍쥐페리

노란 편지의 의미

삶이란 흐르는 강물과도 같다.

더러 맴돌기는 하지만 한 자리에 영원히 혹은 오래도록 머물지 않는다. 흘러가는 것이고 흘러갈 수밖에 없다. 그러니 흘러가야 하고 흐를 수밖에 없는 것을 자연스레 흘러가게 두어야 삶은 비로소 자유를 얻게 되는 법이다.

1973년 3월 23일, 윤필용 사건으로 15사단 부연대장으로 쫓겨 가기 일주일 전 일요일 오후, 8사단 박노영 사단장은 주말을 빌어 전방으로 온 우리 가족을 관내인 산정호수 근처 조용한 식당으로 점심식사에 초대했다. 사단장이 대대장 가족을 불러 식사하는 예는 극히 드문 일이다. 그 자리에서 박사단장은 내게 "서울 소식을 들었냐?"고 물어왔다. 못 들었다고 대답하자 윤필용 사건이 일어난 것을 알려주었다. 윤 장군과 내가 막역한 사이라는 것을 알고 귀띔을 해준 것이다. 소식을 접한 나는 한동안 말문을 열지 못했다. 믿을 수가 없었다.

'설마 윤 장군이?'

3월 29일, 8사단을 출발하여 같은 날인 3월 29일 15사단 38연대 부연대장에 부임하도록 명령이 났다. 이런 경우는 없었다. 나로 하여금 서울 근처에는 얼씬도 하지 말고 바로 발령지로 가라는 명령이었다.

황망히 15사단에 도착해보니 3일 전에 손영길 장군이 붙잡혀 간 터라 부대 안이 어수선했다. 대부분의 사단 참모들은 나 또한 같은 처지로 위험하다고 여겼다.

15사단장 김학순 장군에게 신고를 하고 돌아서 나오려는 찰나, 김 사단장은 내게 앉으라고 권하면서 편지 한 통을 보여주었다.

– 이진삼 중령은 내가 보장합니다. 앞으로 귀히 써주십시오. –

말하자면 15사단으로 쫓겨 가는 중령인 나를 위해 전 근무지 8사단의 박 사단장이 15사단의 김 사단장에게 당부의 편지를 보내놓은 것이다. 내용을 본 순간 코끝이 매웠다. 시큰했다. 만약 그 사실이 밝혀진다면 박 사단장이나 김 사단장 둘은 보직이 해임될지도 모른다. 육사 출신의 젊은 장교들을 무더기로 자른 강 사령관이 아니었던가. 살벌했던 당시의 군 분위기 속에서 박노영 사단장의 용기는 정말 감동이 아닐 수 없었다. 박노영 사단장과 김학순 사단장은 예현2기로 동기생이다.

그러면서 김 사단장은 나지막이 말을 이었다.

"앞으로 작전기획 분야를 공부해두도록."

앞으로 작전참모의 보직을 주겠다는 말이었다. 상상도 못했던 일이었다.

앞으로 감시받고 있을 나로서는 감히 엄두조차 못 냈던 일을 김 사단장으로부터 듣는 순간, 장군다운 말과 태도에 존경심을 갖게 되었다.

73년 9월에 15사단 작전참모가 국방대학원에 갈 예정이어서 그 자리에 나를 보직시키겠다는 의중을 피력한 것이다.

"예, 알겠습니다."

그러나 3개월 후, 김학순 사단장은 15사단을 떠나게 되었다. 육군본부 정보참모부 차장으로 발령받았다. 이임 하루 전, 김 사단장은 나를 사단으로 불렀다. "참고 견디면 잘 될 것으로 믿는다. 내가 떠나게 되어 미안하다"며 후임인 박완식 장군에게 잘 말해두고 떠나겠다고 전했다.

감시를 받으며

"박완식 장군, 15사단장 영전 축하한다. 그곳에 가거든 이진삼 중령 잘 봐줘라."

육군본부 작전참모부 작전처장에서 전방 15사단으로 부임하는 박완식 장군(준장)은 육군본부의 차규현 장군(소장), 이범준 장군(소장), 양원섭 장군(소장)으로부터 나를 잘 돌봐주라는 부탁을 받고 부임했다.

박완식 15사단장은 육군본부에서 받은 부탁과는 다르게 당시 군단장이었던 김종환 장군이 천거한 육사 14기 박종원 중령을 작전참모로 임명했다. 나를 부탁했던 육군본부 장군들은 사단장 박완식 장군(준장)을 소신 없고 신의 없는 장군으로 취급했다. 그러나 나는 38연대 부연대장으로서의 임무를 최선을 다해 수행했다.

2년 후, 박완식 장군은 진급을 하지 못한 채 사단을 떠났으며, 준장 예편 후 미국으로 이민, LA에서 86세로 노년을 보내고 있다.

나는 최전방에서 모든 것을 참아가며 연대장을 보좌하여 부연대장으로서 대대장 경험을 살려 연대참모 훈련, 전투단 훈련 등 연대 내 대소사를 챙기며 2군단 내 최고의 연대로 만들었다.

따지고 보면, 정말 내가 쿠데타를 일으킬 위험한 인물이었다면 다른 사람들처럼 모가지가 날아갔어야 했다. 과거 윤필용 장군과 상하급자 관계였던 절친한 사이였다는 이유로 견제를 받아 서울에서 멀리 떨어진, 지휘권과 힘이 없는 자리로 쫓겨 간 것이다.

3개월 후 서울 답십리동 집에 2박 3일 외출을 나왔다.

통행금지 시간이 지난 밤12시 15분쯤, 현관 초인종이 울려 나갔더니 사복을 입은 보안부대원 2명이 있었다.

"무슨 일로 왔나?"

나는 따지듯 물었다.

"인사드리고 가려고 밤늦게 들렀습니다, 죄송합니다."

2년 전 보안사령부 근무 시절 함께 근무했던 후배장교들이었다. 서울지구 보안부대 요원으로 임무를 부여받은 소령과 대위였다.

내가 외출 나온 것을 전방 보안부대에서 서울본부로 보고하고 관할(서울) 부대로 지시하여 내가 누구를 만나고 무엇을 하는지에 대하여 파악 보고하는 등 분위기가 살벌했다. 나는 보고하든 말든 소공동 '남강' 일식집에서 1공수단장 전두환 준장, 육군본부 정보참모부 전투정보과장 노태우 대령을 만나 식사하고 밤11시경에 귀가했다.

전방에서 오후 2시에 출발 6시쯤 도착하였을 때부터 통행금지 시간이 지나서까지 동향을 감시하고 있었던 것이다.

"왜 더 감시하지!"

"이젠 철수 해야죠, 죄송합니다."

그들이 돌아간 후 나는 잠자리에 누워서도 잠을 이룰 수 없었다. 생각할 수록 화가 치밀어 올랐다. 목숨 걸고 싸웠던 지난날을 떠올렸다.

'이것이 민주주의 대한민국이란 말인가, 나는 대체 누구를 위하여 목숨을 내놓고 싸웠단 말인가…….'

15사단 깊은 산속 계곡 초가집 추운 방에서 잠을 자고 아침도 거른 채 출근했다. 박철순, 이응배 두 후배가 고향인 부여에서 면회를 왔다. 방이 좁아 여관에서 같이 자며 새벽 2시까지 많은 이야기를 나누었다.

삼진운수 대표나 할까?

"철순아, 시골에 가면 방앗간 있는지 알아봐."

"왜요?"

"아무래도 내가 방앗간이나 하면서 새마을운동과 지역봉사 하며 나무도 심고 농사도 짓는 전원생활을 해야겠다. 또 한 가지, 대전에서 택시 사업도 해볼까 생각 중이다. 집을 팔면 택시 대여섯 대는 살 수 있지 않겠어? 내가 사장 겸 운전도 하고. 노란 택시를 만들어 옐로우 캡을 씌우고 운영해보면 어떨까? 내 이름이 이진삼 아니냐. 삼진운수라는 간판 걸고 모범적으로 친절하고 착실하게 회사를 운영해 대전에서 제일 유명한 회사를 만들어야지. 택시기사의 임금을 다른 곳보다 더 주고, 친절한 이미지 만들고, 택시에는 노란 칠을 해서 특색 있는 옐로우yellow 택시라는 것을 알려 '삼진택시를 타면 안전하다'는 인식을 갖도록 하고. 군대에서 배운 경험과 노하우를 바탕으로 '관리management', '고용employment'을 통해 이익을 창출, 지역 사회에 봉사함으로써 보람을 찾고자 한다"고 했다. 이런 얘기를 찾아온 후배들에게 말한 것은 꿈이라기보다 현실적인 발상이었다.

사관학교 졸업하고 중령까지 했으니 이만하면 성공한 거 아닌가. 더구나 나의 조그만 소망과 꿈을 이루었으니 더 이상 여한이 없다고 여겼다. 긍지와 보람 된 육사 출신으로서의 기상과 기백을 발휘하여 나름대로 성공하겠다는 각오를 다짐하기도 했다.

버티고 살아남다

"강한 자가 살아남는 게 아니라, 살아남아서 강한 것이다."

어느 영화의 대사처럼 어쨌든 나는 살아남았다.

15사단에서의 13개월이 지날 무렵, 1974년 4월부터 군 분위기가 바뀌기 시작했다. 내가 그렇게 버티고 살아 있으니까 서울 육군본부의 장군, 대령 선배들이 '이진삼을 빨리 서울로 나오게 해야 한다, 그리고 진급시켜야 한다'는 소식이 전방까지 들려왔다.

대령이 되어야 하는데 15사단의 부연대장으로는 진급이 불가했기 때문이다. 7사단, 15사단, 27사단과 군단까지 대령 진급 해당자들이 40여 명이었다. 부연대장으로는 대령 진급이 불가능했다. 군단 내에서는 잘 돼야 3명이 대령으로 진급을 한다.

나를 진급시키기 위한 움직임이 시작되었다.

육군본부 인사참모부에서 2분기 계획인사로 분류하여 명령을 발부했던 것이다.

그 상황에선 나는 3분기 계획인사에 속했다.

1월에서 3월까지 1분기, 4월에서 6월까지 2분기, 7월에서 9월까지가 3분기, 10월에서 12월까지가 4분기로 분류되어 있는바 2분기인 6월 27일 출발해 29일부로 육군본부로 명령받아 군단에서 진급 서열 없이 중앙심사대상으로 만들었다. 역사에 없는 급조된 명령이 발부되었다.

그 결과 1974년도 심사 결과, 1975년도 10월 1일 대령 진급 예정자로, 15기 동기생 176명 중 1차로 나를 포함 10명이 진급결정이 되었다.

귀양 갔던 내가 목숨도 길지만, 많은 분들의 도움과 하나님 은혜로 진급을 하게 되었다.

유배지 명월리에서 서울로

"여보, 당신 명령 났어."

1974년 6월 26일 오후. 혼비백산이 된 아내가 서울에서 4시간이나 되는 먼 거리를 버스로 달려 소식을 가지고 왔다. 그날 아침 일찍, 수방사 작전참모인 박세직(육사 12기) 대령이 집으로 전화해서 "제수씨, 이 중령 육군본부 작전참모부로 명령 났다고 빨리 가서 알려주시죠. 이대로라면 5일 후에나 명령서가 사단에 도착하니, 6월을 넘기면 안 됩니다. 시간이 없다"며 서두를 것을 전했다고 했다.

관사가 없던 부연대장으로 아내와는 떨어져 지낼 때였다.

아내는 서울에서 혼자 애들 셋을 키우고 있었고, 나는 강원도 화천군 상서면 마현리 산골 집을 얻어 생활했다. 아침을 굶고 출근할 때가 많았다.

아내로부터 들은 소식은 '6월 28일 출발하여 6월 29일부로 육군본부에 신고' 하도록 되어 있었다. 대개는 일주일의 여유를 두고 명령 내는 것이 관례이다. 그러나 일주일이 걸리면 7월 초가 되니까 중앙심사가 안 된다. 완전히 계획적인 발령이었다. 이미 발령이 났으니 문서가 도착되기까지 걸리는 시간으로는 제때 출근할 수 없기에 아내가 전방까지 달려올 수밖에 없었다.

시간이 촉박했다. 일단 나는 서둘러 사단으로 달려갔다. 아직 전속명령이 도착하지 않아 발령이 났는지 사단 인사참모는 모르고 있었다.

나에 대한 인사발령은 한마디로 작전을 방불케 했다.

"여보, 인사운영감. 이진삼 빨리 명령 내시오!"를 종용하던 감찰감 양원섭 소장, 9공수여단장 노태우 준장, 1공수여단장 전두환 준장, 작전참모부장 차규헌 소장, 군수참모부장 이범준 소장 등의 많은 장군들 합동작전으로 명령을 2분기로 앞당긴 것이다.

중령 한 사람의 대령 진급을 위해 인사운영감실 통제실장이 빠른 조치를 취했다. 결재를 하면서 28일자로 출발, 29일에 도착하도록 명령 조치를 하였던 것이다.

육사 15기로 15사단에서 15개월간, 인생의 또 다른 면을 배울 수 있었다.

드라마보다 더 드라마 같은 일이었다.

1년 3개월 전, 부사단장 손영길 준장은 붙잡혀 갔지만 나는 살아서 15개월 만에 부연대장 자리를 털고 떠나게 되었다. 내가 육군본부로 발령 받아 간다는 소식이 알려지면서 그간 측은하게 여겼던 태도와는 달리 참모들은 오히려 부러운 듯 찾아와 축하한다는 말로 환송해 주었다. 일개 중령이 육군본부로 명령 난 것이 무슨 대단한 일이라고, 발 달린 사단 장교들은 거의 찾아와 축하를 해주었다.

신고를 마치자 박 사단장은 내게 차를 권하면서 "그간 고생 많았다. 육군본부에 가거든 많은 분들께 안부 전해달라"는 말을 했다. 그 말을 듣고 일어서려는데 박 사단장이 나를 붙잡았다.

"집사람한테 연락해 불고기 준비했으니 저녁 먹고 가라."

시간이 촉박해 사양하고 싶었으나 나는 박 사단장의 말대로 사단 참모들과 함께 불고기 파티에 참석했다.

"그간 신세 많이 졌습니다. 실오라기 같은 생명 줄이 굵은 동아줄이 되어 오히려 튼튼하게 되었습니다. 더욱 열심히 군을 위하여 최선을 다하겠습니다. 안녕히 계십시오."

늦은 밤, 6인조 파티밴드의 이별노래 속에 빠 있는 인사말을 남긴 나는 특별히 내준 차량에 아내와 함께 몸을 실었다. 꼬불꼬불 험한 수피령 고개를 헌병 호송을 받으며 넘자니 더욱 감회가 새로웠다.

시골 방앗간과 대전의 삼진택시 사업 계획은 그날로 접었다.

산처럼 땅처럼

육군본부로 출근해 내가 제일 먼저 찾아가 인사를 했던 분은 15사단장이었던 김학순 장군이었다. 김 장군은 “내가 15사단에 계속 있었어야 했는데 그러지 못해 미안하다”고 했다.

15개월 전 김 장군의 담대함과 용기 그리고 위기에 처한 내가 버텨낸 용기, 이처럼 용기는 언제나 위기에 처했을 때 그 빛을 발한다.

1973년 3월, 8사단 박노영 장군이 15사단 김학순 장군에게 보낸 편지 내용을 나는 잊지 못하고 많은 장군과 선후배들에게 이야기 했다. 위험을 무릅쓰고 나를 위해 편지를 써준 8사단 박노영 장군의 용기와 소신 있는 행동은 훌륭한 장군으로 회자되었다. 내가 많은 장군들에게 말씀을 드렸던 것이다.

이후 수도군단장을 거쳐 한미연합사 부사령관인 대장의 반열에 올랐다. 반면 15사단 박완식 장군은 준장으로 옷을 벗었다. 군인의 용기와 소신은 전장에서는 물론 평시에도 가져야 할 덕목임을 깨닫고 실천하면 하나님의 축복이 따른다는 것을 절감했다.

사람은 특히 군인은 무릇 사람을 대할 때 저울처럼 무게에 따라 이쪽저쪽으로 기울어선 곤란하다. 자신에게 이익이 있는지 없는지를 따져 이익이 큰 쪽으로만 움직이게 되면 저울은 고장 난다. 산처럼 땅처럼 늘 그 자리에서 있는 그대로의 모습을 보여주어야 한다.

육군본부로 명령 후

6월 29일 육군본부생활은 육군 버스로 출퇴근했다.

말단 참모장교 생활은 지휘관과 달리 책임도 없고 맡은 업무에 충실하면 되는 편안한 생활이었다. 출근하면 제일 먼저 사무실 청소와 정돈을 몸소 했다. 이전까지는 해보지 않은 일이었다.

8월이 지나도록 대령 진급심사는 이루어지지 않고 있었다. 해당자들은 초조하게 진급심사를 기다리고 있었다. 나는 운명에 맡기고 계획된 하계휴양이나 다녀오겠다며 처장 신위영 장군에게 보고하고 10일간의 휴가를 떠났다.

고향인 부여 은산에 있는 아버님 묘소를 찾아 성묘의 길을 떠나면서 대전에 들러 옛 학교 동문들과 밤늦게까지 지냈다. 유성 군인호텔로 찾아온 친구들과 아침식사 후 이발을 했다.

3개월 전, 강창성 소장은 보안사령관에서 3관구사령관으로 전보되어 있었다. 누가 보고를 했는지 나를 만나보겠다고 부관을 이발소로 보내왔다. "사령관님께서 이 중령님을 모셔오라고 하셨습니다"는 말을 전했다.

만나고 싶지 않았다.

"시골 산소에 들러야 해서 시간 없다고 말씀 드려."

내 말에 강 장군의 부관은 한참을 머뭇거리다 돌아갔다. 찾아뵙고 인사드리는 것이 도리인 줄 알지만 같은 동기인 윤필용 장군에 대한 치욕적인 고문과 선배들의 옷을 벗기고 나를 전방으로 내친 일을 생각하니 마음이 좋지 않았다.

내 말에 머리를 손질하던 이발사도 놀라기는 마찬가지였다. 관구사령관이 오라고 사람까지 보냈는데 일개 중령이 안 간다고 하니 놀라지 않을 수 없었을 것이다.

10분쯤 지났을까. 또다시 부관이 찾아왔다. 공관은 걸어서 3분 거리에 있었다.

"사령관님은 오늘 일요일이라 고아원 방문을 하셔야 되는데 가시지 않고 기다리고 계십니다. 제 입장 좀 봐주시면 안 되겠습니까, 이 중령님?"

"그래?"

부관 안내로 공관으로 막 들어서자 2층에 있던 강 사령관이 1층으로 내려와 나를 맞이해 2층으로 안내했다. 그는 내게 이런저런 말로 지난날 자신이 했던 일에 대해 변명 아닌 변명을 했다. 그런 그를 향해 나는 말문을 열었다.

"제가 1970년 8사단 보안 부대장시절, 5사단장님 하셨죠? 그때 뭐라 하셨습니까. 저를 불러 앞으로 같이 근무하자고 하셨지요? 육군대학에 다니고 있을 때는 보안사령관으로 오셔서 저를 오라고 하여 표창장도 주시고 교육비도 주셨죠? 간첩사살 훈장을 못 주었다고 하셨고, 대대장 끝내고 보안사로 다시 왔으면 좋겠다고 대공처장 김교련 장군에게 말씀 하신 것 잘 알고 있습니다. 1973년에 15사단 38연대 부연대장으로 쫓겨 가는 바람에 아무 말씀도 못 드렸습니다. 저는 이제 제대를 할 테니까 앞으로 우리 후배들은 잘 봐주십시오."

나는 가슴에 켜켜이 쌓여 있던 말을 뼈 있게 꺼내놓았다.

"이 중령이 작전참모부에 와 있는 거 알아. 이번에 진급 해야지? 나희필 장군이 작전참모부장이야. 내가 나 장군한테 이 중령 대령 진급 부탁하겠다."

"아닙니다, 사령관님. 말씀 드리지 마십시오."

나희필 장군이 내가 어떤 처지인지 모르는데 거기다 대고 얘기한들 어떤 도움이 될까 싶었다. 해당자가 58명이었다.

강창성 사령관이 대령 진급과 관련해 나희필 장군에게 내 얘기를 해놨던 것은 사실이었다. 작전참모부 진급 예정자 2명 중 한 명으로 나희필 참모부장에게 인사차 들렀을 때, 나 장군은 강창성 3관구사령관으로부터 나에 대한 부탁을 받았음을 전해주었다.

나는 더는 강 사령관에게 윤필용 사건과 연관된 얘기를 언급하지 않았다. 강 사령관 또한 그 일에 있어서 충분히 미안해하고 있었다. 무엇보다 입장이 바뀌어 좌천을 당한 강 장군 앞에서 더는 언급하고 싶지 않았다.

육군본부 최대 관심 대령심사

대령 진급심사를 한다는 소식이 들렸다.

심사위원 명단이 나오기 시작했다. 전화로 여기저기서 알려왔다. 위원장 양원섭 소장을 비롯하여 전두환 준장, 김재명 준장, 우종림 준장, 나동원 준장, 김영동 준장, 배성순 준장 등 7명의 장군이 심사위원이었다.

작전참모부에서 58명 중 2명이 진급되었다.

진급발표 후 감찰감 양원섭 장군 방에 차규헌 소장, 전두환 준장 셋이 한자리에 모여 앉아 전화로 나를 불렀다. 진급심사위원장이었던 감찰감 양원섭 장군이 말문을 열었다.

"이 중령, 내가 대령 시킨 거 아니야. 이진삼 기록카드를 들고 모든 위원들이 진급시켜야 한다고 해서 제쳐 놓았어. 만약 안 되면 위원장 직권으로 진급시키려고 했어. 그런데 인민군을 육박전으로 때려잡은 불사신 이진삼 중령, 모두가 진급시켜야 한다고 하더군. 그나저나 소령 때 웬 무공훈장이 이렇게 많은 거야."

지휘관을 많이 했고, 교육기관 훈육관을 했으며 참모생활은 보안사령부 인사과장과 육군본부 전투교리 발전 장교뿐이었다.

중위로(대위) 중대장, 대위(소령)로 특공대장, 대위로 맹호부대 기동대장(소령), 소령으로 대공과장(중령), 소령으로 보안부대장(중령), 소령으로 인사과장(중령), 중령으로 9공수부대 참모장(대령), 대령으로 사격단장(준장) 등 매 직책마다 상위 직책을 수행했다. 원래 보안부대 등 비정규군 부대에선 진급이 어려웠으나 다행히 보안사령부 내 소령에서 중령을 3년 만에 특진하는 등 능력 없는 내가 죽지 않고 살아 행운의 사나이가 되었던 것이다.

진급할 수 없는 부연대장이란 별 볼 일 없는 직책이었던 내가 감히 대령이 될 줄은 누구도 예상하지 못했던 일이었다.

외국 출장 중이었던 군수참모부장 이범준 장군은 군수참모부 김영동 준장이 대령 진급심사위원에 선발되었다는 소식에 영국에서 술 한 잔을 하고, 심사위원장으로 양원섭 장군이 결정되자 또 한 잔을, 한국으로부터 날아온 나의 진급소식에 프랑스에서 또 한 잔을 했다고 했다. 군수참모부장 이범준 장군은 출장 전, 이세호 참모총장에게 대령진급 심사위원으로 김영동 장군을 부탁하고 떠났었다. 귀국 후에는 기분이 좋다며 시청 옆 '이학' 일식집으로 나와 김영동 장군을 불러 축하연을 해주었다.

이범준 장군은 베트남에서, 김영동 장군은 20사단에서 모셨던 적이 있다. 심사위원 장군들 중 두 장군을 빼고는 모두 보안부대 근무 시절부터 인간적으로 가깝게 지냈던 분들이었다. 의리의 사나이 관계였으며 나를 좋아하고 아껴주었던 분들로 지금 생각해도 눈물겹도록 고맙기 그지없다. 훗날 참모총장이 되어서는 한자리에 모시고 대접을 했다.

내가 1차로 대령 진급하고, 1차로 장군 진급할 때마다 이순자(전두환 영부인) 여사와 김옥숙(노태우 영부인) 여사는 이구동성 말을 모았다.

"장군님은 도대체 산소를 어떻게 썼기에 죽을 고비 넘기면서 살고 살았대요? 진급도 선두주자로 하고 대단합니다."

내가 말했다.

"이 모두 여러분들이 도와주신 덕분입니다."

축하해주는 사람들

진급발표를 앞둔 1974년 9월, 육군본부 청사 안은 조용했다. 오후 3시, 마침내 진급 발표가 났다. 작전참모부 58명 중에서 2명이 진급되었다. 여기저기서 걸어온 축하 전화로 전화가 불통되자 사무실로 직접 찾아와 축하해주는 이들도 많았다.

내가 대령으로 진급되자 자신의 일처럼 좋아하는 사람들이 많은 것을 보면서 나는 다짐했다. 더 열심히 군을 위해 혼신의 노력을 하겠다고.

학창시절엔 우등 한 번 못한 나였지만, 임관 후 다른 사람보다 몇 배 노력해야 한다는 각오로 전술학, 학술학, 지휘통솔 등 보병장교로 전투와 관계되는 포병, 기갑, 통신, 공병, 전사, 군사학 등을 사단 보안부대장, 대대장, 연대장, 여단장, 사단장, 군단장, 군사령관 등에 이르기까지 남모르게 공관에서 매일 2시간 이상 공부했다.

초등군사반, 고등군사반, 육대 교재를 사전에 획득, 나름대로 공부한 것이 1~2등의 성적을 거두며 성장의 밑거름이 되었다.

보병학교 생도대 훈육관 시절, 우리 군에 맞는 신총검술 교재를 제작하였고 보안부대 특공대장 3년간 적 특수부대 전술교리 대간첩, 대침투, 대테러 교리를 연구, 교범을 작성 전파하기도 하였다.

대침투작전 교범 발간, 특전사 9공수단 참모장과 단장 시절에는 특공무술 참호격투, 비정규전 교리 발전 등을 연구했다. 또한 사단장 임무를 위한 포병, 기갑, 통신 항공 교재를 탐독하고 전투병과 학교 후배 중 교관이었던 후배들을 불러 배우기도 했다.

대간첩, 무장공비소탕 등 일촉즉발의 순간들, 부연대장으로 쫓겨났으나 당당하게 살아야 했던 일들이 주마등처럼 스쳐갔다. 눈물 젖은 빵을 먹어봐야 인생을 안다고 했다. 실오라기 같은 위태한 생명 줄이 튼튼한 동아줄이 되었다.

귀성부대 참모장의 오기傲氣

육군본부에서 13개월(1974.6.29~1975.7.23)간 계획발전 장교를 마치고 중령(대령 예정자)으로 발령 난 곳은 노태우 장군이 있는 9공수여단의 참모장이었다.

당시 육군에는 공수특전여단이 1, 3, 5, 7, 9, 11, 13의 7개 여단이 있었다.

내가 9공수여단 참모장으로 갔을 무렵은 창설된 지 1년이 조금 지날 무렵으로 여전히 어수선했다. 하지만 '부대의 우열은 간부의 우열에 비례한다'는 교훈을 삼아 일신 또 일신하며 간부의 정예화에 노력을 기울였다. 얼마 지나지 않아 모든 면에서 추종을 불허하는 부대로 변모하였다.

9여단의 닉네임이 귀성鬼星으로, 어느 날 나는 노 장군으로부터 부대 앞에 커다란 표지석을 세워 귀성부대라 써놓으라는 지시를 받았다. 나는 마땅한 돌을 찾기 위해 부평 미공병 대대장에게 부탁, 최신장비 기중기와 불도저 운반용 트레일러를 끌고 여러 곳을 찾아다녔다.

큰 돌을 발견한 곳은 파주에서 가까운 북노고산 지역으로 습지대였다. 문제는 그 돌을 어떻게 빼내느냐였다. 기중기의 발톱으로 누르고 빼내야 했는데 습한 지형으로 기중기를 움직일 수 없었다. 어쩔 수 없이 병사들을 시켜 돌과 모래주머니를 만들기 위해 심야작업을 했지만 돌을 빼낼 수 없었다. 실패하고 귀대했다. 이를 본 여단장 노태우 장군이 내게 말했다.

"참모장도 불가능한 게 있구먼."

그 소리에 나는 약이 바짝 올랐다. '3개월만 기다리자, 내가 무슨 일이 있

1975년 3월, 9공수특전여단을 방문한 이세호 참모총장

어도 그 돌을 반드시 끄집어내고야 말겠다'는 다짐과 각오를 했다.

땅이 꽁꽁 어는 2월까지 기다렸다. 기중기 발톱이 중량을 견딜 수 있을 때까지 기다린 후, 완전하게 발톱 밑에 철판을 깔고 돌을 빼내 미공병 트레일러에 싣고 돌아왔다. 이를 본 노태우 장군은 혀를 내둘렀다. "참모장 오기에 두 손 모두 들었다"고 말하기에 "여단장님, 제가 오기傲氣가 있어 육사 오기五期로 들어갔습니다" 하며 거수경례를 했다. 그러자 노태우 장군은 "그래, 악수 한 번 하자. 노력에 비하면 악수 한 번은 너무 약소하지!"라며 웃었다.

9공수여단 정문에는 귀성부대鬼星部隊 표지석이 아직도 우뚝 서 있다.

9공수특전여단 참모장에서 여단장까지

참모장을 마치고 다시 그곳을 찾아 근무하게 된 것은 3년 11개월 후, 장군이 되어서다. 3대 9공수특전여단장으로 부임하여 1980년 7월 29일부터 1982년 12월 5일까지 28개월간 근무했다.

그때는 9공수여단은 미 1군단에 작전 배속되어 그들의 훈련 및 작전 계획 개발에 참여했다. 미 1군단 전면의 적 후방 16㎞까지 종심縱深을 갖고 그 지역 내에 있는 적敵 부대의 병참시설, 탄약고, 도로 등을 기습 공격하는 것이었다.

군에 있어 승리의 첫째 요소는 평소의 강인한 훈련에 있다.

매년 실시하는 중요한 훈련으로는 두 가지가 있는데 하나는 대대별로 하는 천리행군을 포함한 특수 훈련이고, 다른 하나는 한미韓美군이 합동으로 실시해 온 포울 이글(Foal Eagle: 후방지역 작전)이다. 육체적으로 부닥치며 한계점을 여러 차례 극복해야 하는 훈련으로 강한 의지와 인내가 필요한 훈련이다. 여러 차례의 한계상황 고비를 극복하고 부대로 복귀하는 장병들의 눈을 보면 그야말로 번쩍번쩍 거린다. 군에서 가장 힘든 훈련이 천리(400km) 행군이다.

나는 수시로 훈련장을 방문해 장병들을 격려했다.

생존 훈련은 적 후방 산악지대에서 보급이 완전히 두절된 상태에서 살아남아야 하는 훈련으로 때로는 뱀을 비롯하여 각종 곤충과 야전 식용식물 등으로 연명해야 한다.

생존 훈련장을 방문하면 진기한 장면들을 많이 접하게 된다. 강원도 깊은 산골짜기 훈련장을 찾아 그곳에 은거隱居하고 있는 대원(팀장)으로부터 생존 훈련 상황을 브리핑 받다보면 인간이 얼마나 강인한 존재인지 새삼 확인하게 된다. 땅에 묻어 놓았던 독을 열어보면 개구리와 뱀, 지네 등이 독마다 가득했다. 여러 가지의 약초도 채집해 놓기도 했다.

우리 대원들이 모두 이것을 먹을 수 있는가 물어보면 "네, 모두 맛있게 먹고 있습니다. 식사 대신 몸보신하고 있습니다"라고 대답하곤 했다.

발탁 09

말하자마자 행동하는 사람, 그것이 가치 있는 사람이다.
– 엔니우스(Ennius)

오기로 윤필용 예비역 장군을 찾아가다

감옥에서 나왔지만 윤필용 장군은 여전히 감시를 받고 있었다. 나는 전투복을 입고 대방동에 살고 있는 그의 집을 찾아갔다. 다른 사람들은 혹시라도 오해를 살까 싶어 몸을 사렸지만 나는 거리낄 것이 없었다. 벨을 눌렀다. 낯익은 운전기사가 문을 살짝 열고 얼굴만 내밀고 말했다.

"아무도 못 오시는데 어떻게 오셨습니까?" 하면서 문을 열었다. 현관까지 나온 윤 장군도 나를 확인하고는 집안을 향해 큰소리로 외쳤다.

"해관 엄마, 이진삼 대령 왔어!"

윤 장군은 기쁨을 감추지 못했다.

"형님, 고생하셨습니다."

"이 대령, 중령 때 나하고 헤어졌는데 전방으로 쫓겨 갔다며? 어디로 쫓겨 갔었지? 다 죽었는데 어떻게 살았어? 옷 벗지 않고 대령 되었구나."

궁금한 게 많은 듯 윤 장군의 질문은 쉴 새 없이 이어졌다.

"형님이나 저나 잘못한 게 뭐가 있습니까? 있다면 말, 제가 항상 형님께 말조심 하시라고 그러지 않았습니까. 한 사람이 이렇게 중요합니다. 그러니 이제와 어쩌겠습니까. 모든 것을 잊으십시오. 저희가 있지 않습니까?"

내 말을 가만히 듣고 있던 윤 장군이 빙긋이 웃으며 말했다.

"지금 전방에서 전쟁이 일어났단 말이야. 전쟁에서 이기느냐 지느냐 위급한 상황이야. 병력을 열차에 싣고 전방으로 시속 100㎞로 가야 하는데 급한 마음에 시속 150㎞로 달리다보니까 내가 거기서 떨어진 거였지."

당신이 피해를 보았다는 자조에 빗댄 말이었다.

그 후 세월이 흘러 전두환 대통령이 집권해서는 예편한 윤 장군을 도로공사 사장으로 발령 냈다. 그때 나는 동기생 중 혼자 별 둘(소장)을 달고 양구에 있는 21사단장으로 나가 있을 때였다.

"제가 있는 양구 지역은 눈이 한 번 오면 녹지 않아서 응달, 커브, 비탈진 좁은 길에는 차가 미끄러져 인사사고가 잦습니다. 200㎞ 되는 도로작업을 위해 사단 병사들의 고생이 이루 말할 수 없습니다"라고 하자 그가 애로사항이 무엇인지를 물어왔다.

"도로가 빙판이 되지 않기 위해선 염화칼슘이 필요합니다. 우선 2.5톤 트럭으로 5트럭, 즉 12.5톤이면 됩니다."

내 요청이 있자마자 그는 이내 기획실장을 불러 "이 장군 요구하는 대로 5트럭이든 100트럭이든 내주라"고 지시했다. 옛날과 다름없이 통 큰 사나이였다.

***

그러고는 "이곳까지 장군이 찾아왔으니 우리 도로공사 현황을 브리핑하겠다"며 2m 지휘봉을 들고 직접 전국의 도로망을 설명했다. 장차 있게 될 도로건설 계획에 대해서도 설명했다. 송구스러워 "기획실장에게 설명해 달라"고 했더니 끝까지 서서 설명을 했다.

당당한 모습과 용기는 그야말로 여전했다. 나에 대한 애정과 신의 관계를 재차 강조하며 "나는 이 장군이 반드시 군에서 성공할 것으로 믿었다"고 하면서 한사코 싫다는 내게 금일봉을 건넸다.

나는 그것을 땅굴 탐지 요원들을 위한 신형 난로와 취사용품 등을 구매했다. 그의 금일봉은 제4땅굴 발견에 큰 도움이 되었다.

국방대학원장 임지순 장군

안보, 전략, 산업 3개 과정의 국방대학원은 국가 최고 교육기관이다. 학생들은 주로 국방부, 내무부, 통일부, 외교부, 국영기업체, 사법, 행정 분야 등에서 선발된다.

국방대학원 입교 3일째 되는 날, 뜻밖에 국방대학원장이 나를 찾는다는 말에 원장실로 갔다. 그곳엔 별 셋의 임지순 장군이 앉아 있었다. "대학원에 입학 잘했어요. 내가 도와줄 일 없어요?"라며 전과 달리 아주 친절하게 대해주었다. "도와주실 일은 없습니다"는 내 말이 끝나기 무섭게 임 원장이 계속해서 말을 이었다.

"나는 군대생활 여기서 끝나요. 내 방에 자주 들러요, 이 대령."

그러고는 교학처장을 불러 나를 잘 돌봐주라고 당부했다.

내가 임지순 원장을 처음으로 만났던 것은 2년 전인 1974년 9월, 부연대장을 마치고 대령 예정자로 육군본부 작전참모부 계획발전 장교일 때였다. 임 원장은 인사참모 부장이었다. 그의 보좌관으로 제주도 출신의 김 대령은 육사 3년 선배(육사 12기)로 나를 지극히 아꼈다. 어느 날 내게 "여보, 인사참모 부장이 당신과 같은 고향의 부여 분이야. 인사나 드리지!"라고 하는 것을 괜찮다고 거절을 했다가 몇 번을 권유해온 터라 고마운 마음에 찾아갔었다.

여군 중사가 문을 열어 주기에 나는 들어가 경례를 하고 서 있었다. 그는 내게 앉으라는 말도 않고 쳐다보며 충청도 억양으로 물었다.

"누구야?"

"작전참모부 이진삼 중령입니다"라고 인사를 하니까 "그래? 부여가 고향이라고 했나?" 하고는 "잘해라"를 끝으로 더는 쳐다보지도 않고 아무런 말도 걸어오지 않았다.

경례를 하고 뒤로 돌아 나오려고 문을 여는 순간, 차를 들고 오던 여군 중사와 마주쳤다. '혹 인사 청탁을 하기 위해 찾아온 줄 알고 있으면 어쩌나' 하는 마음에 계급은 낮지만 자존심이 몹시 상했다. 차를 마실 겨를도 없이 인사참모 부장의 방을 나온 셈이었다.

"김 대령님, 이러지 마십시오. 나를 망신 주는 것입니까?"

서운한 마음에 나는 선배인 김 대령에게 한마디 던졌다. 그러자 그가 미안해하면서 나를 이해시키려 애를 썼다.

"나를 위해서 인사하라고 한 것은 감사합니다만, 제가 그분께 진급시켜 달라고 하겠습니까, 좋은 자리로 옮겨 달라 하겠습니까. 이진삼이 그런 사람입니까?"를 따지듯 했더니 김 대령의 얼굴이 홍당무처럼 변했다. 이후 김 대령은 인사참모 부장에게 나에 대한 이력을 다시 전하고 내게 다시 인사 올 것을 전했다. 나는 그곳을 찾아가지 않았다.

1976년 중장 진급과 동시에 국방대학원장으로 부임한 임 원장은 학생신분으로 입교한 나를 만나자 2년 전의 1974년과는 달리 자리에서 일어나 반갑게 맞이해 주었다.

헛심을 썼더라도

토인비는 "역사는 돌고 돈다"고 했다. 그러니 돌고 도는 역사의 궤적에서 사람과 사람의 만남은 인연을 따라 모였다가 또 그 인연을 따라 흩어질 수밖에 없다.

임 원장과의 만남도 만찬가지였다.

군대라는 조직에서 돌고 돌아 만나게 됐고 머지않아 흩어질 인연이었다. 따라서 사람의 인연은 마무리가 중요하다. 임 원장은 그것을 나보다 먼저 간파한 듯했다.

졸업을 2주 앞둔 어느 날, 임 원장이 총학생회 학생장 정명환 소장을 불렀다.

"정 장군, 국방대학원 졸업하면 인사운영감으로 부임하시죠? 아무래도 정 장군이 육군본부를 다녀와야겠어요. 국방대학원에 다니는 5명을 포함해 10여 명이 전방 연대장을 희망하는 것 같은데 전방 연대장은 20사단 61연대 한 자리밖에 없지 않습니까? 내가 볼 땐 적임자가 이진삼 대령밖에 없어요. 당신이 오후에 시간 있으니 육군본부에 다녀오시죠."

2년 전 육군인사참모 부장 시절 냉정하게 대하던 것과 달리 나에 대해 신경을 쓰는 임 원장이었다.

정 장군은 임 원장의 부탁을 받고 육군본부에 들어갔다. 인사참모 부장 곽영배 장군을 만났더니 그가 책상서랍을 열고 서류를 보여주며 말했다.

"이진삼 대령, 참모총장 결재 받아놨으니 염려 마세요. 나한테 맡겨 두세요. 내가 보안사령부 참모장 할 때 그 사람 인사과장이었소. 간첩과 공비도 많이 잡은 공로자요. 대단했었소. 특히 보안사 장교들 계급별 직능을 분류하여 보직시켜 능률 위주의 인사 등 인사군기를 확립하고 영관장교 47명을 심사, 육군으로 전출시키고 자원해 육군대학 입교 후 전방 대대장으로 갔어요. 벌써 세월이 흘러 연대장 나가게 됐어요. 염려마세요. 이것은 아무도 못 바꿔요."

정 장군이 국방대학교로 돌아와 임 장군에게 보고하자 임 원장은 보좌관에게 나를 호출하도록 했다. 정 장관이 임 원장에게 보고하는 자리에 나를 참석시켰던 것이다.

나는 두 분의 장군께 고마운 마음이 들었다.

국방대학원 원장 임 중장은 가끔 나를 불러 "나는 이제 군 생활 마지막 보직이다. 아무런 힘이 없어 이 대령을 봐주지 못해"라고 하면서 미안해했다. 2년 전 내게 냉정하게 대한 것이 몹시 마음에 걸리는 듯했다. 임지순 장군은 본래 원칙주의자로 융통성 없는 장군으로 알려져 있었다.

또다시 임 원장을 만난 것은 그로부터 2년 후. 그가 전역을 하고 마사회 회장으로 자리를 옮겼을 때였다. 당시는 마사회가 농수산부산하 사업부서로 내부적으로 공금횡령과 마권 승부조작 등 이권을 두고 장난치는 일이 있었다. 임지순 회장은 이를 경찰에 정식으로 수사 의뢰를 했는데 어찌된 영문인지 의뢰했던 일들이 임 회장의 잘못으로 둔갑해 언론에 보도되었다. 이를 알게 된 나는 위로차 마사회를 들렀다.

그때 나는 전방의 연대장을 거쳐 육군 사격지도단장인 육군 직할부대장으로 육군본부회의 참석 후 태릉 부대로 귀대하면서 뚝섬 근처 마사회를 들렀던 것이다. 그 자리에서 임 회장은 "여보, 당신 말이야. 이번에 장군 될 거야. 내가 인사참모 부장을 해봐서 아는데 이번에 정승화 장군이 참모총장이 되었잖아. 그 사람 매사에 정확하고 공명정대한 장군이야. 내가 볼 때 당신 장군 확실히 될 거야"라며 마치 내가 장군이라도 된 듯 좋아했다.

원래 말수가 적은 임 장군이 그런 말을 할 줄은 미처 몰랐다. 기분이 나쁘지는 않았다.

"어제 신문을 보니까 마사회 문제로 복잡하신 것 같은데 무슨 일입니까?"

이 기회에 나도 임 장군에게 신세를 갚아야겠다는 생각을 했다. 그 자리에서 농수산부 장관의 비서실장인 김태수에게 전화를 걸었다.

나는 김 실장과 통화하면서 이해를 구했다. 마사회의 실정을 설명하고 임 회장의 마사회에 대한 비리 부정부패 척결의지를 피력했다. 자체 수습차원으로 경찰에 수사의뢰한 내용도 덧붙였다. 농수산부 감사실장 등 5명을 철수시키고 자체 처리하도록 부탁했다.

"형님, 알겠습니다."

김 실장은 평시에는 내게 형님이라고 불렀다. 약 20분 후, 마사회를 감사하던 감사실장이 회장실에 들어와 "농수산부 장관실에서 철수 명령받았다. 자체 처리 후 보고하라는 지시를 받았다"며 인사를 하고 일행과 함께 자리를 떠났다.

임 장군은 4년 전인 인사참모 부장 시절, 내게 매우 냉정한 태도를 보였다. 2년 후 국방대학원장으로 전과는 정반대의 모습으로 나를 전방 연대장 시키려 애를 썼다. 그리고 다시 2년 후, 마사회장이 된 임 장군이 내 신세를 지게 된 것은 작가가 만들어낸 드라마 같았다.

도움을 주고받는 조건관계는 아니지만, 사람을 대하는 태도나 진지하게 남의 고충을 들어줄 줄 아는 인간관계를 다시 한 번 생각하게 하였다.

전방 연대장이 되다

1977년 8월 4일, 전방 연대장 20사단 61연대장으로 부임했다.

군에서는 연대장과 사단장을 가장 보람 있는 지휘관이라고 해서 흔히 '지휘관의 꽃'이라 부르곤 한다. 그만큼 연대장은 지휘관으로서는 최고의 직책이라고 할 수 있다. 내가 연대장으로 간 20사단은 전방 GOP사단이다.

육군본부 인사참모 부장 곽영배 장군은 참모총장의 결재를 받아놓고 아무도 못 건드리게 했다. 앞에서도 언급했듯 "전방에 나갈 사람은 이진삼밖에 없다"며 내가 연대장으로 나갈 수 있도록 도와주었다.

곽 장군은 내가 보안사 인사과장을 하고 있을 때, 참모장으로 모셨던 분이다. 내가 올렸던 결재를 한 번도 반려하거나 부결시킨 적이 없을 만큼 나에 대한 신뢰가 돈독했다. 내가 대대장으로 나가기 전, 육군대학에 다닐 때에는 30사단장으로 있으면서 내게 교육비를 여러 번 보내주었다. 고마움을 잊을 수 없다.

돌이켜 보니 내 삶에 있어 감사드려야 할 분들이 참으로 많다.

이 지면을 빌려 내 삶에 동행했던 많은 분들, 나를 알아봐주고 인정해주셨던 모든 분들께 머리 숙여 감사드리는 바이다.

부하 장례식장을 찾은 연대장

소대장, 중대장, 대대장 기간 중 도망자나 휴가 미복귀자, 그리고 사망한 부하는 단 한 명도 없었다. 휘하 지휘관과 장병들은 정말 훌륭했다. 보안부대 특공대장과 대공과장 시 대공비·간첩 작전 중 동료와 부하의 희생은 있었지만.

연대장 시절인 1977년 10월, 2대대 5중대 이병교 일병이 사격훈련 중 오발로 인해 사망했다. 대대 연병장에서 대대 주관 하에 장례식이 치러지고 있다는 소식을 접한 나는 그곳으로 달려갔다. 원래 연대장은 참석대상이 아니었으나 참관자로 참석하여 장병들 사이에서 장례식을 지켜봤다. 내가 내 아버지와 어머니의 귀한 자식이듯, 이 일병 또한 그 부모의 귀한 자식일진대 자식을 보낸 부모의 심정이 어떨지 눈앞이 캄캄했다. 먼 산을 바라보며 마음을 달래보지만 오열하는 이 일병의 부모를 쳐다보는 순간, 마음이 괴로워 눈물을 참을 수가 없었다. 벌겋게 충혈 된 내 눈을 본 군단 헌병대 수사관들이 이철희 사단장과 중장 신현수 군단장에게 보고를 했다. 신 군단장이 내게 전화를 걸어왔다.

“여보 61연대장, 천하의 이진삼이 왜 그래. 슬퍼하지 마라. 우린 전투 시 부하들이 전사하는 것 수없이 목격했다. 심정은 이해한다. 남다른 이 대령의 부하 사랑, 부대지휘, 내가 보고받고 있다. 부하들 사기 죽지 않도록 해.”

미군들을 포함 ‘Tiger General’로 통했으나 나는 지금껏 부하들을 한 번도 제대로 처벌한 적이 없었다. 이 사실은 법무참모를 했던 부하들이 잘 알고 있다. 결재하면서 보직 해임시킨 적 없고 오히려 거의 감형해주었다.

이를 본 대대 장병들이 제대 후, 연대장이었던 내 얘기를 지금껏 화제에 올리고 있다. 희생한 부하 이름은 물론 그의 가족들이 울부짖던 모습을 생생하게 기억하며 마치 오늘 일어난 일인 듯 마음 아파하는 것까지도.

14개월짜리 연대장

1978년 10월 14일 토요일 오후, 나는 사단에서 주관하는 대대 ATT를 받고 있는(2대대장 중령 조영길) 훈련장을 위문차 방문했다. 그때 사단장으로부터 무전이 날아왔다. 사단장 공관으로 급히 오라는 연락이었다.

“이 대령, 육군본부로 명령 났다. 후임자는 당신 동기생 방서남 대령. 3일 내로 이취임식이다.”

나는 사단장의 뜻밖의 전언이 믿어지지 않았다.

“어디입니까?”

“육군본부 직할부대 사격지도단(국군체육부대 상무부대 전신) 단장이다. 장군

자리야. 전임자 배병노 준장은 원호관리 단장으로 명령 났다."

"안 가면 안 됩니까?"

"왜?"

"연대장 임기가 더 남았습니다."

"참모총장 명령이다. 발탁인사라고 연락 받았다. 3일 후 이취임식 하고 떠날 준비해라."

발탁

급한 인사 발령의 배경에는 지난 1978년 9월, 태릉에서 있었던 제42회 국제사격선수권대회의 좋지 않은 결과 때문이었다. 박정희 대통령은 대회 개회식에 참석, 시사하는 등 사격에 큰 관심을 보였다.

우리는 개인전의 금 26, 은 28, 동 25개의 메달 중 은 2, 동 2개를 획득했다. 단체전에서도 금 26, 은 26, 동 20개의 메달 중에서 은 1, 동 3개를 획득해 개인전과 단체전을 포함해 총 은 3, 동 5개의 메달을 획득하는 저조한 성적을 거뒀다. 이에 박 대통령이 몹시 진노했다.

박 대통령은 안보에 대한 관심이 무엇보다 많았고 사격을 중요시 여겨 정부 부처별 사격대회를 매년 개최하고 독려했다. 사격대회에 앞서 직접 시사하는 대통령의 모습이 TV, 신문에 대서특필되기도 했다. 대통령 경호실장이었던 박종규 씨가 사격연맹총재로 국제사격대회를 유치했는데 성적이 좋지 않게 나오자 박 대통령이 이세호 참모총장을 호출했다.

"이 총장, 대육군에서 무엇하는가. 사격을 맡아가지고 있으면서 어째서 메달이 그것밖에 안 되나?"

박 대통령 앞에 불려간 이 총장은 당황할 수밖에 없었다. 더구나 북한의 이호준이 1976년 제21회 캐나다 세계올림픽에서 소총 3자세(엎드려쏴, 무릎쏴, 서서쏴)를 총 600점 만점에 598점으로 금메달을 딴 터라 박 대통령으로선 더욱 화가 나 있었다.

육군본부로 돌아온 이 총장은 인사참모 부장, 교육참모 부장, 작전참모 부장, 인사운영감 모두를 불러 모았다. 배병노 준장을 해임하고 새로운 장군을 선발, 보직하라는 불호령이 떨어졌다. 다급해진 참모부장들은 준장 300여 명의 인사기록 카드를 놓고 적격 인물을 찾기 시작했으나 아무리 찾

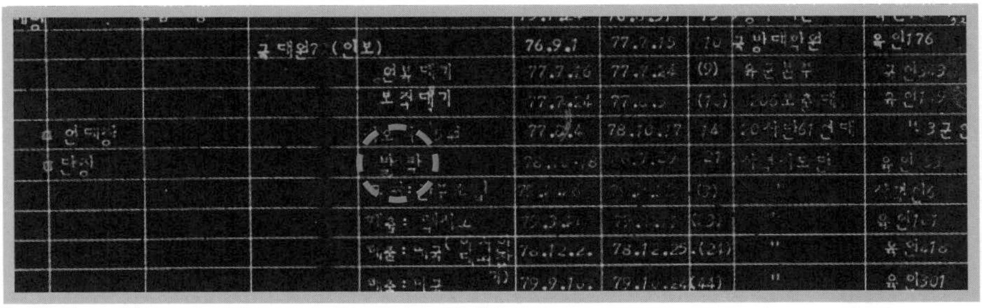

인사기록카드, 발탁

아봐도 적격자를 찾을 수가 없었다.

그때였다. 교육참모 부장 채항석 장군이 "장군 중에는 없고 대령 중에는 마땅한 사람이 있습니다"라고 말했다. "누굽니까?" 누가 먼저랄 것 없이 다른 참모부장들의 눈과 입이 채항석 장군에게 쏠렸다.

"간첩 잘 잡고 사격, 태권도, 육상 등 운동 잘하고 솔선수범하는 지휘력 있는 육사 15기 이진삼 대령입니다"라고 하자 인사운영감 정명환 장군을 비

롯한 모든 부장들이 인사기록 카드 사진을 보며 고개를 끄덕였다.

"그런데 문제가 있습니다."

작전참모 부장의 말이 떨어지기 무섭게 모두의 시선이 그에게 쏠렸다.

"국제행사에 국가대표로 참석하는데 계급이 대령인 데다가 연대장 임기도 채우지 못했습니다. 문제 안 될까요?"

"국제행사에 계급장 달고 갑니까? 총장님께 일단 보고 드립시다."

참모부장들은 인사기록 카드를 들고 서둘러 이세호 참모총장실로 갔다. 그 앞에 인사 카드를 내려놓은 참모부장들은 이구동성으로 말했다.

"총장님, 문제가 있습니다."

"뭐야?"

"대령으로 연대장 임기를 채우지 못했습니다."

인사기록 카드를 본 이세호 참모총장은 "이진삼 대령? 혹시 보안부대 특공대장으로 내가 6군단장 시절 1968년 1·21사태 때 김신조와 작전했던 장교 아니야? 애들 같은 소리 하지 마. 대령이면 어때? 임무 위주야. 사격지도단장도 지휘관이야. 장군자리로 발탁되는 것 아닌가? 연대장 20개월 이상 보직규정은 참모총장의 명령이다. 즉시 명령 내!"

육군본부 인사참모 부장으로부터 20사단장에게 3일 이내에 이 취임식하고 보내라는 지시가 내려왔다.

나는 육군본부 직할부대인 사격지도단이 무엇을 하는 부대인지 잘 몰랐다. 싫든 좋든 급한 인사발령으로 부임하게 되었다.

인사참모 부장은 내가 연대장 20개월을 마치지 못한 것이 문제가 없도록 인사기록 카드에 '발탁'이라 기록하고 명령을 하달했다. 1980년 8월에 있을 제22회 모스크바 세계올림픽을 위한 인사발령이라고 했다.

군 역사상 발탁명령은 처음이다.

훈련의 시스템화

사격을 잘하기 위해서는 무엇보다 체력이 튼튼해야 한다. 상체는 물론 특히 하체가 튼튼해야 한다.

체력단련을 잘 시키는 체육장교를 전군에서 뽑았다. 체육대학 출신의 중위 권봉안을 선발했다. 사격연습을 끝내면 오후 4시부터 체력단련을 하도록 지시했다.

나는 대령 방준석 부단장에게 급식문제 특히 특식문제 등 보급문제에 신경 쓸 것을 지시하는가 하면, 단장인 나는 선수들의 사격술 향상과 관계 된 총기와 장비 관리, 훈련, 담력 향상, 체력 관리, 수면 관리, 코치 감독 등의 지도, 보고서 작성과 유명한 외국 코치 초빙, 형이상학적, 형이하학적 기법을 모두 적용하는 등 성적 향상에 집중했다.

사격, 골프, 궁도 등 자신과 싸우는 운동은 단체 운동과 달리 담력이 강해야 한다. 집중력과 인내심 그리고 끈질긴 개인 노력을 필요로 했다.

일일 주간 단위로 사격 연습한 결과들을 훈련장 입구에 써 붙이게 하여 개인별 관리를 했다. 정신적 안정을 위해 녹음테이프, 음악, 성경, 찬송, 기도 등을 개인 방마다 틀어주어 습관적으로 편안한 잠을 잘 수 있게 했다. 특히 외국에서 개최된 국제시합의 경우 시차로 인한 수면부족과 불안감 해소를 위한 녹음테이프 청취는 불안감 해소로 메달 획득에 큰 성과를 올렸다.

지금은 그런 모든 것들이 당연시 됐지만 당시만 해도 획기적인 훈련 방법이었다. 때로는 스파르타식 지옥훈련을 했다. 배구, 탁구, 야구와 같은 근육을 흔드는 운동은 삼가도록 하는 등 체력관리지도 방법을 이전과 달리했던 것이다.

국제 대회 참가

사격지도단을 이끌고 제일 먼저 국제 대회에 참가한 것은 1978년 12월에 열린 '8회 방콕아시안게임'이었다. 박종길 준위가 속사권총에서 금메달을 목에 걸었다.

금 1, 은 2, 동 6개를 획득해 종합 3위를 했다.

1980년 1월에 있었던 제4회 필리핀 마닐라 선수권대회에서는 12개국 중 금 9, 은 17, 동 5개의 메달을 획득, 총 31개로 2위를 하는 등 성적은 계속 향상되었다. 1980년 9월 일본 아세하라 국제대회에서는 서독, 일본, 중공, 미국을 제치고 1위를 하는 등 국위선양을 했으며, 1981년 4월 멕시코 베니토후아레스 국제사격대회에서는 21개 참가국 중 종합 4위를 획득했다.

그러나 우리가 심혈을 기울인 1980년 8월 제22회 모스크바 세계올림픽은 공산주의와의 냉전으로 미국, 영국 등 자유 우방과 한국의 불참으로 반쪽 대회가 되었다.

22개월 동안 선수들과 생활하며 국가의 위상은 물론 사격발전에 나름대로 최선을 다했다.

영광과 명예 모두를 선수와 코치 등에게 돌리고 보람과 긍지를 지닌 채 1980년 7월 29일, 나는 육사 4년 선배 한 장군(육사 11기)에게 인계하고 제9공수특전여단장으로 떠났다.

PART
★★ 03 ★★

장군將軍의 길

10·26에서 제5공화국 출범까지 10

세상은 제 갈 길을 아는 사람에게 길을 비켜준다.
– 찰스 킹슬리

혼돈의 시기

나는 언제나 무엇이 되었든 시작보다 끝을 잘 맺어야한다고 이야기한다. 예를 들면 박정희 대통령이 혁명을 일으킨 후 참신한 후배가 나타나면 이양을 하고 본연의 임무로 돌아간다고 공약을 했으면 당연히 약속을 지켰어야 했다. 국력을 키우고 부강하게 만든 건 다행스러운 일이지만, 약속을 지키지 않은 것은 개인은 물론 우리 모두의 불행한 역사가 아닐 수 없다.

특히나 집권 기간의 절반 즈음에 유신헌법을 만들어 나라를 더 발전시키려는 명분을 내세웠으나 '유신'이라는 것이 일반 사람들 입장에선 '직접선거제'를 '간접선거제'로 바꾼 의미에 불과하다. 결국 6년 후 유신체제는 허망하게 무너졌고 스스로는 험한 일을 겪어야 했다.

1979년 10월 18일, 경제가 엉망이 된 부산과 마산에서는 참다못한 시민들이 들고 일어났다. 이른바 부마항쟁으로 일컬어지는 현장을 목격한 김재규 중앙정보부장은 “이래선 안 된다”고 박정희 대통령에게 보고를 했다. 어쩌면 4·19 때보다 더 큰 회오리가 될 거라 판단했던 것이다. 그러자 옆에서 함께 듣고 있던 차지철 경호실장이 “캄보디아에선 300만 명을 죽였는데 우리라고 100만~200만 명을 못 죽이겠느냐”고 끼어들었다. 김 부장은 불길함을 감지했고 김계원 비서실장을 만나 “차지철이 저러면 안 되는데”라며 걱정을 했다. 그리고 같은 달 10월 26일 밤 10~11시쯤, 박정희 대통령이 김재규 중앙정보부장에게 시해를 당한 불행한 소식이 전해졌다.

전군은 비상경계 태세에 들어갔다.

국무총리로 대임大任을 맡게 된 최규하崔圭夏 대통령 권한대행은 27일 새벽, 국방부에서 비상국무회의를 주재, 제주도를 제외한 전국에 비상계엄령을 선포하기에 이르렀다.

당시 나는 사격을 지도하는 부대에 있었던 터라 딱히 변화가 없었다. 훈련을 마치고 부대로 들어갔더니 사무실에 20사단의 박준병 사단장이 와 있었다. 태릉의 우리부대를 사단사령부로 정하고 태릉 배 밭에 3개 연대를 배치시켜 놓았다. 양평에 있던 20사단을 출동시켜 북한의 도발에 응전應戰태세를 갖추고 서울로 진입, 만약에 있을 대전복 사태에 대비하고 있었다.

이를 지켜볼 수밖에 없던 나로서는 마음이 몹시 착잡했다. “불행은 결코 혼자 오지 않는다”고 했다. 10·26 당시가 그러했다.

1979년 초부터 몰아닥친 2차 오일 쇼크로 우리의 경제는 몹시 휘청거렸다. 그 이전인 1973년의 1차 오일 쇼크는 그럭저럭 버텨냈지만, 1979년에는 중화학공업을 중심으로 경제의 규모가 커져 있던 터라 사정이 달랐다. 설상가상으로 박정희 대통령의 갑작스러운 서거로 우리 사회는 표류할 수밖에 없었다.

그 어느 때보다 군의 임무가 막중했다.

우리의 사정에 북한의 김일성이 누구보다 좋아할 게 틀림없었으니 말이다. 그러니 군은 북한의 어떠한 도발에도 우리 국민과 국토를 지켜낼 수 있다는 자신감을 보여야 국민이 안심할 수 있기에 어느 때보다도 군 내부의 단결이 절실하게 요구되는 상황이었다.

정승화鄭昇和 육군참모총장에게 관심이 쏠릴 수밖에 없었다.

대통령 시해 사건 현장 가까이에 있던 정승화 육군참모총장

김재규 중앙정보부장과 정승화 육군참모총장은 각각 육사 2기와 5기로 친분이 두터웠다. 대통령 시해 사건이 있던 그 시각, 정 총장은 근처에 있다가 김 부장을 차에 태우고 밖으로 나갔다. 이후 정 총장이 계엄사령관이라는 막중한 책임을 지면서 문제가 불거졌다.

정 총장은 자신이 대통령 시해 사건 현장 근처에 있었다는 점을 의식, 자진해서 합수부合捜部 수사관을 불러 조사를 받았지만, 그 문제는 그렇게 넘어갈 사안이 아니었다. 육군의 최고책임자가 국가원수이자 국군 통수권자인 대통령이 시해당하는 현장 주변에 있었다면 도의적 책임을 져야 했다. 정 총장이 김 부장의 범행 기도를 전혀 눈치 채지 못하고 현장에 갔더라도 마찬가지다. 정말로 눈치 채지 못했다면 적어도 이용당한 것은 부정할 수 없는 사실이었다.

정 총장이 김 부장의 식사 초대를 받아 사건 현장 바로 옆 건물에 가 있던 상태에서 대통령 시해 사건이 발생했던 것이다. 김 부장의 부하들은 정 총장이 와 있다는 사실만으로도 심리적 불안감을 덜어낼 수 있었을 테니 말이다. 사건 직후 정 총장은 법적이든 도의적이든 책임을 지고 물러났어야 했다.

그럼에도 불구하고 계엄사령관이 된 정 총장은 노재현盧載鉉 국방장관과 더

불어 새로운 권력의 핵심으로 급부상했다. 두 사람은 최규하 대통령 권한대행을 차기 대통령으로 옹립하는 데 중요한 역할을 하였다. 1979년 12월 6일, 통일주체국민회의에서 최규하 대통령 권한대행이 제10대 대통령으로 당선되었으나 혼돈에 휩싸인 위기의 나라를 이끌어갈 의지와 힘은 부족해 보였다.

그런 가운데 12월 12일 군부 내부 충돌은 우리 사회의 안정을 완전히 오리무중으로 몰아넣었다. 이른바 신군부 세력이 권력의 중심축으로 급부상하는 계기가 되었던 것이다.

나는 10·26이 일어났을 당시 군 부대 출두 명령에 해당되는 보직을 갖고 있지 않았다. 전투 부대가 아닌, 사격지도단장을 하고 있었다. 마찬가지로 12·12사태 시 현장에 있지 않아 내용을 알지 못했다. 하지만 내가 알고 있는 12·12사태의 전모는 밝힐 필요가 있다고 생각한다. 많은 사람들이 오해하고 있는 부분이 있어서다.

당시 보안사령관과 합동수사본부의 본부장을 맡고 있던 전두환 장군은 국가원수를 시해한 김재규를 수사하는 과정에서 그 사건과 관련이 있다고 의심되는 정승화 육군참모총장을 수사할 수밖에 없었다. 전 본부장으로서는 합수부를 지휘하는 직속상관인 정 총장을 수사하는 절차와 방법에 어려움을 겪던 중, 도의적인 책임을 면할 수 없다고 판단해 참모총장직(계엄사령관)에서 물러나 합참의장으로 올라갈 것을 권고勸告하고자 했다.

전全 본부장은 최규하 대통령의 재가를 받아 정 총장을 실권 없는 합참의장으로 옮겨가도록 하고자 했던 것이다. 그런데 상황은 전혀 예기치 못한 상황으로 치달았다. 총장 공관에서 충돌이 발생했던 것이다.

돌발 사고였다. 그때 만약에 정 총장을 강권으로 데려가려고 했으면 전투요원이 정 총장 공관으로 갔을 텐데 이학봉, 우경윤 등의 대령들이 모시러 갔던 것이다. 다행이 최 대통령이 사후 승인을 하는 후속 인사 조치를 단행해 군 지휘체계를 갖추게 되었다. 따라서 12·12사태를 두고 쿠데타를 운운하는 일은 바람직하지 않다고 여긴다.

때를 같이하여 사회 각 분야 여기저기에서는 민주화 요구가 봇물 터지듯 쏟아져 나왔다. 하지만 이를 수용하고 조절할, 현실적인 권위는 찾아볼 수 없는 혼돈 그 자체의 연속이었다. 상황은 점점 신군부의 힘이 필요한 운명의 수레바퀴 속으로 굴러갔다.

마침내 장군이 되다

1979년 12·12 사태가 일어나기 몇 시간 전인 오후 2시 30분.

정승화 참모총장의 수행부관인 이재천 소령으로부터 전화 한 통을 받았다.

"대대장님, 되…… 되…… 되…… 됐습니다."

그의 목소리는 가늘게 떨리면서 몹시 격앙되어 있었다.

"뭐라고?"

나는 되물었다.

"됐…… 됐…… 됐습니다, 장군 됫."

그는 끝내 말을 잇지 못했다.

"알았다. 전화 끊어."

나는 일갈했다. 소문이 나면 안 된다는 생각을 했다. 아직 최종 결재권자인 대통령 결재가 나지 않은 상태였다.

진급 장군 명단을 가지고 정 총장이 청와대로 출발하기 위해 준비하는 시간을 이용, 전화를 걸어온 수행부관 이재천 소령은 육사 28기로 내가 8사단 21연대 3대대장 시, 9중대 화기소대(60mm 박격포, 경기관총) 초임 소대장이었다.

자기가 모셨던 대대장이 1차로 장군이 되었으니 얼마나 흥분이 되었겠는

가. 지금도 그때 그의 격앙된 짧은 목소리가 생생히 기억난다. 그날 그의 전화는 두고두고 잊을 수 없다. 1979년 12월 12일, 육사 15기 동기생 중 최초로 나를 포함 3명이 최규하 대통령으로부터 결재를 받고 1980년 1월 1일 장군으로 진급을 했다.

내가 데려다 쓰겠다

1979년 12 · 12 오후 7시 40분.

정승화 참모총장 내외와 이재천 소령은 한남동 총장 공관에서 외출할 준비를 하고 있었다. 전두환 합동수사본부장 부관 황진아 소령으로부터 전화가 걸려온 건 그때였다. "보안사 정보처장 권정달 대령이 보고 건이 있어 공관을 방문한다"는 내용이었다. 전화를 끊은 지 얼마 지나지 않아 한남동 공관으로 대령 몇 명과 수사관들이 방문했다.

그때 수행 부관이었던 이채천 소령은 노재현 국방부 장관과 참모총장과의 전화 통화 연결 중이었다. 순간, 권총 2발이 전화를 걸고 있던 이 소령에게 발사되었다. 1발은 갈비뼈를 관통하고 다른 1발은 권총을 차고 있던 혁대를 관통, 실신하여 한남동 순천향 병원으로 후송되었다. 간이 파열되었고 소장을 절단해야 하는 대수술을 받아야 했다. 장장 13시간에 걸친 수술이었다. 겨우 목숨을 건졌으나 또 다른 시련이 그를 기다리고 있었다.

1980년 1월 초, 나는 장군 계급장을 달고 순천향 병원을 찾아갔다. 이 소령을 만나기 위함이었다. 사건 내용이 공개되지 않아 확실한 내막을 알기 위해서였다. 하지만 중환자라 면회할 수 없어 병원장과 주치의의 설명을 듣고 발길을 돌려야 했다. 군 생활 여부는 2개월 후에나 알 수 있다고 했다.

나는 그때나 지금이나 총을 쏜 수사관이 이해가 되지 않는다.

아무런 위해를 가할 상황이 아닌 이 소령이었다. 적을 향해서는 총 한 번 쏴본 적도 없는 수사관이 이 소령에게 총을 쏘다니, 정당방위도 아니고 대체 무슨 짓을 한 것인가.

나는 전두환 합수본부장을 찾아갔다. 이재천 소령을 처벌, 전역시키겠다는 합수부 계획을 안 직후였다. 이 소령이 계속해 군 생활을 할 수 있도록 돕고 싶었다.

나는 전두환 합수본부장에게 이 소령이 총격을 먼저 당한 사실과 군 생활 면면 그리고 나와의 관계를 설명했다. 대령 황원탁 수석부관의 훌륭한 군인상도 전달했다. 내 말을 들은 전두환 합수본부장은 즉시 수사관 이 대령을 불러 "이진삼이 원하는 대로 해"라며 지시했다.

합수부는 총격 사건으로 수석부관 황원탁 대령과 수행부관 이재천 소령을 구속하고 옷을 벗기려 했다. 나는 그들을 향해 "만약 이 소령이 도망을 갔다면 구속하고 군법회의에 회부해야 하지만, 목숨 걸고 자기 상급자를 보호한 용감한 부하가 아닌가"라고 말하며 황원탁 대령 또한 내가 보장하는 훌륭한 후배임을 강조했다. 황 대령은 2군사령부 참모부로 보직되었다.

1979년 12월 12일 오후 2시 30분, 자신이 소대장 시절에 대대장으로 모셨던 상관이 장군이 된다는 사실을 알고 제 일처럼 흥분해 좋아했던 이 소령이었다. 어찌 내가 모른 척할 수 있겠는가. 보호해야 했다. 무엇보다 용감했으니 어떡하든 살려야 한다고 생각했다. 내가 데려다 쓰겠다고까지 했다. 이를 본 대부분의 사람들은 당시는 나의 고집으로 황원탁 대령과 이재천 소령이 순간의 위기는 면했지만, 정 총장의 수석부관과 수행부관이었다는 것으로 종국에는 구속, 예편할 것이라 예상했다. 중령진급은커녕 장군이 될 것은 누구도 예측하지 못했다.

억강부약抑强扶弱

8사단에서 15사단으로 쫓겨 갔던 1973년 3월의 일을 떠올리며 많은 이들의 반대에도 불구하고 나는 전역 직전이었던 이재천 소령을 육군대학에 입교하도록 해주었다.

이 소령은 졸업 2주를 앞두고 9공수특전여단장인 나를 찾아와 "8사단 21연대 작전주임 자리가 곧 비는데 가고 싶습니다. 육사 17기 김상욱 대령이 연대장으로 곧 부임합니다. 야전에서 뛰고 싶습니다"고 했다. 7년 전 소대장이었던 그가 대대장이었던 내게 하는 말이었다. 나는 "알았다"며 즉시 의정부 미 야전사령부에 있는 김상욱 대령에게 전화를 했다. "150명 중에 2등으로 육군대학을 졸업하는 이재천 소령이 있는데 내가 대대장 때 우수한 소대장이었어. 연대 작전주임으로 잘 데리고 있게"를 요청했다. 물론 김상욱 대령은 불문곡직하고 그러마고 했다.

이를 본 이 소령이 바닥에 엎드려 내게 큰절을 했다. 나는 돌아가는 이 소령에게 교육비를 담은 봉투를 건넸다. "괜찮다"며 한사코 거절하는 그의 손에 봉투를 쥐어주자 그가 큰소리로 "충성!"하며 경례를 했다. 그런 그를 현관까지 나와 주임상사에게 차량으로 서울역까지 배웅하도록 했다. 순간 차에 오르는 이 소령의 뒷모습이 내 눈에 잡히면서 왈칵 눈시울이 뜨거워졌다. 힘들었을 텐데 열심히 공부하고 버텨낸 것이 기특했던 것이다.

이 소령으로부터 전화가 온 것은 그 후 일주일이 지나서였다. "죄송합니다. 육군대학에서 교관요원으로 지명 차출되어 전방으로 못 가게 되었습니다"며 미안해 어쩔 줄 몰라 했다. 나는 이 소령에게 "괜찮아. 잘됐다"면서 독일의 유명한 롬멜 장군도 교관을 하면서 롬멜의 《보병전술》이란 책을 써서 초급간부들 교재로 사용하고, 적국이었던 이태리에서도 30만 권이나 팔렸

1981년 9공수특전여단장 집무실

던 일을 알려줬다.

"교관이 중요한 직책이다. 육군대학에서 최고의 모범교관으로 솔선수범하기 바란다. 다음에는 나하고 같이 근무하자, 축하한다"라는 나의 진심을 전했다.

이후 그를 다시 만난 것은 육군대학 교관을 마치고 중령이 되어 2사단 32연대 1대대장을 하고 있을 때였다.

21사단장으로 있던 1984년 12월, 군단 훈련 시범장에서 뜻밖에 이재천 중령을 만났다. 그곳에는 군단 내 지휘관 중령 300여 명과 대령 50여 명이 함께 있었다. 나는 그들이 지켜보는 가운데 "이재천 중령 아니야? 자네 지금 어디 있나?" 하고 큰소리로 말을 건넸다. 그러자 이 중령은 "네, 2사단에서 대대장을 하고 있습니다"라고 대답했다. "나한테 들러." 나는 많은 지휘관 앞에서 큰소리로 말했다. 이는 다분히 의도적이었다. 인접사단 사단장을 찾아간다는 것은 쉬운 일이 아니다. 나는 이재천 중령의 사기를 올려 주기 위해 많은 장교들 앞에서 일부러 큰 소리로 말을 했던 것이다.

1985년 1월, 나는 격려금을 봉투에 넣어 사단 주임상사를 통해 2사단 32연대 1대대장 이 중령에게 전하고, 정보사령관으로 명 받고 21사단을 떠났다.

1987년 1월, 이번에는 내가 중장으로 진급, 전방 3군단장으로 부임했을 때 이 중령은 대대장을 마치고 2사단 군수참모로 근무하고 있었다.

나는 군단장으로 예하 부대인 2사단을 방문했다.

방문을 마치고 헬리콥터에 오르며 사단장인 도일규 소장에게 이재천 군수참모에 대한 당부의 말을 잊지 않았다.

"이재천 중령, 잘하지? 관심 갖고 잘 보살펴주도록."

"알겠습니다."

내 심중을 헤아리는 사단장의 대답이었다.

1988년 7월 1일, 나는 참모차장으로 자리를 옮겨 갔다. 육군군수참모부장에게 2사단 이재천 군수참모를 아는가 물었다.

"압니다. 아주 똑똑합니다."

우수하고 군인다운 이재천 장교는 막강한 참모차장의 관심 장교가 되었다. 그가 모든 것을 이겨내고 장군까지 할 수 있었던 것은 강한 의지로 위기를 극복하고 어떠한 상황에서도 최선을 다한 유능한 장교였기 때문이다.

외롭고 연약한 자를 돕는 억강부약抑强扶弱이라기보다 결국 우수하고 훌륭한 군인이었기에 관심을 가졌던 것이다.

슬픈 역사

1980년 봄, 소위 '서울의 봄'이라 일컫던 분위기는 점점 냉정을 잃어갔다. 1980년의 봄은 5·17 계엄령 확대로 이어졌다.

당시의 국내 상황을 안일하게 보는 사람들이 지금도 많은 것 같다. 하지만 국가안보에 관계된 사람은 말할 것도 없고 조금이라도 관심을 갖고 있는 사람이라면 그렇게 안이하게 생각하지는 않을 것이다. 민주주의만 부르짖었지 혼란을 수습하고 질서를 찾으려고 노력하는 정치인들은 보기 힘들었다. 오히려 거리로 뛰쳐나온 학생과 재야인사들을 선동하고 부추겨 혼란을 가중시킬 뿐 수습하려는 의지를 보여주지 않았다.

이때 북한은 비상을 걸어 놓았다. 나를 포함한 많은 장성들은 북한이 간첩을 침투시켜 후방을 교란시킬 것으로 예상했다. 북한이 전방은 전방대로 준비하고 20만 명의 특수전부대원을 차례로 후방에 침투시킨다면 엄청나게 혼란에 빠질 상황이었다.

우리 수도권의 비대화는 그때나 지금이나 가장 큰 취약점이 아닐 수 없다. 수도권에 포탄 몇 발만 떨어져도 끔찍한 일이 벌어지게 돼 있다. 병력이 전부 전방에 있지, 수도권에는 있지 않기 때문이다.

전쟁 준비가 가장 잘 돼 있는 상태는 군이 주둔지역에 있을 때다. 훈련장에 나가 있으면 준비태세가 오히려 취약하다. 군이 훈련장에 나가서 탄약고를 지키지 못하고 전쟁이 나면 문제다. 또 대간첩작전으로 부대원들이 나가 있을 때 전쟁 나면 그것도 문제다.

전국 전쟁화에 대비, 후방에도 막강한 20개 이상의 전투 사단을 확보해야 한다.

아, 5·18

5·18은 유언비어流言蜚語로부터 비롯되었다고 해도 과언이 아니다. "경상도 군인들이 광주시민들 씨를 말리러 왔다", "무지막지한 군인이 임산부의 배를 갈라 태아를 잘라 냈다", "처녀의 젖가슴을 도려냈다" 등 수많은 유언비어가 사실인 듯 발 없는 말이 천리를 떠돌아다녔다.

주한미군 철수와 반미투쟁 선동 등 북한의 무력적화 통일전술 전략의 주장과 너무도 궤를 같이 하고 있는 전국의 용공세력들이 광주로 몰려들어 광주 지역 주민을 부추겼던 것이다.

서울을 비롯하여 전국에 있는 용공분자와 지하조직들이 교도소와 무기고를 습격하고 군 장비를 탈취해 그곳에 있던 아시아 자동차가 만든 APC 장갑차를 앞세우고 나주, 화순, 담양 등 인근 지역으로 확산되었다. 군을 투입시키지 않을 수 없었다. 지하조직들은 반대쪽 건물에서 시위하는 군중들을 향해 총을 쏴댔다. 데모하던 군중들은 그것이 군이 쏜 줄 알고 군을 향해 총을 쏴댔다. 슬픈 역사가 아닐 수 없다. 더구나 사후事後 수습이 잘못 되었다. 정확한 원인 규명과 사인死因 규명을 기초로 한 처벌과 보상이 있어야 했는데 분위기에 휩쓸려 엉뚱한 결과를 가져왔다.

어쨌든 그렇게 시작된 5·18은 전두환 장군이 상임위원장이 된 '국가보위비상대책위원회'의 발족으로 끝을 맺었다.

직언직설直言直說

1980년 5월 17일, 자정이 되면서 제주도를 제외한 전국에 계엄이 선포되고 국회기능이 정지 되었다. 5월 27일, 국무회의에서 '국가보위비상대책위원회' 설치령을 가결했다. 시기적으로 매우 민감한 때라 대내외적으로 보안에 부쳤다가, 5월 31일에 이르러 정부 대변인 이광표李光杓 문공부 장관이 국보위 설치 사실을 공식적으로 발표했다.

그 즈음, 전全 위원장이 그의 사무실로 불러 내 의중을 물어왔다.

"사람들은 나더러 대통령을 하라고 하는데, 이진삼 생각은 어때?"

"솔직히 말씀 드리면, 지금 민감한 시기에 집권을 하게 되면 국민들은 마치 5·18이 집권하기 위한 수순을 밟은 듯 오해하기 십상입니다. 차라리 모든 것 내려놓으시고 김포비행장으로 향하십시오. 외국에 나가 계시지요. 5년 후, 다시 돌아오시면 그때는 김포 비행장에 인파가 새까맣게 몰려들지 않겠습니까. 제 생각을 간단히 말씀드리면 1960년 3·15 이기붕을 부통령 시키려고 부정선거를 하지 않았습니까. 결국 이 대통령이 하야, 하와이로 망명하고 이기붕 일가가 자살했죠. 그 후 1년간 여·야 정쟁으로 국가혼란을 자초해 1961년에 5·16이 일어나지 않았습니까?"

나는 그랬다. 그때 당장에 대통령을 하는 것보단 5년 후를 생각하라는 간접표현을 했다. 그러나 내 의중을 듣고 있던 전全 장군의 표정에선 이미 내 생각과는 다른 방향으로 마음이 기울어 있는 듯했다.

1주일 후, 전全 위원장은 허화평 비서실장을 통해 나를 호출했다. 그 자리에서 전全 위원장은 또다시 내게 물었다.

"이진삼, 어떻게 하지? 여러 사람들이 자꾸 내게 집권하라고 해. 국가의 어려운 문제를 극복해 나가기 위해 집권해야 된다고. 특히 선배들 말이 많은데 어떻게 생각해?"

"만약 하신다면 깨끗하고 멋있게 하셔야죠. 단군 이래 천추에 빛나는 대통령 해야 되지 않겠습니까?"

전두환 장군은 후에도 여러 가지 문제에 대해 상의를 해왔고, 그때마다 나는 소신껏 직언을 했다.

전두환 장군은 군인 그대로 솔직하고 통 큰 남자다운 기질의 소유자다. 시쳇말로 기분파이면서 부하들에 대한 포용력이 있었다.

정치권의 유혹

5·17 이후, 민정당을 창당하면서 충남 부여 출신인 나를 민정당 충남 도당위원장 겸 국회의원에 출마할 후보로 추천했다. 그러나 나는 이를 완강히 거절하고 비상대책 국가보위위원장이었던 전두환 장군을 찾아갔다.

"몸을 가누지 못하고 정신이 몽롱한 상태가 아닌 이상 목숨 바쳐 충성하는 군인으로 남겠습니다."

내 말에 전 장군은 "맞아, 동기생 중 1차로 장군이 되었는데 군대 그대로 있어. 군인이 최고 좋지. 나더러 사단장 하라면 다시 하겠어. 경호실장 하라는 것도 이 장군이 원치 않는다고 해서 1년 후배 장세동으로 결정했어. 군에 그대로 있어."

이후로도 정치권에서의 유혹은 이어졌다.

1984년 2월 12일 총선 때에도 이어졌다. 나는 이 또한 완강히 거절했다.

제5공화국의 출범

1979년 10월 26일, 박 대통령 서거 이후 유신헌법을 대체할 헌법 개정작업이 정부 주도로 진행되었다. 1972년 이후 유신헌법으로 치러진 두 차례의 대통령 선거 모두가 통일주체국민회의에서 대통령을 뽑는 간선제였다. 그러다보니 1980년 초, 서울의 봄 분위기에서는 대통령 직선제가 대세를 이루었다. 그러나 5·17 이후로 분위기는 확 바뀌었다. 신군부에서 대통령 간선제를 주장하고 나섰기 때문이다. 문제는 임기였다. 대통령의 임기를 두고 신군부 실세들 간에는 미묘한 신경전이 전개되었다.

당시 유신헌법은 대통령의 임기와 국회의원의 임기를 모두 6년으로 규정했던 터라, 대부분의 사람들은 6년이란 숫자에 익숙해 있었다. 다만 장기 집권의 폐단을 막는 단임제 장치를 두는 것에 역점을 두었다. 국보위 상임위원인 노태우 수도경비사령관도 동의했다.

하지만 전두환 위원장은 생각이 달랐다.

프랑스의 예를 들며 대통령의 임기는 7년은 되어야 한다고 했다. 6년보다는 7년이 낫다는 심중을 드러냈다. 이로써 제5공화국 대통령의 임기는 사실상 7년으로 확정되었다.

이런 가운데 최규하 대통령이 하야 성명을 발표했다. 머지않아 사라질 운명에 처한 유신헌법에 의해 8월 27일에 소집된 통일주체국민회의에서 전두환 국보위상임위원장은 제11대 대통령으로 선출되었다. 1980년 9월 1일에 대통령으로 취임하여 최규하 대통령의 잔여 임기 7개월간 대통령을 하였다.

이듬해인 1981년 2월 25일에도 대통령 선거가 있었다.

5,271명의 대통령 선거인들이 전국 77곳의 투표장에서 대통령을 선출했다. 전두환全斗煥, 유치송柳致松, 김종철金鍾哲, 김의택金義澤 등 네 명의 후보가 출마했고, 전두환 대통령은 전체 투표수의 90.2퍼센트인 4,775표를 얻어 7년 임기의 12대 대통령으로 선출되었다. 오늘의 시각으로 바라보면 민주주의와는 거리가 먼 일이지만 당시로서는 유신헌법에 비해 진일보한 것이었다.

후계자가 된 노태우

1985년 2월 12일에 있었던 12대 총선은 사실상 집권 여당인 민정당의 참패나 진배없었다. 1980년 봄 이후 5년 넘게 눌려 왔던 민주화의 열망이 선거기간 중 폭발한 것이다. 민주화의 핵심은 대통령 직선제였다. 때를 같이해 대통령이 되고자 생애를 건 투쟁을 해온 김대중과 김영삼은 선거 투쟁의 사령탑이었다.

때마침 민정당 대표에 있었던 노태우가 후계자로 지목되면서 대통령 후보로 필요하다고 생각되는 자리를 맡아 경험을 쌓아갔다. 내 생각으로 노태우 대표가 후계자가 되었던 것은, 우리나라의 남북 대치 상황에서 안보를 아는 후임자를 선택한 것이 아니었을까 한다.

21사단장 11

확고한 목표를 지닌 인간은 그것을 반드시 성취하도록 되어 있다.
성취하고자 하는 그의 의지를 꺾을 만한 것은 아무것도 없다.
– 디즈레일리

동기생 중 최초 사단장

1980년 7월 29일, 사격지도단장에서 9공수특전여단장으로 발령을 받았다. 28개월간 여단장을 마치고 1982년 12월 6일 소장으로 진급, 동기생 중 혼자 사단장으로 명을 받았다. 나는 새로운 각오와 함께 황영시 참모총장에게 건의했다.

"총장님, 대한민국 전방 중 가장 힘들고 오지이며 험악한 사단으로 보내주십시오. 저의 희망입니다."

황영시 총장은 대통령이 결재하면서 나눴던 이야기를 전했다. 대통령은 이번 교체되는 사단장 5명 중에서 나를 지적하며 "이진삼 내보내. 공적이 많은 전형적인 야전성 있는 싸움꾼이오. 25사단 72연대 윤필용 연대장 밑에서 중위 중대장으로 윤 장군이 서울로 외출 나올 때마다 어찌나 자랑을 하든지. 공비든 간첩이든 걸렸다 하면 끝까지 추격하는 충청도 부여 출신"이라고 했다는 말을 전하면서 황 총장은 이어 "살아있는 영웅"이라는 말을 전 대통령으로부터 들었다고 했다.

"진급은 내가 어쩔 수 없지만, 보직은 내가 할 수 있지. 서울 근처 사단을 고려하고 있는데 어디로 가겠소?"

"서울 근처 말고 제일 험준한 곳으로 보내주십시오. 이번에 21사단 사단장이 임기가 다 된 걸로 아는데 그곳으로 보내주십시오."

"그러지. 그건 할 수 있어."

황 총장은 신치구 장군에 이어 나를 21사단의 사단장으로 발령을 냈다. 이후 황 총장은 내가 자처해 21사단 보직을 맡은 일 등을 전 대통령에게 보고했다.

2년 1개월 동안 나는 전면이 제일 넓고 험준한 산악사단에서 혼신의 노력을 했다. 넓은 지역의 도로작업을 비롯하여 8년간 나의 집념을 불태운 땅굴발견 기초를 잡고 땅굴발견 작전에 들어갔다.

운명은 스스로가 만드는 것

"이진삼 장군이 21사단장으로 올 사람이 아니야. 다시 알아 봐. 육군본부로 전화 걸어 확인해!"

사단장 신치구 장군은 내가 21사단장으로 온다는 연락을 받고 잘못 들은 줄 알았다고 했다. 내가 서울 근처에 근무할 장군이지 험한 지역에 올 사람이 아니라 여겼기 때문이다. 사단 참모장 김동준 대령에게 육군본부에 전화를 걸어 확인하도록 했다. "확실합니다. 21사단장을 본인이 희망하였답니

1982년 12월, 21사단장 취임식

다"는 말을 듣고 나서야 내가 21사단장으로 가는 것을 받아들였다고 했다.

21사단장은 정규 육사 출신으로는 처음이라고 신치구 전임 사단장은 말했다. 대부분이 꺼리는 곳이다. 당시에 힘 있는 장군들은 더욱 그러했다. 그러나 나는 사단장, 군단장, 군사령관 등 지휘관 보직 때마다 내 고집대로 최전방의 근무지를 택했다. 좋은 것만 찾으면 할 수 있는 일이 없다. 일신의 영달을 위함보다는 첫째도 둘째도 셋째도 국가가 우선인 선택을 했다. 말하자면 남들이 지원하지 않는 험한 산악지역 사단을 자원했다. 어렵고 힘든 직책을 군인의 보람으로 알고 최선을 다하는 것이 바로 솔선수범이다. 솔선수범은 말로 하는 것이 아니라 실천으로 보여주어야 한다.

21사단은 전방 최고 오지의 험한 산악지역으로 지형뿐만 아니라 기상과도 싸워야 한다. 혹한, 폭설, 강풍, 수해, 200km에 달하는 도로망 유지, 급커브, 경사, 빙판, 교통사고 등등 고생이 이루 말할 수 없다. 사단 내의 전방을 차로 가는 게 아니라 때로는 헬기로 가야 했다. 더구나 겨울 보급, 급수, 세탁, 목욕도 어렵다. 서부지역 지휘관들은 그 상황을 이해는커녕 상상도 할 수 없을 것이다. 경험조차 하지 않고 헛소리 해대는 장군들이 태반이다.

운명이란 주어진 것이 아닌 스스로가 만드는 것이다. 내가 수도권의 보직을 마다하고 험하고 어려운 곳을 찾아 들어 간 것 또한 오늘의 내가 있게 한 운명이었다.

산악사단장

양구 지역 죽곡리 산골에 위치하고 있는 산악사단은 양구군 방산면과 동면, 남면 일대를 책임지는 동부 최전선 지역이다.

특히 이 일대는 6·25전쟁 당시 격전지로서 펀치볼 전투를 비롯하여 도솔산, 가칠봉 전투 등 전쟁사에 길이 남을 전투가 벌어진 지역으로 수많은 전적비가 세워질 만큼 최전방 산악지대다.

한국전사에 길이 남을 한국군과 미군이 악전고투했던 속칭 김일성, 모택동, 스탈린 고지를 앞에 둔 백석산(1,142m) 문등리, 사태리 계곡, 대우산(1,179m) 등이 있다.

2013년 박근혜 대통령이 방문했던 비무장지대 가칠봉(1,242m), 대암산(1,304m), 도솔산(1,148m), 펀치볼Punch Bowl, 제4땅굴, 피로 얼룩진 피의 능선

(Bloody Ridge Line 988m)은 한국과 미국, 북한과 중공군의 혈전장이었다.

1990년 3월 3일, 제4땅굴이 발견된 가칠봉은 6·25 때 치열한 전투가 벌어졌던 곳 중 하나다. 6·25 당시 김일성은 가칠봉 일대를 일컬어 '괴뢰 남조선군 장교의 군번줄 한 트럭을 준다 해도 바꾸지 않겠다'고 했을 만큼 전략 요충지로 피아간 치열한 교전 지역이었다.

취임식에서 나는 백두산부대의 전통과 동부 최전선 부대의 중요성을 강조하고 최강의 산악전투부대로 육성할 것을 다짐했다. 사단장으로 부임하자마자 부대를 파악, 일대의 적 침투에 철저히 대비했다. 무엇보다 적의 전면전에 대비한 산악전술훈련에 온 역량을 기울였다. 부하들의 자율과 자발적인 업무수행으로 각자의 역할을 다하도록 격려하고 지도했다. 전투에서 승리하기 위한 강한 군대 육성의 밑바탕으로 협동과 전우애를 키우는 훈련을 독려, 활기찬 부대를 만들면서 한편으로는 장사병이 서로를 신뢰하며 형제처럼 끈끈한 정이 넘치도록 했다.

일단 유사시 현장에 뼈를 묻을 각오로 전투준비와 훈련에 맡은 바 최선을 다 하였다. 평시에 흘린 땀은 전시에 피와 맞바꾸겠다는 사단장과 사단 전 장병들의 각오였다.

저 이름 모를 산과 들에서 적과 싸우다 쓰러질 때
다친 상처를 싸매주고 물 먹여주며
마지막에는 시체를 거두어 주는 전우戰友를 생각하며
철석같은 단결을 하여야 한다.
이때 옆에 친우와 부모님이 계시지 않고
오직 전우만이 있을 뿐이다.

호국영령을 위한 헌시獻詩

영靈의 계곡溪谷

여기는 지루하고 고독합니다
우리 선배들의 영이 벗이 되어
전쟁과 영광의 무용담을 들려줍니다
영혼들의 비밀을 바다까지 싣고 갈 것인가
부디 영의 귓전에
총검의 이야기로 괴롭히지 말아주오
이분들의 용맹 진군의 나팔소리
지금도 골짜기를 향해 외친다
내가 쓰러지며 눈물 흘렸으되
너희는 울어주지 않는구나
내가 승리의 함성 외쳤으되
너희는 춤을 추지 않는구나
내가 한꺼번에 울고 노래까지 부르란 말이냐

– 1984년 8월, 983 고지 피의 능선Bloody Ridge Line 계곡에서

위의 시는 1984년 8월 일요일 오후, 물 맑은 계곡에서 관내 지휘관들의 가족들을 위한 불고기 파티를 하며 즉석에서 지은 시詩다.

1950년 6월 25일, 북한의 남침 후 1951년 8월 18일부터 9월 5일까지 18일간의 치열한 격전을 치렀던 양구지역 983고지(피의 능선)의 전투 및 작전상

황을 설명하던 중, 많은 희생을 하신 선배 전우들의 영靈을 기리기 위해 말했던 구절들을 후배들이 기록, 훗날 비를 세웠다. 처절했던 전투지역에서 순국한 영혼들의 한을 표현하였다.

아군 326명이 전사했고, 414명이 실종 되었으며 2,032명이 부상을 입었다. 북한군은 1만 5천여 명이 사망 또는 부상자로 2만여 명의 혈전장이었다. 피로 계곡을 적신 전투에서 피아를 구분하지 않고 찾지 못한 전사자(실종자 포함)가 1,500여 명으로 밝혀졌다.

땅굴 탐사

내가 땅굴 탐사에도 남다른 집념을 갖고 있었던 것은, 1971년 9월 25일에 김일성이 "땅굴을 파라, 전방지역에 요새화된 진지를 무력화시켜라. 땅굴 한 개는 원자탄 10개보다 낫다. 1975년 10월 10일, 노동당 창건 30주년까지 관통을 완료하라"는 명령을 하달했기 때문이다.

제1땅굴은 1974년 11월 15일 경기도 연천 고랑포 북동쪽 8km 지점인 군사분계선 남방 약 1.2km 지점에서 발견되었다. 제2땅굴은 1975년 3월 24일 강원도 철원 북쪽 13km 지점인 군사분계선 남방 900m 지점에서 발견되었다. 제3땅굴은 1978년 10월 17일 판문점 남쪽 4km 지점인 군사분계선 남방 435m 지점에서 발견되었다.

그동안 흐지부지 돼 있던 땅굴 탐사 작업에 박차를 가했다.

현실적으로 강원도 산악지역에서의 땅굴 발견은 백사장에 떨어진 바늘을 찾는 것과 매한가지였다.

서부지역은 심도深度 70~100m에서 발견할 수 있으나 동부지역은 150~200m 심도에서 발견할 수 있다. 서부보다 4~5배 이상 발견이 어렵다.

심리전으로 귀순시킨 신중철申重哲

귀순자를 유도하기 위해 선무공작宣撫工作으로 시청각 심리전을 펼쳤다. 대북방송, 시각매개물 설치, 전단 살포, 심리전 요원화 등 간첩을 많이 잡았던 경험을 살려 대북 전단 책자 등의 내용을 심층 검토했다. 물론 북한도 우리를 향해 심리전을 펼쳤지만, 전력이 부족한 때문인지 우리만큼 활발하지는 못했다.

1983년 5월 7일, 휴전선을 넘어 북한 13사단 민경대대 참모장 신중철申重哲이 귀순해왔다. 현역 참모장의 귀순은 의외였다. 우리로선 엄청난 수확이 아닐 수 없었다. 신중철은 "김일성 부자의 계속되는 전쟁 준비에 따른 고달픈 군 생활과 남한의 발전상을 인식하고 귀순했다"는 진술과 동시에 "북한군이

1983년 5월 7일, 귀순한 북한군 13사단 민경대대 참모장 신중철과 21사단장

사단 관할구역 내에서 땅굴을 파고 있다"는 귀중한 정보를 주었다. 땅굴 탐사에 대한 나의 집념은 더 강해졌다. 대대적인 땅굴 탐사 작업을 강행했다. 30여 곳에서 시추작업을 벌였다. 그러나 험한 지형과 기술상의 어려움으로 성과를 올리지는 못했다.

땅굴에 대한 집념은 21사단장(1982년 12월 6일~1985년 1월 13일, 25개월)을 떠났다가 정보사령관(1985년 1월 14일~1987년 1월 14일, 24개월)을 거쳐 중장으로 진급, 다시 21사단을 관할로 하는 3군단장(1987년 1월 15일~1988년 6월 30일, 18개월)에 임명된 뒤에도 계속됐다. 육군참모차장(1988년 7월 1일~1989년 4월 11일, 9개월)을 거쳐 1990년 3월 3일 3군단을 관할하는 1군사령관(1989년 4월 12일~1990년 6월 10일, 14개월) 재임 시, 끈질긴 집념과 의지로 그토록 찾으려던 제4땅굴을 발견하게 되었다.

땅굴 탐사 작전에 대한 8년의 경과는 15장에서 다루기로 하겠다.

남조선 최고의 악질

내가 초급장교인 대위와 소령 시절 많은 적을 잡은 내용이 언론에 노출된 후, 장군이 되어 전방 지휘관으로의 보직 때마다 북한은 확성기 방송을 통해 노골적으로 "남반부 장병을 괴롭히는 이진삼"이라며 입에 담지 못할 욕을 퍼부었다. 그럴 때마다 우리장병들도 대응방송을 했다.

휴전선에서는 북한군이 종종 아군을 향해 총격을 가하는 일이 있었다. 그런 일이 벌어지면 나는 "사단장인 내가 책임지겠다"며 몇 십 배의 대응사격으로 북한군의 기를 꺾어놓도록 지시했다. 1988년 1월 북한의 조국평화통일위원회 위원장 전금철은 평양에서 가진 내외신기자회견에서 이진삼은 "북조선에서 남쪽을 침략했다고 까발리는 남조선 최고의 악질이다. 전투 준비를 강조하며 남조선 장병들을 괴롭히는 선동분자"라고 방송했다. 미국장병들은 합동훈련 때마다 "Tiger General(호랑이 장군) Lee"라고 불렀다.

3군단장 시절, 팀 스피릿 훈련을 참관했던 노태우 대통령이 청군 미 2사단장이었던 팰리스 소장에게 "여러분의 청군 군단장 이진삼 장군은 내가 연대장 때 대대장이었고, 공수여단장인 준장 때는 나의 참모장이었다"고 말하자 미 2사단장은 "우리 모든 장병들은 그를 Tiger General Lee"라 부른다고 말해 그 자리에 있던 모두가 박수치며 웃은 적이 있었다.

1989년 9월 22일 미 전력사령관으로 떠나는 한미야전사령관 버바Burba 중장이 대장이 되어 고별인사차 1군사령부를 방문, 점심식사 메뉴로 불고기파티를 하던 중 마이크를 잡은 버바 장군은 "나는 1959년 미 육사West Point를 졸업하였고 Tiger General Lee도 1959년 한국 육군사관학교를 졸업한 동기생이다. 그런데 오늘 나는 이상한 일을 발견했다. 호랑이는 생고기를 먹는데 왜 구워먹는지 이해를 못하겠다"고 했다. 나는 답사에서 "요사이 호랑이는 현대화하여 고기를 구워먹는다. 이것을 모르는 버바 장군은 현대화 되어 가고 있는 한국군을 아직도 모르고 있다"고 말을 던져 파티장을 웃음바다로 만들기도 했다.

사람이 먼저다

북한군이 나를 "남조선 최고의 악질"이라 하고 미국 장군이 "호랑이 장군"이라고 지칭하는 것과는 달리, 같이 근무했던 장병들은 이구동성으로 입을 모은다.

"굉장히 강하고 엄한데 처벌하는 일은 한 번도 보지 못했다."

한번은 부식차량을 운전하던 운전병이 빙판이 된 UN터널에서 전복, 선임

1984년 3월 21사단장

탑승자 중사가 사망한 사고가 있었다. 내가 사단장으로 부임하기 2개월 전의 일이다. 법무 참모가 운전병 처벌결재를 보고했다. 그런 그에게 나는 "운전병이 운전면허를 어디서 받았는지" 물었다. "군대에서 받았다"고 했다. 운전면허를 발급 받은 지 3개월밖에 되지 않았던 것이다.

"1년 6개월 징역이 구형됐습니다. 6개월 감형시켜주셔도 됩니다."

"안 돼, 무죄야. 경고처분이다. 부식을 운반하다가 일이 생겼는데, 운전 잘하는 병사를 보냈어야지. 이런 험한 지형에서 경험 없는 초보 운전병이 당황해 브레이크 밟으려다 엑셀러레이터를 밟을 수 있는 일 아닌가. 그 일로 운전병을 처벌하면 앞날이 어떻게 되겠는가?"며 일갈했다. 그러고는 포병대대 운전병을 21사단 직할부대 수송부로 전속시키고, 배차한 수송관에게 경고장을 주도록 했다. 사단장인 나는 법무참모가 직접 전 장병에게 사고 예방교육을 실시하여 장병의 사기를 죽이지 않을 것을 지시했다. 사고도 종류가 있다. 임무수행 중 사고였다.

일등병으로 운전대를 잡은 병사에게 처벌은 경우에 맞지 않는 일이었다. 처벌에 앞서 구제가 먼저이고, 장래가 구만리 같은 병사 인생에 전과자란 낙인이 찍히지 않도록 했다.

아들이 생각났다. 당시 내 아들도 전방 6사단 19연대 전투지원 중대 소대장으로 근무 중이었다.(ROTC 21기 소위 이종한)

법무참모는 이 사실을 전 사단 장병에게 순회교육을 하면서 알렸다. 장병들은 내가 나타나면 여기저기서 함성을 질렀다. 장병들은 "열심히 근무하고 국가에 충성하겠다"는 다짐을 편지로 써 내게 보내오기도 했다. 휴가를 나갔던 병사들로부터 이러한 사실을 전해들은 부모님과 형제들로부터도 150여 통의 감사 편지가 날아들기도 했다.

자식을 대하는 마음으로 부하를 살핀 자그마한 마음이 이렇게 큰 파장을 일으킬 줄 몰랐다. 그 후 전 장병은 험한 산악사단 21사단에서 차량사고 한

건도 없이 전역해 부모님 곁으로 돌아갔다. 사기충천한 가운데 부대 전투력이 향상되어 무적 산악사단이 되었다.

| **자작시 모음** |

계급장은 일등병(1983년 5월)

1. 정다운 나팔 소리 해는 뜨고 해는 지고
   기다리고 기다리던 계급장은 일등병
   나라에 그 목숨을 바치자는 도를 닦아
   저 북쪽 바라보며 휴전선을 찾아가는
   사나이다.

2. 조각달 웃어 주는 야영의 밤 즐거워라
   장부타령 십팔번에 인기 끄는 일등병
   대머리 부대장님 한결같은 사랑 속에
   휴전선 뚫고 넘을 그 명령을 기다리는
   사나이다.

붉은 이리떼(1984년 5월, 937고지 백호 OP에서)

기우는 달을 보고
너희는 무엇을 기대하겠다는 거냐
너희 칼은 녹슨 채 칼집에 들어 있고
너희 창은 부러져 버려졌고
너희 방패는 여기저기 갈라졌도다
그런데도 너희는 누굴 위해

싸움터에 웅크리고 있는가!

병상에 누워서(1983년 7월, 208 이동외과 환자 병동에서)

1. 저 멀리 석양이 서산에 질 적에
분한 마음 참지 못해 잠 못 이뤘소.
비 오는 그날도 창문 밖으로
마음은 전선으로 달려가건만
어이하여 다친 이 내 몸은
한 발을 못 걸어가나.

2. 저 멀리 달빛이 창문에 비칠 때
부모님 그리워 혼자 울었소.
눈 오는 오늘도 창문 밖으로
마음은 고향에 가고 있건만
어이하여 아픈 이 내 몸은
가지를 못하고 있나.

12 3군단장

그 무엇도 직선으로 움직이지 않는다.
어떤 목표도 좌절과 방해를 겪지 않고 이루어지는 법은 없다.
– 앤드류 매튜스

공수특전사령관 사양하고 험한 산악 3군단장으로

1987년 1월 13일, 중장으로 진급하자 전두환 대통령은 나를 서울 거여동 소재 공수특전사령관으로 내정했다. 나는 참모총장을 방문, “저는 장군이 되자마자 9공수여단장을 했습니다. 정규군 전방 군단장으로 보내주십시오” 라고 했다. 내 말에 당황한 황영시 참모총장은 “어제 대통령께 결재 올리면서 결정했는데 어떡하냐?”며 난처한 표정을 지었다. 이에 나는 “총장님, 고생은 되겠지만 저는 많은 병과를 지휘 통솔하는 정규 군단을 지휘해 보겠습니다. 보병, 포병, 공병, 기갑, 통신 등 정규 작전 부대를 지휘하고 싶습니다” 며 생각을 전달했다.

참모총장은 “정 그렇다면, 전화로 보고하는 건 그렇고 내가 청와대 가서

▲ 군단장 진급신고

◀ 1987년 3군단장

보고 드리고 결정하겠다"고 했다.

곧이어 참모총장은 나에 대한 내용을 청와대 대통령께 보고했다. 대통령은 오히려 칭찬하면서 "이 장군 3군단 예하 부대인 21사단장 했다. 군인으로서 그게 정상이야. 본인 희망대로 보내줘요"라며 수락했다. 이에 참모총장은 2년 선배인 13기의 육완식 장군을 공수특전사령관으로 내정하고 돌아왔다.

특전사령관이나 수방사령관, 정보사령관 등 재경 부대장의 보직은 일단 대통령에게 보고하고 재가 받는 것이 관례다.

내가 보병 병과를 택해 특히 험한 21사단에, 험한 산악군단인 3군단을 자처해 나간 것은 한국적인 지형에서의 전투지휘관 경력을 쌓기 위함이었다. 소중한 경험이 아닐 수 없었다.

내가 참모총장으로 재직할 때는 야전성이 충만하고 유능한 자들을 험한 곳에 배치했으며, 전방을 경험한 장군들을 육군본부, 참모부장과 차장으로 보직하였다.

철정 과학화 훈련장

3군단은 강원도 원통, 설악산과 한계령 쪽 강을 따라 합강에서 12㎞ 동남쪽에 기린면 현리라는 곳에 있다. 전방 GOP사단으로 21사단과 12사단이 있고, FEBA사단으로 2사단이 있다.

군단장으로 부임하면서 제일 먼저 가졌던 생각은 실전 경험이 없는 우리 군의 전투 수행능력을 배양할 수 있는 훈련방법을 시험하는 일이었다. 과학화한 사격장과 훈련장이 절실했다.

그러던 차에 3군단 현리지역의 서남방에 위치한, 사격장과 훈련장으로 적합한 곳을 찾아냈다. 전국에서 그러한 지형을 찾기가 쉽지 않았던 터라, 나는 그 곳에 훈련장을 만들도록 육군본부에 건의했다.

하지만 첨단의 장비와 시스템을 구축해 과학화한 훈련장을 만든다는 것은 쉬운 일이 아니었다. 땅을 매입하고 훈련시설을 구축해야 하는 절차들이 녹록치 않았다. 다행히 군단장을 마치고 참모차장이 되어서야 겨우 예산을 확보해 땅을 매입할 수 있었다. 애초에는 그곳에서 포까지 쏠 수 있게 계획을 세웠으나 포를 쏘기 위해서는 10㎞ 이상의 토지를 매입해야 하는데 그만큼의 땅을 매입할 예산 확보가 어려웠다. 그나마 다행이었던 것은 내가 그 지역을 관장하는 군단장, 참모차장, 1군사령관, 참모총장을 했기 때문에 강력하게 추진할 수 있었다.

비록 포는 쏠 수 없지만 우리나라가 선진화된 훈련장을 갖게 된 것을 다행스럽게 생각한다.

현재 그곳은 '철정 과학화 훈련장'이란 이름으로, 실전 경험이 없는 우리 군이 실전을 방불케 하는 과학화된 전투훈련을 함으로써 전투준비태세 완비에 큰 역할을 해내고 있다. 이를 둘러본 외국의 많은 군 관계자들은 선진화된 우리의 훈련 시스템을 높이 평가했다.

군 임기 중 해낸 보람 있는 일들 중 하나이다.

노태우 후보의 고민

"방법이 없을까? 정승화 참모총장과 친분이 두터운 사람을 보내 정 총장이 김영삼 후보 지원 유세를 하지 않도록 해야겠다."

1987년 6·29선언과 함께 대통령 직선제가 되면서 집권당인 노태우 대통령 후보와 전 대통령의 고민은 깊었다. 3군단장으로 외출 나온 내게 연희동 노태우 후보 집에 들르라는 연락이 왔다.

연락을 받고 집으로 들어서는 나를 본 노태우 후보는 하소연을 했다. 김대중, 김종필과 함께 대통령 후보에 나온 김영삼 때문이었다. 정확히 말하자면 후보 김영삼 때문이라기보다는 노 후보를 떨어뜨리기 위해 김영삼 후보 선거를 돕고 있는 전 육군참모총장 정승화 때문이었다. 10·26과 12·12로 맺힌 게 많다 보니 김영삼 후보 편에 선 것이었다. 말릴 방법이 없다고 했다. 가만히 듣고 있던 나는 흘려들을 이야기가 아니다 싶었다. 만약 친분이 두터운 사람이 찾아가면, 정 총장이 큰소리 한 번 치면 말도 못 붙이고 돌아올 게 뻔하다고 생각한 나는 "악역 할 사람을 뽑아야 합니다. 바른 말 하고, 정 총장 입장과 약점을 알고, 미래지향적인 진실한 충고를 할 수 있는 사람이 필요합니다. 적격자를 찾아보시죠!"라고 건의했다. 내 말에 노 후보는 "찾을 것도 없겠네. 그런 거라면 이 장군이 적격이지. 마침 여기 왔으니까 잘 됐어. 이 장군, 그 분한테 점수 딴 거 있잖아. 이 장군이 총대 한번 져보지 그래?"라고 의중을 물어왔다. 나는 대답을 하지 않을 수 없었다.

직감으로 내가 염두에 둔 것은 두 가지였다.

하나는 현재 군인인 '나'와 과거에 육군참모총장이었던 그에게서 공통분모를 찾아내는 일이었다. 나머지 하나는 공통분모를 찾아낸 후 설득을 통해 조용하게 해결하는 일이었다. 문제를 해결할 방법을 찾아야 했다. 그 이외의 생각들은 따질 것도 없었다. "알겠습니다"라는 대답과 함께 밤 8시, 정승화 총장 집을 찾아갔다.

"인사드리려고 찾아왔습니다, 총장님. 저 장군 시켜주셨죠. 저의 동기생 3명과 함께 처음으로 진급시켜 주셔서 오늘이 있게 해주셨습니다. 은혜 잊지 않고 있습니다. 감사합니다. 그런데 총장님, 제가 총장님 수행부관 이재천과 수석부관 황원탁을 살려준 거 아십니까?"

"그럼, 들어 알고 있지."

"이재천 소령은 제가 대대장 때 소대장으로 데리고 있었습니다. 구속하고 군법회의에 회부시키겠다고 하는 것을 제가 말렸습니다. 총장님 신변을 보호하는 부관이 도망갔다면 처벌해야 하지만, 경호 차원에서 한 행동은 부하로서 정당한 행동이라고 주장했습니다. 그 후 육군대학에 보내고 중령 시키고 대령도 시켰습니다. 앞으로 장군도 시키겠습니다. 황원탁 장군도 마찬가지입니다. 제가 책임지고 시키겠습니다. 저를 믿으십시오."

"그래, 알지."

"그리고 섭섭한 것 있습니다. 육사 나온 아들, 정 중령 말입니다. 인제군 원통, 서화면 천도리에서 포병 대대장 하고 있지 않았습니까. 면회 오시면서 어떻게 3군단장인 저한테 연락도 하지 않고 다녀가십니까? 섭섭합니다. 3군단장 출신이신 총장님은 저에게는 연락 주셔야지요."

"여보, 이 민감한 시기에 내가 연락하면 이 장군 입장이 곤란해질 것 같아서 연락 않고 살짝 다녀왔소. 미안하오."

"총장님, 제가 어디 눈치봐가며 사는 사람입니까. 정 중령 앞으로 제가 돌보겠습니다. 김영삼 후보 손 흔들고 지원유세 하지 마십시오. 총장님 3년 후, 5년 후를 생각하십시오. 후회할 일 하지 마십시오. 김영삼 후보, 이번에 당선 되지 않습니다. 내일부터 안 나가시는 게 좋겠습니다. 제 말씀 꼭 들어주십시오."

내 말에 정승화 총장은 잠시 눈을 감고 고민을 하다가 옆에서 듣고 있던 아내에게 "여보, 어떻게 생각해?"라며 의중을 확인했다.

"이 장군 말대로 하세요."

정승화 총장은 아내의 말이 끝나기 무섭게 "이 장군과 약속하겠네"라며 강경한 어조로 수긍했다. 나는 자리에서 일어나 손을 올려 거수경례를 했다.

"존경하는 총장님, 훌륭한 결심을 하셨습니다. 존경합니다."

그 길로 나는 연희동 노태우 후보 집에 들러 자세한 보고를 했다. 밤 10시, 흥분한 노 후보는 청와대 전두환 대통령에게 전화를 걸어 그 사실을 알렸고, 전 대통령은 나와 통화하길 원했다. 나는 노 후보에게 보고한 그대로 보고했다. 전 대통령은 내게 "수고했다"는 말과 함께 "이진삼 대단해, 오늘은 늦었고 다음에 외출 나오면 만나자"며 전화를 끊었다.

노 후보는 13대 대통령에 당선되었다.

28년이나 지난 그날의 일을 꺼내 놓는 이유는 하나다.

'내가 하면 로맨스, 남이 하면 불륜'이란 표현처럼, 다른 군인이 정치에 관여하는 것은 정치군인이고, 내가 관여하는 것은 '정의'라고 말하고자 함이 아니다. 그때 내가 가졌던 생각은 혼란을 막고자 했을 뿐이다. 다시 똑같은 상황이 주어져도 나는 또 그대로 할 것이다. 내게 어떤 득실이 있을지를 따지기에 앞서 군인으로서 소신껏 생각한 일을 실천에 옮겼던 것이다.

다른 사람은 듣고서 알았다고 고개만 끄덕일 일에 나는 당당하게 나섰다.

정보부대에 오래 근무를 하면 진급이 어렵다는 관례를 깨고 내가 일찍 장군이 될 수 있었던 것 또한 같은 맥락이다. 몸 사리지 않고 최선을 다했고, 대공 분야에서 죽지 않고 최선을 다한 것을 국가가 인정해준 것이다. 보안사령부는 정보요원, 보안요원, 대공요원, 통신요원, 군수요원, 행정요원 등 업무가 다르다.

훗날, 나의 그런 국가에 대한 충정衷情이 '짝사랑'이 된 것은 유감이지만, 그럼에도 불구하고 국가에 대한 나의 사명감은 여전히 현재진행형이다.

골프 예찬, 공짜는 없다

나는 운동을 좋아한다. 취미생활로 낚시나 바둑, 장기 등을 하지만, 나는 태생적으로 앉아서 하는 것을 별로 좋아하지 않는다. 정적인 것은 내게 어울리지 않는다. 사격, 태권도, 테니스, 골프를 좋아하는 이유가 여기에 있다.

테니스는 시작한 지 얼마 안 되었을 때부터 '정말 잘 친다'는 소리를 들었다. 실제로 21사단장 할 때는 정구병과 단식게임을 할 만큼 잘 쳤다. 실력이 전성기였다. 체육관계 부대 근무와 장관을 하게 된 동기가 되었다.

골프는 다른 운동에 비해 주의하면 위험한 운동이 아니다. 오히려 필드를 걸어 다니는 것을 통해 체력단련에 많은 도움이 된다. 외국 같은 경우 골프장을 많이 만들어 놓기 때문에 골프를 즐기는 사람들은 나이가 들어도 병원 신세를 지지 않는다고 한다.

다른 운동도 마찬가지지만 골프 또한 일단 도취되면 다른 운동은 성에 차지 않는다. 그럼에도 골프를 포기하는 이유의 첫 번째가 비용 부담에 있다. 캐디피를 포함하여 돈이 많이 든다. 둘째는 환경적으로 골프백이나 옷가방 등 용구가 무거워 자동차를 필요로 한다. 셋째로 부킹이 어렵다. 4명의 동반자를 필요로 한다. 넷째로 많은 시간을 필요로 한다.

골프의 백미는 우리네 인생사의 축소판이라 할 수 있다. 1번 홀에서 18번 홀까지 가는 동안에 준비한 대로, 마음먹은 대로 잘 될 때도 있고, 기대 이하로 잘 안 맞을 때도 있다.

특히 어려움이 닥치면 점수를 많이 까먹는다. 그러지 않기 위해선 기복이 심하면 안 된다. 파, 파, 파 나오다가 트리플 나오면 한꺼번에 와르르 무너진다.

나는 상대방의 성적에 대해서는 관심 갖지 않는다. 즐기는 것을 우선으로 한다. 하늘도 보고, 산도 보고, 자연의 조화 속에 자연스레 녹아들어간다. 그 다음에는 내가 해야 할 것에만 관심을 둔다.

어떤 이들은 다른 사람의 성적을 두고 더블 보기냐 보기냐 말이 많다. 나는 다른 사람의 성적에는 일절 관심이 없다. 간섭하지 않는다. 또한 다른 사람들처럼 나이 들었다는 이유로 핸디를 달라고 떼를 쓰지도 않는다. 게임이 좋은 게 아니라, 자연과 어울려 두루두루 함께하는 그 삶의 축소가 좋다.

골프는 더구나 단번에 잘 칠 수가 없다. 차근차근 해야 무리가 되지 않는다. 삶에 절차가 있듯 골프를 하는 것도 단계를 밟아야 한다. 왜냐하면 골프를 한다는 것은 자기와의 싸움을 하는 것이기 때문이다.

골프와 사격, 궁도 등은 심장이 튼튼해야 한다. 마음의 안정을 필요로 한다. 축구나 농구, 야구 등의 구기 종목은 여럿이 함께하는 운동이지만, 골프와 사격, 궁도 등은 홀로 하는 외로운 싸움이다. 남이 얼마를 치든 말든 자기와의 싸움이다. 내 할 일을 잘 하는 게 우선이다. 우리나라 사람은 자기 점수보다 남의 점수에 관심이 많다. 남이 안 되기를 바라는 것은 바람직하지 않다. 나는 남이 잘 치면 '굿 샷'을 힘껏 외친다. 내가 잘 돼도 마찬가지다. 나의 삶도 굿 샷, 그대의 삶도 굿 샷이길 바란다. 상대방이 잘 쳐서 유쾌하면 나도 기분이 좋다. 내 삶은 언제나 그렇게 직선이다. 우회하거나 때에 따라 넓어졌다 좁아졌다 고무줄처럼 튕겨 나가지 않는다.

세상에 공짜란 없다. 운동도 우리의 삶도.

그러니 내가 사단장을 하고, 군단장을 하게 된 것이 공짜로, 시쳇말로 줄을 잘 서서 된 것은 아니란 얘기다. 국가에 대한 충성의 무게에 견주어 주어진 내 삶의 몫이었던 것이다.

참모차장 13

국가가 헌법을 지니지 않으면 안 되듯,
개개인도 자신의 규범을 갖지 않으면 안 된다.
– 베토벤

보안사령관 안 하겠습니다

"군단장 끝내고 보안사령관 하지!"

1988년 1월, 노태우 대통령 당선인은 연희동 자택으로 나를 호출하여, 군단장 끝내고 보안사령관직을 맡을 것을 두 번에 걸쳐 권유했다.

"저는 보안사령관 안 하겠습니다. 옛날에 제가 정보계통 보안부대 8년, 정보사령관 2년, 10년간이나 정보계통에 있었습니다. 저는 야전(전투) 지휘관 하겠습니다."

"박준병 장군 보안사령관 했는데 후에 어떻게 되었지?"

"1979년 10·26 때 20사단장으로 서울 태릉으로 출동했다가 보안사령관 끝내고 예편, 민정당원으로 충북 보은, 영동, 옥천군 국회의원했습니다.

"안필준 장군은?"

"6군단장 끝내고 보안사령관 하고, 1군사령관을 끝으로 전역해 청소년 연맹총재로 있습니다."

내가 생각하기에 보안사령관은 남 보기에 좋은 보직이라 하지만 그 자리에 있던 장군들 중 반은 성공적으로 하지 못했으며 후평이 좋지 않았다.

그러나 세 번을 권하면 하겠다는 마음도 없지 않았다. 하게 된다면 과거 보안사령부 근무를 바탕으로 대간첩, 대태업, 대전복 활동 등을 기준으로 과거의 낡고 썩은 고질에서 벗어나 멋있게 하겠다는 각오를 했다. 정상적인 보직은 본연의 보직이 기본이기 때문이다.

대통령에 취임한 노 대통령은 내게 보안사령관이 아닌 육군참모차장을 맡도록 했다. 중장 중 가장 서열이 빠른 직책이다. 1988년 7월 1일부터 1989년 4월 11일까지 9개월을 근무했다. 육군참모차장 자리는 거의 대장 진급을 보장 받는 자리다. 중장 직책은 3군단장에서부터 참모차장까지 총 27개월을 했다.

2년 3개월 만에 별 넷의 군사령관 대장자리에 앉게 된 셈이다. 대개는 중장이 된 후 4년 만에 대장 되는 것이 관례다. 만약 내가 보안사령관을 보직 받았다면 9개월 만에 대장 달고 군사령관 보직은 무리였을지도 모른다.

중장은 차관급이고 대장은 장관급이다. 중장부터가 정무직이다. 따라서 정무직인 중장과 대장은 공석 시에는 언제든지 진급 시킬 수 있다. 중장 된 지 1년 됐어도 대장 공석에 따라 대장 자리에 보직하면 대장으로 진급시킬 수 있었던 것이다. 그러나 지나치게 빠르면 직책이 중장, 대장이라도 소장, 중장 계급으로 임무를 수행할 수도 있다. 위관장교와 영관장교는 전투 시에는 임시 계급을 줄 수 있으나 평시에는 불가능하다.

ROTC 1기 박세환을 살리다

“백담사 전두환 전 대통령을 방문한 12사단장 박세환 소장과 3군단 보안부대장 한길성 대령, 두 장교를 해임시키시오.”

1989년 3월 말, 노태우 대통령은 공군사관학교 졸업식에 참석차 청와대를 출발하며 비서실장과 경호실장에게 명령했다. 육군참모총장에게 전달하라는 지시였다.

사실 노태우 대통령은 1988년 2월 25일에 6공화국 출범과 함께 ‘5공 청산’이란 문제를 떠안아야 했다. 더구나 같은 해 4월 26일에 있었던 총선에서 너무 많이 당선될까 걱정할 정도의 분위기를 뒤집고 여소야대의 정국을 맞이해야 했다. 겨우 87개 의석을 차지하였다. 전국구 의원 38명을 포함해 125석으로 과반수에는 25석이나 미달이었다. 시작부터 노 대통령은 연합 합당을 검토할 수밖에 없었다.

1988년 5월 12일, 민주당은 전당대회를 열어 대선패배의 책임을 지고 일선에서 물러났던 김영삼 전 총재를 다시 총재로 추대했다. 김 대표는 5공共 청산을 명분으로 노 대통령과 전 전 대통령을 강하게 옥죄었다.

1988년 11월 2일, 5공共 청문회가 시작되었고, 그 결과 전 전 대통령은 백담사행에 올랐다. 이후 그곳을 박세환 소장과 한길성 대령이 다녀온 것이 노 대통령 귀에 들어갔다.

1989년 3월, 공군사관학교 졸업식을 마치고 저녁 6시 청와대로 돌아온 노 대통령은 참모총장으로부터 인사보고를 받지 못하고 퇴근하였다.

같은 날 저녁 8시, 보안사령관이 나를 찾아와 느닷없이 “저 좀 살려주십시오. 일이 생겼습니다”라며 두 장교의 백담사 방문을 설명해주었다. “보안사령관, 대체 이게 무슨 꼴이야”라며 자리를 별실로 옮겨 영부인 김옥숙 여사에게 전화를 걸었다. 갑작스러운 전화에 김옥숙 여사는 "무슨 일 있어요?"라며 놀라는 목소리였다.

"12사단장 박세환 장군과 3군단 보안부대장 한길성 대령, 두 장교가 백담사를 찾아 갔다는 보고를 방금 받았습니다. 사실입니까?"

"네, 사실이에요."

"지금 제가 오해를 받고 있습니다. 제가 까바친 걸로 소문났습니다."

"언제 이 장군님이 그러셨어요? 그리고 이 장군님이 왜 오해를 받아요?"

"그러면 어떻게 된 겁니까?"

정색을 하며 내가 되묻자 영부인이 얼결에 정황을 설명했다. 국방부 이상훈 장관이 부인을 시켜 영부인에게 이야기한 것을, 영부인이 노 대통령에게 전했던 것이다.

"그러면 제가 곤란합니다. 제가 지금은 참모차장이지만 지난번에 말씀하시기를 앞으로 제가 군을 장악해야 한다고 하셨잖습니까. 그런데 제가 아끼는 ROTC 장교들을 자르면 앞으로 누굴 데리고 군을 장악하겠습니까. 1987년 12월, 전두환 전 대통령이 인계 2개월 전, 해서는 안 될 대장 인사를 하고 떠나는 바람에 입장 곤란했는데 오늘 같은 내용이 또 전 국민에게 알려지면 무슨 창피한 일입니까. 다시 말씀 드리면 첫 번째, 제가 까바친 것처럼 되었고 두 번째는 제가 어떻게 군을 장악하며 세 번째는 국민이 알면 체통이 말이 아닙니다. 그리고 박세환 소장이 백담사 찾아간 이유가 있습니다. 전 전 대통령이 사단장 할 때 대대장 했고, 대통령 할 때는 안보비서관 하지 않았습니까."

"네, 알죠. 그래도 시기가 너무 민감합니다."

"이렇게 처리하시면 곤란합니다"라는 내 말에 영부인은 "그러면 전화 바꿔드릴 테니 직접 말씀하세요"라며 노 대통령에게 전화를 바꾸려는 것을 나는 서둘러 "결자해지結者解之 하십시오. 죄송합니다"라고 하고는 통화를 마쳤다.

다음날 아침 10시, 대통령은 비서실장 정해창과 경호실장 이현우를 불러 "내가 어제 화가 났었는데 박세환 장군에게 주의 좀 주고 없던 일로 해"라며 다시 지시를 했다.

공군사관학교 졸업식이 아니었다면 두 사람은 옷을 벗어야 했다. 지금도 그날의 일을 생각하면 어느 책에선가 읽었던 한 구절이 생각난다.

"너를 믿는다고 언제나 자신 있게 말하던 그 사람이 제일 먼저 네 믿음을 배신할 것이다."

우리 모두 스스로에게 물어봐야 할 오늘의 화두가 아닐까 싶다. 노 대통령도, 박세환도 그리고 나도.

군 인사에 관한 중요한 원칙

1군사령관에 임명되기 전, 나는 육군참모차장으로서 군 인사에 관한 몇 가지 중요한 원칙을 세웠다. 진급심사 위원장을 맡아 야전군 우대의 원칙을 확립했다.

연대장급 군인 1백여 명에 대한 인사를 단행하면서 전투력 증강실적과 지휘력 평가를 최우선 기준으로 삼았다. 그러자 인사를 놓고 육군 전체가 술렁거리기 시작했다. 수도권 일원이 중시되는 인사에 익숙해 있던 육군 장성들과 고위 장교들은 충격 아닌 충격에 빠져버렸다. 순수 야전 군인들을 대거 인사에서 우대했던 것이다. 이른바 '전투 잘하는 군인이 최고'라는 지론과 신념에 따른 인사원칙을 세운 것이다.

노 대통령의 인사에 대해 매번 혹평하던 언론들이 당시 내가 세워 단행한 군 인사에 대해서는 말이 없었다.

일찍이 롬멜 장군은 지휘관으로서 항상 앞장서서 지휘를 했다. 자신이 할 수 없는 것을 부하들이 할 것이라고 믿지 않았던 것이다. 나 또한 야전군 우대를 원칙으로 하기에 앞서, 재경지역 서울 근무를 회피하는 등 군인으로서의 경험과 솔선수범하기 위하여 야전지휘관을 선택했던 것이다.

진급할 때마다 가급적 소신껏 근무지를 택했다. 고집대로 했다. 일신의 영달보다는 남들이 지원하지 않고 꺼리는 곳을 찾아 갔다. 덕분에 위험했던 순간순간 많은 고충이 있었지만 감내堪耐하고 비켜갈 수 있었다.

훗날, 나를 기억하는 이들이 이것을 기억해주길 바란다.

단순히 운이 좋아서 혹은 대통령과 친해서가 아닌, 내 스스로 고집스럽게 운명을 개척해 나갔던 사실을.

1군사령관 14

우리의 현재 위치가 소중한 것이 아니라,
우리가 가고자 하는 방향이 소중한 것이다.
– 홈즈

가짜와 진짜를 구별하는 법

세상에서 진짜인 것을 얻기 위해선 가짜를 버려야 하는 게 절대적으로 옳다. 하지만 무엇이 진짜이고 어떤 것이 가짜인지를 구별해내기가 쉽지 않다. 이럴 땐 나는 스스로를 들여다본다. 내 스스로가 진짜인지 가짜인지, 그러면 답은 늘 간단해진다. 국가에 충정衷情해야 할 군인이란 사실, 그것만 잊지 않으면 가짜인 것들에는 애당초 눈길조차 가지 않는다. 따라서 이후로는 공산주의나 독재, 세습제 왕정이 아닌 이상 충성忠誠이란 표현 대신 충정衷情이라 표현해야 한다.

1989년 4월 6일, 참모차장의 자리에 있은 지 9개월 만에 노태우 대통령은 나를 대장으로 진급시켰다. 그러면서 서부 전선인 용인의 3군사령부로 발령을 내겠다고 했다. 어차피 나는 서울 인근에 있을 생각은 하지 않았던 터라, 대답을 하지 않았다. 원주에 있는 1군사령부는 3군단과 21사단이 휘하에 있으며 정호근鄭鎬根 사령관의 임기가 끝나 가고 있었다. 하지만 노 대통령이 내게 발령 내려고 하는 3군사령부는 사령관이 발령받아 간 지 4개월밖에 되지 않았던 것이다. 내가 3군사령부를 발령 받아 가게 되면 전방 2개 군사령관이 동시에 교대하게 되어 있었다.

"정호근 장군은 임기가 다 됐으니까 1군으로 제가 가야 하지 않겠습니까, 3군사령부는 간 지 4개월밖에 안 됐으니까 우선은 놔두십시오."

그때 만약 내가 노 대통령의 뜻대로 3군사령관으로 부임해 갔다면, 앞선 사령관은 임기 전에 옷을 벗어야 했다. 내가 가지 않겠다고 하는 바람에 옷을 벗지 않게 되었다.

아이러니한 것은 용인에 있는 3군사령부의 사령관 출신이 참모총장을 많이 했다. 반면, 1군사령관 출신은 19대 서종철 대장 이후로 7년 만에 정승화 대장이 22대 참모총장이 되었고, 11년 만에 1군사령관이었던 내가 28대 참모총장이 된 것이다.

어쨌든 내가 3군사령부로 안 가겠다고 하자 노 대통령은 한동안 깊은 생각에 잠겼다. 그러고는 내 말이 정답이라는 듯 고개를 끄덕였다. 대통령으로선 1군사령부만 바꾸면 되는 일이었다. 전방을 맡은 사령관 둘을 동시에 바꾸는 것보다 한 곳만 바꾸는 것이 대통령 입장에서도 덜 부담스러운 일이었을 테니.

우문현답愚問賢答

1989년 3월 29일, 백선엽 장군으로부터 진급 축하 전화가 왔다.

1989년 4월 6일, 대장 진급신고(군사령관)

"대장은 통수권자가 알아주고 하나님이 주시는 겁니다"라고 하면서 한마디를 덧붙였다.

"내가 초대 군사령관으로 이취임식에 참석하겠소. 앞으로 군이 잘될 거요!"

내심 그의 말이 싫지 않았다. 내가 대장이 되는 것과 우리 군이 잘될 것이란 말이 어떤 연관성이 있는지는 몰라도, 분명한 것은 내가 대장이 된 일은 군에서 환영받는 인사였다는 점이다. 더구나 1군사령관을 자처해 1군사령관으로 내정됐다는 사실이 알려지면서 군 안팎에선 화젯거리가 되었다.

나는 21사단장과 3군단장을 역임했기에 1군사령부에 가서 연계된 업무(땅굴)를 결말을 내겠다는 비장한 각오가 있었다.

1989년 4월 4일, 이종구 참모총장이 내게 "내일 4월 5일 식목일 아닙니까, 행사에는 내가 갈 테니까, 대장 되었으니 사람들에게 인사나 다니시죠"라고 하더니 대뜸 참모장을 누굴 쓸지에 대한 의중을 물어왔다. 나는 이 총장이 원하는 답이 아닌, 우문현답을 했다. "지금 참모장을 바꾸면 소장 5명 정도가 이동하지 않습니까, 불편하더라도 정기 인사이동 때까지 현 참모 중 한 사람을 쓰겠습니다" 하고 3개월 후, 정기 인사 때 사단장 임기가 끝나는 박세환 소장을 참모장 자리에 앉힐 복안을 가지고 있었다.

세상은 변하게 마련이다. 사람 또한 변하는 세상에 몸을 맡기기 십상이다. 하지만 나는 그 흐르는 물결을 거스르며 내가 가진 원칙을 지켜나갔다. 잘나서가 아니라, 개인보다는 국가가 먼저란 신념을 갖고 있기 때문이다. 이 총장은 민감한 시기, 설마 내가 박세환을 끝까지 지키겠나 하는 마음이었을 테지만, 나는 그의 기대에 부응할 사람이 아니었다.

다음날 저녁, 나는 가족과 함께 청와대 식사초대를 받았다.

김옥숙 여사가 대장 진급 축하 선물로 가벼운 솜이불을 선물로 주었고, 노 대통령은 금일봉을 하사했다. 그 자리에서 나는 1군사령관 중에 꼭 할 일이 있음을 내비쳤다.

노 대통령은 "뭔데?" 하는 표정으로 나를 바라보았다. 땅굴을 발견하고 싶다는 말이 목구멍까지 나왔지만 발견하지 못하면 허언이 될 것 같아 잠시 고민을 했지만, 결국엔 솔직한 속내를 털어놓기로 했다. 술 한 잔 마신 김에 나중에는 어떨망정 의지를 내비쳤다.

"제가 21사단장과 3군단장 때 발견 못한 땅굴을 발견해내겠습니다."

"이 장군은 한 번 한다면 해내야 직성이 풀리지. 한번 해봐."

"또 드릴 말씀이 있습니다. 백선엽 장군 말씀이 제가 군사령관 한 다음 참모총장 해야 하는데 할 수 있을지 모르겠다고 하셨습니다."

내 말에 놀란 표정의 노 대통령이 톤을 높여 "그게 무슨 말이야?"라고 물었다. 그러자 그 옆의 김옥숙 여사가 "하셔야죠"라며 거들었다.

"저는 TK(대구, 경북)가 아니라서 참모총장 못 된다고 하던데요. 육사 선배 11기 정호영, 12기 박희도, 현재 14기 이종구 대장 모두 TK 출신으로 참모총장 아닙니까. 대통령께서도 TK(대구·경북) 아니십니까?"

"허 이 사람, 그게 무슨 말이야. 왜 못해?"

노 대통령이 정색을 하며 말했다.

"그럼 시켜주실 겁니까?"

내 말에 노 대통령은 주저함 없이 말을 이었다.

"당연하지."

"국가를 위해 전투력 증강차원에서 최선을 다하겠습니다."

인생은 막혀 있는 것을 뚫고 불가능해 보이는 곳에서 길을 찾는다. 그러니 나로선 과거에는 감히 꿈에서조차 생각하지 못했던 육군대장으로서 국가보위에 최선을 다한다는 각오로 내 삶의 길을 찾아냈던 것이다. 겁 없이 대통령에게 다짐을 받은 셈이 되어 죄송스럽기도 했다.

인생은 속도가 아닌 방향

1990년 1월, 베트남사령관과 2군사령관이었던 예비역 채명신 중장이 1군사령부를 방문했다. 그 자리에서 나는 우리 1군의 전투준비 상황에 대해 브리핑 했다. 채 장군은 평소 전략 문제에 관심이 많은 장군으로 정평이 나 있었다. 그래서인지 우리 제1군의 전투 및 전략계획과 추진 상황을 브리핑 받고는 매우 흡족한 표정을 지었다. 어느 기자와의 인터뷰를 통해 당시의 방문 소감을 다음과 같이 전했다.

"흠잡을 데가 하나도 없었다. 그렇게 만족스럽긴 처음이었다. 야간과 산악전투에서 밀린 6·25의 경우를 세밀히 분석해 새롭게 수립해놓은 작전계획과 그 준비상황은 대단했다. 과거 도상으로만 수립해놓은 몇 단계 방어진지 구축계획이 기막히게 준비돼 완성 상태인 보고를 받고 놀랐다. 이 같은 1군의 전투력 증강은 전군에 적용돼야 한다."

이후 채명신 장군(장로)은 전국을 다니면서 기회가 있을 때마다 군에 대해 말하며 "정치군인이 아닌 순수 야전지휘관의 기용은 군과 나라를 위해 아주 잘한 인사라고 생각한다. 군인은 야전성 있는 자를 발탁해야 한다. 우리 군도 이제 성숙해지고 있다는 생각이 들었다"는 등 교회에서 간증을 하곤 했다.

채명신 장군의 이 같은 말에 동의하는 사람이 많다.

분명한 것은 내가 가졌던 가치관이나 철학은 처음부터 지금껏 스스로를 위한 속도를 내는 삶에 초점이 맞춰져 있지 않았다. 언제나 국가를 향한 한 방향이었음은 틀림이 없다. 내 일신을 위한 삶에 속도를 내고자 했다면, 남들이 부러워하는 보직을 택했을 것이다.

임무 수행을 위해서는 속도도 필요하지만 방향 선택이 더 중요하다. 언제나 내 삶은 속도가 아닌 방향에 있었다. 다른 사람보다 성질이 급한 것을 반성하면서 가급적 많은 지휘관 참모들의 의견을 청취했다.

지하전쟁, 제4땅굴 발견 14

중요한 것은 큰 뜻을 품고, 그것을 완수하기 위한 기능과 인내를 지니는 일이다.
그 밖의 것은 하나도 중요하지 않다.
– 괴테

배경

“하나의 갱도(땅굴)는 열 개의 원자탄보다 낫다. 1975년 10월 10일까지 관통, 노동당 창설 30주년까지 전방지역에 요새화된 진지를 무력화시켜라.”

1971년 9월 25일, 북한의 김일성은 땅굴 굴착 전투 명령을 하달했다. 이는 곧 요새화된 남한의 훼바, 알파, 브라보, 찰리 등을 자신들이 판 땅굴을 통해 1시간 내에 8km 이상을 강행 돌파함으로써 우리의 주 병력이 점령 전에 선점하겠다는 것이다.

이에 북한은 1972년 초부터 전 전선에 걸쳐 땅굴을 파기 시작했다. 실제로 귀순자 다수의 목격 및 득문 사실이 제보되었다. 북한은 남북대화를 한다면서 위장하여 땅굴 굴착활동으로 우리를 기만했다. 예나 지금이나 북한 공산집단

★★★★

지하의 도발, 땅굴

땅굴이란 북한이 기습작전을 목적으로 휴전선 비무장지대의 지하에 굴착한 남침용 군사통로로 전쟁 시 땅속을 통해 안전하게 병력과 물자를 이동시키려는 계획에서 만들어진 시설이다. 북한은 이러한 땅굴을 건설하여 전면적 기습전으로 공격을 달성하고자 했다.

은 하나도 변한 게 없다.

내가 21사단으로 부임한 1982년까지 3개의 땅굴을 발견한 상태였다. 제1땅굴은 1974년 11월 15일 경기도 연천 고랑포 북동쪽 8km 지점인 군사분계선 남방 약 1.2km 지점에서 발견되었다. 너비 90cm, 깊이 지하 45m, 길이 약 3.5km에 달하는 콘크리트 구조물이다. 전술 능력은 1시간에 1개 연대의 무장병력이 통과할 수 있고, 궤도차를 이용하면 중화기와 포선도 운반할 수 있다.(한미 장교 2명 사망, 8명 부상)

제2땅굴은 1975년 3월 24일 강원도 철원 북쪽 13km 지점인 군사분계선 남방 900m 지점에서 발견되었다. 너비 2.1m, 높이 2m, 깊이 지하 50~150m, 길이 약 3.5km에 달하는 암석층 굴진 아치형 구조물이다. 전술능력은 1시간에 약 3만 명의 병력과 야포 등 중화기가 통과할 수 있다.(한국군 7명 사망)

제3땅굴은 1978년 10월 17일 판문점 남쪽 4km 지점인 군사분계선 남방 435m 지점에서 발견되었다. 너비 1.95m, 높이 2.1m, 깊이 지하 73m, 길이 약 1.6km에 달하는 암석층 굴진 아치형 구조물이다. 전술능력은 1시간에 3만 명이 병력과 야포 등 중화기를 통과시킬 수 있다.

그리고 제3땅굴 발견 이후 어느 곳에서도 발견하지 못하고 있던 상태였다.

○○○와 ○○○ 지역 탐지 활동

내가 21사단장에 부임하기 전까지, 육군의 탐지 방향은 서부전선에 집중되고 있었고, 21사단지역 갱도 탐지 활동에 대한 상급 부대의 관심은 저조

★★★★

땅굴 탐사

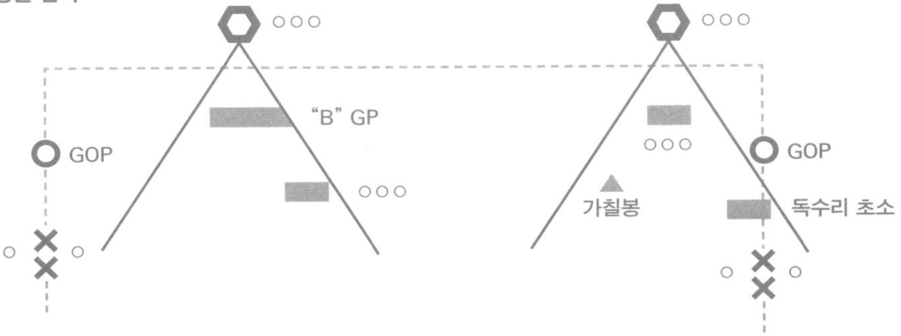

전선 시추 지역

했다. 당연히 사단 장병의 탐지 의욕 또한 저하되어 있었다.

나는 전 장병에게 사단 지역 내 적의 땅굴이 존재한다는 확신을 주며 갱도 탐지 업무 활성화를 내세웠다.

부임하기 전, 전임 사단장으로부터 땅굴이 분명 있을 것 같은데 발견 못하고 떠난다는 말을 들었고, 그에 앞서 1979년 10월 26일에 북한군 2명이 우리가 시추하고 있는 것을 관측하고 돌아간 사실을 보고받은 터라, 갱도 탐지에 사단의 전 역량을 집중할 것을 지시했다. 적 지역의 항공사진과 청음, 관측, 활동을 분석한 결과 적 갱도가 분명 존재한다는 것을 다시 확인했다.

사단 전 장병들로 하여금 끈기와 집념을 가지고 땅굴을 기어이 찾아내고야 말겠다는 일념으로 탐지 활동에 전력투구할 것을 독려했다. 연중무휴 작업과 주야간 작업을 하는 대신 인력은 충분히 보충해주도록 했다. 지휘관이 관심을 가지고 명확한 지침을 주자 병사들의 사기가 충천했다.

우선은 지금껏 시추한 후 방치하고 있는 시추공들을 정비하여 관찰하도록 했다. 시추공이 흙으로 덮이면 그 안에서의 변화, 수위변동 등을 관찰할 수가 없어서였다.

그 다음으로는 청음 집중분포지역인 ○○○와 ○○○을 중점으로 시추하도록 했다. DMZ 및 철책선 근무요원의 관측 및 청음 활동을 강화하는 한편, 적 갱도 예상출구에 대한 수색도 철저히 실시하도록 했다.

전 장병의 탐지요원화로 땅굴 탐지 붐을 조성하고, 전 전선에 걸쳐 탐지역량을 집중하도록 했다. 시추 간격을 10m 이내로 좁히고, 시추공 심도를 증가하는 한편 청음요원의 교육과 전방지역 주민 홍보도 실시했다.

청음 분석 자료를 참고하여 비교 분석, 탐지일지를 기록함으로써 청음 시간과 횟수를 그래프로 만들어 분석했다.

꾀꼬리의 암시

1987년 7월 말 일요일 오전 10시, 그날도 나는 병사들을 격려차 ○○동 서화리를 방문했다. 현지 사단장, 연대장, 작전주임, 정보주임, 땅굴팀장 등과 이야기를 나누고 있는데 전방 50m 높은 지점에 노란 꾀꼬리 한 마리가 나무에 앉아 있었다. 이를 제일 먼저 발견한 나는 연대장을 향해 "저 새 참 아름답지?"그랬더니 연대장은 바로 "그렇습니다"며 고개를 끄덕였다.

나는 한참 동안 시선을 꾀꼬리에 고정시켰다. 2~3분 정도가 지났을까, 꾀꼬리가 가칠봉 정상을 향해 날아갔다. 나는 꾀꼬리를 쫓아 가파른 경사를 올라갔다. 꾀꼬리가 앉아 있던 곳은 1980년도에 굴착했던 14번째 시추공 지점으로 잘 관리한 덕분에 지속적인 청음 활동을 실시하여 미상 모터 소리를 육청하는 결정적 징후를 포착했던 곳이다. 하지만 결정적 징후 포착 즉시 갱도 관계 실무자들이 원점에서부터 땅굴 예상 전선을 재분석한 결과 기존 판단에 다소 오차가 있을 것으로 판단했다. 14번째 시추공 지점의 인근 지역을 다시 시추공 작업을 할 계획을 세웠다.

7월 우기로 땅이 젖어 있어 매우 질퍽거렸다. 시추기를 옮기기에는 접근로 작업이 필요했다. 전 병력을 동원하여 3시간 넘게 마대에 흙과 자갈을 혼합, 통로를 개척하고 74m 북쪽 전방으로 시추기를 옮겼다.

땅굴에 적중하기까지

우연인지 필연이지 꾀꼬리의 출몰 위치를 기점으로 확인한 후 1989년 8월 말, 14번 시추공 지역에서 미상 청음을 포착, 분석한 결과 모터음으로 판정, 야전 청음 분석차량(M. L V)을 추가 배치 운용했다. 이후 10월 말에는 과기연(과학기술연구소) CW장비로 7개의 시추공 지역을 탐사한 결과 근처 14m 지점에 미세한 지층 변화를 발견했다. 드디어 적의 땅굴에 적중시키기 위한 관통 작업이 시작됐다. 하지만 곧 찾을 것만 같았던 땅굴은 쉽게 그 모습을 드러내지 않았다. 첫 번째 시추공부터 빗나갔고 두 번째, 세 번째, 네 번째, 다섯 번째 시추공까지 빗나갔다.

1989년 12월 24일, 여섯 번째 시추공 작업에 들어갔다.

그런데 이전과는 다른 결과가 나왔다. 작업 내내 시추 슬라임slime 및 물이 지상으로 분출되지 않고 지하로 빠져나갔다. 시추기 압력 게이지도 떨어지지 않았다. 시추기 로드가 서서히 낙하했고, 시추기 해머 타격소리도 약했다. 결정적인 것은 시추공을 통하여 공기가 분출되었던 것이다.

마침내 4~6번 공이 적의 땅굴에 적중한 것이다.

하지만 땅굴이라고 여겨도 자연동굴일 확률을 배제할 수 없어 땅굴을 정밀 조사한 결과 발견 시추 지점으로부터 불과 남쪽 22m 지점에서 적 땅굴 막장이 끝나는 것을 확인했다. 적은 남방한계선 아래 2,052m까지 파 내려왔던 것이다. 1989년 12월 24일 새벽 1시 24분의 일이었다.

1989년 7월 말 일요일 오전, ○○동 ○○리 기존 시추지역에서 과감하게 74m를 추진하여 시추공 탐사를 하지 않았다면 1989년 12월 24일, 제4땅굴은 영원히 발견할 수 없었을 것이다.

문제는 보안이었다. 제4땅굴을 발견한 것을 철저히 보안에 부쳐야 했다. 역갱도를 뚫고 소탕작전을 하기까지 준비할 것이 많았다. 먼저 미국의 TNT 팀을 현장에 투입시켰다. 시추 카메라를 통해 레일, 침목, 쇠파이프, 갱도 내부 벽면을 관찰했다. 그리고 나는 똑똑히 보았다. 갱도 내부에 빨간 페인트로 쓰여 있던 네 글자. '조국통일' 그리고 그 옆으로 '수령님 만세!'

소탕작전 준비

제4땅굴 발견과 함께 중요한 것은 적의 역대책에 대비하는 일이었다. 갱도 내부 감시 방책을 강구하는 한편 정확한 예상출구의 판단과 철저한 수색을 실시하고, 장애물 설치 등 북한의 선제공격에 대비하여 경계태세를 강화했다.

그리고 무엇보다 이전의 제1, 제2, 제3 땅굴의 소탕작전 중 있었던 인명피해 교훈을 세밀히 분석하도록 했다. 예상 가능한 모든 상황을 기록한 후, 이에 대비한 방책을 수립하고 실시함으로써 단 한 건의 피해도 없는 완전작전을 실시하도록 지시하였다.

1990년 1월 1일에 장군이 되어 6군단 참모장으로 내정된 육사 23기 박영익 준장을 21사단 부사단장으로 발탁하여 땅굴 소탕작전 지휘관의 임무를 부여하였다.

내 입장에선 전 세계가 주목하는 역사적인 일을 앞둔 시점에 인명 피해 없이 임무를 수행할 지휘관이 필요했던 것이다.

박영익 준장을 필두로 소탕작전에 투입할 6개 팀을 만들었다. 상부에선 처음에 특전사 요원의 투입을 고려하였으나, 사단장 시절 강력히 훈련시킨 21사단 수색대대 투입을 결정하고 훈련에 돌입하였다. 팀당 11명으로, 1개 분대가 9명인데 거기에 통신병 1명과 위생병 1명을 포함했다. 수색대대에서 1팀부터 6팀까지 선발했다. 선발은 매우 엄격했다. 중대장은 대위를 선발해 각 팀을 지휘하도록 했다.

1990년 2월, 1군사령관 땅굴소탕작전 지시

6팀을 만든 후, 2개월 이상 강도 높은 훈련을 시켰다. 상상을 초월한 훈련이었다. 체력단련은 물론 특수장비 사용 요령에서부터 적의 화생방 공격 대비훈련을 했다. 그런 다음 갱도 모형 훈련장을 설치해 소탕작전 대형 및 요령과 우발 상황에 대한 대처 요령, 담력, 극기 훈련까지 37가지의 대비책을 훈련했다.

땅굴을 관통하고 나면 기계가 고속 회전을 하면서 뚫고 들어가는데 그 회전판의 지름이 30~40cm밖에 안 되는 곳을 병력이 들어가 방호벽 쌓는 훈련도 했다.

그곳은 폐탄광과 터널이 많은 지역으로 터널을 통제하고 그 안에서 적 소탕 훈련을 했다. 땅굴 안에서 일어날 수 있는 모든 상황에 대비한 훈련을 실시하였다. 지금 생각해도 병사들에게 고마운 것이 그 어렵고 힘든 훈련에서 단 한 명의 낙오 병사가 없었다는 점이다. 맨 처음 선발했던 팀원 전부가 끝까지 임무를 완수했다. 그 기간 동안 병사들은 외출이나 외박조차 나가지 않았다.

그동안 나는 철저한 보안 대책으로 제4땅굴이 공개되기 전까지 지위 고하를 불문하고 상하급 부대 지휘관과 참모들의 현지 방문을 통제하였다.

이는 갱내를 감시하기 위해 투입했던 미 시추공 카메라 감시 결과와 전방 적의 활동 사항을 분석한 결과, 관통 수 시간 전까지도 적은 땅굴 노출 사실을 인지하지 못한 것으로 판단할 수 있었다.

마침내 땅굴 관통일이 1990년 3월 5일로 정해졌다.

그런데 역갱도 공사가 한창 진행 중인 1990년 2월 24일, 〈세계일보〉에 "동부전선 제4땅굴 발견"이라는 기사가 〈워싱턴 타임지〉 인용으로 보도가 되는 바람에 공개되고 말았다. 즉시 언론 보도 통제를 하는 한편 적의 주의를 타지역으로 돌리도록 기만대책을 강구했다. 인접 군단에서 땅굴 탐색작전을 하도록 하여 잔여 공사 기간 중 효과적으로 적을 혼란시키도록 하였던 것이다.

나는 박 준장에게 날짜를 앞당겨 3월 3일에 관통하도록 준비시켰다. 이미 보도가 나간 상태에서 3월 5일에 관통을 하게 되면 만약에 있게 될 적의 도발에 엄청난 희생이 따를 것을 염려해서였다.

하지만 육군본부와 국방부는 이미 내외신 기자 40명, 중립국 감시단 8명에게 통보를 했고, 대통령에게 보고가 된 터라 안 된다며 3월 5일에 관통하도록 했다. 군사령관이었던 나는 직접 노 대통령에게 전화를 걸어 "역갱도 관통 준비 완료되었습니다. 적의 역대책이 우려됩니다. 3월 5일 계획을 2일 앞당겨 관통하겠습니다"라고 했다. 노 대통령은 즉시 국방부 장관에게 "이진삼이 하자는 대로 해. 이진삼은 불가능이 없어. 3월 3일로 앞당겨!"라며 명령을 내렸다.

대통령의 지시대로 관통일은 3월 3일 오후 1시로 확정되었다. 그런데 관통을 며칠 앞두고 현장에 있던 박 준장이 장화를 신은 채 헐레벌떡 내게 달려왔다.

가슴이 쿵 하고 내려앉았다.

의인불용 용인불의疑人不用 用人不疑

"사령관님, 땅굴 각도가 잘못됐습니다."

기함할 보고였다.

현장 작업에 참여했던 업체에서 적외선 빔을 잘못 건드려 각도가 위를 향한 바람에 아래로 뚫어야 하는 땅굴이 위로 올라갔다고 했다. 다시 밑으로 꺾기 위해서는 다른 장비를 필요로 한다고 했다.

"조치할 수 있나, 박 장군!"

나는 박 장군의 눈빛을 보며 물었다.

"네, 할 수 있습니다, 사령관님!"

할 수 있다는데 다른 것은 물을 필요가 없다고 여겼다. 물론 처음엔 가슴 철렁하긴 했지만.

"불가능은 없다. 최선의 방책을 강구하자."

나는 무엇이든 일단 맡기면 그것으로 끝이다.

의인불용 용인불의疑人不用 用人不疑. 의심나면 쓰지 말고, 일단 쓰기로 마음먹었으면 결코 의심하지 않는다.

그러니 작전지휘에 있어서도 군사령관인 내가 현장에 나타나면 오히려 효율적인 지휘에 방해가 될 것을 우려해 꼭 필요한 작전지침만 내렸다.

나는 바로 내 전용 헬기를 띄워 박 준장을 육군사관학교로 보냈다. 박 준장은 그곳에서 긴 기계를 토막 내 쓰도록 하는 신지를 이용해 작업을 이어갔다. TBM(우랄산맥에서 터널을 뚫을 때 사용하던 장비)을 사용해 관통 지점

10m를 남겨 두고 엔진 4개 중 두 개를 껐다. 엔진 소리에 적이 관통하는 사실을 알게 될 것을 우려해서다. 관통 지점 2m를 남겨두고는 엔진 하나만 작동할 수 있도록 준비하고 대기시켰다.

피 말리는 소탕작전에 들어가다

오후 1시에 관통하기로 했다.

나는 오전 10시부터 가서 기다리며 시편 23편 4절을 수없이 되뇌었다. 작전에 참가할 부하들의 무사를 기원했다. 수없는 작전을 하면서 적진으로 뛰어들었던 그 순간과 다를 바가 없었다. 기다리는 3시간이 길고도 길었다.

현장에는 이미 중국과 북한을 뺀 전 세계 외신기자 40명과 중립국 감시단 8명도 와 있었다. 만약 작전지역 1km 앞에서 폭발이라도 일어나면 우리 병사들은 말할 것도 없고, 기자들 역시 죽을 수밖에 없었다.

오후 1시, 마침내 땅굴이 관통되었다. 그곳에 기자들을 앞세워 들여보냈다. 당시에도 종북 세력이 있어 땅굴을 우리가 팠다고 유언비어를 퍼뜨렸기 때문이다. 현장을 확인하고 나온 기자들의 눈물, 콧물에 먼지까지 뒤집어 쓴 몰골은 말이 아니었다. 이후로는 아무도 이의를 달지 않았다.

오후 2시 30분, 여전히 땅굴 발견에 대한 우리의 공식보도가 나가기 전, 적 땅굴 입구 지역에 위치한 적의 GP에서 오후 2시 40분, 이례적으로 대면작전을 요구해왔다. 그러고는 우리 쪽으로 다가와 "친구, 그기 땅굴 없으니 찾지 말라우!"하며 이색 공세와 최초 땅굴 소탕작전 중에 적이 황급히 퇴거하는 일부 징후를 포착한 사실로 미루어 보건대, 계획보다 앞당겨 작전을 실시한 것은 우리의 희생을 막은 결정적인 선택이었다.

오후 7시쯤, 소탕작전을 지휘하던 1팀의 중대장이 '목함지뢰 몇 개가 흙탕

물 속에 있다'는 보고를 했다. 작업을 중지시켰다. 미리 준비해둔 모래주머니로 지그재그 5중 방호벽을 쌓도록 하고 이어지는 작전은 다음날로 이어가도록 했다.

1990년 3월 3일 땅굴소탕작전

1팀의 중대장은 버터를 묻힌 정구공을 목함지뢰가 있는 곳으로 던졌다. 그러고는 훈련된 군견을 앞세워 들여보냈다. 군견이 정구공을 줍기 위하여 전진하자 그 뒤로 1팀이 들어갔다. 잠시 후 "펑" 하는 강력한 폭발음과 함께 파편들이 나뒹굴었다. 목함지뢰가 있다는 것에 긴가민가하던 사람들조차 모두들 놀랐다. 박 준장은 무전기로 군견과 함께 들어갔던 1팀의 중대장을 불렀다.

"코뿔소 하나. 어떻게 됐나, 응답하라, 모두 살았나?"

이에 "전부 살았다, 이상 없습니다"하는 응답이 왔다. 그 순간 나는 가슴을 쓸어내렸다. 박 준장의 지시는 계속되었다.

"그러면 지금부터 화기(총)는 꼭 휴대하라. 특히 실탄을 확인하라, 알겠나?"

총을 그 안에 두고 나오면 지뢰폭발로 진공이 생겨 자칫 폭발로 이어져 모두 죽을 수 있어서였다. 1975년 철원 6사단에서 발견했던 2땅굴에서의 일이었다. 화기로 인한 폭발로 많은 인명피해가 있었다. 팀원들의 안전을 위하여 컴프레서를 이용해 공기 공급을 하였다.

교대한 1팀원들은 중대장 이하 모두가 피투성이였다. 파편에 맞은 게 아니라 그 안에서 폭탄이 터지니까 안에 있던 모래들이 날아들어 피투성이가 된 거였다. 거기에 콧물과 눈물이 뒤범벅이었다. 숫자를 세어보았다. 한 명, 두 명…… 열한 명, 그대로였다. 물론 군견은 죽었다.

우리 모두는 달려가 병사들의 피를 닦아주며 눈물을 흘렸다. 병사들도 울고, 우리들도 울었다. 그러자 박 준장이 병사들 앞으로 달려 나갔다.

"열중쉬어, 차렷. 기자들과 군사령관님 앞에서 눈물을 보여? 지금부터 10분 후에 다시 작전에 들어간다. 만약 그 원점으로 돌아가지 않으면 내가 들어간다"라며 병사들을 다그쳤다.

나는 박 준장의 마음을 이해했다. 이미 땅굴 안에서 한 차례 폭발한 터라 이에 적이 역공을 하면 모두가 위험해질 수 있기 때문이다. 더한 인명피해를 줄이기 위해서는 작전을 빨리 마치는 것이 중요했다. 나는 이를 모른 체 할 수밖에 없었다. 신속히 작전을 마치는 일만이 최선이었던 것이다. 나는 병사들 한 명 한 명과 악수를 하였다.

이후 병사들은 준비된 막사로 이동, 목욕과 식사를 하고 복장과 장비를 재정비한 후 다시 땅굴 안으로 들어갔다. 박 준장도 병사들을 따라 안으로 들어갔다. 지휘관이 직접 작전에 뛰어들자 병사들의 사기는 충천했고 작전은 완벽하게 성공했다.

나는 군사분계선 넘어 500m 적 지역으로 진출을 명하였으나, 적은 이미 퇴각한 후로 나타나지 않았다. 군사분계선까지 500m 후퇴를 명한 후, 3중 콘크리트 벽을 쌓고 경계에 돌입하였다.

그날로 우리는 군사분계선을 확보했다. 모든 작전을 종료하고 희생된 군견의 사체 수습을 끝으로 군사분계선 점령을 완료했다.

그러자 노 대통령은 내게 전화를 걸어와 "이 장군, 수고했어. 군견 한 마리만 희생됐다는 보고 받았는데, 충견忠犬이구먼. 이진삼, 잘했다. 역시 불가능은 없어. 결국 해냈어. 서울 나오거든 들러라. 무리하지 말고 몸조심 하고"라며 완벽한 소탕작전에 대한 치하를 하였다. 나는 "감사합니다, 계속 근무하겠습니다" 하였다. 희생된 군견은 화장을 하여 제4땅굴 입구 묘 옆에 동상을 세웠다.

이 모든 것은 훈련과 철저한 준비 그리고 정확한 상황 판단, 장병들의 결사 정신과 희생정신의 결과였던 것이다.

완전무결 소탕작전을 마친 박영익(예, 중장) 장군은 현장을 방문한 기자와의 인터뷰에서 이렇게 말하였다.

***

"땅굴 소탕작전도 중요하지만, 발견이 더 중요했습니다. 발견은 백퍼센트 이진삼 사령관님의 노력이었어요. 그 집념 대단한 거죠. 땅굴이 있다는 확신과 끈질긴 집념이 아니었으면 발견 못했을 테니까요. 우리 같은 사람은 발견 못 합니다. 뺑 뚫어보면 자연 동굴이 대부분이었거든요. 더구나 펀치볼 같은 험준한 곳, GOP 고지대 145m의 깊이에 땅굴이 있을 거라 누가 짐작조차 하겠습니까. 이 사령관님이니까 가능한 거죠. 찾아낸 것이 80퍼센트, 소탕작전이 10퍼센트, 국민과 전 세계에 리얼하게 적의 실상을 알리는 것이 10퍼센트의 공이라면 이 사령관님은 90퍼센트의 공을 세우신 겁니다."

교훈과 의의

제4땅굴은 1978년 제3땅굴이 발견된 지 12년 만인 1990년 3월 3일에 양구 동북방 26km 지점 비무장지대 내에서 발견되었다. 규모는 높이와 폭이 각각 1.7m, 깊이는 지하 145m, 총길이 2,052m의 암석층 굴진 구조물로 군사분계선의 1,028m 남쪽에서 발견됐다. 현재 국내에서 유일하게 내부 관람

▲ 1990년 3월 제4땅굴 노획물

▼ 1990년 제4땅굴 입구(예하 지휘관들과 함께)

용 전동차를 운행하고 있다.

이는 21사단장, 3군단장, 1군사령관을 통해 8년간 끈질긴 집념으로 동부전선 험준한 산악 지형에서 최초로 발견한 땅굴로, 북한의 도발 실상을 전 세계에 폭로했다는 점에 그 의의가 있다. 시추, 발견, 관통 그리고 역갱도 공사까지 국군이 단독 작전으로 실시한 최초의 남침용 땅굴이란 점도 주목할 만하다.

희생을 각오하고 임무를 수행한 장병들에게 무공훈장을 달아주고 훈시를 하면서 눈시울을 붉혔던 내 모습을 지켜본 지휘관 참모 등은 당시를 이렇게 기억하고 있다.

★★★★

충견 헌트

충견 헌트는 셰퍼드 종으로 육군 제21사단에서 활약한 군견이다. 제4땅굴 소탕작전을 하며 탐사견으로 땅굴 소탕작전에 투입되어 북한군이 수중에 내설한 목함지뢰를 밟아 폭발시켜 11명의 생명을 구한 충견(忠犬)으로 4살의 나이에 산화하였다. 말 못하는 짐승이기는 하나, 사람의 생명을 구한 혁혁한 공을 인정받아 군견으로서는 최초로 '소위'라는 장교 계급으로 추서된 충견으로 인헌무공 훈장을 받았다.

"참군인을 보았습니다. '내 모든 것과 바꿀 수 없는 땅굴을 발견한 장한 내 부하들, 한 명의 인명 피해도 없이 임무를 수행한 귀한 자식들의 부모에게 나는 할 말이 있다. 명예는 상관에게, 공은 부하에게, 책임은 나에게'라며 부하들에게 공을 돌리는 군사령관 모습을 우리는 잊지 못하고 있습니다."

나는 상관과 부하에게 모든 명예와 공을 돌리고 훈장을 사양하였다. 결국 각종 훈장과 포상은 모두 일선에서 애쓴 부하들에게 돌아갔다.

그래도 훈장을 주겠다면 내가 죽었을 때, 육군장으로 치러지는 전 육군 장병과 의장대와 군악대 앞에서 나의 목에다 걸어 묻어줄 것을 당부한다.

생명 걸고 나와 함께 땅굴 소탕작전의 지휘를 맡고 훈장(명예와 공)을 사양했던 중장 박영익 장군에게 무공훈장이 수여되길 정부에 바란다.

16 참모총장

한 가지 뜻을 가지고 그 길을 걸어라. 잘못도 있으리라.
그러나 다시 일어나서 앞으로 가라.
– 프라게르

제28대 육군참모총장

1990년 6월 11일, 제28대 육군참모총장에 취임했다.

육군사관학교에 입학, 소위로 임관한 지 32년 만이었다. 계룡대 연병장을 사열하는 내 머릿속엔 지난 수십 년의 일들이 주마등처럼 스쳐갔다.

임무 위주의 육군 건설에 총력을 기울여 내외의 어떠한 도전에도 효과적으로 대응 분쇄함으로써 이 땅의 평화를 지켜나갈 것을 다짐했다. 그리고 우리가 그토록 소중하게 가꿔온 자유민주 체제를 수호하고, 국민의 생명과 재산을 보호하는 것이 군의 존재 목적이기에 어떠한 역경과 시련 속에서도 '육군은 국가보위의 초석'으로서 사명의식을 갖고 신명을 바쳐 국가의 민주주의 발전과 번영, 통일의 위업달성을 뒷받침해 나갈 것을 다짐하였다.

관심과 분석 그리고 의미

제28대 참모총장에 임명되고 나니 무엇보다 안정된 체제와 튼튼한 강군 육성을 위해 자격과 경력을 갖춘 간부들이 적절한 단계를 밟아 발탁되는 풍토가 절실한 시점임을 알았다.

그동안 영남에서 독점하던 육군참모총장에 충남 출신의 내가 기용된 데 의미를 부여하는 사람도 있었다. 충남에서 대장 계급의 육군참모총장이 나온 것은 내가 처음이다. 과거 자유당 정권에서 송요찬 장군이 중장의 신분으로 총장을 맡았던 적은 있었다.

한 예비역 장성은 "이른바 정치군인이라고 할 수 있는 군인들이 우대받는 바람직하지 않은 풍토가 군에 있었던 것은 부인하지 못할 사실"이었음을 지적했다. "그런 이유로 많은 군인들이 전투력을 배양하는 데 신경 쓰기보다는 정치적 영향력을 갖는 특정한 부대의 지휘관 경력을 더 선호하는 경향이 있었다"는 것 또한 지적했다. 그는 "군인 특히 육군의 핵심 간부는 야전성 있는 지휘관이어야 한다"는 말을 하면서 "군인들이 야전지휘관 경력을 자랑스럽게 여기고 야전지휘능력이 탁월한 군인이 발탁되는 풍토가 조성되어야만 군이 강해진다"는 사실을 누누이 강조하였다.

군내의 일부 정치군인, 속칭 선두주자들에 대한 불만이 있었으며 통수권자인 대통령에게 바람을 집어넣는 후배도 있었다. 나는 대통령에게 건의, 공정한 인사와 진급체계와 제도를 바꿨다. 모든 계급의 진급심사는 1심(7명) 규정을 3심제(5명×3)로 변경하여 진급서열 추천제도, 특정인의 인맥 등을 심도 있게 분석, 청탁자를 탈락시켰다. 나를 포함하여 기득권을 배제하고 해당자는 누구든지 객관성 있는 능력을 평가받도록 하였다. 대통령도 내게 책임과 권한을 주는 것으로 힘을 실어주었다.

▲ 1991년 헬리콥터에서

◀ 태릉사격장

▼ 1991년 전국토요새화

▲ 1991년 경기도 일산 수해현장

▲ 리스커시 한미연합사령관과 함께

◀ 영국군 훈련장

▶ 콜린 파월 장군 육본방문

전 국토의 요새화要塞化

전방의 GP(경계초소), GOP(일반전초), 보조진지, 예비진지, 후방 경계진지 등 전국적으로 적이 공격 내지 침투를 못하도록 사전 방어하기 위해 호와 교통호를 구축, 전 국토를 요새화하였다.

진지를 구축하기 전, 전술지식이 해박該博한 장교들로 하여금 사전 작전 계획을 세우고 작업을 위한 공구와 장비를 보강하고 자재와 예산을 투입해 3개월간 전 국토에 물샐 틈 없는 강력한 진지를 강화하였다. 이를 통하여 전투 시 진지 구축 훈련도 병행 실시하였으며, 실제로 포를 포함한 모든 화력으로부터 우리의 생존 보장을 시험한 결과, 30퍼센트의 생존율이 97퍼센트의 생존율로 나타났다.

공격 시나 방어 시에 땅을 파는 자 죽지 않고, 승리만이 있을 뿐이다. 평상시의 땀 한 방울은 전시에 피를 대신한다.

전 장병의 전투요원화

보병, 포병, 기갑, 항공, 공병, 통신 등 모든 전투병과는 물론 각종 지원병과와 군무원 등 전 장병 그리고 군인 가족, 형제자매 등 전후방 동시 전쟁 상황에서 적을 능가하는 전투력 증강을 위하여 전투병과 기술, 행정, 보급, 수송, 경리, 운전병, 당번 등 전투력 유지를 위하여 각 단위 부대별로 사격 유격 훈련을 포함 기본 훈련을 6개월 내에 완성 보고하도록 하였다. 보안부대 특공대장, 대공과장 그리고 베트남에서 기동대장으로 있으면서 운전병, 당번을 평시에 훈련시켜 공비를 사살한 바 있다. 진지 공사와 전투 훈련은 전 장병들의 정신 무장과 더불어 전투력을 향상시켰다.

"어, 어, 어 하더라"

1990년 6월 17일자 〈주간조선〉 표지에 참모총장이 된 내 사진이 실렸다. 엄마 등에 업혀 책방 앞을 지나던 어린 손자가 그것을 발견하고는 걸음을 멈추고 "어, 어, 어, 하더라"는 며느리의 말을 듣는 순간, 어린 손자를 한 번 더 쳐다보았다.

철부지 어린 손자에게 자랑스러운 할아버지로 인정을 받는 일이 육군참모총장이 된 것보다 더 행복했던 일이었다면 남들은 이해할 수 있을까?

공산주의로부터 민주주의 체제를 수호하기 위한 '애국'의 마음과, 국민의 재산과 생명 보호를 위해 존재해온 '애족'으로 사는 동안 내게 있어 우선은 언제나 조국이었다. 국가가 위태로울 때 자기의 생명을 요구받는 순간을 가장 행복한 순간으로 여기며 살아왔기에 국가는 내게 전부였던 것이다.

지리산을 열 번쯤 다녀온 사람은 '지리산 박사'가 되지만, 일백 번쯤 다녀온 사람은 "지리산은 가고 또 가도 그 속을 알 수 없는 산"이라고 한다는 말이 있다. 마찬가지로 군인의 길은 가면 갈수록 얼마나 많은 희생을 각오해야 할지 알 수가 없는 길이다. 미쳐야만 갈 수 있는 길이다.

수십 년 그렇게 미쳐서 사는 동안 주어진 자리가 육군참모총장이었다. 손자를 비롯한 가족은 육군참모총장이 된 나를 보며 여전히 미쳐 살 것을 알고 있지만, 그 '미친 삶'이 참군인의 길을 갈 거란 믿음을 보내온 것이다.

"어, 어, 어……."

애국 애족의 자랑스러운 우리 할아버지.

애국 애족의 위대한 내 남편.

애국 애족의 용감한 아빠.

국가를 빼고 나면 아무것도 아닌, 그런 내게 예상치 못한 태클이 걸렸다. 야바위꾼쯤으로 여긴 것일까, 똘마니쯤으로 여긴 것일까. 야바위꾼 혹은 똘마니들에게나 걸어야 할 태클이 내게 날아들었다. 사람은 자신이 아는 만큼만 본다고 하더니, 야바위꾼이나 똘마니에 지나지 않는 사람이 자기의 기준에 맞는 태클을 걸어온 것이다.

그것도 비겁하게 내가 육군참모총장을 마치고 정무직인 장관의 자리에서 물러나는 순간, 기다렸다는 듯이.

한평생 미친 듯이 명예를 목숨보다 소중히 지키며 살아온 나를 무너뜨리는 것은 한 순간이었다. 수십 년 쌓아온 명예를 하루아침에 와르르 무너뜨리고, 그것도 모자라 "어, 어, 어……"를 외치며 환호를 하던 내 가족들에게 "어? 어? 어?"라는 물음표와 함께 전과자라는 오명까지 뒤집어씌웠다.

더더욱 비겁한 것은 모든 것이 야바위꾼과 똘마니에 지나지 않은 그들은 자신의 잘못이란 것이 밝혀졌음에도 사과 한마디 하지 않는 것이다. 죄를 지을 때 가졌던 용기라면 못 가질 용기가 어디 있겠는가.

결국 그는 그런 용기마저 내지 못하는 야바위꾼이나 똘마니임에 틀림없다. 사실이든 아니든 묻지도 따지지도 않고 일단 내질렀다가 사실이 아니면 '그럼 말고'식으로 혀를 내둘렀던 그에게 한마디 하고 싶다.

"죄는 남 안 주고 결국 제가 다 받게 돼 있다."

복음화도 통합을

대전광역시에서 북서쪽으로 25km 떨어진 계룡산 기슭에 자리한 계룡대는 총 면적이 900만 평이다. 군 전략상 안정성을 확보하고, 국토를 균형 있게 발

계룡교회 부지 선정 지역에서 기도를 드리며

전시키기 위해 1989년 7월 육군본부와 공군본부가 자리한 후, 1993년 6월에 해군본부가 이전 되면서 3군의 새로운 통합기지로 자리매김을 했다.

내가 참모총장으로 재임할 당시에는 해군본부가 이전 전이었지만, 계룡대 내에 2000년대 군 종교 활동의 구심체 역할을 감당할 계룡교회 건립을 추진하면서는 이전해 올 해군도 감안했다.

1991년 4월 26일, 1천만 기독교인들의 초교파연합단체인 군 복음화 후원회에서 45억 원을 투입, 5,450평의 부지 위에 연건평 2,284평 규모로 3천 명을 수용할 수 있는 역사적인 동양 최대 교회 건립의 기공식을 가졌다.

UH−60은 세계 최우수 헬리콥터

1991년 7월, 대한민국 육군의 미래 주종 헬리콥터, 세계 최신예기로 미국에서 UH−60을 도입하여 청와대에 2대를 지원하고 육군참모총장이 최초로 운항하게 되어 있었다. 서울↔계룡대 간 25분이 소요되며 쌍발 제트 엔진으로 바다에 불시착해도 장시간 생존가능 한 고가의 장비다. 도입 전 미국회사 시험 비행사 8명이 도착해 청와대 4명, 육군본부에 4명이 3개월간 한국 조종사와 합동 운항토록 되어 있었다.

1991년 8월, 서울출장차 수행원들과 육본 헬기장에서 이륙하려는 순간, 미 조종사가 엔진 2개 중 1개의 이상으로 운행불가라는 보고를 했다. 즉시 리스카시 연합사령관에게 통보, 육군전방지휘소에서 오후 3시 30분에 만날 것을 약속하고 UH—1H를 타고 서울로 향했다.

오후 3시 30분, 헌병들의 경호를 받으며 도착한 리스카시 연합사령관에게 나는 "UH—60은 아주 우수한 비행기지만 도입을 고려해야겠다"는 심중을 내비쳤다. "왜요?" 깜짝 놀란 리스카시 연합사령관이 반문을 했다.

"이 비행기는 공중에서 고장 나는 게 아니라 지상에서 고장 나니 세계에서 가장 안전하고 우수한 비행기다"라고 리스카시에게 뼈 있는 말을 던졌다. 내 말에 놀란 연합사령관은 즉시 미국으로 연락하겠다고 했다. 3일 만에 미국으로부터 부사장과 정비사 2명이 날아와 전기와 연료 계통에 생긴 고장을 응급조치하였다.

이러한 내용이 전군에 알려지면서 각 부대의 헬리콥터 부대들의 정비팀에 비상이 걸렸다.

부모님 날 낳으시고 스승님 날 가르치셔

초등학교 시절, 중학교 입학을 위해 매일같이 많은 시를 읽고 암기하면서 시詩에 많은 관심을 갖게 되었다. 노래는 평소 즐겨 불렀다. 중학교 때는 명곡을, 고등학교 때는 가요를 즐겨 불러 군 단위 노래자랑에 출전해 상도 탔다. 간혹 수준 낮은 작사 작곡까지 해서 친구들과 부르기도 했다.

맥주 반 컵만 마셔도 얼굴이 붉어질 만큼 술에는 약하지만 회식자리에서는 간혹 노래를 부르는 것으로 대신하기도 했다. 초급장교 시절부터 일관되게 불러온 애창곡 '38선의 봄'으로 일단 흥을 돋운 다음, 작사 작곡을 한 '병상에 누워' 노래를 멋지게 뽑아 분위기를 절정으로 치닫게 한다. 이 노래는 병상에 누워 있는 한 병사를 보며, 그가 하루빨리 병이 나아 전방에 돌아가기를 기원하는 마음을 담았다.

"우리나라 장성 중 군가를 3절까지 부를 수 있는 유일한 장군으로 단연 타의 추종을 불허했죠."

총장 재임 시 육본정훈감을 지낸 윤창로尹昌老 준장이 했던 말이다. 무엇이든 익히고 배우는 것을 즐겨했다. 그중 시 짓기를 좋아해 어디서든 시상詩想이 떠오르면 메모하는 습관이 있었다.

조국祖國

내 조국 이 땅 위에
부모님 날 낳으시고
스승님 날 가르치셔
나라님 총칼 주셨으니
길이길이 닦아
이 나라 지키리라.

논산훈련소 수용 연대 정문 높은 석탑에 새겨놓은 글이다. 면회 온 장병 가족들이 읽고 수첩에 적어가곤 했다. 특히 전방사단 종합훈련장 큰 돌에 새겨 장병들에게 교육 훈련훈이 되었다.

위의 시는 평소 좌우명처럼 즐겨 암송해온 자작시로 훗날 계룡대 연병장에서 거행된 전역식에서 읊기도 했다.

평생 동안 내가 품었던 조국과 부모님 그리고 가르침을 주셨던 스승님 은덕으로 생사를 가르는 싸움에서 죽지 않고 오늘의 내가 있음을 노래했다.

초등학교 시절, 2년 동안 담임을 맡으셨던 황용주, 천현국 시골교장 선생

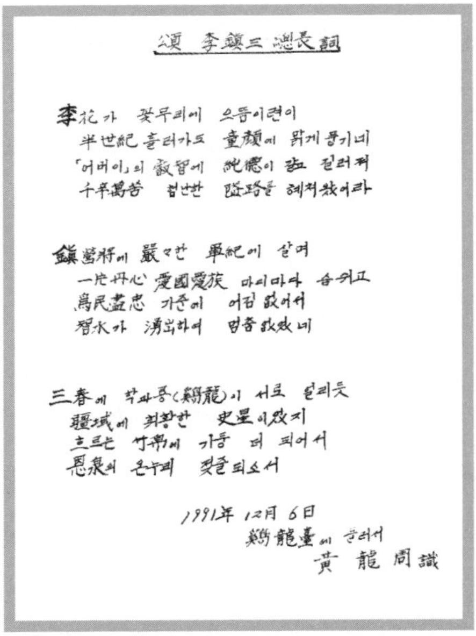

초등학교 시절, 담임 선생님이셨던 황용주 선생님의 송사(頌詞)

님을 찾아 육군본부로 모셨을 때, 선생님은 45년 전의 일을 어제 일처럼 기억하고 계셨다. 놀라지 않을 수 없었다. 당신 품을 떠난 제자들이 어디서든 잘 되길 바라며 마음으로 응원을 보내고 계셨을 터. 그 응원 하나하나가 내게로 전달되어 오늘의 내가 존재함을 믿어 의심치 않는다.

나는 선생님의 손목에 별이 새겨진 기념시계를 채워드렸다. 앞으로 이어질 수많은 시간을 선물하고픈 쉰 살이 넘은 제자의 마음이었다.

저강도 작전Low Level Operation의 중요성

전면전 수준의 작전을 고강도 작전이라고 한다면 저강도 작전은 제한된 범위 내의 작전을 말한다.

1991년 6월 21일부터 10일간 한미 양국 육군이 공동으로 주최한 제15차 태평양지역 육군 관리 세미나에서 우리는 미국, 호주, 인도 등 아시아 태평양지역 25개국 대표 2백여 명과 저강도 작전에 대한 긴밀한 토의를 했다.

현대전에서 발생 빈도가 높으면서 국내의 정치, 사회 안정과 국가안보에 지대한 영향을 주는 테러, 폭동 및 게릴라전에 대비한 각국 육군의 역할에 대해 폭넓은 토의를 했다.

기조연설에서 나는 "소수민족이나 혁명세력에 의한 봉기, 소요 등은 각국이 자력으로 풀어가야 할 문제이지만 마약이나 해상 안전 문제는 주변 국가 간에 긴밀히 협의해야 한다"는 것을 강조함으로써 세미나의 참가국 대표들로부터 깊은 공감대를 이끌어내는 한편, 현대전에서 저강도 작전의 중요성을 새롭게 인식하고, 이에 대한 대처는 지역 국가 간의 긴밀한 협력을 통해서만 가능함을 확인했다.

특히 대검찰청 강력부 마약과장인 유창종 부장검사를 초빙해 "마약퇴치를 위한 국제협력 및 저강도 작전"에 대한 발표를 통해 "마약이 국가의 경제적, 사회적, 문화적 기반을 황폐화시킴에도 불구하고 세계적으로 증가 추세에 있음"을 경고했다. 효과적인 대마약 활동을 위해서 국제적인 협력이 필요, 군내 마약 침투 가능성에 대해서도 철저한 대비가 있어야 함을 상기했다. 이에 참가국은 물론 범세계적으로 마약 퇴치를 위한 새로운 협력 기반을 조성하기로 다짐했다.

이 기간 중 우리가 마련한 방문 및 시찰 일정에 전방 OP와 제4땅굴 견학, 육군본부 계룡대의 방문 등을 통해 한반도의 긴장 상황과 안보환경 의식을 고취시켰다. 사적지 및 전적지 산업시설 방문 등으로 한국의 역사와 전통문화 발전상을 보여줌과 동시에 일반 가정 방문 및 친교 활동을 통해 참가국 간의 이해와 우의를 증진하기도 했다.

폐막식에서 나는 성공적으로 세미나를 개최한 공로로 미국정부로부터 Legion of Merit in the Defense of Commander 훈장을 받았다.

가칠봉 수영장

제4땅굴을 발견한 최전방 고지인 가칠봉(1,242m) 남방한계선 철책선상 우리 측 GP에 장병용 수영장을 만들었다. 1989년 1군사령관 재임 시 시공하여 1991년 참모총장 시절 개장했다.

1989년 제4땅굴을 발견하기 위해 시추공 작업 중 수맥을 발견, 하루 150톤의 수량을 활용하여 생활용수, 급수시설과 수영장 건설을 지시했다.

전 휴전선에서 적 GP와 우리 GP 간의 거리가 가장 가깝고 2013년 12월 24일 박근혜 대통령이 다녀간 가칠봉 고지와 2014년 6월 초, 김정은이 다녀간 속칭 김일성 고지가 마주보이는 지점이다. 북한군 GP까지의 거리가 불과 350m에 지나지 않았다. 아군 병사로 하여금 수영하는 모습을 보여줌으로써 아군의 사기를 높이고 적들이 부러워하도록 했다.

추운 겨울인 12월, 1월, 2월은 제외하고 봄과 가을에 보일러를 가동하여 야간에도 수영을 하고 세탁을 하도록 했다.

1991년 7월 3일 오후 3시, 수영장 개장에 맞춰 한미연합사령관 리스카시 대장이 참석하겠다는 연락을 해왔다. 그런데 개장 시간인 오후 3시가 지나고 30분이 훨씬 지나도 리스카시 대장은 나타나지 않았다. 도솔산(1,148m) 돌산령 헬리콥터장으로부터 대우산(1,179m)을 지나 가칠봉(1,242m)까지 북방으로 10km의 15분 거리였다.

더는 기다릴 수 없어 나는 개장 행사를 시작하도록 명을 내렸다. 군악대 연주를 시작으로 행사가 시작됐다. 30분 후, 장병들의 수중 농구 시합을 관람하고 있는데 저만치서 헌병들의 앞뒤 경호 하에 불을 번쩍거리며 리스카시 대장 일행이 나타났다.

나는 장병들에게 시간을 지키지 못한 리스카시를 가리키며 "야, 리스카시 물에 집어넣어"라고 명령했다. 입고 있던 그의 전투복이 젖은 것은 말할 것도 없고, 끼고 있던 안경, 수첩 등이 모두 젖어버렸다. 그런 그를 말 태우고 군가 '백두산까지 앞으로 적군을 무찌르고'를 부르며 수영장을 한 바퀴 돌게 했다. 이를 지켜보는 적들은 그 또한 계획된 행사로 착각했을 것이다.

가칠봉수영장에서 700m 떨어진 북측 산등성이에는 북한의 선전구호인 '무료교육, 북남불가침선언 채택'이 붙어 있다.

李鎭三審制

헬렌 켈러 여사는 사람들이 '맹인으로 태어난 것보다 더 불행한 일이 무엇이냐'고 물어 오면 "시력은 있지만 비전이 없는 것!"이라고 답했다고 한다. 진급심사도 마찬가지다. 비전 없는 심사는 군의 장래를 보장할 수 없다.

따라서 심사위원 선발에 여러 가지를 고려했다.

나는 중장(☆☆☆)으로 참모차장 재임 중 참모총장의 명령으로 1989년 1

월 1일에 진급하는 준장 진급 심사위원장을 맡았다.

진급심사에서 공정성이 담보되지 않으면 모든 장병들은 근무 의욕을 상실한다. 평가기준으로 상급지휘관의 진급서열, 경력, 부대시험 성적, 훈장(표창), 근무고과(평점), 성적(초등군사반 · 고등군사반 · 육군대학), 지휘통솔, 인내심, 도전정신, 성격, 기질, 행동, 사생활, 건강, 체력, 여론 등을 고려한다.

특히 중요하게 심혈을 기울인 것은 대령에서 장군으로 진급하는 심사과정이다. 장군 선발은 일단 유사시 국가의 운명을 좌우한다.

평균 45~50명 내외 진급에 600~700여 명이 해당자로 15명 중 1명이 진급을 한다. 참모총장으로 부임한 1990년 이후 장군 진급심사는 중장(☆☆☆) 1명이 심사위원장을 맡고 소장(☆☆) 6명이 심사위원을 맡았던 1심제에서 3배수에 가까운 중장(☆☆☆) 3명, 소장(☆☆) 15명(중장 1 +소장 5)×3의 총 18명이 3개조로 나뉘어 각 조장이 위원장으로 참모총장에게 최초 보고하고, 위원장(☆☆☆) 3명과 참모총장(☆☆☆☆) 1명이 최종심사 결정하는 3심제도로 바꿨다.

과거에는 심사위원이 누가 되느냐에 따라 좌우되던 진급관행을 이진삼 · 삼심제李鎭三 · 三審制로 바꿨던 것이다. 그러나 실제로는 4심제이다. 여기에 진급 부조리와 청탁 등 정실 심사는 불가능하다.

심사위원들이 해당자 카드를 가져다 놓고 A, B, C 등급을 매겨 분류한 다음 위원장인 중장에게 올리면, 거기서 다시 A, B, C로 등급을 분류하도록 했다. 거르고 거르는 과정을 통해 어떤 외압도 작용하지 못하게 하기 위함이다. 3심제를 통해 명단이 참모총장인 내게 올라오면 최종 승인하는 것으로 그 어느 때보다 공정한 심사를 하도록 제도화 했다.

매년 하반기에는 진급심사로 전군이 긴장한다. 진급 해당자는 자기를 판단하고 기다리는 기회의 기간이기도 하다.

교육지상教育至上주의, 중앙심사

1990년 9월, 육군대학에 초도순시차 방문했다. 강당 참모총장 책상 위에는 내가 볼 수 있도록 1972년 1월 23일에 졸업한 나의 성적 A/153 2등 졸업성적이 놓여 있었다. 나를 기분 좋게 해주기 위해 올려놓은 것 같았다. 브리핑 청취 후 '부대의 우열은 간부의 우열에 비례한다'를 시작으로 나는 교육지상주의를 강조하며 교육 훈련을 강조했다.

군에서는 우수한 장교들이 교육기관인 사관학교, 3사관학교, 각종 특과학교를 포함 각 병과학교(초등군사반, 고등군사반) 전 과정의 훈육관과 교관 그리고 교수가 되어야 한다고 훈시하였다.

첫째로 군의 지휘관과 참모를 역임한 자

둘째로 국사교육 학교성적과 고과평점, 인격, 야전성, 솔선수범, 가치관과 철학, 사생관, 끈기, 인내심, 도전정신, 지휘통솔, 사생활, 품격 등을 종합평가한다.

셋째로 직업의 3대 요소인 적재적소適材適所, 직장취미職場趣味, 능력발휘能力發揮를 할 수 있어야 한다.

이를 위해 현실적인 문제점을 파악 제도화해야 했다. 우수 집단인 학교에서는 진급 추천 서열 받기가 어렵다. 예를 들어 대령 진급을 위한 중령 중 해당자가 20명이라면 1~2명 진급한다 해도 현실적으로 2/20 이상 지휘관 서열을 선배들이 우선으로 받는 터라 후배들은 동기생 중 우수한 인재가 탈락하는 것을 목격하게 된다. 우수 자원이 교육기관으로 가지 않으려 하는 이유가 여기에 있다. 진급 해당이 되면 오히려 학교 교관이 되는 것을 피해 떠나려고 하는 추세다.

이를 알고 있던 나는 참모총장으로 육군대학 초도순시를 하는 자리에서

"여러분들에게 선물을 하나 주고 가겠다. 선물이 무엇인지 아는 장교는 대답하라. 정답을 말하는 장교는 2주간 가족 동반 외국 군사학교 순시 겸 여행을 보내 주겠다"는 질문을 넌지시 던졌다.

3명의 교관이 답을 했으나 정답은 아니었다. 정확한 답변자가 없었다. 내 입에서 어떤 말이 나올지 궁금해 하며 모두의 눈과 귀는 숨죽여 나를 주목했다.

"나는 오늘 이 자리에서 우리 육군 전 교육기관에 지시한다. 앞으로 모든 계급 진급은 서열 없이 육본 중앙 기록카드 심사로 결정한다. 우수 집단인 교관들을 다수 진급할 수 있는 기회를 주겠다."

내 말이 떨어지기 무섭게 약속이라도 한듯 모든 장교가 자리에서 일어나 환호성과 함께 "총장님 파이팅!"을 연거푸 외쳤다. 상상했던 그 이상의 반응이었다.

"앞으로 모든 교육기관 간부는, 각 학교에서 원하는 장교를 직접 육군 본부에 와서 선발하도록 최우선권을 주겠다."

나의 지시가 떨어지자 과거와는 달리, 교관과 훈육관을 희망하는 우수한 장교들이 많아졌다.

전방으로, 학교로

"왜 육군본부에 보좌관들이 이렇게 많아?"

참모총장이 되면서 그간 느꼈던 구태를 벗기기 시작했다. 참모차장을 할 때 육군본부에서 가장 눈에 띈 것은 많은 장군들 방에 근무하는 보좌관, 소령과 중령들이었다.

전방에서는 영관 장교들이 부족한 실정이었다.

"이제부터 일선 전방 야전 근무 위주로 진급 우선권을 주겠다. 앞으로 육군본부에 있으면 진급 안 돼!"라고 지시하였다.

그러자 후방 근무를 선호했던 소령과 중령들이 너나 할 것 없이 전방으로 전출을 희망했다. 전방 연대와 사단 근무가 인기직이 되었다. 군의 혁신이 시작되었다. 말 한마디에 부족한 전방 인력이 해결되었던 것이다.

참모총장이 되기 19년 전인 1971년 보안사령부 인사과장 시절, 참모장이 위원장, 각 부처 대령 5명이 위원, 나는 간사로 심사위원회에서 적체된 장교 정리 차원에서 47명의 영관장교를 육군본부로 전출시킨 적이 있다. 보안사령부는 계급보다 하위직책 보직자가 많아지면서 진급 적체 현상으로 사기가 저하된 상태였다. 당시 사령관이었던 김재규 장군은 결재를 하면서 "왜 하필 내가 있을 때 정리하느냐?"고 물었다. "사령관님, 저는 금년(1971) 10월 1일 중령 진급 예정자로 8월에 육군대학을 거쳐 전방 대대장을 희망하고 있습니다"로 대답을 대신했다.

1990년 참모총장 취임 후, 육군본부를 포함 예하 부대 인력 감사를 보고하도록 하면서 특과부대는 감편하고 전투부대 보강으로 전투력 증강의 계기를 마련했다.

사람이 가장 보람되고 행복한 것은 자기가 하고 싶은 일을 하는 것이다. 1959년 소위 임관 시 많은 선배들이 다른 병과 가지 말고 "보병 가라"고 했던 조언을 받아들여 보병의 길을 선택했기에 참모총장이 되어 하고 싶은 일을 할 수 있었다. 그간 느꼈던 폐습과 타성을 말 한마디에 시정할 수 있는 참모총장직을 수행함에 나는 참으로 행복했다.

모래시계

시작이 있으면 끝이 있는 게 인생이다.

그런 점에서 우리의 삶은 모래시계를 닮았다.

전도서 1장 12절 다윗의 아들 예루살렘 왕 전도자의 말씀에 '전도자가 가로되 헛되고 헛되며 헛되고 헛되니 모든 것이 헛되도다'라는 구절이 있다.

삶은 헛되고 헛되다. 여기서 '헛되다'는 글자 그대로의 '헛됨'이 아니다. 우리 모두는 발버둥치며 산다. 그러나 무엇을 향한 발버둥인가는 모두가 다르다. 어떤 사람은 살기 위해, 어떤 사람은 성공을 위해, 또 어떤 사람은 축적을 위해 발버둥친다. 우리가 죽어 떠날 때, 살아 발버둥쳤던 그 모든 것이 허황되고 헛된 일이다.

눈에 보이는 피상을 넘어 사람을 사람답게 하는 가치관과 철학을 달성할 수 있었느냐로 인생을 평가하고 싶다. 지위고하를 막론하고 군인은 '사생관', 공직자는 '멸사봉공' 자세로 평가 받아야 한다.

그런 차원에서 나는 남아 있는 삶이 지금껏 내가 살아온 것보다 짧다는 것을 받아들이고, 그 짧은 시간 동안 무엇을 어떻게 하여 아름다운 마무리를 할 것인지 진지한 고민을 한다. 죽음을 향해 다가갈수록 '가치관과 철학과 도덕성을 가진 삶을 살아야겠다'는 생각은 더더욱 강해져만 간다.

참모총장 그만하겠습니다

사람에겐 뭐가 됐든 때가 있기 마련이다.

특히 그 자리가 들 자리인지 날 자리인지에 대해선 다른 사람이 뭐라 하던 자신이 제일 잘 알게 돼 있다. 1991년 11월에 접어들면서 노 대통령의 임기에 부담을 주지 않아야 하는 것은 물론 나로 인해 후배들의 인사가 정체되어서는 안 된다는 판단이 섰다.

결심을 하고 노 대통령에게 인사 결재를 받으러 갔다.

"각하, 이제 참모총장 그만하겠습니다."

장군들 인사 결재를 받고 차 한 잔을 하다 내가 던진 말이었다. 뜻밖이라는 듯이 노 대통령이 되물었다.

"이 총장, 합참의장은 해야 하지 않겠소."

노 대통령의 말이 끝나기 무섭게 나는 전역을 결심한 이야기들을 풀어놓았다.

"각하, 지금 제가 군에 더 있으면 문제가 있습니다. 제가 만약 합참의장으로 가면 육사 16기 후배 대장 3명이 모두 제대를 해야 합니다."

"그래? 그럼 더 있다가 총장 그만두면 되잖아. 6개월 후에 다시 봅시다, 이 총장."

"어차피 1년 있으면 대통령 임기도 끝이지 않습니까. 6개월 후에 참모총장 그만두고 합참의장으로 간다고 하더라도 몇 개월 후에 제가 군복 벗고 나가야 합니다. 다음 정권에 제가 왜 있습니까?"

노 대통령은 내 말에 잠시 고개를 끄덕이더니 작심한 듯 말을 이었다.

"92년도에 올림픽이 두 개나 있지 않소. 2월에는 제16회 알베르빌 동계올림픽이 있고, 7월에는 제25회 바르셀로나 하계올림픽이 있어. 그때 메달 따야 하지 않겠소? 88올림픽 때는 어쨌든 홈그라운드 이점이 있었음을 부정하진 못하잖아. 이 총장도 알다시피 내가 체육부장관도 하고 88올림픽 준비위원장도 하지 않았느냐 말이오. 이 총장, 그걸 맡아 해보면 좋을 것 같은데 어떻소? 메달 따야 하잖소."

"각하, 저 이제 후배들한테 물려주겠습니다."

나의 손사래에도 불구하고 노 대통령은 꿈쩍하지 않았다. 그러면서 정 싫으면 또 한 가지 방안이 있다며 내 시선을 잡아끌었다. 1992년 4월에 있을 국회의원 선거를 꺼내들었다. 3당 합당을 했으니까 김종필을 전국구로 보내고 지역구로 출마하는 것은 어떤지를 물어왔다.

이번에도 내 대답은 대통령이 원하는 것이 아니었다.

"죄송한 말씀이지만 저는 정치하고 싶지 않습니다. 여기서 깨끗이 물러나겠습니다. 군복 벗자마자 존경하는 유권자 여러분, 이런 거 안 하겠습니다."

단호히 거절하고는 자리에서 일어나며 그만 가겠다고 하자, "허, 이사람 고집 부리네. 앉으란 말이야" 하더니 "아니, 그러면 6개월 후에 합참의장 가면 그것도 6개월밖에 못하잖아. 내 임기가 끝나니까. 원래 이 장군은 운동 좋아하는 만능 스포츠맨이잖아. 내가 초대 체육부장관 했어. 박철언이는 체육부장관 희망해서 한 거야. 적어도 1년 이상은 할 거 아냐. 메달 충분히 딸 수 있잖아. 메달 따야 해. 1988년 15회까지 동계올림픽에서 메달 한 개도 따지 못했잖아. 24회 하계 서울올림픽은 솔직히 주최국으로 복싱, 유도, 레슬링 등에서 프리미엄이 있어 금 12, 은 10, 동 11개를 획득해 160개 참가국 중 4위 한 거 아니겠어? 1992년 프랑스 알베르빌에서 있을 제16회 동계올림픽과 스페인 바르셀로나에서 있을 제25회 올림픽 잘해야 돼. 이 장군은 해낼 거야. 우리나라의 국위 상승은 물론 경제·외교·정치·교육·사회·문화 모든 분야에서 돈으로 비교할 수 없는 간접효과가 대단하다. 내 말 들어" 하는 대통령의 말을 뒤로 하고 청와대를 나왔다. 하지만 내 생각에는 변함이 없었다. 전역을 결심한 그 순간부터 미국 UCLA에서 공부를 할 예정이었다.

그러고는 1991년 12월 6일 육군참모총장 전역식을 마친 다음날 바로 미국으로 떠날 비행기 표를 구매해 놓았다.

이 사실을 어떻게 알았는지 육사 11기 김복동 예비역 중장이 노 대통령에게 "지금 이진삼이 미국으로 간다고 하는데 확인해보십시오"라는 귀띔을 했다. 확인한 결과 티케팅이 되어 있자, 정해창 대통령 비서실장이 내게 전화를 걸어왔다.

"총장님, 미국에 가신다고 들었습니다. 앞으로 나라를 위해 큰일 하셔야 하잖습니까. 한국에 계시지요" 하며 나를 붙잡았다. 그런 그에게 나는 기어이 한마디를 했다.

"감사합니다만 가고 안 가고는 내 자유입니다."

PART 04

또 다른 시작

체육청소년부 장관 17

스포츠는 과거의 혼돈에 질서를 부여한다.
– 앤소니 스타

이상한 장관

"가족과 함께 테니스 라켓 가지고 청와대 체육관으로 수요일인 내일(1991년 12월 11일) 오후 3시까지 들어오라"는 노 대통령의 지시를 이현우 청와대 경호실장으로부터 전해들었다.

가족과 함께 청와대 체육관에 도착했을 때 노 대통령과 김옥숙 여사는 테니스 선수들과 몸을 풀고 있었다. 저녁식사를 하면서는 군대에서 있었던 이런저런 이야기를 나누었다. 먼저 말문을 연 것은 노 대통령이었다.

"군 생활이 좋아. 강등해서 사단장 하라면 다시 하겠다. 군대가 제일 좋아."

"군에서 여러 번 모시는 동안 많이 배웠습니다."

"무슨 소리야? 내가 8사단 21연대장 할 때 당신이 3대대장으로 나를 도왔잖아. 부대 대항 운동시합, 시범, VIP 방문을 도맡아 하고 또 내가 9공수특전여단장 할 때 참모장 하면서 나를 도왔잖아. 그간 정말 수고 많았어. 내가 군에서 제대 후 초대 체육부장관 했잖아. 재미있었어. 지난번 이야기했지만 24회 88올림픽은 안방인 서울에서 한 거야. 25회는 달라. 해보면 국민들도 관심 많고 보람 있으니 적성에 맞을 거야. 이 장군 타고 온 숙소 자가용 오래된 것 같은데 차 바꿔" 하면서 봉투를 내밀었다.

나는 극구 사양했다. 그러자 노 대통령은 아내에게 "이거 제수씨가 받아요" 하면서 영부인을 통하여 예의 그 봉투를 아내의 핸드백에 넣어 주었다.

＊＊＊

1991년 12월 14일 토요일 오전 10시.

대통령 경호실장 이현우로부터 전화가 왔다.

"형님 내일 10시까지 남성대 골프장으로 나오시랍니다. 겨울 날씨가 춥기 때문에 남자들끼리 치기로 했습니다."

겨울 진눈깨비가 흩날리는 쌀쌀한 날씨였으나 골프 하기엔 지장이 없었다.

윗분들을 모시고 골프를 칠 때는 점수가 높게 나지 않도록 살살 치곤한다. 이상한 것은 힘 빼고 살살 치면 칠수록 더 잘 맞았다. 75타 안팎을 치곤 했다.

그런데 그날은 왠지 1 오버 파over par로 73을 쳤다. 17번 홀 수리지Ground Under Repair에서 옮겨 놓고 쳐야 하는데 그대로 쳐 파 할 것을 보기를 했다. 그래도 노 대통령은 "오늘 잘 쳤어. 72파 플레이 했으면 트로피 만들어 주려고 했지." 그 말에 나는 "대통령 동반 트로피는 가문의 영광이지요"로 화답하며 웃었다.

이틀 후인 16일 오전 10시경, 이현우 경호실장으로부터 또다시 전화가 왔다.

"형님, 축하합니다."

"뭔데?"

"조금 전에 체육청소년부 장관 결재 났습니다. 연락하라는 대통령 말씀입니다. 지금 뭐 하십니까?"

"골프 약속 있어 나갈 참이야. 12시 52분 티업Tee up이야."

"오늘은 쉬시죠."

이현우 경호실장과의 전화를 끊고 10여 분이 지났을까, 각 신문사 체육관계 기자들이 카메라를 내밀며 집 앞으로 몰려들어 취재에 열을 올렸다. 동시에 전화벨이 울렸다. 박철언 전 장관이었다.

"박철언입니다. 제가 잘해놓고 떠나야 했는데 이해해 주십시오. 그렇지 않아도 대통령께서 제게 자주 선배님 말씀을 하셨습니다. 잘 부탁드립니다"며 겸손한 인사를 해왔다.

군대에서는 전후임 이취임식이 있는데 행정부에서는 떠나는 사람은 가방 들고 도열한 직원들과 악수하고 떠나는 것이 끝이다. 이임식 없는 이임이기에 군에 있던 나로서는 이해가 되지 않았다. 대통령조차도 취임식만 있고 이임식은 없다. 하루 전, 국무총리 주재 하에 세종문화회관에서 200여 명을 초청한 가운데 식사를 한 후 이임 인사하고 나가면서 악수하는 것이 전부이다.

기자였던 막냇동생 이진원을 앞세워 방배동 집으로 찾아온 기자들의 질문은 대동소이했다.

"앞으로 체육청소년부 장관으로서 어떻게 할 계획인지 한말씀 해주시죠, 장관님. 대형님으로 저희가 잘 모시겠습니다."

체육청소년부 장관으로 국정연설을 하는 모습

"아직 출근도 하지 않았고 뭣 하나 파악도 하지 않았는데 뭘 얘기해?"

생활체육이 어떻고 엘리트 체육이 어떻다는 것을 그 자리에서 뭐라 할 건 아니란 생각이 들어서였다. "골프 약속이 있어 간다"는 말을 남기고 그곳을 벗어났다.

그리고 그 다음날, 나는 체육청소년부 장관으로 부임하였다.

1991년 12월에 부임, 1993년 2월까지 15개월간 체육청소년부 장관을 했다.

변함없는 가치관과 철학

체육청소년부 장관이 되었다고 해서 달라질 건 없다.

나는 어떤 일에 대해서도 공정하지 못한 일은 간과하지 않았다. 대한야구연맹 총재를 바꿔야겠다는 판단이 섰다. 이웅희(용인 국회의원)에서 국방장관을 사임한 이상훈으로 바꿀 예정이었다. 이해봉 차관에게 지시하여 이웅희에게 전달하도록 했다. 이해봉 차관은 대구시장 임기를 마치고 체육청소년부 차관으로 온 지 얼마 안 되었다. 이해봉 차관의 보고에 의하면 이웅희 의원은 "곧 국회의원 선거가 있는데 바뀌면 선거에 영향 있지 않겠느냐?"며 난색을 표했다며 몹시 난처해했다. 내가 해결할 생각으로 이웅희 의원에게 전화를 걸어 거두절미하고 말을 꺼냈다.

"이 의원님, 이진삼입니다. KBO(대한야구연맹) 총재 내놓으시죠"라는 내 말에 이 의원은 "곧 선거가 있잖습니까. 국회의원 선거 끝난 다음에 내놓겠습니다"고 했다. 나는 "얘기 들었는데요, 이유는 묻지 마세요. 그리고 이번 선거도 염려 마십시오. 제가 1년 전 참모총장 재직 시 용인 지역 수해 복구 지원해드리지 않았습니까. 출마 염려마세요"라고 말했다. 그러자 "알겠다"는 답을 해왔다.

'명예는 상관에게 공은 부하에게 책임은 나에게…….'

나는 사실 그런 거 하나하나에 의미를 둔다.

많은 사람들이 공직 등 고위직에서 물러나면 끈 떨어진 줄 알고 풀 죽어 다니는 경우가 허다하다. 아니면 발바닥 긁고 앉아 있다. 내 생각은 다르다.

나는 공직을 그만두고 더 바쁘다. 골프 치자고 했던 친구들과 골프 약속 잡기도 바쁘다. 사업가가 사업이 부진하거나 부도가 나면 기가 죽어 친구들도 만나지 않고 누렇게 뜬 얼굴로 집안에만 칩거蟄居한다. 부 창출과 위치를 확보하기에 급급해 자신을 돌아보지 않고 살아왔음이다. 공직자도 마찬가지다. 인간지사人間之事 새옹지마塞翁之馬인 것을. 나는 중령 때 전방으로 쫓겨 가 부연대장을 하면서도 연대본부 장병들과 매일 운동을 같이 했다.

다른 사람들 역시 모든 것을 내려놓은 내가 끈 떨어진 줄 안다. 그런 면에 있어서 내 가치관과 철학은 다른 사람의 그것과는 확연히 다르다. 당당하다.

인생 또한 마찬가지다.

남들이 예쁘고 잘 생기고 명품을 휘감았다고 해서 따라할 필요가 없다. 오히려 자신의 품위와 인격을 떨어뜨릴 뿐이다.

2004년 6월 10일, 아내가 고인이 되었다.

아내가 떠나고 두 딸에게 부탁해 장롱을 열어 유품을 정리하다 보니 24년 전 며느리가 시집올 때 혼수로 가져온 시아버지 시어머니 명품 시계가 있는 것을 발견했다. 한 번을 차 본 적이 없다. 내가 그것을 차고 다니면 과거 좋은 자리에 있을 때 얻어 찬 줄 오해할 거 같기도 하고, 무엇보다 창피한 생각이 들어서 차지 않았다. 아들과 며느리에게 돌려줬다. 내가 그것을 어떻게 차고 다니겠는가. 내 관심 밖의 물건이다. 내겐 흔들면 가는 자동 로렉스 금딱지 시계가 어울리지 않았다.

모 그룹의 회장은 그룹에 문제가 생기니까 수염을 길게 길러 몰골도 엉망이다. 사업이 실패하면 죽는 줄 알기 때문에 그런 것이다. 왜 그렇게 사는 것인지. 오히려 그럴수록 당당히 다녀야 한다. 나는 부와 관계된 그룹 회장을 대단하게 평가하지 않는다. 그룹회장한테 미안한 말인데 대그룹 회장이나 사장이 골프치자고 하면 나는 이를 정중히 사양한다.

2008년 국회의원이 되어서도 1999년형 SM520을 타고 출퇴근했다. 이를 본 국회 수위들이 "저기 옛날 유명한 참모총장 출신의 구닥다리 차 좀 봐. 차 앞자리에 비서도 태우지 않고 다니잖아"라고 수군거린다는 것을 전해 들었다. 임기 마지막 1년 동안 고속도로 전용차선 이용을 위하여 11인승 SUV 승합차를 리스해서 타고 다녔던 것이다.

엘리트 체육과 생활체육의 활성화

체육청소년부 장관이 되어 제일 먼저 느낀 무게는 책임감이었다. 전국 각지의 생활체육 활성화와 청소년 육성시설의 확대가 절심함을 피부로 느꼈다. 노인 체육시설 10개가 노인 병원 20개의 효과가 있다고 표현한 적이 있다.

국위를 선양하는 올림픽을 위한 대한체육회를 필두로 한 엘리트 체육과 국민생활체육협의회를 활성화하였다. 각 지방 단위로 청소년 훈련 시설과 일반 국민의 생활체육 활성화에 대한 수요를 정책적인 차원에서 지원하는 방안을 강구하였다.

국위선양에 가장 큰 몫을 담당하고 있는 엘리트 선수 육성과 프로선수 양성 모두 체육청소년부의 중요 과제임에는 변함이 없었다. 야구와 골프 프로선수의 국위선양도 큰 몫을 하고 있었다.

건강과 여과선용의 생활체육은 남녀노소 육체적 정신적 투자대비 효과가 대단했고, 지방자치제별로 행사를 통해 세계적인 잼버리 대회도 발전시겼다.

노태우 대통령은 1992년도 동계와 하계 올림픽에서의 국위선양과 국민생활체육, 그리고 청소년 육성에 대한 중요성을 강조하면서 적극적으로 지원했다.

동계올림픽 최초의 메달

우리나라는 세계 동계올림픽 1회에서 15회까지 메달을 획득하지 못했다. 그러던 것이 1992년 2월, 드디어 제16회 프랑스 알베르빌 동계올림픽에서 건국 이후 최초로 금 2, 은 1, 동 1개의 메달을 획득하여 64개국 중 10위, 아시아권에서는 1위를 하는 성과를 올렸다. 이는 결코 우연이 아니었다.

제16회 동계올림픽을 앞둔 1991년, 서울 목동아이스링크에서는 국제실내스케이트대회가 열렸다. 개회사를 하기 위해 참석했던 나는 내 눈을 의심하지 않을 수 없었다. 중년부인들로 목동아이스링크 안이 빼곡했기 때문이다. 이상하게 여겨 이유를 물었더니 선수 선발을 위한 학부모들의 관심에서 비롯된 것이라 했다. 말하자면 코치나 감독을 향한 학부모들의 치맛바람이었다.

3일 후 체육진흥국장을 불러 체육회에 지시하여 동계올림픽 회장과 코치와 감독들을 체육부 회의실로 집합시켰다.

"목동 인근 호텔 일식당과 청량리 삼화일식, 장춘체육관 앞 일식당 등에서 선수들의 부모로부터 접대를 받고 선수 선발을 하는 코치와 감독은 징계하겠다"는 선전포고를 했다. 그러고는 관계부서로 하여금 감시 감독하도록 하였다.

동계올림픽 국가대표 선수 선발은 대학 진학을 위한 학부모와 코치, 감독의 연결고리로 결정된다. 간발의 차이로 메달이 결정되는 경기에서 공정한 선수 선발 이외의 힘이 작용하는 것은 용납되지 않았다.

▲ 1992년 바르셀로나 올림픽 메인 스타디움

◀ 1992년 8월 바르셀로나에서 북한 김유순 체육위원장과 함께

▶ 1992년 바르셀로나 올림픽 마라톤에서 금메달을 수상한 황영조

▼ 사마란치 IOC 위원장과 담소

히딩크 감독은 월드컵 대표 선수를 선발할 때 학연, 지연에 관계없이 선수를 선발했기 때문에 월드컵에서 성과를 거둘 수 있었다. 그때의 나 역시 마찬가지였다. 공정한 선수 선발만이 동계올림픽에서 성과를 거둘 수 있다고 믿었다. 시골 촌놈으로 스케이트는 신어보지도 못했지만, 장관으로서 군기를 잡고 공정한 선수 선발을 강조했다.

그리고 마침내, 공정한 선수 선발을 통해 동계올림픽 사상 처음으로 금메달을 획득하는 쾌거를 올렸다. 건국 후 최초의 동계올림픽 메달이었다.

또 1992년 7월, 제25회 스페인 바르셀로나에서 열린 올림픽에서는 황영조 선수가 마라톤 종목에서 사상 첫 우승을 하며 금 12, 은 5, 동 12개를 획득했다. 169개 참가국 중 세계 7위의 성과를 올렸던 것이다. 무엇보다 가슴 벅찬 일은 올림픽 개회 첫날 첫 금메달을 우리나라가 양궁에서 획득했고, 마지막 폐회식장에서 올림픽의 꽃인 마라톤의 금메달 획득으로 전 세계인의 기립 박수를 받는 가운데 메인스타디움에 대한민국의 애국가를 울려 퍼지게 했던 일이다. 말하자면 올림픽의 처음과 마지막을 장식하면서 세계를 놀라게 했고, 대한민국의 위상을 88올림픽과 더불어 드높였다.

특히 황영조 선수는 올림픽 2개월 전부터, 스페인 마드리드에서 더위와 싸워가며 전지훈련을 한 덕분에 영광의 우승을 차지할 수 있었다.

얼마 전 속초를 방문해서 식당을 들렀더니 내가 출연했던 방송을 잘 봤다며 주인이 큼지막한 접시를 들고 나왔다. 그러고는 그 위에 매직펜으로 사인을 해달라고 했다. “잘 먹고 갑니다, 또 오겠습니다”라고 썼다. 다른 사람들은 ‘축, 발전’이란 말을 잘 쓰지만, 나는 그 자리에서 무엇이 가장 필요한 말인지를 찾아 썼다. 식당에 들러 잘 먹고 가고, 또 온다는 말만큼 덕담이 어디 있겠는가. 마찬가지다. 무엇을 하든 맡은 바 책임을 완수하기 위해 나는 늘 핵심이 무엇이고, 가장 필요한 것이 무엇인지를 찾아내 적재적소 활용을 했다.

똑똑히 모셔

노 대통령은 온순하고 신중한 분이다. 어떤 일이든 생각에 생각을 더한다. 1992년 6월의 어느 일요일, 노 대통령 내외분과 세 분 선배 가족들과 함께 태릉에서 골프를 치고 식사를 하였다. 그 자리에서 나는 철도 노조원들에 대한 이야기를 건넸다.

"아무리 민주주의라지만 노조원들이 전철역장을 무릎을 꿇려놓고 발길질 해대는 모습이 TV전파를 타서야 되겠습니까? 국민들의 눈에 비친 영상이 좋지 않습니다. 뭔가 강력한 대책을 세워야 하지 않겠습니까?"

노 대통령이 조용히 말문을 열었다.

"용광로는 부글부글 끓어야 작품이 나오는 거 아니겠어? 민주화도 마찬가지다. 그런 과정을 겪어야 민주화가 이루어지지."

대통령의 대답이 나로선 이해가 되지 않았다.

"그래서는 안 되는 일이지요. 그것을 보고 자라나는 학생들이 어떤 생각을 하겠습니……."

그때였다. 말을 계속 이어가려는 순간, 함께 있던 선배 한 분이 "식사하시지요" 하면서 내 말을 가로막았다. 옆의 아내도 내 옆구리를 쿡쿡 찔러댔다. 바른 소리를 그만하라는 뜻이었다.

도처에서 민주화 바람으로 국가 기강이 흐트러진 때였다. 통수권자 대통령에게 '물태우'라고 하는 일부 국민들을 보면서 주먹을 날리고 싶은 때가 한두 번이 아니었다.

"오늘 같이 좋은 날 식사나 하시죠."

분위기가 아니다 싶었던지 대통령 경호실장도 거들었다.

오랫동안 대통령을 모신 사람으로서 다른 사람이 함께 있는 자리에서 개인적 견해를 이야기한 것은 잘못이지만, 대통령의 "용광로는 부글부글 끓어야 한다"는 말을 혹시라도 국민들이 알게 된다면 더 큰 문제일 것 같았다. 그러니 나로선 점수 잃을 것을 각오하고 진언할 수밖에 없었다. 당시에 만나는 사람마다 내게 "이 장관, 대통령께 국가의 기강과 치안에 대한 진언 좀 하시오"라는 당부를 해왔다. 그들 모두는 노 대통령 당선을 위해 강력히 지지했던 유권자 국민이었다.

식사를 마치고 대기하고 있던 마지막 네 번째 차에 오르려는 순간, 문을 열어주기 위해 다가선 이현우 경호실장에게 나는 기어이 한마디를 하고 그곳을 떠나왔다.

"윗분, 똑똑히 잘 모셔!"

차에 오르자 아내가 기다렸다는 듯이 내게 말했다.

"여보, 왜 그런 말까지 하셨어요. 좀 그랬어요, 듣기가."

무슨 일인가 싶은 운전기사의 표정이 백미러에 비쳤다.

화합을 위해서 YS는 안 됩니다

6공화국 후반기로 접어들면서 노 대통령의 가장 큰 고민은 후계자였다.

이전인 1990년 1월 22일, 여소야대의 정국을 헤쳐 나가기 위해 JP(김종필 총재), YS(김영삼 총재), TJ(박태준 최고위원)가 3당 통합을 한 후부터 이어진 고민이었다.

JP는 젖혀 두고 YS냐, TJ냐를 따졌다.

한번은 내게 의중을 물어오기에 "YS는 안 됩니다"고 답했다. 어떻게 알았는지 하루는 YS의 측근인 최형우 의원이 나를 찾아와 "이형, 도와주세요. 대통령께 말씀 좀 잘해 주세요. 우리 집권해야 되지 않겠습니까?"라며 사정을 했다. 나는 “정치에 관여 않기로 했다”며 대화를 잘랐다.

그 이전 3당 합당할 당시에도 나와 박철언은 YS와의 합당을 반대했었다. 영호남 화합을 이루기 위해선 YS 대신 DJ와 합당하기를 바랐다. 어떤 상황에서도 직언직설을 마다하지 않았던 나로선, YS에게 딱히 감정이 있어서가 아니었다.

결국 YS와 합당을 했고, 합당 이후 YS는 배신에 배신을 거듭했다. 성격 등을 고려해 DJ와 합당했어야 했다.

무엇이 우리 국민들을 위해 최선인가를 생각하고 소신껏 드렸던 충언이었다. 박철언도 나와 같은 생각이었다.

하지만 그때의 소신 있는 내 충언은 이후 YS가 14대 대통령이 된 후 예측했던 일로 나타났다. 1993년 2월 25일 집권한 김영삼 정권은 감사원, 국세청, 안기부, 군, 검찰, 경찰, 경제인, 정치인 등 숙청대상을 정하고 5~6공 청산 작업을 진행하기 시작했다. 나도 예외가 아니었다. 군 인사, 율곡비리 내사부터 시작해 2개월간 친인척까지 샅샅이 뒤졌다. 내게서 아무것도 찾아내지 못하자 서울지검 공안검사를 동원, 나와 무관한 정보사령부 사건을 부풀려 언론공작을 시작했다. 사건도 아닌 사건을 나와 관련지어 언론을 동원, 1개월간 언론 플레이를 하고 피의자를 연행, 그들을 살려주는 조건으로 나와 관련있는 것처럼 참고인을 만들어 입건시키려 애쓴 흔적이 곳곳에 드러났다.

나의 알리바이가 확실해지자 이번에는 얼토당토않은 일을 굴비처럼 엮어넣기 시작했다. 지극히 일반적인 일들을 부풀리고 조작해 많은 인재들을 난도질해댔다.

‘정의롭게 살자’를 삶의 신조로 했던 내가 만약 그런 사실에 대해 알았다면 그것을 묵과하지 않았을 것이다.

지금껏 내가 살아온 삶에 대해 국가에서 잘했다고 훈장을 주진 못할망정,

하지도 않은 일로 한평생 명예를 목숨보다 소중히 지키며 살아온 내게 이래도 되는 것인가. 그런 국가를 위해 후배들에게 생명 걸고 자신 있게 죽자고 할 수 있겠는가.

선은 선으로, 악은 악으로 받게 돼 있다, 반드시. 아직 돌려받지 안 했다면 받지 않을 게 아니라, 아직 때가 이르지 않은 것이다. 사필귀정, 이것이 세상을 다스리는 이치라는 믿음을 나는 아직 저버리지 않고 있다.

YS가 대통령에 당선된 후 내게 생긴 말도 안 되는 사건에 대해선 18장에서 자세히 밝히기로 하겠다.

손 내민 YS

많은 사람들의 반대에도 불구하고 YS는 대통령 후보가 되었고, 은밀하게 'YS 대통령 만들기'가 시작됐다.

YS로부터 내게 만나자는 연락이 온 것은 1992년 11월이었다. 노 대통령으로부터 나에 대해 이런저런 이야기를 들었던 것도 있고, 대통령 후보로 자신을 반대했던 나를 회유하여 선거운동을 부탁하려는 의도였다.

저녁 시간, 하얏트 호텔 방에서 만나 30여 분 대화를 나눴다.

"선거 좀 도와주시오, 이 장관."

YS는 내게 봉투를 내밀며 거듭 부탁을 해왔다. 나는 받지 않았다. 문을 열고 나오는데 다시 봉투를 내 손에 쥐어주기에 방안으로 던져놓고 나왔다. 장관직을 끝으로 미국 UCLA에서 최고경영자 과정이 예정되어 있어 준비하고 있을 때였다.

JP김종필와의 첫 만남

많은 사람들이 내게 갖는 선입견 중 하나가 김종필 씨와 나의 친분에 관한 것이다. 둘의 고향이 같은 부여라는 것만으로 일부는 내가 그와 막역한 관계인 줄 알고 있다.

나는 정치인 JP와는 만난 적이 없다.

물론 그의 형 김종익 의원과는 친분이 있다. 고향 부여 학교 스승님이셨다. 군인 신분이었던 나는 정치인으로 잔뼈가 굵은 그를 가까이하지 않았다. 여소야대 정국을 헤쳐 나가기 위해 1990년 2월, 3당 합당이 되면서 노 대통령이 JP에게 내 얘기를 많이 하는 바람에 만난 것이 처음이었다. 그가 유성열이란 부여 고향 사람을 통해 처음 만나자는 전갈을 보내와 용산 우체국 앞 한정식 집에서 만나 식사를 했던 것이 첫 만남이었다. 모르긴 몰라도 JP로선 노 대통령과 친했던 나를 만나고 싶어 했을 것이다. 한 번 만나고 그 후 기회가 있었지만 사양했다.

군인 출신답지 않고 구태정치 냄새 나는 김종필 씨의 인생철학, 가치관, 생활관이 나와는 달랐다.

응답하라 1993 18

선인은 살기 위해서 먹고 마시는 반면,
악인은 먹고 마시기 위해서 산다.
– 소크라테스

이것이 민주주의인가

군인이 목숨 바쳐 싸우는 것은 민주주의의 수호와 국민의 재산을 지키고 생명을 보호하기 위함이지, 특정인의 권력 유지 차원의 충성이 아니다.

수사기관에 불려가 본 사람은 구속과 불구속의 차이를 절감한다. 일단 구속이 되면 본인은 물론 가족들의 고통이 이루 말할 수 없다. 사람들이 구속을 두려워하는 이유가 여기에 있다. 결과가 어떻든 '일단 구속하고 보자'는 검찰의 태도는 권력 남용이다. 그 권력 남용으로 인한 생명보다 소중한 명예의 훼손은 어디에서 보상받아야 하는가.

구속은 수사편의주의에서 비롯되었다. 일단 잡아넣고 심리적 압박을 가해 쉽게 자백을 받아 내려는 의도다.

수사편의주의는 우리 헌법에 반한 행위다. 우리 헌법에서는 '유죄 확정까지 피의자는 무죄로 추정되며, 자유로운 상태에서 수사와 재판을 받아야 한다'는 원칙을 규정하고 있다.

형사소송법도 구속 여부는 '증거 인멸과 도주의 우려'에 따라 판단하도록 한다. 피의자의 방어권을 보장하고 억울한 옥살이를 막아야 한다는 취지다. "범인 열 명을 놓치더라도 억울한 한 명을 만들어선 안 된다"는 법의 대원칙과도 부합된다.

공정한 수사와 법 집행은 우리 모두의 인권과 민주주의를 위한 일이다. 누구든 억울한 한 명이 될 수 있다. "누구든 억울한 한 명이 될 수 있다"는 그 한 명이 내가 되리라곤 나를 아는 어느 누구도 짐작하지 못했다.

1993년 2월 25일, 김영삼 정부가 들어서기 전까지는.

시작된 보복정치

1993년 2월 25일, YS가 제14대 대통령에 취임했다.

취임하자마자 3월 8일, 김영삼 대통령은 임기를 9개월여 남겨놓고 있는 김진영 육군참모총장과 서완수 기무사령관을 전격 해임하는 것을 시작으로 군부터 숙청한다면서 지휘관들을 제거했다. 전직 고관대작들을 향해 사정이라는 미명 하에 칼을 마구 휘둘러댔다. 국민들의 입장에서는 소위 고관대작들, 좀 센 사람들의 몰락을 지켜보며 카타르시스를 느끼기에 충분했다.

소름 끼치는 칼날은 내게도 예외는 아니었다.

전직 육군참모총장이었고, 5공共과 6공共 시절 YS와의 3당 합당에서부터 대통령 후보가 되는 것을 군부가 반대했다.

하지만 나에겐 그 어떤 것도 걸고넘어질 명분이 없었다. 정치군인도 아니었고, 그렇다고 부정한 일을 한 적도 없었다. 통장 입출금내역까지 조사하였지만 허사였다. 칼날이 비껴가나 싶었다.

아니었다. 1993년 7월로 접어들면서 언론이 들썩거리기 시작했다. 정권 출범 이후, 4개월간 머리를 맞대고 짜낸 시나리오를 들이밀며 나를 구속하기 위한 마녀사냥을 시작한 것이다. 전혀 납득할 수 없는 시나리오에 의한 죄목을 뒤집어씌웠다.

죄목은 '테러리스트'였다.

아니 땐 굴뚝의 연기

1993년 7월 5일자 중앙일보 3면에 〈5공 후반 군 특수부대에서 민간인 정치테러단 운영〉이라는 기사를 내보내는 것으로 시작하여 다음날인 7월 6일자 조선일보 기사에서는 〈5공 시절 군특수부대 정치공작 관여. 85년 김 대통령 집 침입 서류 훔쳐, 테러단 일원 김형두 씨 폭로〉를 다루었다. 조선일보 7월 8일자 기사에서는 〈정보사 당시 3처장이 지시, 이 중령 구속, 사령관 등 관련조사〉를 실었다. 그러더니 7월 15일자 기사에서는 〈이진삼 전 사령관 정보사 테러 관여, 보안사 전 처장 지령, 한진구 씨 진술, 검찰 수사 요청〉이 실리더니 7월 31일자에는 〈이진삼 씨 오늘 영장, 정보사 테러, 검찰 소환 타기관 공모 추궁〉의 기사가 실렸다.

7월 한 달간 언론을 통해 중계방송 되던, 7년 전의 테러사건은 결국 한 사람을 지목하는 것을 끝으로 일단락되었다. 그리고 지목당한 사람은 바로 나였다.

마녀사냥

마녀사냥, 사전에서는 '특정 사람에게 죄를 뒤집어씌우는 것을 비유하는 말'로 정의하고 있다.

중세 유럽의 암흑기에 횡행했던, 권력과 기득권을 유지하기 위한 수단이었다. 일단 마녀로 낙인찍히면 혹독한 고문이 가해졌고 이어서 화형이나 참수를 당했다. 결국 마녀로 찍히면 이래도 죽고 저래도 죽는다.

그러니 작당한 권력자들은 시나리오에 따른 수사내용을 언론에 본격적으로 흘림으로써 나를 마녀로 몰아가기 시작한 것이다.

검찰은 1985년 1월부터 1987년 1월까지 내가 육군정보사령부 사령관으로 재직하던 시절을 시나리오 소재로 끌어다 붙였다. 나도 모르는 사건으로 1985년 10월에 내가 정보사령부 3처장이었던 한진구에게 "보안사령부 박동준을 만나보라"는 지시를 했고, 이에 한진구는 박동준을 만났다고 했다. 박동준으로부터 당시 민추협공동의장인 김영삼의 집에 들어가 정보를 빼오라는 요청을 받은 한진구는 그런 사실을 내게 보고를 했다고 했다. 그러자 내가 한진구에게 "적당한 조직을 선발하여 해보라"는 지시를 내렸다는 보도를 내면서 피의자들의 진술을 유도해냈다.

한진구는 휘하에 있는 이상범 중령 등을 시켜 김영삼의 집에 침입, 탁상용 메모지와 명함 2매를 절취했다고 했다. 1986년 4월에 다시 한진구는 박동준으로부터 당시 "신민당 부총재인 양순직을 혼내주라"는 요청을 받았고, 이를 내게 보고함으로써 한진구는 나로부터 "잘하라"는 지시를 받았다고 했다.(보도 유인)

그러고는 1986년 4월 29일 22시 15분경, 서울 동작구 신대방 2동 366—26 부근 골목길에서 한진구가 이상범 등을 시켜 양순직 의원에게 폭행을 가하게 했다는 것이다.

이에 양순직 의원은 '입술이 터지고 이가 부러지는 치료기간 미상의 상해를 입었다'고 했다. 치료기간 미상이 이가 부러지는 상해인가. 그렇다면 진단서는 왜 없는가. 양순직은 치료기간 미상, 이가 부러진 사실조차 없다.

피의자가 내게 보고했다는 그날, 나는 한국에 없었다. 외국 출장 중이었다.

조작된 양순직 의원 사건의 핵심

보고 받은 사실이 없다 |

나는 한진구에게 보안사령부의 박동준을 만나보라는 지시를 내린 적이 없다. 당시의 보안사령관인 이종구와는 평소 군 생활 철학과 가치관이 달라 사이가 좋지 않았다. 당연히 가까이 지내지 않았다. 설령 보안사령부에서 업무 협조 차원에서 연락이 있었다 해도, 테러와 관련된 사건이었다면 내 성격상 거절했을 터였다. 물론 이러한 공작은 이종구조차도 가담할 만한 가치나 내용이 아니었다.

또한 한진구가 박동준을 만났다고 진술한 조선호텔에서 평소 안면이 없던 한진구가 박동준을 알아보는 과정도 엉터리다. "군인인 듯한 사람이 있어 물어보니 박 준장이었다"는 한진구의 진술에서 군인 같다는 것은 머리 모양을 두고 한 말인 듯하나, 보안사 장군들은 일반인과 같은 머리 및 복장을 하고 다녀 외관상 군인으로 식별되지 않는다. (보안사와 정보사는 같은 정보기관으로 장군 간에 모를 이유가 없다.)

말하자면 한진구는 이전부터 박동준을 알고 있었고, 그로부터 개인적 차원에서 범행을 부탁받았고, 나중에 문제가 불거지자 일신을 위해 최고책임자였던 나에게 덤터기를 씌웠을 터였다. 도피한 한진구는 조사도 받지 않은 상태에서 검거된 용의자와 검찰이 조작한 시나리오임이 틀림없다.

나는 사전은 물론 사후에도 한진구로부터 보고 받은 적이 없다. 7월 초, 신문에 보도된 후에 김영삼의 가택 침입 사건에 대해 알게 되었다. 만약 내

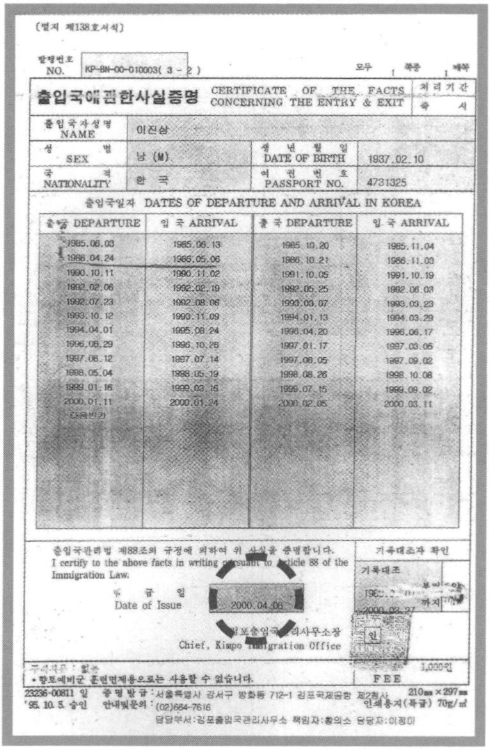

(별지 제138호서식)

발행번호 NO. KP-BN-00-010003(3 - 2)

모두 1 쪽중 1 째쪽

출입국에관한사실증명 CERTIFICATE OF THE FACTS CONCERNING THE ENTRY & EXIT

처리기간 즉시

출입국자성명 NAME	이진삼		
성별 SEX	남 (M)	생년월일 DATE OF BIRTH	1937.02.10
국적 NATIONALITY	한 국	여권번호 PASSPORT NO.	4731325

출입국일자 DATES OF DEPARTURE AND ARRIVAL IN KOREA

출국 DEPARTURE	입국 ARRIVAL	출국 DEPARTURE	입국 ARRIVAL
1985.06.03	1985.06.13	1985.10.20	1985.11.04
1986.04.24	1986.05.06	1986.10.21	1986.11.03
1990.10.11	1990.11.02	1991.10.05	1991.10.19
1992.02.06	1992.02.19	1992.05.25	1992.06.03
1992.07.23	1992.08.06	1993.03.07	1993.03.23
1993.10.12	1993.11.09	1994.01.13	1994.03.29
1994.04.01	1995.08.24	1996.04.20	1996.06.17
1996.08.29	1996.10.26	1997.01.17	1997.03.06
1997.06.12	1997.07.14	1997.08.05	1997.09.02
1998.05.04	1998.05.19	1998.08.26	1998.10.06
1999.01.16	1999.03.16	1999.07.15	1999.09.02
2000.01.11	2000.01.24	2000.02.05	2000.03.11
다음빈칸			

출입국관리법 제88조의 규정에 의하여 위 사실을 증명합니다.
I certify to the above facts in writing pursuant to Article 88 of the Immigration Law.

발급일 Date of Issue 2000.04.06

김포출입국관리사무소장
Chief, Kimpo Immigration Office

기록대조자 확인

기록대조 1985.0[illegible] 부터 2000.03.27 까지

인

FEE 1,000원

• 향토예비군 훈련면제용으로는 사용할 수 없습니다.

23236-00811 일 '95. 10. 5. 승인 증명발급 : 서울특별시 강서구 방화동 712-1 김포국제공항 제2청사 안내및문의 : (02)664-7616

210㎜ × 297㎜ 인쇄용지(특급) 70g/㎡

담당부서:김포출입국관리사무소 책임자:황의소 담당자:이정미

출입국에 관한 사실증명서

가 이 사실을 알았다면 내 성격에 "한진구를 문책했을 것"이다.

군의 중요 직책이며 긍지와 명예가 있는 보안사령관이나 정보사령관이 이러한 일에 관여한다는 것은 상식 밖의 일이다. 유치하기 짝이 없는 파렴치

범 천성관의 시나리오다. 수방사령관, 특전사령관, 보안사령관, 정보사령관은 대통령이 직접 참모총장에게 지시 보직 되는 자리로 정치인이나 누구에게 잘 보일 이유가 없다.

증거가 없다 |

정보사령부는 적 군사 첩보 수집 활동을 주 임무로 하고 있는 조직의 특성상 그 요원들의 훈련은 도시와 산악지형을 이용 훈련한다. 훈련 과정에서 요원들이 종종 사회적 물의를 일으켜 그때마다 수습을 해왔다. 만약 내가 1986년 5월경에 "훈련을 하다가 사고가 나서 대원 한 명이 노량진 경찰서에 있습니다. 제가 해결하겠습니다"라는 보고를 받았다면, 통상 일어나는 사건으로 알고 대수롭지 않게 여겼을 것이다.

실은 1986년 4월 29일이었으며, 7년이나 지난 뒤인 1993년 7월 초 신문에 보도된 기사를 보고 알게 되었고 한진구(예비역 준장)에게 전화로 "신문 방송에 난 것이 대체 무슨 내용이냐?"를 물었다. 그러자 한진구는 "사령관님은 잘 모르시는 내용입니다. 별 것 아닙니다"라고 말했다.

더구나 한진구는 1986년 4월 29일 밤 12시쯤, 이상범으로부터 "실패한 것 같다"는 보고를 받고 내게 전화로 보고를 하자 "이상범을 데리고 오라"고 하여 "함께 사령관 공관으로 가서 야단을 맞았다"고 했다. 그러나 그 날 내가 "한국에 없었다"는 사실을 천성관 검사로부터 듣고는 "기억이 없다"며 진술을 번복했다.

이상범 또한 마찬가지다. 1회부터 3회까지의 진술에 이르기까지 복사한 듯 양순직 폭행사건 발생 당일인 4월 29일 밤 12시경, "사령관 공관에 불려가 야단을 맞았다"고 진술했다. 이후 4회 진술에 이르러서는 내가 1986년 4월 24일부터 5월 6일까지 해외 출장 중이었음을, 뒤늦게 알게 된 천성관 검사의 유도에 따라 1986년 5월 15일부터 5월 19일까지의 일로 기억된다고 진술을 번복했다.

1986년 5월 15일부터 5월 19일까지의 날짜는 7년이나 지난 뒤, 당시 사건에 가담했던 김형두가 양심 선언한 범행일자와 일치한다.

한진구와 이상범 등 정보사령부 요원들은 대북정보입수 및 요인포섭 공작을 위해 감언이설, 환경조성, 관찰과 묘사에 관한 집중 훈련을 받은 터라, 그 방면에는 뛰어난 능력이 있는바, 마음만 먹으면 얼마든지 없던 사실도 있던 것으로 조작할 수 있는 사람들이다. 이 모든 것은 검찰과 피의자의 합작품으로 나를 표적으로 삼은 것이 확실하다.

육군정보사령부의 설립 목적이나 한진구의 소관 업무로 보아 국내정치 상황에 개입된 이 같은 범행을 그가 독자적으로 계획, 수행했다고 보기는 어렵다. 한진구가 박동준의 요청을 받고 범행을 결행했을 것으로 판단된다.

결국 박동준의 협조를 받은 한진구가 개인적인 판단으로 했던 일이었을 것이다. 당시 대령이었던 한진구로서는 장성 진급을 앞에 두고 자신보다 계급이 높은 영향력을 가지고 있는 보안사령부의 박동준으로부터 범행 제의를 받고 이를 뿌리칠 수가 없었을 것이다. 오히려 박동준의 요청을 받아드리고 협조함으로써 승진할 수 있다는 생각을 했을 것이다.

반면, 이종구 보안사령관과는 별로 좋지 않은 관계로 내게 보고해봤자 탐탁지 않게 여길 것을 알고 보고조차 않고 결행했을 것으로 판단한다.

한진구는 군검찰에서 진술 후에 "군 검찰관에게 속았다"면서 원망하는 취지의 말을 하고 다녔다. 말인즉슨 나를 끌고 들어가면 자신의 입장이 좋아질 것이라는 언질에 속았다는 취지로밖에 볼 수 없다. 한진구에게 이병조(예비역 준장)가 "사령관 이진삼 장군은 그 기간, 외국 출장중이었다"고 말하자 "그랬었는가?" 반문한 바 있다.

한편, 이 사건이 언론에 보도되어 한진구가 군검찰부에서 조사 받던 날인 1993년 7월 10일, 박동준이 돌연 미국으로 도피성 출국을 했고, 한진구는 국내에 있었으나 검찰에서는 더 이상 조사를 하지 않았다.

한진구의 주장대로라면 자신이 군검찰부에서 조사를 받게 되었을 때, 제일 먼저 알려야 할 사람이 나였음에도 불구하고, 검찰에 가기 전이나 다녀와서도 내게는 일체의 연락도 하지 않았다. 전화 연락조차 없었다.

증거로는 오직 한진구의 진술조서가 있을 뿐이었다.

그 진술도 검사가 직접 청취한 것이 아닌, 군검찰부에서 작성한 진술조서가 있을 뿐임에도 검찰은 그를 다시 불러 진술을 받지 않았다. 그러한 과정 없이 부랴부랴 참고인 조사라는 명목으로 나를 소환한 후, 엉터리 신문조서를 이상범 유도 신문으로 작성, 재판에 회부했다. 귀신이 곡할 노릇이다.

나는 자신 있게 말할 수 있다. 군에서나 공직에 있으면서 부정을 저지른 적이 없음을. 실제로 많은 사람들로부터 인정받고 있다.

검찰은 이 사건을 수사하고 공소 제기함에 있어서 "이 사건들의 성질상 한진구가 사령관인 나에게 사전 보고를 하지 않았을 리 없다"는 전제 하에 작성했음이 여기저기서 발견되었다.

천성관은 정의감은커녕 양심도 없는 권력의 노예로 이제라도 처벌받아야 마땅하다. 변호사 자격도 없다.

그간 내가 받은 피해는 어디에서 보상받아야 하나.

천성관은 내 앞에 떳떳하게 나타나 용서를 빌기 바란다. 가장 위대한 용기는 자기의 잘못을 시인하는 용기다.

참고인에서 피의자로

1993년 7월 31일, 참고인 조사를 받기 위해 서울지검에 도착했다. 순간 나는 깜짝 놀라지 않을 수 없었다. 각 언론사 취재진이 진을 치고 있었다.

연신 플래시를 터뜨리며 질문을 하는 기자들 앞에 불미스러운 일로 서 있다는 자체가 몹시 불쾌했다. 그러나 어떤 것에도 떳떳한 나였기에 오해가 있는 부분에 있어서는 얼마든 해명할 수 있다는 믿음으로 그 같은 모욕을 참아내고자 했다. 믿음은 곧 무너졌다.

공안 1부 903호실의 담당 검사 천성관을 마주하는 그 순간부터. 그는 내가 21사단의 사단장일 때 중위로 군법무관을 했던 부하였다. 사건을 조작, 언론 플레이를 통해 국민에게 알린 후, 모든 사건 피해자들을 용서한다는 조건으로 설득해 같은 발언을 하도록 만들어 나를 피의자로 만든 사람이 내 부하였다는 사실이 너무도 괘씸했다.

그는 나를 늦게까지 조사했다. 그가 질문하는 일이란 것이 내가 한 일이 아니었기에 나는 당당하게 '내가 하지 않았다'는 것을 사실대로 말했다. 그럼에도 불구하고 천 검사는 내가 범인이란 전제 하에 "총장까지 지낸 분이 이런 일을 할 수 있습니까?"라며 조롱하듯 물었다. 몹시 화가 났다. 정의롭게 살기 위해 발버둥 치며 살아온 나를 향해 한낱 정치검사에 지나지 않은 천성관이 내게 모욕을 주다니.

"내가 사단장으로 자네들을 이렇게 가르쳤나?"

나는 그에게 다그치듯 소리치지 않을 수 없었다. 그는 "죄송합니다"는 말밖엔 아무런 대꾸를 하지 않았다.

국가에서 잘했다고 훈장을 주진 못할망정, '이런 말도 안 되는 일로 한평생 명예를 목숨처럼 지키며 살아온 나에게 이런 모욕을 줄 수 있는가' 하는 마음에 왈칵 눈물이 나려 했다. 비통한 심정이었다. 가슴이 난도질당하는 느낌이었다. 진정 이래도 되는 것인가. 사람을 이렇게 마구 짓밟아도 되는가 말이다. 정녕 하늘이 두렵지 않은가. 과연 내가 목숨 걸고 지키려던 나라가 맞는가 싶었다.

소용없는 일이었다. 일단 잡아넣기로 짜 맞춘 정치검사의 시나리오 앞에 한 사람의 진실 된 목소리는 공허한 메아리에 지나지 않았다. 명백한 증거도 없었다. 설령 테러를 지시했다고 치자, 진단서도 없이 맞은 걸로 돼 있지 않는가. 더구나 테러를 당했다는 측에서는 7년 전에 고발조차도 하지 않은 사건을 이제 와 말도 안 되게 엮는 꼴이라니. 권력에 의한 엄청난 정치 보복이었다.

내게 구속영장이 발부되었다.

권력의 노예

1993년 7월 31일 오후 나는 참고인에서 피의자 신분이 되었다. 서울구치소에 수감되었다. 가족들의 모습이 눈앞에 어른거려 통한과 분노가 북받쳐 올랐다. 소용없는 일이지만.

서울구치소에 들어서자 그곳엔 이미 5공과 6공의 황영시, 이희성, 정호영, 이종구 육군참모총장, 김종호 해군참모총장, 정용후, 한주석 공군참모총장, 그리고 해병대 역대 사령관과 공군의 많은 비행단장 등이 구속되어 있었다. 구치소로 들어서는 나를 본 이종구 총장이 "이 장군이 무슨 죄가 있다고 애들이 또 이랬어?"라며 혀를 찼다.

그 말을 듣는 순간 나는 그곳에서 혀를 깨물고 죽어서라도 나의 결백을 보여주고 싶었다. 하지만 나는 그럴 수 없었다. 죽어버리면 그것으로 나는 죄를 떠안는 꼴이 되고 만다. 어떡하든 살아야 했다. 그 메마른 거친 사막 한복판에서.

8월 6일, 나는 수의囚衣와 운동화를 신고 포승줄에 묶인 채 서울지검 공안 1부 903호 조사실로 들어섰다. 구치소에 수감된 후 첫 번째 소환이고, 같은 사건으로 두 번째 신문을 받기 위해서였다.

천 검사는 구속 당일에 물었던 질문들을 다시 물었고, 나는 여전히 "아니오"를 답했다. 목에 칼이 들어와도 아닌 것은 아니라고 말 할 수밖에.

다른 것이 있다면 내가 천 검사에게 "아무리 생각해도 사건 당일의 일이 생각나지 않는다. 혹시 내가 매년 4월에서 5월 전후로 정보교환을 위한 외국 출장을 다녀왔는데 그때가 아닌지 모르겠다"고 말했다. 이에 천 검사는 출입국 관리국에 확인하여 사건 당일, 내가 출장 중이었음을 알아냈다.

이후, 사건 당일 "내게 지시를 받고 양순직 의원에 대한 테러를 감행, 실패하자 공관으로 불려와 흰색 러닝셔츠와 파자마 같은 칠부바지를 입은 내게 심한 꾸중을 들었다"던 신문 내용을 피의자들을 재소환해 번복토록 하는 등 허위 진술서를 작성하도록 재차 유도했다.

나는 가족 앞에서도 파자마를 입지 않는다. 일생토록 칠부바지는 입은 적이 없다. 다급해진 천성관 검사는 최악의 범죄자로 변해 가고 있었다.

급기야 천 검사는 나를 구치소에서 2차 소환 했을 시, 사건 내용과 관련있는 조사는 하지 않고 사건을 "시인하지 않으면 6개월간 구속한 상태에서 계속 조사하겠다"며 으름장만 놓았다. 나는 하도 기가 차서 되레 그에게 따지듯 물었다.

"내가 자네들을 그렇게 가르쳤나?"

21사단장 시절 얼굴 한 번 보지 못한 법무관 중위 천성관이다. 법무참모는 사단특별참모로 한 달에 한 번 볼까 말까로 기억조차 없으나 후에 21사단에 있었다는 것을 알았다.

나로선 이해가 되지 않았다. 부정이나 불의와는 타협하지 않으며 살았던 내가 그런 일을 할 수 있을 거라고 생각하여 말도 안 되는 죄를 뒤집어씌우고 옭아맨 자체가 괘씸하기 그지없었다. 그야말로 시나리오에 의한 죄인을 만든 천성관은 천千 검사가 아닌, 일一개 검사에 지나지 아니한다. 천 검사는 전체 검사 천 명 중 있을까 말까 한 단 한 명의 부도덕한 검사다.

그가 만약 나와 같은 입장이었다면 그는 그 일을 분명 했을 것이기에 자기 기준으로 나를 옭아맨 것이리라.

아무런 죄가 없는 나를 구렁텅이에 처넣는 일을 해내는 검찰, 머리 좋은 권력의 노예를 합격시킨 정부, 이해할 수가 없다. 권력의 노예가 된 천 검사는 대한민국 최고의 고등학교와 대학교 출신이다.

더욱 기가 찼던 것은 사건 내용과 관련된 질의는 한마디도 하지 않으면서 사건과 무관한 10·26, 12·12, 5·18 등의 자료를 수집하기 위한 질문을 해왔다. 설령 내가 안다 한들 그 자리에서 쓸데없는 말을 할 필요도 없거니와 당시의 나는 현장에 없었던 사람으로 입에 올릴 까닭도 없었다.

한심했다. 내 앞에서 어느 지방지청장과 통화를 하면서 "형님, 제가 이번 인사에서 어떻게 될지 모르겠습니다. 잘 되겠지요?"라며 차후 보직에 대한 이야기를 버젓이 나누는 꼴이라니. 어떻게 내 앞에서 그런 출세를 담보하는 듯한 철없는 짓을 할 수 있단 말인가.

아닌 게 아니라, 천 검사는 승승장구하여 16년 후 검찰청장 후보에 올랐다. 하지만 2009년 7월 13일, 검찰총장 후보자에 대한 인사청문회가 열린 다음날, 검찰총장 후보자에서 사퇴한다. '스폰서 검사'라는 오명을 얻으면서 인사청문회 도입 사상 처음으로 검찰총장 후보자에서 낙마를 했다.

강남 지역 고가 아파트 구입자금의 출처와 금전 거래가 있는 기업가와 동반 골프여행 의혹, 부인의 명품 쇼핑 등 개인 문제를 둘러싼 도덕성 논란이 불거졌다.

과연 논란뿐이겠는가.

45일 감옥살이와 어처구니없는 재판

참고인 자격에서 피의자로 구치소에서 45일을 살았다. 그리고 1993년 9

월 15일, 서울 서초동 서울형사지법 ***호. 용기 없는 판사 조병현은 거대한 권력 앞에서 무릎을 꿇었다. 아무런 증거도 없는 내게 징역 8월, 집행유예 2년의 유죄 판결을 내렸다. 사건 핵심 당사자인 박동준은 미국으로 도피, 한진구는 국내로 피신한 가운데 조 판사는 명확한 증거도 없이 서둘러 내게 유죄 판결을 내렸다. 그러고는 방청석의 야유와 웅성거림 속에 나를 석방했다. 45일 만에 급하게 재판하고 집행유예로 석방한 것 역시 의문이다.

사건 핵심 당사자들의 형에 비해, 증거와 죄가 없는 내게 씌운 죄목은 중죄에 해당했다.

집으로 돌아왔지만, 반쯤 넋이 나간 듯했다. 국가로부터 강한 배신감을 느꼈다. 뭐에 홀리지 않고서야 그런 일이 내게 생길 리가 없었다. 피눈물이 났다. '한평생 국가를 위해 일한 내게 이래도 되는 것인가' 하는 억울함에 물 한 모금, 밥 한 숟가락 넘길 수 없었다.

가슴 속 뭔가가 불덩이처럼 치밀어 올랐다. 밤에 잠도 이루지 못했다. 잠시 잠이 들었다가도 화들짝 놀라 깨어나면 그 밤을 꼬박 새곤 했다. 지금도 그때의 일을 생각하면 자다가도 벌떡 일어나 뒤척이며 밤을 새운 적이 한두 번이 아니다.

'이 나라에 과연 정의가 있단 말인가!'

1993년 11월, 2심(항소심)에서 충분한 재심 사유를 인정, 판결을 연기했다.

검찰 측은 본 적도 없는 대리 검사를 참석시켜 본 사건과는 아무런 상관없는 백승목 참고인을 불러 "상급자이기 때문에 말하기가 곤란하지요?"라는 질문을 하고 "예"라는 답변 하나를 듣는 것으로 끝을 맺었다. 방청석에서는 야유가 쏟아졌다.

백승목은 1986년 5월경 사령부로부터 다녀가라는 연락을 받고 내게 와서 "공작원이 말썽을 피워 경찰에 있으니 가서 인수해 오라"는 지시를 받고, 한진구의 사무실에 들러 상황을 물었더니 같은 이야기를 했다고 진술했던 인물이다. 이 또한 나는 모르는 일이었다. 백승목이 누구인지 알지도 못했을 뿐더러, 설령 그의 진술이 사실이라고 해도 내가 사후에 인지하고 훈련사고 수습을 지시했다는 증거로 삼을 일이지, 내가 사전에 알고 있었다는 사실 인정의 자료는 될 수 없음이다. 이는 검찰의 용어혼란 전술이다.

그래서였을까, 2심 판사들은 이 사건을 심리하면서 나의 항소 이유가 충분했다고 여겨 판결을 내리지 않고 항소심 판결을 연기했다.

재판을 마치고 나온, 처음 본 체구가 건장한 검사에게 나는 다가가 따지듯 물었다. "세상에 이런 재판이 어디 있나?"

내 말에 건장한 검사는 "죄송합니다"는 말을 남기고 급히 사라졌다.

화火병으로 위궤양 헬리코박터 수술을 받다

수면 부족과 식욕 부진으로 몸이 쇠약해져 미국으로 치료차 떠났다. 뜨거운 뭔가가 있기라도 하듯 속이 타들어갔다. 화火병이 났다. 불덩어리가 있는 듯 위장이 타들어갔다. 머리도 어질어질했고 눈에 띄게 체중이 줄어들었다. 그런 상황에서 미치지 않고 화병이 나지 않는 게 오히려 이상하다.

항소를 한 상태에서 아내와 나는 아들이 살고 있는 미국 LA행에 올랐다. 내가 병이 났던 것과 마찬가지로 아내도 병에 걸려 체중이 43kg으로 줄었다.

UCLA 병원으로 치료를 다녔다. 헬리코박터 파일로리균의 감염으로 나의 고통은 이루 말할 수 없었다. 헬리코박터 파일로리균에 감염되면 나중엔 악성으로 변할 확률이 높아, 일단 수술을 하고 경과를 지켜보기로 했다.

복부를 15cm 절개했다. 하지만 그것으로 끝나지 않고 5일 후 또 한 번의 수술을 해야 했다.

헬리코박터 파일로리균은 위암의 가장 중요한 원인으로 꼽힌다. 감염되면 위장 질환 위험이 높아진다. 더구나 이 균은 위장 질환뿐 아니라 다른 질환의 위험도를 높이며 염증 물질이 생겨 온몸을 돌아다님이 연구를 통해 확인된 바 있다.

우리 몸의 면역 체계가 헬리코박터 파일로리균에 대응하는 과정에서 생긴 염증 물질이 혈액을 타고 돌아다니면서 다른 부위에도 영향을 끼친다 한다.

나의 헬리코박터 파일로리균은 화병으로 비롯되었다고 할 수 있다. 화의 정도가 형언할 수 없을 만큼 컸고, 그 화기火氣가 온몸 구석구석을 돌아다니며 나를 괴롭혔던 것이다.

의지가 약했다면 나는 죽었을지도 모른다.

너무 치욕스럽고 화가 나서 극단적인 생각까지 했다. 그러나 죽고 나면 억울함도 치욕스러움도 벗어날 길이 없기에 참고 참았다. 살아서 어떡하든 이 치욕스러움을 벗어나기로 했다.

그러는 가운데 검찰직에 있던 사위로부터 미국으로 전화가 걸려왔다. "아버님, 곧 사면赦免한다고 합니다. 그런데 사면을 하려면 항소를 취소하셔야 해요. 어떻게 하시겠습니까?"

사위로부터 소식을 듣는 순간, 피가 다시 거꾸로 솟구치는 것 같았다. 이렇게 빨리 사면할 수가 없다. 검찰이 주장하는 나의 범죄가 사실이라면 말이다. 눈물이 났다. 억울하고 또다시 화가 치밀어 올랐다. 검찰에선 항소하면 무죄가 될 것 같으니 급히 사면하도록 하여 항소를 취하시키고자 한 것이다. 머리 좋은 검사들이 병 주고 약준 꼴이다. 나로선 없던 죄를 인정하는 꼴이 되니 법의 이점을 검찰이 악용한 것이다.

내가 누구를 위해 공산주의와 싸웠던가. 권력의 노예가 된 그들을 위해 목숨 아까운지 모르고 그랬나 싶은 생각이 들면서 가슴이 답답했다.

"검찰이 당시에 좀 무리했던 것 같다."

당시의 검찰 측 사람들도 입을 모아 얘기했었기에 담당 변호인이었던 김

봉환 씨와 함께 항소해서 무죄까지 끌고 갈 계획이었으나, 미국에서 두 차례 수술을 받고 치료를 하고 있던 터라 "자네들이 알아서 해"라고 말할 수밖에 없었다.

1995년 8월 15일, 나는 사면을 받았다.

사면赦免이란 것이 '지은 죄를 용서하여 형벌을 면제' 하는 것으로 여전히 나는 죄를 지었던 사람에 지나지 않는다. 그때 나는 다짐했다. 하늘을 우러러 맹세하기를 나는 이 세상에 태어나 내 할 일을 다 했다. 다만 응어리가 있다면 내 조국과 가족들이다. 죽기 전에 반드시 이 응어리를 풀고야 말겠다고.

국가 역시 반드시 이 응어리를 풀어주어야 하지 않겠는가.

아내의 장례식장에 나타난 천성관 검사

위장병으로 고생하던 사랑하던 아내는 2003년 6월, 췌장암이라는 최악의 진단을 받았다. 이듬해인 2004년 6월 10일 오전 8시, 췌장암으로 투병하던 아내가 미국 병원에서 삶의 자락을 놓았다.

왕진 치료를 받는 동안 몇 번이나 쓰러져 기절했다 깨어나기를 반복하며 고통을 참아냈다. 그러면서도 누굴 붙잡고 살려달란 말을 하지 않았다. 자신에게 찾아온 고통을 혼자서 감당해내려 했다. 미국이란 나라는 우리나라와 달리 환자라고 해서 장기간 입원시켜 치료하지 않는다. 4~5일 입원을 시켰다가는 퇴원하게 한다. 보험법이 그러다 보니 아내와 나는 병원과 아들 집을 수시로 오가야 했다.

나는 아내 곁을 떠나지 않고 간호했다. 그런 나를 보며 아내는 자주 친구를 불러 "함께 운동 다녀오세요. 그럴수록 건강 잘 챙겨야죠"라며 나를 걱정했다. 마지막엔 구급차를 타고 병원으로 갔다. 응급실에 도착했으나 끝내 사망했다.

한국으로 오려고 보니까 6월 11일 금요일이 닉슨대통령 사망일로 미국 전역이 쉬는 날이었다. 6월 10일 오후, 나는 LA 시의원에게 부탁해 사망진단서와 출국통보서를 받아 들고 관 속 아내와 함께 10일 야간 한국행 비행기에 올랐다. 그렇게 빠른 행정처리가 쉽지 않은데 빠르게 협조해준 병원 관계자 분들의 도움이 있어 6월 12일(토) 오후에 한국에 도착할 수 있었다.

아내의 장례식장에 천성관 검사가 나타났다.

사위와 친분이 있던 터라 조문을 온 것이다. 사위는 영안실로 들어서는 천 검사를 데리고 내 앞으로 왔다. 그를 보는 순간, 피가 거꾸로 솟구치는 듯했다. 도저히 참을 수 없었다.

천 검사가 내게 인사를 건넸으나 나는 인사 대신 천 검사의 배를 악수했던 주먹으로 내질렀다. 감정을 실어 힘껏 질렀다면 나동그라졌겠지만, 나는 내 의지를 보여주는 것만으로 대신했다. 천 검사는 바로 그곳을 빠져나갔다.

고인이 된 아내와 나의 가족에게 고통을 준 장본인으로부터 아무 일 없었다는 듯 인사를 주고받을 수는 없는 일이었다.

물론 천 검사는 이미 사건이 다 끝났다고 여겨 아무렇지 않게 장례식장을 찾았을지 모르지만, 나는 아직 끝난 게 아니다. '무죄'가 '무죄'가 될 때까지 끝이 아니다. 천 검사는 사건내용으로 봐서 항소를 해 무죄를 받아낼 줄 알고 있었을 것이다.

브레이크 없는 벤츠

2005년 초, 나는 칠순의 문 앞에서 천성관 검사에게 편지를 띄웠다. 억울함으로 정신적 고통과 육체적 고통, 그리고 경제적 손실과 명예 실추를 떠안고 산 지 12년이 경과한 즈음이었다.

아무런 양심의 가책도 없이 권력에 무릎 꿇고 자기 출세를 위해서 사건 처리를 하는 천성관 검사에게 묻지 않을 수 없었다.

김용원 변호사가 쓴 《브레이크 없는 벤츠》를 보면 새파란 검사의 열정에 사사건건 정치검사의 참견이 있음을 알 수 있다. 마찬가지로 천 검사 또한 그저 출세하기 위해 권력에 빌붙은 권력의 노예, 황금의 노예, 향락의 노예였을 뿐이다. 정의롭고 죄 없는 자를 정치검사를 시켜 인기관리를 한 김영삼은 과연 민주주의자였는가.

1947년 초등학교 4학년 어린 시절에 본 '검사와 여선생'이란 영화에선 검사가 된 제자가 '남편을 죽였다'는 누명을 쓴 선생님을 살려내는 정의로운 검사가 나온다.

어떤 것이 참다운 검사의 길인지 깊이 새길 일이다.

본디오 빌라도에게 고난을 받으신 예수님. 그 통치 하에 예수님께서 많은 사람에게 존경을 받으니까 죄를 뒤집어씌우고 십자가에 못 박았다. 본디오 빌라도 역시 자책감에 자살을 하게 된다.

이러한 사실을 통해 천 검사가 의미를 새겨듣길 바라며 17개의 질의와 함께 편지를 썼다.

1. 소환 전, 2주 이상 검찰에서 허위 추정, 과장한 정보를 언론에 유출시킨 이유
2. 검찰 출두일에 청사 입구에 기자들을 동원한 이유
3. 본 사건을 참고인 자격으로 조사하겠다고 통보 받았는데 구속한 이유
4. 시효(7년)가 지난 사건을 취급한 이유. 법 위반은 아닌지
5. 도피한 한진구를 끝까지 검거하는 데 주력하지 않은 이유
6. 내용도 모르는 한진구 처(윤서인)를 소환, 회유조서를 작성한 이유

7. 구속일 내게 "총장까지 지낸 분이 이런 일을 할 수 있습니까"를 훈시조로 말하는 천 검사에게 "이 사람아, 사단장 할 때 자네들을 이렇게 가르쳤나" 다그치듯 묻자 어색한 표현을 지은 이유
8. 구치소에서 1차 소환 시 내가 "아무리 생각해도 사건 당일의 일이 생각나지 않는다"며 "혹시 내가 매년 4월~5월 전후로 외국 출장을 다녀왔는데 그때가 아닌지 모르겠다"고 말하자, 천 검사는 출입국 관리소에 확인, 내가 출장 중이었다는 것을 알고 피의자를 재소환해 진술을 번복시켰는데, 허위 진술을 유도한 이유
9. 구치소에서 2차 소환 시 사건내용에 대한 질의 없이 "만약 이번 사건에 불응하면 6개월간 구속한 상태에서 조사하겠다"는 공갈을 친 이유
10. 내가 있는 앞에서 어느 지방지청장과 통화하면서 "잘 되겠지요?"하며 차후 보직에 대해 거침없이 대화를 했는데 출세를 위한 것이라면 무엇이든 할 수 있는 권력형 검사로 비쳤다. 누구와 통화했는지.

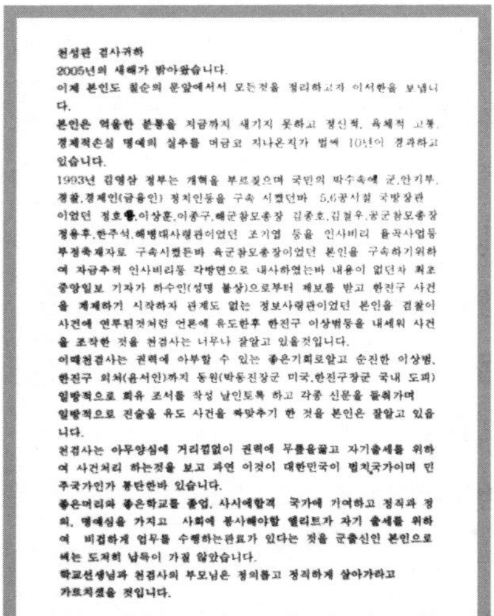

천성관 검사귀하
2005년의 새해가 밝아왔습니다.
이제 본인도 칠순의 문앞에서서 모든것을 정리하고자 이서한을 보냅니다.
본인은 억울한 분통을 지금까지 새기지 못하고 정신적, 육체적 고통, 경제적손실 명예의 실추를 머금고 지나온지가 벌써 10년이 경과하고 있습니다.
1993년 김영삼 정부는 개혁을 부르짖으며 국민의 박수속에 군,안기부, 경찰,경제인(금융인) 정치인등을 구속 시켰던바 5,6공시절 국방장관 이었던 정호●,이상훈,이종구,해군참모총장 김종호,김철우,공군참모총장 정용후,한주석,해병대사령관이었던 조기엽 등을 인사비리 율곡사업등 부정축재자로 구속시켰든바 육군참모총장이었던 본인을 구속하기위하여 자금추적 인사비리등 각방면으로 내사하였는바 내용이 없던차 최초 중앙일보 기자가 하수인(성명 불상)으로부터 제보를 받고 한진구 사건을 제제하기 시작하자 관계도 없는 정보사령관이었던 본인을 검찰이 사건에 연루된것처럼 언론에 유도한후 한진구 이상범등을 내세워 사건을 조작한 것을 천검사는 너무나 잘알고 있을것입니다.
이때천검사는 권력에 아부할 수 있는 좋은기회로알고 순진한 이상범, 한진구 외처(윤서인)까지 동원(박동진장군 미국,한진구장군 국내 도피) 일방적으로 회유 조서를 작성 날인토록 하고 각종 신문을 들춰가며 일방적으로 진술을 유도 사건을 짜맞추기 한 것을 본인은 잘알고 있읍니다.
천검사는 아무양심에 거리낌없이 권력에 무릎을꿇고 자기출세를 위하여 사건처리 하는것을 보고 과연 이것이 대한민국이 법치국가이며 민주국가인가 통탄한바 있습니다.
좋은머리와 좋은학교를 졸업, 사시에합격 국가에 기여하고 정직과 정의, 명예심을 가지고 사회에 봉사해야할 엘리트가 자기 출세를 위하여 비겁하게 업무를 수행하는관료가 있다는 것을 군출신인 본인으로써는 도저히 납득이 가질 않았습니다.
학교선생님과 천검사의 부모님은 정의롭고 정직하게 살아가라고 가르치셨을 것입니다.

천성관 검사에게 보낸 편지

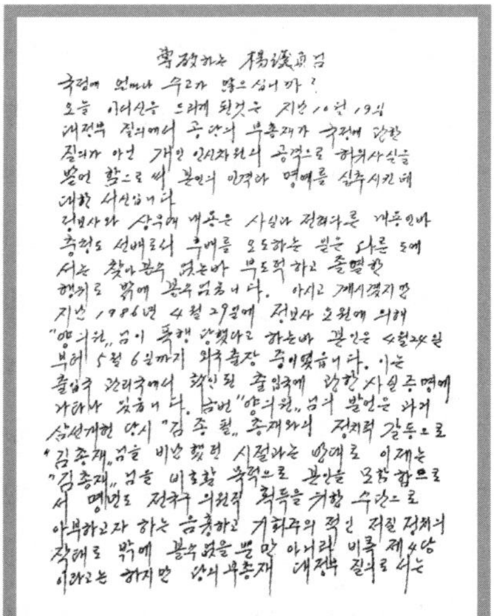

尊敬하는 楊議員님
국정에 얼마나 수고가 많으십니까?
오늘 이 서신을 드리게 된것은 지난 10월 19일
대정부 질의에서 당의 부총재가 국정에 관한
질의가 아닌 개인 인신차원의 공격으로 허위사실을
발언 함으로써 본인의 인격과 명예를 실추시킨데
대한 서신입니다
당보사와 상부에 내용은 사실과 전혀다른 내용인바
충청도 선배로서 후배를 오도하는 분은 다른 도에
서는 찾아볼수 없는바 부도덕하고 졸렬한
행위로 밖에 볼수없습니다. 아시고 계시겠지만
지난 1996년 4월 29일에 정보사 요원에 의해
"양의원" 님이 폭행 당했다고 하는바 본인은 4월 24일
부터 5월 6일까지 외국출장 중이었습니다. 이는
출입국 관리국에서 확인된 출입국에 관한 사실증명에
나타나 있습니다. 금번 "양의원" 님의 발언은 과거
삼선개헌 당시 "김종필" 총재와의 정치적 갈등으로
"김총재" 님을 비난했던 시절과는 반대로 이제는
"김총재" 님을 비호할 목적으로 본인을 모함함으로
서 명년도 전국구 의원직 획득을 위한 수단으로
아부하고자 하는 음흉하고 기회주의적인 저질 정치의
작태로 밖에 볼수없을 뿐만 아니라 비록 제4당
이라고는 하지만 당의 부총재 대정부 질의로 서는

양순직 의원에게 보낸 편지

11. 구치소에서 2차 소환조사 시 사건내용에 별다른 조사 없이 5~6공과 관련 자료 입수를 위한 10 · 26, 12 · 12, 5 · 18 등의 사건을 문의한 이유
12. 구치소 수감자 중 나를 1개월 15일 만에 신속하게 재판 후 석방한 이유
13. 재판 시에 변호사 변론 후, 검사의 형식적인 공소이유를 설명하고 2년 구형한 이유와 방청석에서 웅성대며 야유를 보내자 고개를 숙이고 있었던 이유
14. 1차 항소 시 변호사 변론 후, 대리 참석한 검사가 사건 당일과는 아무런 관계가 없는 백승목 참고인에게 "옛날 상급자이기 때문에 말하기가 곤란하지요?"만을 묻고 아무런 질문을 하지 못한 이유
15. 사건 핵심 당사자들의 형은 경한 처벌에 비해, 죄 없는 나에겐 일방적인 진술을 기초로 중죄를 구형한 이유
16. 예상 외로 나를 신속한 기일 내에 사면한 이유
17. 2004년 6월 14일, 내 아내 상(喪)에 어떤 심정으로 문상 왔나.

하지만 2016년 7월이 된 지금껏 그에게선 응답이 없다.

***

2014년, 김한길 의원의 아버지 '김철 사건'이 30년 만에 무죄 판결이 내려진 사실이 신문 기사에 실렸다. 그밖에도 2013년 5월에는 간첩으로 오인 6년여를 복역한 납북 어부 이병규 씨에게 18년 만에 국가가 10억 원을 배상하라는 판결이 내려졌고, 2013년 8월에는 '유신 반대'를 했던 인명진 목사가 39년 만에 무죄판결을 받았다. 2014년 2월에는 부산 지역 최대 공안 사건인 '부림 사건' 또한 33년 만에 무죄 판결을 받았다.

나 역시 무죄 판결로써 명예를 회복해야겠다고 다짐했다.

더욱이 나를 난도질했던 천 검사가 맡았던 많은 사건이 논란이 되거나 무죄 판결이 확정되는 것을 보면서 더더욱 다짐을 공고히 했다.

1998년 9월, 부산지검 공안부장 시절, '영남위원회'라는 반국가 단체를 결성한 혐의로 15명을 구속 기소한 사건에 대하여 2000년 1월에 부산고등법원은 대법원 파기 환송심에서 12명에게 무죄를 확정했다.

2001년에는 강정구 동국대학교 교수를 비롯한 8·15 민족통일대축전 방북단 일부가 사전 지령을 받았다는, 확인되지 않은 피의 사실을 연행 조사 단계에서 공표하였다가 이를 취소하는 소동을 벌이기도 했다. 그러고는 강정구 교수를 만경대 방명록에 "만경대 정신을 이어받아 통일 위업 이룩하자"는 내용을 적었다는 이유로 국가보안법 위반 혐의로 구속 기소했으나, 사전 지령 내지 사전 교감에 대한 증거를 찾아내지 못했다.

2008년에는 여간첩 원정화 사건을 수사하면서 그녀의 계부 김동순을 기소한 것을, 1심 재판부가 "구체적 직접 증거가 없어 간첩이라고 단정하기는 어렵다"고 무죄를 선고, 검찰이 면밀한 수사 없이 간접 사실만을 가지고 간첩이라 지목하고 체포했다는 비난을 받았다. 2009년에는 용산 참사 사건을 지휘, 농성자 20명과 용역업체 직원 7명을 기소하는가 하면 MBC 'PD 수첩'의 사건을 수사, 방송작가의 7년에 걸친 이메일을 압수 수색하고 그 일부를 언론에 공개하는 것으로 여론몰이를 하다가 비판을 받기도 했다.

그런가 하면 고 노무현 전 대통령을 수사 중, 당시 임채진 검찰총장이 구속에 대한 의견을 묻자, 절반 이상이 불구속을 주장한 반면, 천 검사는 당시 광주 고검장인 신상규와 함께 구속 영장 청구를 주장했다.

천 검사가 맡았던 대부분의 사건들은 포퓰리즘에 가까운 것으로, 항상 무리가 따랐던 수사였음이 밝혀졌다.

따라서 나를 겨냥했던 사건 또한 검찰이 조작한 사건으로 초등학교 수준의 질 낮은 시나리오에 지나지 않는다.

양순직 의원은 진단서를 첨부하지 않았다. 치료 미상이라는 애매한 표현을 썼을 뿐. 그리고 검찰 말대로 '혼만 내주라고 했다'는데 이는 '겁을 먹고 행동을 자제하도록 위협'하겠다는 뜻으로 미친놈들이나 하는 창피한 행동이다. 평소 나의 성격이나 소신을 알고 있기에 감히 말도 꺼내지 못했던 것이다.

공직자는 명예에 살고 명예에 죽는다. 군인은 생명을 걸고 적과 싸우는 것이다. 지금이라도 잘못에 대해 당당하게 시인하는 용기를 발휘해야 한다. 천성관도 마찬가지다. 자기의 잘못을 시인하는 용기가 가장 위대한 용기이다.

이세규 야당 국회의원의 사과

장군 출신으로 야당의 국회의원이었던 이세규(육사 7기 특기) 의원은 중앙정보부에 끌려가 고문까지 받았다. 박정희 대통령과 정부를 신랄하게 비난했다. 나를 향해서도 방첩부대 특공대장 시절에 있었던 1965년 동아 방송 조동화 사건과 연계해 1971년까지 6년간을 국회에서 질타를 했다. 그러다 나와 무관하다는 것을, 취급했던 검사로부터 확인하고 남자답게 자신의 잘못을 시인하고, 내게 정중히 사과하였다.

1991년 5월 28일, 육사 7기 동기생 회원들과 함께 계룡대 육군본부를 방문 시 참모총장이었던 나를 별도로 찾아와 두 번째 사과를 했다.

"미안하게 됐소. 이 총장한텐 진심으로 미안하오. 다시 한 번 내 진심으로 사과합니다."

정말 용기 있는 분이 아닐 수 없다. 지금껏 내게 사과를 한 사람은 이세규 의원뿐이다. 1993년 8월 3일에 고인이 되셨다.

훗날, 양순직 의원도 내게 전화를 걸어왔다.

군단장 출신의 중장 양봉직 장군이 그의 친동생으로 "나는 이진삼 장군에 대해 동생 양봉직 장군으로부터 많은 이야기를 들었소. 내가 왜 그랬나 몰라. 정치적으로 고통 받고 있던 시절이었고, 언론에서 떠들고 야당 영수를 하다보니까, 미안해요.”

양 의원에게 내가 보낸 편지의 답을 그는 “미안해요”라는 말로 대신했다. 이후 2회에 걸쳐 공식석상에서 식사를 함께했다.

내가 테러리스트인가

그들은 두렵지 않을까. 그것으로 끝이라 생각하는 것일까. 파렴치하다. 지금이라도 자신들의 잘못을 시인하여 그들의 양심을 회복하길 바란다. 그리하면 나의 응어리진 한도 풀리지 않겠는가. 죄를 지을 때 가졌던 용기처럼 사과할 수 있는 용기, 그러한 용기도 없는 사람이 어떻게 국가에 충성하고 국민의 공복이라 할 수 있겠는가.

나는 테러리스트가 아니다. 나는 정의로운 군인이었다. 목숨 걸고 많은 적을 잡고 사살했다. 국민을 괴롭히지 않았다. 나를 테러리스트로 조작하는 몰염치한 그대들은 정녕 몰염치와 파렴치한으로 남으려는가. 내 깊은 한과 마르지 않는 피눈물을 기억하라.

응답하라 1993

정보사령부에 같이 근무했던 이병조 장군이 한진구를 만나 “1986년 4월 29일 사건 당시, 사령관님은 외국 출장 중으로 한국에 계시지 않았는데 이를 알고 있느냐?”고 묻자 “그랬나요, 저는 모르고 있었는데요”라고 했다.

이병조 장군과 한진구의 대화를 보면 이 사건이 얼마나 어이없는 것인지 알 수 있다. 결국 김영삼 정권에 아부하기 위해 알아서 긴 권력 노예들의 장난이었다.

내가 국가로부터 혜택을 받은 게 있다면 진급을 빨리하고 군을 통솔할 수 있는 참모총장직을 수행토록 한 일이다. 그러나 마지막에 명예를 더럽히고 정신적, 육체적 고통의 도가니로 몰아넣은 것은 누구인가.

5공共과 6공共을 군부 독재라고 비난하면서, 정작 문민의 정부라는 김영삼 정부는 더한 일들을 만들어 보복을 가했다. 국가를 위해 생명을 걸고 투쟁했던 사람까지 잡아넣는 것으로 자신의 인기를 올린, 김일성만도 못한 악질 대통령이었다.

건물을 세우는 데는 오랜 시간이 걸리지만, 부수는 데는 한순간이다. 제2의 제3의 나와 같은 피해자 방지를 위해서라도 나는 이 글을 써야 했고, 앞으로도 투쟁할 것이다.

헌법 30조는 '타인의 범죄 행위로 생명, 신체에 피해를 받은 국민은 국가로부터 구조 받을 수 있다'고 명시한다. 정치검사의 범죄로 생명보다 소중한 명예를 잃은 내가 국가로부터 구조 받아야 함은 너무나 당연하지 않은가.

결자해지結者解之 차원에서 이 문제는 천성관이 석고대죄席藁待罪하기 바란다. 응답하라 1993을.

19 15년 만에 입성하는 국회

남들에게 좋은 것을 안겨주길 바라는 사람은 이미 좋은 것을 가진 사람이다

– 공자

YS로부터 4년제 대학 문화대학교의 설립을 약속받다

1995년 8월 15일, 사면과 함께 미국에서의 치료를 마친 나는 아내와 함께 귀국했다. 사면이 됐다고는 하나, 억울한 일이 없어진 것은 아니었다. 그럼에도 불구하고 나는 어려운 여건과 환경 속에서도 항상 남들보다 몇 배 더 노력하고 하면 된다는 생각을 버리지 않았다. 적극적인 사고와 강력한 실천, 선견적 미래지향적인 사고, 추이와 상상력이 성공의 디딤돌임을 명심하며 살았다. 역경과 시련이 닥칠지라도 회피하지 않고 정면 승부하여 극복하고, 해내고야 말겠다는 강력한 실천 의지를 가지고 목표를 향해 최선을 다했다.

이제 나는 공직을 끝내고 제2인생으로 접어들었다.

그런 내게 YS로부터 만나자는 연락이 왔다. 연락을 해온 이는 한승수 비

서실장이었다. 말하자면 "대통령으로부터 면담"을 요청 받은 것이다. 나는 만나지 않겠다고 거절했다. 귀국과 함께 내가 입수했던 정보는 신한국당으로부터 부여지구당 위원장으로 지명, 김종필 자민련 총재의 대항마로 1996년 국회의원에 출마시켜 김 총재를 정치권에서 제거하기 위한 것이었다. 김 대통령은 나를 공천하면 김 총재를 제거할 수 있다는 여론을 입수했던 것이다.

당시 김영삼 대통령은 직접 지구당위원장 임명장은 물론 공천까지 손에 쥐고 정치권(국회)을 장악하고 있었다. 행정 수반과 입법 수장을 좌지우지했다.

나는 두 번이나 김 대통령의 면담 요청을 거절했다. 세 번째도 한승수 비서실장을 통해 연락이 왔다. 그는 내게 "일단 대통령을 만나보고 소신껏 하면 된다"며 대통령을 만날 것을 요청해왔다. 나로선 그의 요청을 세 번씩이나 거절할 순 없었다.

1995년 9월 13일, 청와대에서 YS를 독대했다.

그 자리에서 나는 1993년의 악몽 같았던 일을 성토했다. YS는 "몰랐다, 내가 사과하겠다"로 나를 위로했으나 내 응어리는 풀어지지 않았다.

YS는 1996년 4월에 치러질 국회의원 선거에 출마할 것을 제안했다. 당시는 JP가 총재로 있는 자민련의 붐이 일어난 때로 그곳에 나를 출마시키면 당선될 거란 정보를 입수, JP를 떨어뜨려 정치 맥을 끊기 위해 신한국당지구당을 맡아 출마할 것을 강력히 요청했다.

점심으로 칼국수가 나왔다. 나는 반도 먹지 못했는데 YS는 순식간에 한 그릇을 비웠다. 내 마음이 어떤지 아랑곳하지 않고 칼국수를 깨끗이 비운 YS의 식성이 놀라웠다.

그런 그를 보며 "나는 능력도 없지만 정치할 생각도 없다"며 잘라 말했다. 그러자 YS는 내 손을 잡으며 "무엇인들 못하겠소, 부여 발전을 위한 각종 현안 사업을 다 해주겠소"라고 약속했다. 그러면서 부여를 중심으로 공주, 논산, 서천과 통하는 지역의 도로망 확장은 물론 2년제 국립 전문대학 설립, 백제권 개발 등을 약속했다. 금년 내로 3천억 원의 사업 지원을 약속하며 다시 한 번 입당할 것을 요구한바, "생각해 보겠다, 시간을 달라"고 하고 청와대를 나왔다.

1993년에 당한 수모를 생각하면 내키지가 않았다.

다음날, 아침 10시 청와대에서 전화가 왔다. YS는 "어제 고마웠고 내가 약속했던 내용은 꼭 지키겠소. 그리고 이 장군과 약속한 대학교는 2년제 전문대학이 아니라 4년제 대학으로 하겠소. 부여에 내려갈 준비 하시오"라는 말을 했다.

일주일 후인 9월 20일, 부여지구당 조직책 임명장 수여식이 오전 10시 청와대에서 있다며 출두명령을 받았다. 부여 발전이라는 YS의 제의를 거절할 수 없었다.

이후 발 빠르게 대학 유치 추진위원회 부여 군민 발기인 대회를 열었다. 11월 8일, 가칭 국립문화대학교(4년)로 정하고 문화체육부(교육부 지원) 관할 학교로 정부가 결정 하달했다. 부여가 백제의 고도였기 때문이었다. 그러나 문화체육부가 각 부처로 업무 협조를 했으나 12월이 지나도록 소극적이고 비협조적이었다. 1995년 내로 건립 결정을 하겠다던 YS의 약속이 이행되지 않고 있었다.

12월 27일, 나는 위원장직 사퇴를 결심하고 가족과 함께 제주도를 가기 위해 공항으로 향했다. 상부 지시를 받고 달려온 공항 200호실 안기부 이길용 실장이 동선을 확인하고 돌아갔다.

제주공항에 도착했다. 안기부 제주분실장과 제주도청 경찰국장이 사복차림으로 나와 있었다. 혹시 있을지 모르는 나의 위원장 사퇴 기자회견을 우려해서였다. 내가 묵고 있는 서귀포군인호텔 객실에도 안기부요원이 투숙해 있었다. 서울로부터 지시를 받고 나의 동정을 살피고 있음을 감지할 수 있었다.

권영해 안기부장이 전화를 걸어왔다.

"대통령이 약속대로 대학 설립을 추진하라는 지시를 총리에게 하달했는바, 국무총리를 비롯해 문화체육부, 행자부, 국토해양부, 기획재정부 장관 등에게 심한 질책을 했다"며 대통령 명령이니 신속하게 서울로 올라오라는 내용이었다.

1996년 1월, 문화체육부를 비롯한 각 부처의 상호 의견 조율이 이뤄지고 2월에 국무총리실 주관으로 8개 해당 부처 차관회의 검토를 거쳐 3월 11일에는 해당부처 장관의 결재가 났다. 3월 13일, 비로소 설치령 제정(안) 입법 예고가 되었으며, 대학 유치 추진위원회 부여군민 보고대회를 시작으로 4월 9일에 국무회의를 통과했다. 6월 20일, 문화체육부는 교육개발원에 6천만 원을 지불하고 설계용역을 의뢰, 9월 7일에는 총 예산 440억 원 중 97년의 예산인 20억 원을 설계 및 부지 정리비로 확보했다. 10월, 부여군 내 유치 요구 지역의 타당성을 검토하여 학교 위치를 결정했으며 11월 20일, 문화체육부가 학교 부지를 답사했다.

1997년 1월 16일에 부여 청소년 수련원 대강당에서 한국전통문화학교 부여 건립 확정 기념 축제를 갖고, 4월에는 모집인원과 6개 과를 결정했다. 4월 24일, YS는 내게 국가정책 평가위원 임명을 하고, 9월에는 2차년도 예산 250억 원을 확보했다.

1998년 11월 19일, 국립 한국전통문화학교 건립 기공식을 하고, 같은 달 22일에 경과보고 및 추진위원회를 해산했다.

그리고 2000년 3월 2일, 마침내 한국전통문화학교가 개교했다.

15년 만에 국회에 입성

2008년 4월, 18대 국회의원 당선, 아내와 함께

2008년 4월, 1993년 2월 체육부장관을 그만둔 지 15년 만에 국회의원에 당선되었다.

주변에서 내게 아무리 국회의원을 하라고 해도 하지 않았다. 그러다가 15년 만에 국회의원에 당선됐다. 꼭 국회의원을 하겠다고 마음먹은 적은 없었다. 군 생활 하는 내내 정치권의 유혹이 있었으나 흔들리지 않았다. 결정적으로 국회의원이 되려고 했던 것은 잃어버린 국방 10년 때문이었다.

같은 지역 출마 경쟁자들은 나의 출마를 포기시킬 목적으로 참모총장과 장관까지 했는데 뭐 하러 국회의원은 하느냐며 계획적으로 여론몰이를 했다. 말하기 좋아하는 사람들 또한 나이 먹고 할 일 없으니까 감투 쓰고자 국회의원 한다고 하는 사람도 더러 있었다. 하지만 그 당시 나는 국회의원을 해야 할 뚜렷한 이유가 있었다. 국가 안보다. 김대중과 노무현 정권의 이완된 안보가 걱정 되었다.

공직을 그만 둔 야인으로선 아무리 안보를 떠들어도 공염불이었다. 신문 한 줄 어디에도 언급되지 않았다. 현실을 절감했다. 늦은 감은 있었지만 제도권 안에 들어가서 안보에 대한 문제점을 바로잡겠다는 신념과 충정, 그리고 고향 선후배들의 강력한 추천으로 출마를 결심했다.

15년 만에 국회에 들어갔다. 사람들이 깜짝 놀랐다. 아무도 예상 못했기 때문이다. 각종 여론조사에서 상대 후보에게 18퍼센트 뒤졌고, 투표 당일 출구 조사에서까지 나의 패배를 기정사실화 했다. 그러나 예상을 뒤엎고 개표시작부터 우세를 보였고, 끝내 19퍼센트 차로 당선되었다. 초선의원으로 18대 국회의원 중 고령 서열이 네 번째였다.

18대 국회 내내, 나의 상임위 활동은 국방위원회였다.

한 번 꺼낸 말은 시정될 때까지 계속해 바로 잡으려 했다. 그러나 국회의원의 삶을 시작한 그날부터 내가 갖게 된 것은 실망감이었다. 상식으로 납득되지 않는 일들이 수두룩했으나, 늙은 소나무가 선산을 지킨다는 믿음으로 몸과 마음을 다 쏟아 최선을 다했다.

그 결과, 전체 국회의원 299명 중 예상 외로 많은 예산을 확보함으로써, 부여—논산 간 국도 확포장 사업, 탄천—부여 간 국도 확포장, 공주—부여—서천 간 고속도로 등의 사업을 3~5년씩 앞당겨 준공시켰다. 2011년 9월 13일 평택에서 아산—예산—청양—부여 간 고속도로 86.3km 건설(2조 2,457억 원)로 충청내륙을 관통하도록 하는 등 서해안 시대를 열었다.

집권 여당도 제1야당도 아닌, 자유선진당으로 어느 누구의 눈치를 살피지 않고 국가와 국민 그리고 지역구를 위해 소신껏 일했다.

임기 4년 동안 목적한 바를 이루기 위한 상임위 활동은 국방위원회만 있었다. 국방 안보와 관련된 내용은 20장에 수록했다.

한국전통문화학교를 종합대학교로 승격시키다

2008년 제18대 국회의원으로 당선되면서 한국전통문화학교를 의원 입법으로 한국전통문화대학교 설치법안을 발의했다. 2011년 6월 23일 제301회 국회 제6차 본회의에서 출석 의원 205명 중 찬성 193명, 반대 5명, 기권 7명으로 여야를 초월해 최종 통과되었다.

법안을 통과시키기 위해 여야를 넘나들며, 반대토론을 준비하고 있던 의원 3명을 개별적으로 설득시켰다. 반대토론 의원들의 이유는 '대한민국의 많은 사립학교를 통과시키지 않으면서 많은 국가예산으로 운영되는 국립종합대학(석·박사)을 어떻게 통과시키는가'를 내세웠다.

법안통과에 관련해서 국회입법조사처와 국회의장을 비롯해 의원들에게 뜨거운 감사를 보낸다. 부여군민과 충남도민의 오랜 숙원이 이뤄지는 쾌거를 달성하게 되었다. 유인촌 문화체육관광부 장관의 말을 빌리면 말 그대로 "깜짝 놀랐다"였다. 학교 명칭이 대학교로 바뀌면서 석사 박사과정까지 포함된 국립종합대학교를 이해 못했다. 의원들은 찬성표를 던지면서도 대한민국의 많은 학교의 숙원이 있는 줄 모르고 통과시켰다. 나도 놀랐다.

1995년에 대학 유치 추진위원장으로서 한국전통문화학교 설립을 주도한 것을 시작으로 2011년에 이르러 종합대학교 승격까지 힘을 보태게 됨으로써 아름다운 마무리를 하게 되어 더할 나위 없이 기뻤다. 결과적으로 1995년에 시작해 2011년에 마무리함으로써 장장 16년 만에 시작과 끝을 맺었다.

이로써 충남 부여군의 한국전통문화학교는 한국전통문화대학교로 명칭이 변경되었고, 국립종합대학교로서 대학원을 신설하여 석·박사 과정을 설치하는 등 명실상부한 우리나라 전통문화교육의 중심교육 기관으로 우뚝 서게 되었다.

2014년에는 종합대학으로 승격, 과거 이 학교를 졸업한 모든 졸업생에게도 한국전통문화대학교 졸업으로 소급해 대우하기로 전문에 두었다. 8만 인구의 군에서 종합대학을 설립한 것은 쉽지 않은 일이다. 내 평생 해온 손꼽히는 일 중의 하나로 기록될 의미 있는 일이다. 이는 감히 공약도 하지 못했던, 나의 직책을 포함한 그 무엇과도 바꿀 수 없는 엄청난 성과다.

태어난 고향을 위해 한 것이 무어냐고 누군가 내게 묻는다면 "감히 생각지도 못한 일을 한 것"이라고 말하고 싶다.

아프간 파병 동의안 통과

2010년 2월, 여야 간 극한 대립으로 갈등을 빚고 있을 때 나는 주도적으로 앞장서 아프간 파병 동의안에 대해 국방위원회 통과를 이끌어냈다.

"이미 68,000명의 병력을 아프간에 파견하고 있는 미국이 2010년 6월까지 신속하게 30,000명을 추가 파병하여 아프간 전쟁을 조기 종결시키고자 하는 만큼, 우리도 제대로 된 병력을 보내어 국제 공조에 적극 동참해야 한다"는 소신을 폈다. 그래야만 향후 발생할지도 모르는 한반도 위기 상황에 우방들의 지원을 이끌어낼 수 있는 명분을 쌓는 것임을 강력히 주장했다.

이밖에도 당시 잇단 북한의 NLL 도발행위와 관련, 서해안 NLL해역의 북한군의 사거리 60km인 240mm 방사포 등 장사정포의 추가배치 문제 등에 대해 국방부의 안일한 준비태세를 지적했다.

이어 백령도와 연평도 등 서해 5도의 아군의 포병 진지에 대하여 날개진지를 구축하는 등 확실한 보강대책을 조속히 마련하고 허술한 방공호를 보강하여 군과 민간인을 최대한 보호할 수 있도록 즉각적인 공사 시행을 주장했다.

국방개혁 2020에 52만 명의 육군을 37만 명으로 줄이고, 복무기간을 24개월에서 18개월로 단축한다는 계획에 적극 반대하여 21개월로 결정했다. 국정감사에서는 대한민국의 안보를 위해 의무 복무기간을 24개월로 환원해야 한다고 주장했다. 그 이유로 북한에 대해 방어능력을 갖추려면 우수한 장비 확보는 물론 최소 100만 명의 군 병력을 유지해야 하기 때문이다.

평택—아산—예산—청양—부여 고속도로 건설

지역구인 부여 청양지역 주민들의 오랜 숙원사업인 평택—예산—청양—부여 고속도로 건설 사업(2011~2020)을 추진했다. 이 사업은 평택—아산—청양—부여 간 충청내륙 고속도로 86.3km 건설 사업으로 총사업비 2조 2,457억 원의 예산이 투입되는 대규모 국책사업이다.

2009년 2월 민자 사업으로 충청내륙 고속도로의 필요성을 주장, 조기착공을 국토해양부에 강력히 요청하고 여러 차례 결단을 촉구했으며 국토해양부로부터 적극적인 검토 중이라는 회신을 받았다.

국토해양부는 내가 요구한 고속도로 건설사업의 타당성 조사를 용역 의뢰하는 등 적극 검토하여 정부재정을 투입하는 국책사업으로 전환해 평택—아산—예산—청양—부여 고속도로 건설 사업을 확정지었다.

국토해양부장관은 고속도로(충청 내륙국도사업)와 관련, 나의 건의 사업으로 이명박 대통령에게 보고했는바, 이 대통령은 결재 시 "나는 이진삼 장군 잘 안다. 군에서 대단했던 사람이다. 통행료가 싼 국책사업으로 하라"는 지시를 대통령으로부터 받았다고 전했다. 이 대통령은 행사에서 나를 만나면 으레 "이 장군님, 나는 의원님보다 이 장군님이라 부르고 싶습니다"며 살갑게 대했다.

충청내륙 고속도로가 건설되면 부여와 청양은 대한민국의 심장부로 전국은 물론 수도권과 1시간 이내의 생활권으로 사통팔달의 교통인프라를 구축하여 세종시 국제과학비즈니스 벨트와 더불어 인구유입과 기업유치, 각종 개발요인의 창출 등 경제적 효과를 기대할 수 있다.

국방대 논산 이전

2009년 초, 국방대학교와 논산시가 국방부 회의실에서 〈국방대학교 논산 이전에 관한 합의서〉를 체결하고 2012년까지 국방대가 논산시로 이전되는 것으로 최종 확정했다.

그러나 나는 논산 경유 부여 지역구를 향한 논산대교에 "국방대학교장 물러가라" 등이 걸린 플래카드를 보고 이인제 의원과 상의를 했다. 이인제 의원은 내게 도와줄 것을 부탁했다.

나는 이인제 의원의 사정을 충분히 이해하고 최선을 다했다. 국방대학교 교수들과 직원들은 지방으로의 이전에 반대 이유를 내걸고 지연전술을 쓰며 (야당 비례대표 S), 전 국방대학교장이었던 S의원(육사 25기)을 통해 전략과정을 분리, 일부만 이동하는 안건을 주도해 동조의원 15명이 의원입법을 냈다. 이를 알게 된 나는 후배 S의원을 불러 안건 철회를 요청했다. 하지만 이미 많은 동조의원들이 확인한 내용을 철회하기는 어려운 일이었다. 그러나 국방위원인 나로서는 국방관련 안건을 간과할 수 없었다. 논산시의 숙원사업으로 그동안 많은 논란 속에 난항을 겪어 왔던 국방대 논산 이전 합의서 이행에 적극적인 기여를 하였으며 필요한 예산도 국방부에 조치하도록 하였다.

국방위원회 청원심사위원장으로 국방부의 회의 때마다 국방대학교 논산 이전의 예산편성 등을 줄기차게 제기, 예산확보를 위해 계속하여 총력을 기울였다.

총 6,000억 원 규모의 예산이 소요되는 국방대학교 이전을 위한 설계비 84억 원과 토지매입비 61억 원 등 2009년도 예산 145억 원을 확보하여 이전 기반을 마련하였다.

예산확보 과정에서 국방대학교 직원들의 조직적인 국방대 이전에 반대하는 민주당과 한나라당 일부 예산결산심사소위 의원들에게 로비를 하여 국방대 예산을 편성하지 않는 방향으로 몰아가자 "국가균형발전위원회 표결을 거친 사안이며 이명박 대통령의 공약사항"이었다는 점 등을 강조, 동료 의원들과 국방부 장관, 차관, 국방대 총장에게 압력을 가했다. 또한 국방대학교가 논산 이전에 관한 이행계획서를 기획재정부에 제출하여야 함에도 불구하고 고의로 제출하지 않고 시간을 지체하자 강력히 이전 이행을 촉구했다.

또한 민주당과 한나라당 의원들이 국방대학교를 분리시켜 일부만 이전하도록 하는 법안인 "국방대학교 설치법 일부 개정법률안"을 제출해 국방위원회 법안심사소위에 상정 되었을 때에도 나는 "절대로 안 되는 일"이라며 여야 국회의원들을 다각적으로 접촉했다. 끈기와 집념의 결과는 개정법안의 상정을 무산시킬 수 있었다. 국방대학교 전체가 계획대로 이전될 수 있도록 했다.

국방대학교의 많은 후배들은 나를 설득시키려 했지만, 충남 지역과 이인제 의원을 위한 일이 더 중요함을 인식하고 최선을 다했다.

세종시 원안 사수 투쟁

충청권의 최대 이슈인 세종시 원안 사수를 위한 투쟁에 나 역시 적극 동참했다.

2009년 12월 10일, 세종시 원안 사수를 위한 자유선진당 홍보투어를 지역구인 부여 재래시장과 청양 정산농협 사거리에서 개최했다. 세종시 원안 사수 홍보투어는 연설회와 함께 세종시 원안 사수 촉구 서명대회를 진행했다.

지역구는 물론 충청권을 돌며 나는 "세종시는 우리가 해달라고 한 것이 아니다. 세종시를 해준다고 했던 사람이 오늘날 말을 바꾸고 있다. 만약 충청남도가 아닌 다른 도였다면 정부가 이렇게 했겠는가. 우리 충청도민은 똘똘 뭉쳐 세종시 사수를 위해 끝까지 노력해야 한다"고 말했다.

이어서 "우리의 국가 미래를 본다면 세종시는 앞으로 우리나라의 미래를 책임질 지방분권의 선도 사업이 되는 것이다. 이에 세종시를 원안대로 관철시켜야 한다"는 것을 강조했다.

정운찬 총리 지명자는 세종시 철회를 위한 총대를 멨다. 나는 백소회(충청도 모임)에 참석한 충청남도 공주 출신의 정운찬 총리에게 "앞으로 지역과 국가를 위한 기여"를 부탁했는바 "최선을 다하겠다"는 다짐을 받았다.

그러나 대통령의 국회 연설 대독으로 나온 정운찬 국무총리는 '정부, 세종시 원안 통과를 반대'를 발표했다. 충청 자유선진당 의원들은 단상으로 올라가 의장에게 항의하였으나 매우 소극적이었다. 참다못한 내가 단상으로 뛰어올라가 정운찬 총리의 목덜미를 잡고 흔들었다. 3분 이상 대통령 대독이 중단됐다. 의외의 일이 벌어졌지만 여당 의원들은 조용히 보고만 있었다.

청양 고춧가루의 군납

청양군청에서 군 의정 보고가 끝난 후, 김시환 군수는 차문을 열며 내게 말했다.

"가실 데가 있습니다, 5분이면 됩니다."

김시환 군수와 함께 차로 이동해 도착한 곳은 현대적이고 위생적인 고춧가루 공장이었다. 공장시설의 곳곳을 안내하던 김 군수가 창고 앞에서 걸음을 멈춰 서더니, 창고 가득 쌓여 있는 고춧가루 더미를 가리키며 "군대에 납품할 수 있게 해주십시오"라며 부탁했다. 나는 즉시 방사청장에게 부탁, 전국 납품 분량에서 국방예산 증액 조건으로 청양군의 어려운 숙원사업이었던 군납결정을 실현하도록 했다.

그 결과 2009년 7월 21일, 나는 청양문예회관에서 개최된 '청양농협 고추계약재배 약정농가 교육' 행사장에서 청양농협으로부터 감사패를 수여받았다.

감사패 수상은 그동안 청양군의 숙원사업이었던 청양 고춧가루의 군납결정에 결정적인 기여를 하였기에 그 공로를 기념하기 위해 청양농민을 대표하여 전달했던 것이다.

지역구인 청양군은 고추재배 농가가 관내 총 7,684 농가 가운데 61퍼센트인 4,695 농가가 종사하고 있다. 고추가 관내 농가의 주 수입원으로 그동안 안정적인 판매망을 구축하는 데 많은 노력을 기울여 왔다. 군납 결정이 되면서 청양고추의 일정 물량이 지속적으로 공급될 수 있어 안정적인 판로가 확보되었을 뿐만 아니라, 품질 또한 최고등급으로 공인받게 되어 전국 주요마트 등에도 납품이 용이하게 됐다.

안보, 우리의 나아갈 길 20

애국심이란 인류애와 같다. 나는 인간이며 인간적이기 때문에 애국자다.
– 간디

가장 취약한 안보환경의 대한민국

"평화를 원하거든 전쟁을 준비하라"

손자孫子병법의 한 구절로, 최선의 국방정책은 전쟁을 예방하는 것임을 강조한 내용이다.

그렇다면 우리나라 국방정책은 남과 북이라는 대립구도 속에서 전쟁을 예방하기 위해 어떤 준비를 하고 있는가.

광복 직후 우리는 대한민국을 무너뜨리려는 국제공산주의 세력의 무력 공격으로 인구의 10분의 1이 죽고 다치는 처참한 6·25전쟁의 참화를 겪었다. 지금은 비록 총성이 멎은 정전상태지만 안보 불안은 여전히 계속되고 있다.

전쟁을 경험했던 세대로서 역사의 교훈과 안보의 중요성을 후대 국민에게 제대로 알리는 일이 우리의 마지막 책임이자 의무다.

1953년 휴전 이후 63년의 세월이 지난 현재 역시 우리는 6·25전쟁 당시와 같은 목표, 말하자면 대한민국을 없애기 위해 자신이 원하는 방식으로 적화통일을 하려는 북한과 여전히 마주하고 있다.

그 오랜 시간, 호시탐탐 우리를 노리는 최악의 국가안보 상황에 놓여 살다보니 우리의 안보 감각은 무뎌질 대로 무뎌져 우리가 처한 상황이 얼마나 위험한지 제대로 인지 못하고 있다.

우리는 시시때때로 주변국과 전쟁을 치르는 이스라엘보다 훨씬 더 열악한 안보 환경에 놓여 있다. 이스라엘은 1947년 건국 이후, 그때나 지금이나 자신들을 제거하려는 적대국들에 둘러싸여 험난한 삶을 살고 있다. 그러나 이스라엘의 주변국들은 하나같이 이스라엘을 제거하고 싶어는 하지만 단결력이 약하고 이스라엘보다 강하지도 못하다는 점에서 우리와는 처지가 다르다.

우리나라의 주변국을 보자.

현재 세계 2위의 국력을 갖추고 점차 공격적인 외교활동을 하는 중국을 비롯한 미국의 핵전력과 맞먹는 핵폭탄을 보유한 군사대국 러시아, 거기에 한반도와 불과 수십 킬로m의 바다를 사이에 두고 있는 일본, 그리고 우리와는 거리상으로 멀리 있지만 실질적인 세계 최강 미국이 있지 않은가 말이다. 게다가 휴전선 너머, 핵과 미사일로 무장한 120만 명의 북한 공산당 집단이 적화통일 야욕에 광분해 있다.

결국 우리나라는 세계 제일의 강대국들에 둘러싸여 국제정세의 가장 심각한 영향을 받을 수밖에 없는 상황이다.

우리나라가 처한 지정학적 환경을 극복하는 방법은 국제정치와 외교에 대한 올바른 인식과 올바른 대처 방안을 강구하는 것과 국방력 강화이다.

역설의 논리 국가안보

'국가'라는 거대한 조직은 '나'라는 한 개인과 마찬가지로, 마키아벨리의 말처럼 흥할 수도 있고, 망할 수도 있다. 왜냐하면 흥함의 조건이 곧 망함의 조건일 수도 있기 때문이다. 여기에서 국가가 개인과 다른 점이 있다면 개인과 개인이 사는 곳에는 법과 질서가 존재하지만, 국가와 국가가 모여 사는 국제사회에는 법과 질서가 존재하지 않는다는 점이다. 이 말은 곧 국제연합과 국제법 등이 이들 국가를 강제할 만한 힘을 가지고 있지 않다는 의미다. 실례로 김정은이 고모부 장성택을 처형한 것에 대해 국제적인 제재를 할 수 없다는 것이다.

실질적으로 주권을 가진 국가들이 국제사회에서 존재할 수 있는 근거는 자신들의 힘뿐이다. 힘이 약한 국가는 주변의 힘 센 국가의 침략 대상이 되고 식민지 혹은 그에 준한 굴욕의 삶을 살게 된다.

이와 같이 법보다 힘의 논리가 우선인 현실에 국가안보는 절대적으로 중요한 과제이다.

힘이 약한 국가들의 운명은 그야말로 처절하다.

과거 우리나라가 나약했던 시절, 중국의 속국으로 굴욕적인 삶을 살았는가 하면 일본 강점기에는 식민지의 삶을 살아야 했다. 6·25전쟁처럼 힘을 갖추지 못해 허점을 드러낸다면 북한은 언제라도 침략 전쟁을 감행할 것이다. 이러한 상황에 놓여 있는 우리로선 무엇보다 국가안보를 중요시 하지 않을 수 없다.

이때, 우리가 간과하지 말아야 할 것은 국가안보에 대한 이해의 영역이다. 국가안보는 국가의 삶과 죽음을 다루는 특수한 영역으로 일반 상식적인 차원으로 취급해서는 안 된다.

"국가안보는 '역설의 논리逆說의 論理, The Logic of Paradox'가 지배하는 영역이다."

이 말은 미국의 유명한 전략 이론가 에드워드 러트왁Edward Luttwak 박사가 국가안보의 논리는 경영 및 사회복지의 논리와 다르다는 것을 일컬은 말이다. 특히 대한민국과 같이 국가안보가 절실한 나라의 경우, 국가안보는 모든 것에 앞서 최우선이다. 국가의 존망과 직결되기 때문에.

국방비 지출의 논리

2015년도 우리의 국방예산은 37조 5천억 원이었다. 반면 복지예산은 116조로 국방예산의 3배에 달한다. 미국의 경우 복지예산이나 국방예산은 엇비슷하다. 우리의 국방예산은 납득이 되지 않는 수준이다.

급기야 2013년에는 예산 부족을 이유로 차세대 전투기 선정 과정에서 스텔스 기능을 갖춘 최신예기인 F—35를 제외했다가 전문가들의 격렬한 반대에 부딪혀 계획을 조정하는 우여곡절을 겪기도 했다.

국가들은 국가안보를 위해 무기와 군대를 보유한다.

현재 한국이 보유하고 있는 이지스 군함은 한 척당 가격이 무려 1조 원에 이른다. 한국이 생산 보유하고 있는 신형 전차 K—2는 한 대당 80억 원이고, 공군이 보유하고 있는 F—15 K형 전투기는 한 대당 1천억 원에 달한다. 이처럼 어마어마하게 비싼 무기를 구입하고 유지하기 위해 우리나라는 2015년에도 수백억 달러가 넘는 돈을 국방비로 지출하고 있다. 그렇다면 이처럼 비싼 무기들을 구입하고 50만 명의 대군을 유지하고 있는 이유는 무엇인가?

전쟁을 하기 위해가 아니라 전쟁을 하지 않기 위해서이다.

비싼 무기를 구입해 장비하고 군대를 보유하는 이유는 "그러한 무기들을 쓸 일이 없게 하기 위함"이다. 즉 평화를 유지하기 위해, 무기와 군대를 쓰지 않기 위함인 것이다.

응징 없이는 평화도 없다

사전에 전쟁을 막도록 노력하는 역설의 논리를 이해함에 있어 또 한 가지 간과하지 말아야 할 것은 평화에 대한 이해다.

평화는 구두선口頭禪이다.

전쟁을 준비하지 않는 자들이 평화를 강조한다는 말이다. 적의 도발에 우리는 당하기만 했다. 응징 보복은 고사하고 싸울 의지와 준비 태세조차 하지 않는 우리를 그 누가 돕겠는가. 베트남전의 교훈을 잊지 말아야 한다.

"비겁한 평화라도 전쟁보다는 낫다"고 생각하는 사람들이 있다. 이 말은 "공산국가가 되더라도 전쟁은 하지 않겠다"는 말과 무엇이 다른가.

평화는 '목적'이고 전쟁은 '수단'이다.

수단은 목적을 이루기 위한 도구일 뿐이다.

전쟁할 준비를 완벽하게 갖춘 국가만이 전쟁을 방지하고 평화를 유지할 수 있다. 실제로 2010년 대한민국은 3월 26일과 11월 23일 두 차례에 걸쳐 북한의 무력 공격을 받았다. 하지만 두 차례 모두 우리나라는 변변한 대응을 하지 못했다.

"북한 지도층은 한국군의 천안함 공격을 하더라도 전쟁으로 이어질 확률이 매우 낮다는 것을 알고 있었다."

비겁한 정치인들과 불순 세력의 이념적 호도가 한몫했던 부분도 있지만, "우리는 지금껏 다른 나라를 한 번도 공격한 적이 없다"는 것을 자랑으로 여기고 있는 탓일지도 모른다. 국가의 이익이 걸려있다 하더라도 선제공격은 해서는 안 된다는 견해를 신앙처럼 여기는 모양새다.

북한의 무력 도발과 참혹한 희생이 있을 때마다 다시는 결코 좌시하지 않겠다는 다짐과 결의만 반복할 뿐, 실제로 단호한 응징은 하지 않았다. 어처구니없게도 번번이 무책無策이 상책上策이 돼버리곤 했다.

2011년 12월, 김정일이 사망한 후 권력을 승계 받은 김정은은 자신의 권력을 공고히 하기 위해 대남도발을 서슴없이 자행하고 있다. 김정일 때보다 도발의 강도 또한 높이고 있다. 이것은 곧 그의 권력이 공고하지 않다는 방증이기도 하다.

2012년 4월, 장거리 미사일 발사에 실패한 후, 12월에 다시 미사일을 발사하는가 하면, 2013년 2월에 3차 핵실험을 단행하기도 했다. 그런가 하면 같은 해 12월에는 고모부인 장성택을 반역죄로 몰아 공개처형하는 광기를 부렸다.

그리고 2015년 8월, 북한의 목함지뢰 도발에 대한 우리의 사과와 책임자 처벌 요구에 대해 전면전 불사를 거론하며 위협 수위를 한층 더 끌어올리던 북한이 고위급 회담을 통해 꼬랑지를 내렸던 것은 우리의 강력한 결의에 의해서다. 즉, "도발 악순환의 고리를 반드시 끊어내겠다"는 결의와 함께 '대한민국은 능히 전쟁을 할 수 있는 나라'라는 전략을 수립, 군사적 대응 조치의 불가피성과 정당성을 국민으로부터 요구받았기 때문이다.

평화를 원하거든 전쟁을 준비하라

미국 CNN 방송은 2015년 8월 25일 미군 당국이 북한군의 움직임을 토대로 기존의 한반도 전시 작전계획을 재검토하기로 했다고 보도했다. 미군 위성 정보 등에 따르면 북한은 무시할 수 없는 전력을 보유한다고 한다.

그중 가장 우려하는 것은 동해와 서해에 흩어져 있던, 전력의 70퍼센트에 해당하는 북한 잠수함 50척이 일제히 한미 감시 레이더망에서 사라진 대목이다. 물론 이 중 일부는 남북 합의 후 원위치로 돌아간 것으로 파악됐지만 상당수는 행방이 묘연하다.

북한은 2015년 5월, 신형 잠수함 발사 탄도미사일 '북극성'을 수중에서 시험 발사하는 등 잠수함을 통한 기습 공격 능력을 늘리는 데 총력을 기울이고 있다. 잠수함은 유사시 특수부대 요원들을 침투시키는 수단으로 사용될 수 있기 때문이다.

북한이 예고 없이 잠수함을 대거 작전에 투입할 경우 속수무책으로 당할 수도 있는 이유가 여기에 있다. 또 평상시 후방에 머물던 특수부대원들을 대거 전방으로 이동, 서해에 공기부양정 20척을 전진 배치시켰다. 준전시상태 돌입 직후에는 방공 레이더를 가동하고 비무장지대에 포병부대를 추가 배치하기도 했다. 반면 전면전의 핵심 전력이라 할 수 있는 기계화 부대나 공군력을 동원하는 징후는 포착되지 않았다.

준전시 상태로 드러난 북한군의 실전 준비 태세는 유사시 서울을 비롯한 수도권 일대를 겨냥한 포 사격에 이어 특수부대원 침투, 잠수함을 이용한 후방 공격 및 교란, 공기부양정을 이용한 기습 상륙을 할 수 있다는 것을 확인했다.

우려했던 대로였다.

4년 내내 내가 국회 국방위원회 활동을 하면서 강조하고 우려하며 읊조렸던 내용들이 현실로 드러난 셈이다. 따라서 국방개혁 2020은 신중히 재검토해야 하고, 작계 5027, 5029는 보강해야 한다.

현재 북한의 병력은 120만 명이다. 거기에 경보병과 전방사단이 경보병 대대에서 연대급으로 바뀌고 있다. 이것은 북한이 우리의 실정을 잘 알고 있어서다. 한반도의 산악지형이나 하천 등 여러 가지를 잘 알고 지형적인 약점을 극복하기 위한 것이다.

우리가 현재 기계화사단을 몇 개 만든다 하는데 물론 기계화도 어느 정도 양성이 필요하다. 하지만 이런 특수전, 말하자면 18만 명이라고 하는 강력한 부대를 편성하는 북한에 대응하기 위해선 산악지형에서의 강력한 유격부대와 특수전 부대가 필요하다.

북한의 숙원과 주장에 동조하는 작전권 환수

"한미연합사를 해체하고 작전권을 미국으로부터 환수하겠다(주한미군 철수)"는 노무현 정권의 '국방개혁 2020'은 한마디로 공상에 지나지 않는다.

지침을 들여다보면 크게 두 가지로 요약 되는데 하나는 북한의 위협을 관리할 수 있다는 가정이고, 다른 하나는 2020년까지 621조가 필요하다는 주먹구구식 계산으로 매년 국가경제 성장을 6퍼센트로 잡고 실행한다는 방안이었다. 하지만 당시 노무현 대통령은 예산을 추가확보조차 못했다.

실질적으로 노무현 정권이 미국으로부터 작전권을 환수해야 한다고 했을 때, 정작 지휘와 작전통제권에 대한 정의를 몰라서 했던 것일까? 아니다. 말하자면 작전통제권을 군사 주권의 상실 혹은 부재로 해석한 것이다.

작전통제권은 본래 '한미 양국이 합의한 부대들'의 작전을 조정 통제하는 것이지, 미국이 우리 전군의 지휘권을 가져간 것은 아니다. 북대서양조약기구 '나토'의 가맹국 중 그 어떤 국가도 군사주권을 침해당했다고 여기지 않는다. 나토군 사령관 역시 우리의 한미연합사 사령관처럼 미국군 대장이 맡고 있다.

결국 미군 대장이 한미연합사 사령관을 맡고 있어서 한국군을 지휘한다는 생각은 사실과 다르다. 30년 넘게 한미 양국이 합의해 유지해오던 사령부를 해체하고 작전권을 환수하겠다는 발상은 평생을 군에 몸담았던 나로선 납득할 수가 없다. 현실적으로 북한의 대규모 도발을 억지할 수 있었던 것도 한미연합사 체제를 유지해왔기 때문이다.

결국 작전권 환수(주한미군 철수)는 북한의 숙원과 주장을 우리 스스로 수용해준 격이 되었다.

병력 감축의 모순

2008년 10월 21일, 미 랜드연구소의 베넷 박사가 발표한 내용을 보면 "북한의 급변사태에 대해서 중국의 개입을 기정사실화 하면서 베이징과 심양에 주둔하고 있는 약 45만 명에 달하는 군 병력과 전차 2,200대, 야포 2,600문을 동원해 국경을 넘을 것이라며 한국군은 적정 규모의 지상군 및 기동성이 뛰어난 특수부대를 유지하여 유사시를 대비하는 것이 필수적이다"라고 발표했다.

덧붙여 "미래의 한국 육군은 북한이 붕괴하는 경우 외에도 북한군의 위협, 평화유지 활동, 국지적 도발 등에 대비하기 위해 16~24개의 상비사단과 11~27개의 예비사단이 필요하다"고 주장했다. 이것은 우리가 기계화 부대를 더 만들고 2020년까지 육군 3분의 1인 18만 명을 감축하여 37만 명으로 만들겠다는 계획에 반대의 주장이다.

만약에 한국에서 전쟁이 일어났다고 가정을 해보자.

미군이 해군이나 공군 지원은 할 수 있으나, 보병사단은 어려울 것으로 판단한다. 또한 험준한 산악지형에 전차의 효과적인 작전이 어렵다. 특히 동부전선은 기동 공간이 없는데 육군을 감축하고 기계화 부대를 만들면 많은 전차들은 유휴전력이 된다.

전차 1대에 80억 원, 15대면 1,200억 원이다. 1개 사단 장비 가격과 맞먹는다. 따라서 기계화 부대 창설을 제한하고 절약된 예산으로 강력한 경보병 부대 사단, 여단을 창설할 필요가 있다.

또한 10만 명의 경찰에 10만 명의 전투경찰을 증원, 20만 명의 경찰로 시가지 전투와 시설 경계, 주민통제, 안전대책들을 위한 사전준비가 필요하다.

현재 우리의 한수 이남에는 전투부대가 전무하다. 각종 군사학교와 군수지원 부대만 있는 실정이다. 전투경찰의 증원으로 대비해야 한다.

수도권의 비대화규제 완화

안보에 있어 제일 문제점은 수도권의 과밀화 현상으로 북한의 재래포 800여 문 사정 내에 있다는 것이다. 실제로 YS 정부 시절 북한은 “서울을 불바다로 만들겠다”고 협박했다.

1970년대, 내가 중령으로 육군본부에 있을 때, 육군본부 작전참모부에 있던 모든 장군과 장병들의 생각은 “가장 위협되는 것은 서울이 적의 유효 사정거리 내에 있다”는 것이었다. 육군에서는 이런 사실을 박정희 대통령에게 보고를 하였고, 박 대통령은 이를 심각하게 받아들였다. 수도를 점차로 이전하기로 결정하고 진행 중 10 · 26사건으로 취소가 됐다.

지금 서울은 그 시절보다 두 배 이상 더 취약하다.

제2차 대전 때 일본이 항복했던 것은 히로시마와 나가사키에 미 공군 B—29에 의해 리틀보이Little Boy와 팻맨Fat Man 두 발의 20KT 원자폭탄이 투하되어서였다.

적 800여 문의 재래포와 장사정포가 동시다발로 공격한다고 해보자. 상상하고 싶지도 않다. 서울 1,000만, 수도권 1,300만, 유동인구 포함 국민

60퍼센트와 군사 외교 안보 문화 경제 중심으로 규제 완화는 그대로 간과해서는 안 된다.

경제 발전을 앞세워 군사보호시설 규제 완화, 군사시설 재배치 등은 안보에 있어 커다란 문제점이 아닐 수 없다. 중요한 김포반도의 FEBA 전투진지 356만 평을 김포시에 넘겨준 지휘관은 이적죄에 회부해야 한다.

그리고 제2롯데 월드, 지상 123층 지하 7층의 555m 건축을 위해 군의 비행 안전 지역을 허가한 군과 정부 지도자들은 깊은 반성을 해야 한다. 더구나 국방장관과 공군 참모총장 상부선은 빠지고 롯데월드 사장과 공군 작전참모부장이 서명한 이해할 수 없는 절차에 대해서도 국민 앞에 해명과 깊은 사죄를 해야 할 것이다.

안보, 우리의 나아갈 길

"공산주의와 민주주의는 절대 화합할 수 없다. 평화협정 연방제 통일에 속아선 안 된다."

황장엽 씨의 말이다.

그러나 우리는 어떠했는가. 1998년 김대중 대통령이 집권하면서 공산주의 북한에 햇볕정책을 펼쳤다. 국방부 발행 〈국방백서〉에 '북괴'라는 용어를 폐지하고 '북한'으로, 대적 개념 철폐로 군인정신무장을 해이(해제)시키는 계기를 마련했다. 그러면서 "북이 도발하면 경고하고 공격하지 마라. 강력한 대응은 남북 대화에 장애요소다"라고 했다.

설상가상으로 반미, 진보, 용공, 종북, 반한 시민단체들을 애국단체로 규정하여 자금을 지원했는가 하면, 안보기관 해체를 위한 검찰, 경찰, 기무, 국정원 등 대공 기능 80퍼센트를 감축하는 등 공안부서를 무력화시켰다.

***

지구상 유일한 분단국가 한반도, 그 반 토막 북녘 땅은 오직 독재자 한 사람의 자유만 보장하기 위해 죽음의 동토가 된 지 오래다. 인민은 굶어 죽을지언정 인공위성과 미사일 발사를 서슴지 않는다.

한편으로는 남북대화와 이산가족 상봉을 내세우면서 다른 한편으로 남한을 향해 무차별 폭격을 가하고 도발을 해왔다.

대한민국 국군은 그런 막가파식 상대와 맞서야 하는 것이다.

그래서 우리 군은 강한 군대이어야 한다.

오로지 당과 수령을 위해 죽기를 각오한, 북한의 공산주의의 강성군대와 싸워 이기려면 포탄을 안고 적진에 뛰어든 육탄10용사의 용기와 조국애에 불타는 그런 군대를 만들어야 한다.

이후 매년 5조 이상을 투자, 향후 10년간 현 병력 50만 명에 50만 명을 증강하여 100만 명의 군을 확보해 북한의 도발을 막아야 한다.

정치나 경제가 탈나면 많은 것을 잃게 된다. 그러나 안보가 탈이 나면 죽거나 망하게 된다.

우리 사회에 만연해 있는 일부 정치인들과 다른 목적으로 군중을 세력화한 시민단체, 그리고 인권주의자들이 입으로만 떠들어대는 애국은 절대로 애국일 수 없다.

어떤 상황에서도 도발을 일삼는 북한에 대처할 수 있는 강한 군과 전력을 갖추는 것만이 이 땅에서 전쟁을 억제하는 길임을 명심하고 강한 군을 만들기 위한 힘을 그러모아야 할 시점이다.

그러기 위해선 무엇보다 국민의 화합이 중요하다.

국가가 위기에 처했을 때에는 외부의 적보다 내부의 적이 더 무서웠던 역사의 교훈을 되새김질 하며, 핵폭탄 같이 위험한 북한의 도발에 맞서 단합된 국민의식을 고취하길 바라고 또 바라는 바이다.

에필로그

공산주의로부터 나라를 지키기 위한 긴박한 연속의 삶을 살았다. 그 가운데 내가 지은 큰 죄는 국가를 위하여 싸우자고 함께 다짐했던 전우들을 먼저 전사하게 한 것이다. 국립묘지를 찾아 용서를 빌었다. 차라리 내가 적의 흉탄에 쓰러졌다면 영광스러운 마지막이 되었을 것이다.

정의롭게 살고자 노력했던 나의 군 생활은 파란만장하고 파란곡절했다. 부하들에게 솔선수범과 생명을 요구하였으며 강력한 교육훈련과 전투진지 요새화 공사 등 많은 것을 강요하고 괴로움을 주었음을 인정한다.

'명예는 상관에게 공은 부하에게 책임은 나에게'를 누누이 강조했던 것은 나름대로 실천에 옮겼다.

명령 하나에 목숨 걸고 임무수행을 했던 귀한 집 자식들의 목에 훈장을 걸어준 지난날을 생각하면 눈시울이 뜨거워지곤 한다.

고맙고 또 미안할 따름이다.

***

이제 내가 이 땅위에서 마지막으로 할 일은 두 가지.

하나는 지구상에서 가장 취약한 안보환경의 대한민국을 위해, 전쟁을 경험했던 세대로서 역사의 교훈과 안보의 중요성을 국민에게 제대로 알리는 일이다. 다른 하나는 한평생 국가를 위해 목숨을 담보하고 산 내게 어처구니없는 올가미를 뒤집어씌운 변호사(검사) 천성관으로 하여금 자신의 잘못을 시인하는 용기를 발휘하도록 하는 것이다.

이 일은 반드시 해야 하는 일로, 검찰혁신의 표본으로 후대에 알리고자 한다.

이진삼 약력

1937년 2월 10일 충남 부여에서 출생.

학력
대전중학교
부여고등학교
육군사관학교(이학사)
육군대학
국방대학원
서울대학교 행정대학원
동국대학교 행정대학원(석사)
美 UCLA 최고경영자 과정
美 CAL POLY 대학교산업교육연구소 이사장

경력
20사단 61연대장(대령)
사격지도단장(준장)
9공수여단장(준장)
21사단장(소장)
정보사령관(소장)
3군단장(중장)
참모차장(중장)
1군사령관(대장)
육군참모총장(대장)
체육청소년부 장관
국회의원

훈장
화랑무공훈장 3회
수교훈장
광화장
보국훈장 통일장, 국선장, 천수장
삼일장
미국지휘관 공로훈장 2회
이태리 최고 공로훈장 · 중화민국 운휘훈장
말레이시아 최고 공로훈장
태국 1급 기사훈장
베트남 1등 명예훈장
인도네시아 1급 공로훈장
대통령 표창
국무총리 표창 외 21회

저서
《책략(策略, 북한 공산주의의 실체)》(도서출판 정문사, 1999)

논문
「미국 중공 관계가 한국 안보에 미치는 영향」
「소련의 시베리아 개발과 극동 전략」
「청소년 비행의 실태와 대책에 관한 연구」

부 록

한 청년장교의 끈질긴 집념과 결사 정신

육군본부 군사연구실(제공)

대남 적화 통일의 허황된 꿈에서 깨어나지 못한 북괴는 무력남침의 호기를 조성하기 위하여 1965년부터 단계적으로 무장간첩을 전후방에 침투시켜 중요시설 파괴와 요인암살을 획책하는 등 민심을 교란시키고 대한민국 정부의 기능을 마비시키는 데 총역량을 집중하였다.

이러한 북괴의 대남전술은 1966년도 정찰단계를 거쳐 1967년도에는 행동단계로 옮겨 전방지역에서의 빈번한 도발행위와 아울러 후방지역에 무장간첩의 직접적인 대량침투를 획책하더니 1968년에 들어서자 급기야 청와대 기습사건인 1·21사태와 11월 1일 울진 삼척 및 서해안 지역에 130여 명의 무장간첩을 동시에 침투시켜 선량한 주민, 학생, 어린이까지도 무차별 학살하는 등 그 만행이 극에 달했다. 이에 따라 우리 군은 대비정규전에 관한 작전 통제권을 유엔사로부터 인수하고, 향토 예비군을 창설하는 등 본격적인 대간첩 작전을 수행, 많은 시련과 함께 산 교훈을 얻게 되었다.

바로 이 무렵 1968년 11월 서산지역에 침투한 무장간첩 섬멸작전에서 오직 부대와 임무만을 위해 일해 왔던 청년장교 이진삼 소령(제28대 육군참모총장)이 멸사 보국의 결사 정신으로 무장간첩 2명(임관재, 박일근)에게 15m까지 포복으로 육박, 단발의 수류탄으로 사살시킨 전례는 실전경험을 하지 못한 오늘을 사는 우리 장병들에게 교훈을 주고 있다.

1

1968년 11월 1일(금) 06:55에 북괴 노동당연락부 소속 무장 간첩 2명이 충남 서산군 지곡면 부산리 해안으로 침투하여 해미면 가야산 방향으로 이동 하던 중, 서산군 성연면 오사리(BR 720798) 앞 노상에 이르러 때마침 술 심부름을 가던 이 마을 소년 박청운과 조우하게 되었다.

이른 아침에 바지 끝이 젖어 있는 작업복과 농구화 차림에 배낭을 메고 칼빈 소총까지 휴대한 정체불명의 괴한들과 만난 박청운은 순간적으로 이상하다는 느낌을 받으며 무장괴한들의 곁을 지나려 하자 "너 여기 무엇 하러 왔느냐?"며 험한 인상을 한 괴청년은 박청운을 위아래로 훑어보면서 쉰 듯한 목소리로 물었다.

"집안 어른 심부름으로 저 아래 마을로 술을 받으러 가는 길입니다"라고 답하자 등을 돌려 먼 곳을 경계하듯 두리번거리던 나이 들어 보이는 다른 무장괴한이 "너 이 근처에서 무장한 군인들을 못 보았느냐?"하고 다시 물었다.

"못 보았습니다"라고 대답하자 이들은 다시 한 번 박청운의 위아래를 찬찬히 훑어보며 술병과 얼굴을 번갈아 보더니, "그럼 빨리 가라"고 하는 것이었다. 서둘러 술을 받아 가지고 돌아오면서 곰곰이 생각해 볼수록 이들의 낯선 복장과 태도가 이상하다는 생각이 들었다.

최근의 1·21사태 등 무장공비 침투 만행 소식과 선생님과 국군 아저씨들로부터 거동 수상자 신고 교육을 받아 온 터라 순간적으로 "무장간첩이 아닐까?"라는 생각이 머릿속을 스쳐 지나갔다.

박청운의 이런 생각은 귀가를 서두르는 걸음마다 더욱 확고해져서 곧바로 이웃 마을에 있는 성연지서로 달려가 조금 전에 있었던 상황과 수상한 사람의 인상착의(작업복 상하, 농구화 착용, 배낭을 메고 칼빈 소총 휴대)등을 신고하였다.

2

신고를 접수한 성연지서에서는 08:22에 제51사단 전투대대 1중대에 거수자 출현 신고 내용을 전파하였으나 현지에서는 시기적으로 보아 사냥 계절로 사냥꾼일 것이라는 안이한 생각으로 간단히 종결 지어버리려던 중, 507 대공과에서 신고를 접수한 이진삼 소령(32세)은 하찮은 신고 하나라도 소홀히 지나쳐 버려서는 안 된다는 평소의 소신대로 신고를 받은 즉시 L—19기로 대전 공군 비행장으로부터 이륙, 홍성 간이비행장에 도착하여 대기시켜 둔 차량으로 서산을 경유하여 최초로 신고 된 현장에 도착하였다.

현지 정보 분석 조는 사냥꾼일 것이라는 분석결과를 보고 하였으나, 이진삼 소령은 상황을 예리하게 분석 후 무장간첩일 것이라는 심증을 굳히고 끈질긴 집념으로 원점 일대로부터 다시 수색작전을 실시한 결과 15:10에 서산군 성연면 오사리 갈대밭(BR730788)에서 괴한이 유기한 것으로 보이는 장비 즉, 배낭 2, 무전기 1, 트랜지스터 라디오 1, 쌍안경 1, 서산 지도 2, 신사복 1, 잠바 2, 현금 5천 원, 전남 도민증 1, 서울 시민증 1, 불온 문서 9, 명함 40, 칼빈 실탄 116, 여자사진 1, 가족사진 1 등 63점의 유기물을 발견하게 됨으로써 무장간첩 출현을 확인하고 즉각 이들을 소탕하기 위한 본격적인 수색 작전에 들어갔다.

무장간첩이 휴대했던 유기물을 확인한 이진삼 소령은 17:30에 성연지서로 가서 경비 전화로 제51사단장 신건선 준장에게 "성환에 위치한 제53탄약창 병력과 예비군으로 온양—당진 도로를 차단하고 전투 1개 대대를 투입, 당진—서산 도로 일대를 수색하는 것이 좋겠다"고 건의함으로써 원점을 중심으로 한 포위망 형성과 함께 수색작전이 전개되었다.

이와 같은 내륙작전을 위한 봉쇄선 형성과 아울러 해상 도주로 차단을 위해 경비정 6척을 해상에 배치하여 순찰 및 경계활동을 주도면밀하게 실시하는 한편, 다음날인 11월 2일 11:30에는 항공기를 이용하여 무장간첩들의 예상 도주로 상에 자수 권고 전단 8,000매를 살포하는 등 지상 ,해상, 공중의 입체적인 작전이 확대 실시되었다.

3

작전이 계속되던 11월 3일 08:30에 서산군 해미면 삼송리에 사는 최정환 씨 집(BR805725)에 무장간첩 2명이 출현하여 최정환 씨 처 진정희(39세)에게 아침식사를 요구하므로 밥상을 차려주자 허겁지겁 취식을 한 후 가야산 기슭(BR855719)으로 도주했다는 신고가 작전부대에 접수되었다.

이러한 세부적이고 정확한 최신 상황을 접수한 이진삼 소령은 09:50에 현장에 도착 작전병력을 재배치 할 시간적 여유가 없음을 판단하고 즉시 지프차로 현장에 도착된 소병민 소령과 전인철 상사 및 전용주 하사를 가야산 방향 남쪽 능선(BR845716)으로 전개시켜 적을 감시 및 퇴로를 차단토록 하는 한편, 이진삼 소령 자신은 남상일 대위와 김태용 상병을 대동하고 210고지(BR845718)를 향하여 계곡과 능선을 따라 은밀하게 적을 추적하였다.

한편, 소병민 소령 조는 무장간첩이 위치한 210고지 정상으로부터 150m 떨어진 고지에서 소 소령이 중앙, 전인철 상사가 우, 전용주 하사가 좌측에 위치하여 적을 감시 및 차단하고 있었는데 우측에 있던 전 상사가 갑자기 "대장님! 위험합니다. 엎드리시죠!"라고 소리치자 소 소령이 "뭐라고?"하면서 고개를 돌리는 순간 "땅!"하는 소리와 함께 무장간첩이 쏜 흉탄에 맞아 소 소령이 전사하였다. 이때, 전 상사로부터 다급한 목소리로 소 소령이 전사하였다는 보고를 받은 이진삼 소령은 "즉시 소 소령을 긴급히 후송하라"고 지시한 후 210고지 방향으로 무장간첩을 계속 추적하였다.

고지정상 150m 전방에 이르렀을 때 무장간첩의 집중사격을 받은 이진삼 소령은 즉각 칼빈 소총으로 응사하면서 적이 위치한 210고지 우측 은폐된 소로 길을 따라 정상 30m까지 접근하였다.

이때 갑자기 예기치 못한 무장간첩의 기습적인 권총사격을 받게 되자 5m 아래 움푹 팬 곳으로 몸을 던져 엄폐한 후 정신을 가다듬은 다음 비장한 각오로 다시 고지정상 15m까지 육박 11:20에 수류탄 1발을 투척, 210고지 정상 호 속에 명중시켜 폭발시키고, 1발을 후사면(은폐하고 있을 것으로 예상되는 곳)에 투척하였다.

결국 이진삼 소령이 던진 한 발의 수류탄에 고지 정상 호 속에 숨어 있던 2명의 무장간첩이 동시에 사살되는 전과를 올리고 작전은 종결되었다.(11.3 11:20)

4

단발의 수류탄으로 사살된 2명의 무장간첩은 호 속에서 서로 발을 묶어 놓고 죽은 채 쓰러져 있었으며 개인호 주위에는 수류탄 8발을 가지런히 쌓아 두는 등 결사적인 대항을 하였던 흔적이 발견되었다.

사살된 시체주위에 부비트랩이 있는지 몰라 끈으로 끌어당겨보니 이상이 없어 인접 마을에서 들것을 가져와 아래로 운반시켰다. 상황이 끝나고 숨을 돌린 후 김태용 상병의 철모를 보니, 철모가 총에 맞았으나 구멍은 뚫리지 않은 상태였으며 사살된 무장간첩과 함께 발견된 장비는 칼빈 2(탄창 2, 실탄 110), 수류탄 8, 권총 2(탄창 4, 실탄 121), 한화 51,110원, 수첩 2, 나침의 2, 시계 2, 명함 5, 확대경 1, 기타 의약품 및 일용품 등이었다.

이들 사살된 무장간첩의 신분은 북괴 노동당 연락부 소속 임관재(45세)와 박일근(36세)으로 밝혀졌으며 임관재는 충남 서산 초등학교 5학년 중퇴 후 대서소 종업원으로 일하면서 만능 운동선수에다 특히 씨름을 잘하며 변장술에 능하였다.

청년이 되어 일본군에 입대한 후 남양군도에서 복무하다가 8·15해방과 동시 귀국, 공산당에 가입하여 남로당 박헌영 직계로 서산경찰서를 습격하는 등 악질적인 좌익 활동을 하다가 1948년 10월에 체포되어 서대문 형무소에 수감되었다.

검거 시에는 변장술에 능한 데다가 힘이 세고 체격이 우람하여 무술경관 20명이 잠복했다가 급습하여 겨우 체포할 수 있었다.

그 후 형무소 생활을 하다가 6·25때 북괴군의 서울 진입과 함께 탈옥하여 공산치하에서 서대문 내무서장과 남로당 인천 동구 위원장 및 경인지구 인민군 군사 후원회 회장을 역임하였으며 월북 후는 박헌영이 숙청되는 바람에 김일성대학 협동농장에서 농장기사로 일하던 중 당성과 충성심이 강하여 노동당 중앙위원까지 발탁된 후 남파교육을 받고 박일근과 함께 무장간첩이 되어 1968년 11월 1일, 충남 서산 해안으로 침투한 핵심 공단당원으로 밝혀졌다.

5

이 작전을 통하여 얻은 교훈은 무엇보다 신속 정확한 주민신고와 신고 된 상황을 정확히 판단할 수 있는 정보 분석 능력이 중요하다는 것이며, 또한 의심나는 상황을 끝까지 추적하는 끈질긴 집념 및 전투의지가 대간첩 작전의 성공요인이라는 점이다.

박청운 군과 전정희 씨의 신속한 무장간첩 출현 신고는 작전을 원점에서부터 조기에 실시할 수 있게 하였으며 신고접수 후 즉각 출동하여 현장을 확인함으로써 작전에 결정적으로 기여할 수 있는 정확한 상황판단이 가능하였고 사냥철을 맞이하여 무장간첩을 사냥꾼으로 오인하지 않고 의심나는 점을 끝까지 추적 확인하는 끈질긴 집념이 안이하게 종결되려던 상황을 실제 무장간첩이 출현한 작전으로 신속히 전환하는 계기가 될 수 있었다.

또한 임무를 위해서는 목숨을 던져 국가와 민족에 충성하겠다는 젊은 청년장교의 결사 정신과 과감한 전투행동이 이 작전을 성공적으로 이끌었으며 적과 조우 시 신속한 대응으로 기선을 제압, 고착 견제하고 어렵고 위급한 상황 하에서도 예리한 상황판단과 지형지물의 적절한 이용으로 침착하게 지근거리까지 접근하여 수류탄으로 적을 일격에 격멸시킴은 물론 사살된 후에도 부비트랩 설치 유무를 확인하는 등 용감하고 침착하며 치밀한 군인정신을 그대로 행동으로 보여준 사례라고 할 수 있다.

마지막으로 모든 요원은 우발상황에 대비하여 전원 전투요원화 되어야 한다는 것이다. 포위망 밖으로 벗어난 적이 주민신고에 의해 다시 발견되었을 때 먼 곳에 배치된 병력을 거두어 다시 새로운 현장으로 투입하기에는 시간이 부족하기 때문에 지프차로 현장에 먼저 도착된 비전투요원들이 신속하게 직접 수류탄을 들고 적지에 뛰어들어 무장간첩 2명을 격멸시킨 것은 운전병, 행정병, 당번병 할 것 없이 모든 요원에게 전술전기를 숙달시켜 전투요원화 하는 것이 대단히 중요하다는 것을 보여준 전례인 것이다.

이 작전과 울진·삼척 무장공비 섬멸작전의 성공으로 북괴는 대남침투 전술 방향을 수정하지 않을 수 없었으며 이후 대규모 무장간첩 침투가 자제되는 경향을 보였다.

정부는 본 작전의 긍정적인 영향을 높이 평가하여 서산 부충초등학교 운동장에서 이진삼 소령과 남상일 대위에게 화랑 무공훈장, 김태용 상병에게는 인헌무공훈장을 현지에서 수여하였다.

이렇듯 대수롭지 않게 지나쳐 버릴 수도 있었던 현지 주민의 거수자 출현 신고를 접수하고 이를 예리하게 분석, 판단하여 현장에 뛰어들어 목숨을 내어놓고 지근거리까지 접근, 무장간첩을 완전 섬멸시킨 한 청년장교의 끈질긴 집념과 결사 정신, 그리고 전투기술은 오늘의 우리 세대에게 많은 교훈이 되고 있을 뿐만 아니라 전 장병의 귀감이 되고 있다.(장병교육자료)